AF275847

Newton Compton Editores

Este libro es una obra de ficción. Los nombres, lugares y sucesos son fruto de la imaginación de la autora y se han utilizado con fines meramente ficticios. Cualquier parecido con personas reales, en vida o fallecidas, empresas, nombres o sucesos es pura coincidencia.

Título original: *She's Not Sorry*

© 2024, Mary Kyrychenkog
© 2026, de la traducción por Miguel Alpuente Civera
© 2026, de esta edición por Antonio Vallardi Editore S.u.r.l., Milán

Todos los derechos reservados

Primera edición: enero de 2026

Newton Compton Editores es un sello de Antonio Vallardi Editore S.u.r.l.
Pl. Urquinaona, 11, 3.º 1.ª izq. Barcelona, 08010 (España)
www.newtoncomptoneditores.com

Gruppo editoriale Mauri Spagnol S.p.A.
www.maurispagnol.it

ISBN: 978-84-10359-00-0
Código IBIC: FA
DL: B 16.715-2025

Composición:
Rafael Medel López

Diseño de interiores:
David Pablo

Impreso en enero de 2026 en Puntoweb s.r.l., Ariccia (Roma), en Italia.

Queda rigurosamente prohibida, sin la autorización por escrito de los titulares del copyright, *la reproducción total o parcial de esta obra por cualquier medio o procedimiento mecánico, telemático o electrónico –incluyendo las fotocopias y la difusión a través de Internet– y la distribución de ejemplares de este libro mediante alquiler o préstamos públicos.*

Mary Kubica

Grita en el silencio

Traducción de Miguel Alpuente

Newton Compton Editores

Barcelona, 2026

Para mi familia y mis amigos

Prólogo

Mi teléfono empieza a sonar cuando abro la puerta y entro en la tienda. Está enterrado en las profundidades del bolso y resulta difícil dar con él. Aparto una billetera y un neceser, a sabiendas de que probablemente estoy buscando en vano. Nunca lo encontraré a tiempo.

Alcanzo a tocarlo al tercer o cuarto tono. Lo saco del bolso, pero en cuanto lo hago deja de sonar. Demasiado tarde. Una llamada perdida de Sienna aparece en la pantalla. Me quedo desconcertada. Inmóvil en el umbral, con la puerta abierta, miro el número que me muestra el teléfono. Estoy hecha un mar de dudas, confusa, porque son poco más de las diez de la mañana y Sienna está en el instituto, o debería estarlo. A veces me envía un mensaje desde allí, sacando a hurtadillas el teléfono cuando la profesora no presta atención: «¿Puedo quedarme hoy con Gianna?», «He perdido la botella de agua», «¿Has comprado tampones?», «Esta estúpida calculadora no funciona», pero llamar nunca llama. Mi cabeza se dispara en miles de direcciones diferentes, pensando que, si estuviera enferma, me llamaría la enfermera y, si se hubiera metido en líos en el instituto, entonces lo haría el director. Nunca sería Sienna quien telefoneara.

No tengo ocasión de devolverle la llamada. Casi de inmediato, el teléfono vuelve a sonarme en la mano y doy un respingo ante lo inesperado del ruido. Es otra vez Sienna.

Al instante deslizo el pulgar por la pantalla.

—¿Sienna? ¿Qué pasa? —pregunto apretando el teléfono contra la oreja.

Acabo de entrar del todo en la tienda y dejo que la puerta se cierre sola para amortiguar el ruido de la calle, los automóviles que pasan y la gente pegada también a sus teléfonos, manteniendo sus propias conversaciones. Percibo en mi voz el tono estridente e inequívoco del pánico y pienso que, en los próximos segundos, Sienna empezará a fustigarme por reaccionar tan exageradamente, por ponerme como loca por nada. «Por Dios, mamá. Relájate. Estoy bien», dirá alargando la última palabra para poner mayor énfasis.

No es eso lo que ocurre.

Al principio hay solo silencio. Distingo apenas algo muy leve, algún tipo de movimiento o el viento. Se prolonga durante unos segundos y decido que Sienna debe haberme llamado sin querer. No era su intención hacerlo. Tiene el teléfono en el bolsillo o en la mochila y mi número se ha marcado por accidente. Ni siquiera sabe que me ha llamado dos veces. Escucho, tratando de descifrar dónde está, pero sigo oyendo lo mismo. Ningún indicio. Nada revelador.

Pero entonces una voz masculina corta el silencio, fría y parca en palabras, distorsionada, como si hablara por un modulador de voz.

—Si quiere volver a ver a su hija, haga exactamente lo que voy a decirle.

Ahogo un grito. Los ojos se me salen de las órbitas. Pierdo el equilibrio y caigo de espaldas contra la puerta cerrada. Me llevo la mano a la boca y presiono con fuerza. De pronto no puedo respirar. No puedo pensar. Al principio, mi mente es incapaz de procesar lo que ocurre. Me separo el teléfono de la oreja y miro la pantalla para comprobar si me he confundido, si el número que llama no es el de Sienna, sino el de otra persona. Alguien que se ha equivocado. Porque no debo haber visto bien, esto no puede estar sucediendo. No puede estar sucediéndome a mí.

Pero sí, he visto bien. Es el número de Sienna el que aparece en la pantalla, sin ninguna duda.

–¿Quién llama? –pregunto, pegándome de nuevo el teléfono a la oreja–. ¿Y por qué tiene usted el teléfono de mi hija?

Y en ese instante, al fondo, oigo el alarido taladrante de Sienna.

–¡Mami! –aúlla. Un grito agudo, frenético, desesperado, y sé entonces que ese hombre no solo tiene el teléfono de Sienna. Tiene a Sienna.

Un terror absoluto se desata por mis venas. Sienna no me ha llamado «mami» desde hace por lo menos diez años. No dejo de pensar en qué horrible suceso puede haberle provocado tan profunda regresión a la infancia para que vuelva a llamarme «mami».

Me siento por completo impotente. No sé dónde está. No sé cómo encontrarla, ayudarla, hacer que esto pare.

–¡Váyase! –ordena Sienna.

Le tiembla la voz de tal modo que no parece ella, esa Sienna siempre tan desafiante, tan segura de sí misma. Su miedo resulta evidente, indudable.

–¡Déjeme en paz! –exige, esta vez llorando. Las palabras se entrecortan, la voz se le quiebra; la elocución no transmite la autoridad que correspondería a una orden.

Sienna está aterrorizada, y yo también.

–¡Sienna, cariño! –grito.

Se oye cierto revuelo al otro lado, sonidos amortiguados. Ese hombre, imagino, está sometiendo a Sienna, poniéndole a la fuerza una mordaza para que no pueda hablar ni gritar, y por el ruido diría que Sienna está luchando contra él, resistiéndose.

Me doy cuenta de que ni siquiera parpadeo. No estoy respirando.

Las lágrimas me escuecen en los ojos.

–¿Qué le está haciendo? ¿Quién es usted? –le exijo saber a ese hombre, bramando de tal modo al auricular que todos los clientes de la tienda dejan lo que están haciendo para mirarme, inquisitivos, algunos ahogando un grito y tapándose sobrecogidos la boca con la mano, como si esto fuera una especie de pesadilla colectiva–. ¿Qué le ha hecho a mi hija? ¿Qué quiere de mí?

–Escúcheme –me responde el hombre con voz bien modulada, el tono impasible y sosegado, al contrario que el mío.

Al fondo sigo oyendo el llanto desesperado de Sienna, un lamento quejoso, compungido, aunque poco natural. Me basta oírlo para caer de rodillas y, sin embargo, no sé qué es peor, si el llanto de Sienna o escuchar cómo el sonido se va alejando hasta desaparecer del todo.

–¿Dónde está? ¿Qué le ha hecho? ¿Por qué ya no la oigo?

–Tiene que hacer exactamente lo que le digo. Exactamente. ¿Entendido?

–Quiero hablar con mi hija. Déjeme hablar con ella. Necesito saber que está bien. ¿Qué le ha hecho usted?

–Yo no tengo nada que perder –dice el hombre–. Usted es aquí la única que tiene algo que perder, señora Michaels. Ahora cállese y escúcheme, porque a mí me da igual una cosa u otra, que su hija viva o muera. Lo que le ocurra depende totalmente de usted.

PRIMERA PARTE

Capítulo 1

La primera vez que la veo en el hospital es en la UCI, poco después de su salida del quirófano. Estoy tras el cristal de la puerta corredera, mirándola mientras está tumbada en su cama, conectada a un catéter venoso central, un tubo traqueal, un monitor de presión intracraneal y una sonda nasogástrica, entre otras cosas. Diversos catéteres intravenosos se introducen en su cuerpo, bombeando en él fluidos con diversos fármacos, diuréticos, anticonvulsivos y probablemente morfina. Tiene la cabeza envuelta en gasas. Debajo de esas gasas hay un cráneo al que, hace solo unas horas según me han dicho, le han quitado algunos trozos para aliviar la presión sobre el cerebro. Apenas se ve nada de su rostro, porque tiene los ojos cerrados y toda ella es un amasijo de gasas y tubos, pero lo poco que veo está hinchado y amoratado.

No es paciente mía. Otra enfermera, Bridget, está con ella en la habitación, atendiéndola, ocupándose de estabilizarla, y sin embargo se me revuelve el estómago la primera vez que la veo a través del cristal, acostada en su cama. Ya había oído la confusión de murmullos, los cuchicheos de la gente hablando sobre lo que le ocurrió, lo que la trajo aquí.

Hoy me han asignado a otros pacientes. Tenemos treinta camas en la UCI del hospital. Estamos separadas por unidades, con diez camas en cada una y el mostrador de control de enfermería en el centro. La ratio de enfermeras por paciente depende de la gravedad de cada caso. Los pacientes con respiradores o extremadamente graves tienen una ratio paciente-enfermera de dos por uno, pero si su estado es menos delicado podemos llegar a tener hasta cuatro pacientes cada una. Eso es mucho abarcar. La consecuencia es que, pese a esforzarnos al máximo, a veces se producen errores como el de la semana pasada, cuando una de las enfermeras se equivocó y le dio a un paciente la medicación matinal de otro. Se dio cuenta enseguida, se lo dijo al doctor y todo se solucionó, gracias a Dios. No siempre es así.

Bridget me entrevé por encima del hombro. Deja lo que está haciendo, sale de la habitación y se queda a mi lado en la puerta corredera.

—Ey —dice mientras la puerta se cierra—. ¿Te has enterado? —pregunta, inclinándose hacia mí como siempre hace para cotillear.

—Enterarme… ¿de qué? —contesto, y mi corazón se acelera un poco, como preparándose para lo que está a punto de decir.

Hoy he llegado tarde al trabajo. Esta mañana tenía cita con el médico y no he entrado hasta las doce. Debería haber llegado aquí antes —la cita había acabado a las nueve y media—, pero después de lo ocurrido caminé durante kilómetros, sopesando si me tomaba el día libre y dejaba que alguien me sustituyera, aunque solo estaba previsto que me cubrieran durante unas horas. Al final fui a trabajar. Tuve que convencerme a mí misma para hacerlo, pero en ese momento era lo que necesitaba. Necesitaba actuar como si nada malo hubiera sucedido, porque, si no lo hacía, empezarían las preguntas. Todos querrían saber dónde estaba y por qué no había ido al hospital, y, además, creí que el trabajo me iría bien para distraerme. Me equivocaba.

—Se tiró —dice Bridget—. Desde un puente peatonal.

Mi respiración se vuelve entrecortada, jadeante. La gente no habla de otra cosa, de esa mujer que saltó desde un puente de más de seis metros de altura y, al menos técnicamente, sobrevivió.

–Ya lo sé. Lo había oído. Qué horror. ¿Cómo se llama?

–Caitlin –responde, y repito mentalmente el nombre, acostumbrándome a él.

–Caitlin ¿qué más?

–Beckett. Caitlin Beckett.

Bridget me habla entonces como si me estuviera dando el informe de cambio de turno, aunque Caitlin no sea mi paciente ni estemos cambiando el turno. Me dice que la paciente tiene treinta y dos años, que la trajeron a nuestra UCI desde el quirófano, aunque entró en el hospital por urgencias y solo después le practicaron una craniectomía descompresiva por un edema cerebral causado por un traumatismo craneoencefálico. Lo que, en otras palabras, significa que la inflamación del cerebro le estaba provocando demasiada presión dentro del cráneo. Tenían que aliviar esa presión. Si no lo hubieran hecho, la paciente ya estaría muerta.

Bridget continúa, me cuenta más cosas. Llega un momento en que dejo de escuchar, porque no puedo apartar la vista de esa mujer. Caitlin Beckett. Mi mente vuelve obsesivamente sobre el hecho de que solo tenga treinta y dos años. Muy joven. Niego con la cabeza, horrorizada al pensarlo. Yo tengo cuarenta. La diferencia de edad es apreciable, aunque, en mi caso, cuando tenía treinta dos años fue cuando de verdad empecé a madurar como persona. Por entonces, pensaba que aquel era uno de los mejores años de mi vida. Estaba casada y tenía una niña. Sentía más confianza en mí misma de la que nunca había sentido en toda mi vida. Sabía quién era y ya no me preocupaba tener que impresionar a nadie.

Caitlin yace bajo una manta, vestida con el camisón del hospital –de un blanco almidonado y estampado de estrellas–, con los brazos colocados a ambos lados de forma antinatural. Algo se revuelve en mi interior, por más que haya visto de todo en mi trabajo como enfermera de la UCI. Esta mujer no debería perturbarme más que cualquier otro paciente, pero lo hace, por diversas razones.

–¿Crees que saldrá de esta? –le pregunto a Bridget.

–Quién sabe –responde, mirando antes a su alrededor para asegurarse de que estamos solas.

La esperanza fundamental en nuestra profesión. Como enfermeras, deberíamos creer que todos nuestros pacientes vivirán, si bien la probabilidad de supervivencia en un caso como este sea, por lo general, muy escasa. La mayoría no sobreviven. Y, aunque sobreviviera, tampoco tendría demasiadas posibilidades de conseguir una buena calidad de vida.

–¿Está aquí su familia? –pregunto, decantándome para mis adentros por la posibilidad de que muera o salga del coma convertida en un mero envoltorio de carne.

–Todavía no. Aún están buscando a algún pariente cercano.

Contemplo su cara a través del panel acristalado. Parece estar en paz, durmiendo. No es así. La cama está inclinada hacia arriba, de modo que la cabeza y la parte superior del cuerpo permanecen elevados. Debajo de los vendajes, el cabello, o al menos parte de él, debe de estar rapado como exige la preparación para la craniectomía. Me la imagino calva. Los labios se amoldan al tubo traqueal, que mantiene las vías respiratorias abiertas para que el aire del respirador llegue a los pulmones. Está descolorida. La piel se ve pálida, como de cera, allí donde no está amoratada. Las heridas tienen un aspecto espantoso. La cadera y la pierna rotas, y fracturas en ambos brazos y en varias costillas, entre otras cosas.

–Es guapa, ¿verdad? –pregunta Bridget.

Frunzo el ceño.

–¿Cómo puedes saberlo?

La mujer está irreconocible. Es imposible que Bridget sepa cómo es con esa hinchazón, las magulladuras y los vendajes.

–No sabría decirte –replica–. Lo sé y ya está. Es terrible lo que ocurrió.

Trago saliva. Con dificultad, porque mi saliva se ha vuelto densa y viscosa.

–Trágico.

–¿Qué empuja a una persona a hacer algo así? –pregunta Bridget, y no puedo creer que siga hablando del asunto, y conmigo precisamente. Pero ella no conoce mi historia. No está al tanto de lo sucedido. No sabe cuánto me altera todo esto.

Como no contesto con suficiente rapidez, añade:

–Ya sabes, tirarse de un puente, suicidarse…

Me estremezco al pensarlo y niego con la cabeza. Percibo su mirada en mi rostro, escudriñándolo, y noto cómo se me enrojecen las mejillas y las orejas.

–No lo sé.

–Entre tantas maneras posibles de irse, ¿por qué esa? –pregunta Bridget.

Ojalá lo dejara estar, pero no lo hace. Insiste en ello, remachando su argumentación, añadiendo algo más en voz baja para que nadie que pase pueda oírlo:

–¿Por qué no monóxido de carbono o una dosis letal de morfina? ¿No sería más fácil, menos doloroso?

Tampoco diré que Bridget demuestra falta de tacto. No todos están al corriente de mi historial familiar con el suicidio.

Me pongo pálida. No digo nada, porque no tengo una respuesta y porque no dejo de pensar en cómo debió ser para Caitlin la caída, el golpe contra el suelo desde la altura del puente. De pronto siento un fuerte regusto metálico en la boca. Me aprieto los labios con los dedos, poniendo toda mi fuerza de voluntad en hacerlo desaparecer. No dejo de hacerme el mismo tipo de preguntas: si perdió el conocimiento durante la caída, si estaba totalmente despierta al chocar contra el suelo… ¿Sintió cómo el estómago se le subía al pecho, los órganos moviéndose libremente en sus entrañas como en una atracción de feria? ¿O no sintió más que el dolor atroz del impacto?

Bridget me pide que la excuse y cruza de nuevo al otro lado del cristal de la puerta corredera. Me quedo observando un rato más, mientras ella muestra algo parecido al cariño en su modo de recolocarle a Caitlin las manos sobre el abdomen, disponiendo los dedos en su justo lugar, dejando un instante su mano en la de ella. Le leo los labios cuando se inclina hacia delante y le pregunta:

–Pero ¿qué hiciste, niña? ¿Qué hiciste?

Solo puedo pensar en una cosa en ese momento. Es asombroso que Caitlin haya sobrevivido tanto tiempo.

Capítulo 2

Mi turno acaba a las siete. Salgo esa noche del hospital y me dirijo al este por Wellington, hacia Halsted, tratando de dejar atrás a los pacientes, apartarlos de mis pensamientos durante el camino. Se dice pronto. Por mucho que me esfuerzo, algunos siguen conmigo. En nuestro oficio, se supone que debemos compartimentar, mantener cierto desapego, separar mentalmente nuestra vida profesional de la personal, como si se tratara de organizar la medicación en un pastillero, claramente dividida por gruesas lengüetas de plástico. Así nos lo enseñaron en la escuela de enfermería, aunque no resulta tan fácil ni es algo que pueda enseñarse: preocuparse y demostrar cariño por los pacientes sin permitirse ningún vínculo emocional con ellos, porque ese vínculo, según dicen, hará que acabes quemada, lo que lleva a las enfermeras a dejar una profesión que ya de por sí se cobra muchas bajas. Se hace duro porque, como enfermeras, está en nuestra naturaleza ser compasivas, y esos dos elementos, el desapego y la compasión, chocan entre sí.

El sol se ha puesto hace horas. En esta época del año, la noche llega pronto y deprisa. Los días en que trabajo, apenas veo la luz del sol. Está oscuro cuando salgo por la mañana y oscuro también cuando vuelvo a casa.

Le envío un mensaje a Sienna mientras camino, recordándole que llegaré tarde, y ella me contesta con un rápido OK. Le pregunto si se ha acordado de cerrar la puerta principal y me contesta que sí. Durante estos últimos días, el pestillo de nuestra puerta está fallando. La puerta no siempre se queda bien cerrada. Podría ser solo una circunstancia molesta, pero sucede que últimamente ha habido una ola de robos en nuestro barrio. En general, los delitos han aumentado en toda la ciudad. Asaltos a conductores para robarles el coche. Robos a mano armada. La semana pasada, siguieron a una mujer hasta su apartamento en Fremont. La asaltaron, la golpearon y le robaron en la escalera. El asaltante le rompió la nariz y el brazo, se llevó su bolso con todas sus pertenencias, todo el dinero y las tarjetas de crédito y débito. Tiene suerte de haber salido con vida.

La policía aún sigue buscando al autor, lo cual me tiene con el alma en vilo. No me quito de la cabeza que ese hombre sigue por ahí suelto, atacando a mujeres, y me pregunto si ha tenido suficiente o ya anda a la caza de su siguiente víctima. Esa idea me ha mantenido en vela algunas noches. Y no ayuda que Fremont esté tan solo a dos manzanas de donde Sienna y yo vivimos. Ya le he pedido al casero que nos arregle la puerta dos veces, pero está ocupado. Dice que lo hará, pero todavía no lo ha hecho.

¿La has cerrado?

Le mensajeo a Sienna, refiriéndome a la puerta.

Sí.

Me responde de nuevo, y tengo ganas de preguntarle si está segura, decirle que vuelva a comprobar si la puerta está cerrada, pero no quiero parecer paranoica ni darle motivos para que se asuste, así que lo dejo estar.

Le digo adiós y meto el teléfono en el bolso. En Halsted giro a la izquierda y me encamino hacia Belmont.

Halsted está animado esta noche, lleno de gente que vuelve a casa tras terminar la jornada, de modo que el ambiente resulta eléctrico con tanto alboroto de voces y automóviles.

Afuera ha empezado a nevar y gruesos copos caen en un súbito bombardeo. La nieve hace que la temperatura no sea exageradamente fría, pero aun así me pongo la capucha para mantenerme seca, meto la barbilla en el chaquetón y, hundiendo las manos en los bolsillos, aprieto el paso.

La iglesia, situada en la parte norte de Belmont, tiene un aspecto solemne y majestuoso con este tiempo. Bajo la nevada parece una pintura, una escena sacada de un cuadro de Thomas Kinkade. Al llegar a Belmont, espero a que pase el autobús 77 y cruzo al trote la calle hasta la iglesia. Es un edificio de estilo Tudor gótico, con torres y unas empinadas escaleras de hormigón que conducen a tres sólidas puertas de madera, en forma de arco y rodeadas de ventanas con vidrieras. La iglesia está unida a la escuela parroquial, de manera que todo el conjunto ocupa casi una manzana entera.

Subo los peldaños, abro las pesadas puertas de madera y entro, agradecida cuando ambas hojas se cierran y la ciudad se apaga a mi espalda. El interior de la iglesia es un mundo aparte, bien distinto del que he dejado fuera. Es cálido y silencioso, con luces atenuadas y un ambiente tranquilo y evocador. Atravieso otras puertas y entro en la nave de la iglesia, donde se suceden filas y más filas de bancos vacíos y de etéreas vidrieras.

Justo ante mí hay una mujer sola en el nártex. Viste un abrigo blanco de invierno que le llega hasta el muslo y un grueso gorro negro, de modo que parece perfectamente conjuntada si la comparamos con mi atuendo de zapatillas deportivas y uniforme de hospital. El uniforme es de color azul pizarra, suave y cómodo a más no poder, aunque no exactamente estiloso. Si Sienna se enterara de que he vuelto a ir por ahí con el uniforme, empezaría a criticarme y no acabaría.

—Pareces perdida —digo, sonriendo mientras me seco los zapatos en el felpudo y avanzo al interior.

La mujer es más o menos de mi edad o incluso más joven, de pelo moreno, ojos oscuros y piel olivácea que combinan bien con el abrigo blanco. De cintura para abajo viste unos vaqueros ajustados, remetidos en unas impresionantes botas invernales con suela de goma y vueltas de borreguito que me hacen lamentar haberme puesto las deportivas en una noche como esta, porque sé que cuando llegue a casa habrá caído nieve suficiente como para atravesarlas.

La mujer se ríe para sí misma —de sí misma—, una risita que parece más bien nerviosa.

—Diría que lo estoy —contesta, paseando la mirada por la nave en la que no se ven indicaciones, nada ni nadie que pueda decirle adónde ir—. No sé si es aquí donde se supone que debo estar.

—¿Has venido por el grupo de apoyo a divorciados?

Otra risa nerviosa, esta vez de autodesprecio.

—¿Tan evidente resulta?

Respondo enseguida.

—No, claro que no. Lo que pasa es que yo misma vengo por eso y, que yo sepa, esta noche no hay más reuniones en el edificio. Suele estar solo nuestro grupo. —Tomo aire y cambio de tono—. No tienes por qué estar nerviosa —digo, esperando no estar excediéndome, sino solo interpretando su actitud, su lenguaje corporal—. Quiero decir que, bueno, es normal estarlo. Todo el mundo se pone nervioso la primera vez que viene, pero no hay razón para ello. Me llamo Meghan —digo, acercándome lo suficiente como para tenderle una mano que ella estrecha entre las suyas, un gesto que me transmite calidez a pesar del tiempo que hace en la calle, y entonces me pregunto cuánto tiempo lleva en el nártex, esperando a que aparezca alguien que la ayude–. Meghan Michaels.

La expresión de la mujer cambia. Ladea la cabeza y se le junta el entrecejo mientras su rostro muestra algo parecido a la incredulidad. Agranda los ojos como si quisiera captar toda mi persona.

–¿Meghan Michaels? ¿Del instituto de Barrington, promoción del 2002? –pregunta, y yo asiento levemente, tratando de rebuscar entre mis recuerdos, de establecer la conexión.

Fui al instituto de Barrington, desde luego, aunque hace mucho de eso. Está a una hora de donde vivo ahora, pero mis padres dejaron la periferia de la ciudad después de que me graduara y apenas he vuelto desde entonces, ni tampoco he hecho mucho para mantener el contacto con los amigos del instituto.

–Eres tú de verdad –dice, como si advirtiera el parecido entre la adolescente de entonces y la mujer de ahora–. Soy yo –continúa, llevándose la mano al pecho–. Nat Cohen. Natalie. Fuimos juntas al instituto.

–Dios mío –exclamo, contenta pero sorprendida.

Natalie Cohen. Nat. Hace más de veinte años que no oigo ese nombre. Está cambiada, pero, claro, todas lo estamos. Se le ha adelgazado la cara y ya no la tiene tan redonda, y el pelo es más largo de lo que recuerdo. Durante todo el tiempo que la conocí, llevaba esa melena recta tipo *bob*, y me pregunto cuándo tomó la decisión de dejársela crecer. El pelo está precioso así, tan largo. Ella misma está preciosa. Nat siempre fue guapa, pero en el instituto tenía un aire de chicazo que ahora ha desaparecido. Es increíble lo bien que ha envejecido. No tiene arrugas en la piel como yo y, con algo de superficialidad por mi parte, me pregunto si se pone bótox u otro tipo de rellenos, o bien es que tiene la fortuna de contar con buenos genes. Nat y yo estábamos en la misma clase el año que nos graduamos. Jugábamos juntas al tenis, aunque ella siempre era mucho mejor que yo.

Abro los brazos para estrecharla, consciente de cuán agradable es sentirme tan cercana a alguien de mi pasado. Me embebo en esa sensación, manteniendo el abrazo un rato más de lo debido. Emergen los recuerdos del instituto, de unos tiempos más sencillos y felices que me provocan nostalgia. Cuando la libero, le digo:

—No puedo creer que seas tú. ¿Cómo has estado? ¿Dónde vives? ¿Aún juegas al tenis?

No puedo evitar tantas preguntas. Todavía desearía preguntar más, pero ¿cómo vas a ponerte al día después de veinte años, sobre todo con el poco tiempo que tenemos antes de la reunión?

—Bueno, he estado mejor otras veces —contesta.

—Dios, claro que sí. Ha sido una pregunta tonta —digo, sintiéndome insensible o incluso estúpida, porque aquí estamos, de camino a una reunión para divorciados. Nadie que venga a estas sesiones está viviendo su mejor época. Estamos todos en un limbo, intentando encontrar el modo de pasar página y ser felices.

—Te has dejado crecer el pelo —digo, porque, incluso con el gorro, los largos rizos le llegan varios centímetros por debajo del cuello—. Me encanta. Te queda bien.

—Gracias —dice—. Aquella desgreñada melena *bob* tenía que desaparecer.

—Tienes un aspecto fantástico. De verdad. ¿Cuánto tiempo llevas aquí esperando?

—Diez o quince minutos. La verdad es que —continúa, relajándose a ojos vistas ahora que está conmigo— no sé si debería estar aquí. No sé si quiero.

Le respondo:

—Bueno, te entiendo. Pero no estás sola. La primera vez que vine ni siquiera entré. Llegué hasta el edificio, pero entonces, estando todavía ahí fuera, cambié de opinión. Estaba convencida de que todo el mundo sería insufrible y de que no tendríamos nada en común, más allá del hecho de estar divorciados. Unas semanas después volví y me gustó mucho, la reunión y la gente. No tienen nada de insufribles, sino que son simpáticos y amables. Creo que te gustarán. Es por aquí –digo dando un paso hacia las escaleras para que me siga–. Ven conmigo y ya nos pondremos al día después de la reunión, cuando tengamos más tiempo. Hay tantas cosas que tengo ganas de preguntarte...

En ese instante, a nuestra espalda vuelven a abrirse las pesadas puertas y me giro al oír la arremetida de ruidos urbanos que se infiltra en la silenciosa iglesia. Quien entra es Lewis, otro de los miembros del grupo. Por el rabillo del ojo, veo cómo Nat se sobresalta al oír su entrada, una reacción desproporcionada para tan poco ruido. Me paro a observarla y veo que tiene los ojos fijos en Lewis, que está pateando en el felpudo con las pesadas botas mientras la nieve se adhiere rápidamente al cuerpo, lo que nos recuerda la fuerte tormenta del exterior. Solo cuando se quita la capucha y Nat lo ve con mayor claridad –la cara redonda y aniñada y los ojos bondadosos que no concuerdan con su gran corpachón–, se tranquiliza, relaja el cuerpo y empieza a abrir lentamente los puños. Se espera un grosor de unos diez centímetros de nieve esta noche, aunque la previsión siempre es muy imprecisa. Podrían ser cinco centímetros o podrían ser veinticinco.

–Bonita noche –dice Lewis pasando por delante de nosotras, y no sabría decir si lo dice de broma o no, porque lo cierto es que sí que es bonita. Hay algo mágico en la primera nevada de la temporada.

Vuelvo la mirada hacia Nat mientras Lewis desaparece escaleras abajo.

–Solo era Lewis –le digo, preguntándome por qué se

ha asustado tanto–. Un tipo adorable. Su mujer lo abandonó por otro tío cuando Lewis dejó su bien remunerado empleo en una empresa para dedicarse a algo más gratificante. Resultó que amaba más su dinero que a él. ¿Qué opinas? –pregunto, señalando con la cabeza hacia la escalera–. ¿Le das una oportunidad a esto? Ni siquiera tienes que hablar. Puedes solo escuchar –añado–. Faye, la coordinadora del grupo, es terapeuta, pero también está divorciada. Su mantra es que este es un lugar seguro para escucharnos, para ofrecer apoyo, para darnos fortaleza unos a otros y sentirnos menos aislados por nuestro divorcio.

Con todo, he de decir que la primera vez que vine era reacia a abrirme. Mi plan era solo escuchar y observar. Recuerdo que me senté en la silla contemplando el círculo de rostros que me rodeaban, cálidos, abiertos y receptivos. Eso calmó mi ansiedad y, cuando Faye preguntó esa noche si alguien quería compartir su historia con el grupo, levanté instintivamente la mano.

–Estoy divorciada –comencé, consciente del ligero temblor en mi voz, preguntándome si alguien más lo percibía aparte de mí–. Aunque supongo que eso ya lo sabéis, porque ¿para qué habría venido si no estuviera divorciada?

Y entonces me reí de mí misma. Hubo otros que también se rieron –conmigo, no de mí–, y eso me dio ánimos. Después las palabras brotaron con mayor fluidez y fui capaz de contarles que hacía meses que había pedido el divorcio.

–Decir que lo he pasado mal sería quedarme corta, aunque fui yo quien lo dejó a él. En cierto modo, me lo busqué yo misma. Fue responsabilidad mía. –Tomé aire, notando que el temblor de la voz había desaparecido–. Creo que se me hace tan duro porque no conozco a nadie que esté divorciado. Es raro, porque alrededor del cincuenta por ciento de los matrimonios terminan en divorcio, ¿no? Así que ¿cómo es posible que no le haya ocurrido a nadie que conozca? Me hace sentir como si yo fuera una especie de anomalía. Nadie está al tanto de lo que estoy pasando en el aspecto personal. Tengo grandes amigos que se muestran increíblemente comprensivos, pero durante los últimos meses he sentido que me alejaba de ellos. Ya no tenemos tanto en común. Un divorcio te obliga a gestionar muchas cosas, como criar a una niña sola, los derechos de la custodia y de las visitas, cambiar el testamento y mi propio nombre, deshacerme de la cuenta bancaria conjunta, intentar mejorar mi calificación de crédito, porque todo lo que compartíamos estaba a nombre de Ben y yo apenas tengo historial crediticio… No puedo hablar de todo esto con cualquiera.

Recuerdo que me detuve en ese punto e inhalé una gran bocanada de aire, sintiéndome cohibida porque había contado mucho más de lo que pretendía, pero también con una sensación catártica.

–Lo siento. No quería hablar tanto.

–No –repuso Faye–. No lo sientas. Nunca pidas disculpas, Meghan. Estamos aquí para eso, para escuchar y darnos apoyo. Todos los que están aquí se enfrentan a esos mismos problemas.

A mi alrededor, el círculo de cabezas hacía gestos de asentimiento.

Y entonces me pidió que le contara al grupo un poco más sobre Ben. Al principio no sabía muy bien cómo describirlo. Cuando nos conocimos, Ben era como un sueño. Estábamos en el instituto, una época en la que cosas como una carrera profesional o tener hijos se veían tan lejanas que no pensábamos en ellas. No existían, ni siquiera en nuestras fantasías más desatadas. Avanzamos ahora veinte años. Yo no era feliz. Ben no era feliz. Sienna, por defecto, tampoco lo era. Ben y yo no hacíamos más que discutir. Estaba muy centrado en su trabajo y se enfadaba cuando le pedía que también hiciera de la familia una prioridad, porque interpretaba que yo demostraba falta de sensibilidad por no apoyarlo en su trayectoria profesional, algo bien lejos de mi intención. Lo único que yo deseaba era que Ben estuviera más pendiente de Sienna y de mí. Empecé a pensar, cada vez con mayor frecuencia, que estaría mejor sin él, porque sentirme sola sería mejor que sentirme abandonada e ignorada. Pero durante años el miedo a lo desconocido hizo que no me atreviera a dejarlo. Si al final lo hice, no fue por mí, sino por Sienna, porque no quería que tuviera nuestro matrimonio como modelo. Quería que supiera que el matrimonio puede estar lleno de amor, felicidad y respeto mutuo.

Así que ahora le cuento a Nat:

—Antes de venir, pocas cosas me parecían peor que entrar en una habitación llena de desconocidos y compartir con ellos los detalles de una de las experiencias más dolorosas de mi vida. Pero ahora comprendo que es peor pasar por ello sola. —Hago una pausa para dejar que mis palabras calen en su ánimo y luego pregunto, señalando de nuevo las escaleras con la cabeza—. ¿Qué te parece? ¿Quieres intentarlo?

—De acuerdo —dice, cediendo.

Bajamos juntas los peldaños hasta la sala parroquial, donde las grandes mesas redondas se han apartado para colocar un círculo de sillas plegables de color negro en el centro de la habitación. Faye ya ha comenzado la reunión cuando llegamos, por lo que ocupamos las dos últimas sillas, situadas en lados opuestos del círculo, y solo puedo observar de lejos cómo Nat se desprende del abrigo y lo cuelga en el respaldo de la silla. Permanece callada durante toda la reunión. Escucha sin decir palabra, y no puedo culparla por ello.

En cierto momento, se quita el gorro, y entonces, cuando se pasa la mano por el pelo y se aparta algunos mechones de los ojos, vislumbro un cardenal en la parte superior de la frente, bajo la línea de nacimiento del cabello. Vuelvo a fijarme, impresionada por el tamaño del cardenal y su vivo color rojo, como si fuera reciente. Lo que sea que haya ocurrido, ha ocurrido hace poco, hoy mismo quizá. Lo observo más tiempo del debido, preguntándome cómo puede haberse hecho ese cardenal. Yo misma tengo en mi pasado una buena colección de torpezas y accidentes tontos, así que puede que no sea más que eso.

Pero también puede que haya algo más.

Nat levanta la vista en ese preciso momento. Nuestras miradas se encuentran. Trago saliva y fuerzo una sonrisa culpable, cohibida por haber sido pillada observando. Instintivamente, se lleva la mano al cardenal. Lo toca, pasa los dedos por el sensible chichón y luego empuja algunos mechones para taparlo. Y entonces, como preocupada por si eso no bastara, vuelve a ponerse el grueso gorro negro.

Aparto la mirada. Intento escuchar lo que dicen los otros, pero los ojos se me van todo el rato a Nat. El cardenal ha desaparecido de la vista, pero no de mi mente.

Cuando la reunión termina, cojo mi chaquetón y me dirijo hacia Nat, pero, antes de llegar a ella, otra mujer, Melinda, se me acerca y me dice:

—Ey, Meghan, ¿tienes un momento?

No espera a que responda y observo cómo Nat, tras echarme una mirada furtiva, mete los brazos en el abrigo y se encamina a las escaleras.

—Quería preguntarte por el colegio al que va tu hija, en concreto por cómo son el proceso de admisión y los exámenes de ingreso. Mi hija mayor pronto irá al instituto y hemos empezado a mirar algunos centros públicos de la zona. Una tarea agotadora, por decirlo de forma suave.

Cuando por fin subo las escaleras, Nat ya ha llegado a la puerta. Está demasiado lejos para alcanzarla y solo puedo verla empujar las pesadas puertas de madera contra la cortina de nieve, que cae sesgada y hacia el interior de la iglesia. Nada más salir se detiene para fijarse en los rostros de quienes pasan ante ella. Se pone la capucha y suelta la puerta, que se desliza lentamente para cerrarse, pero antes de que se cierre todavía la veo fundirse con un grupo de transeúntes.

Después salgo yo misma de la iglesia, otra vez al frío y a la nieve, sola, viendo cómo mi aliento forma nubes cada vez que respiro, preguntándome si volveré a ver a Nat y si regresará a la iglesia.

Pienso en el cardenal mientras camino, no tanto en el cardenal en sí como en lo deprisa que Nat lo ocultó. Me descubro preocupada por ella, preguntándome adónde va y quién habrá en su casa cuando llegue.

La nieve se ha acumulado de forma considerable durante la última hora y forma pilas en aceras y calzadas. Los coches y los autobuses avanzan con lentitud. Por la noche prohibirán aparcar en algunas calles, para que la ciudad pueda despejarse de nieve antes de la hora punta de la mañana.

Tomo la línea roja que me lleva de la iglesia a casa, en dirección norte. Son casi las nueve y me inquieta seguir en la calle a esta hora de la noche. Me preocupo por mí misma y también por Sienna, que está sola en casa. Nunca he sentido miedo en esta ciudad hasta la reciente oleada de robos y agresiones que tiene a todo el vecindario con los nervios de punta.

Me bajo de la línea roja en Sheridan y desde allí camino a buen paso, con el único deseo de llegar a casa, de estar allí y ver con mis propios ojos que la puerta del apartamento está bien cerrada y Sienna se encuentra perfectamente.

Capítulo 3

Al día siguiente, en el trabajo, consulto mis tareas con la enfermera jefe nada más llegar y me encuentro con que me han asignado a dos pacientes, entre ellos Caitlin Beckett, la mujer que, según dicen, se tiró del puente peatonal. Digo que muy bien y me alejo, sintiéndome algo más que alarmada. Esperaba que no me la asignaran, que tuviera que ocuparme de los mismos pacientes que ayer, y tengo ganas de aducir que debería tocarle a Bridget, aunque solo sea por mantener la continuidad en los cuidados, pero hoy es su día libre.

Dejo mis cosas en una taquilla de la sala de descanso y me encamino a la habitación de Caitlin. Resulta duro mirarla, allí inconsciente en la cama, y no sentir el ánimo descompuesto. Nada más cruzar las puertas acristaladas, me detengo y dejo vagar la mirada por su cuerpo, estudiándola con atención durante un rato. Bridget tenía razón; a pesar de los vendajes y los tubos, se nota que es guapa. Yace completamente inmóvil. Está pálida hasta el punto de que, si no conociera su verdadero estado, pensaría que está muerta. Y la única razón que lo impide son esas máquinas que respiran por ella y le introducen nutrientes y fluidos. Ya he oído rumores en la sala de descanso sobre lo que la gente piensa que le ocurrió, habladurías y afirmaciones no comprobadas. No deberíamos chismorrear sobre los pacientes, y sin embargo lo hacemos. Resulta catártico, un modo de desestresarse de una larga jornada de trabajo o de armarse de valor para el día siguiente.

Esta mañana he escuchado a dos enfermeras que hablaban de ella en la sala de descanso. Una decía que cuando Caitlin saltó, según ha oído, cayó por poco fuera de los raíles del tren y aterrizó en algún punto entre las vías, sobre las piedras.

–¿Tienes idea de cuántas veces pasa el tren cada día? –ha preguntado, insinuando que, de haber caído en la vía, un tren se la habría llevado por delante y no lo habría contado. No estaría aquí en la UCI luchando por su vida. Estaría muerta–. Los trenes no pueden frenar enseguida –ha continuado diciendo, aunque todo era pura especulación, pues no fue así como sucedió–. Ni siquiera en una emergencia. He oído que a veces se necesitan casi dos kilómetros de vía para detenerse desde que se frena, debido al peso y a la velocidad del tren.

–Entonces ha tenido suerte de haber saltado desde donde lo hizo –ha dicho Natalia, otra enfermera.

–¿Suerte? –ha cuestionado a su vez Misty, incrédula. Los efectos a largo plazo de un traumatismo craneoencefálico pueden ser graves; hablamos, entre otras cosas, de deficiencias motoras, problemas de visión y dificultades con la motricidad fina o para pensar o recordar–. ¿Cómo puedes decir eso? Pero ¿tú la has visto?

La respuesta ha sido que sí. A estas alturas, todos la hemos visto ya. Yo no soy la única que ha pasado por delante de su habitación para echarle una mirada a través del cristal. Otros han hecho lo mismo.

–Si de verdad quería morirse, entonces debería haber elegido otro puente para saltar, uno con tráileres y automóviles.

–Imagínate que eres tú quien conduce un coche o un tren y la atropellas –ha dicho Natalia.

Yo estaba de espaldas a ellas. No quería contribuir a la conversación, pero eso no significaba que no quisiera escuchar, oír lo que otras personas decían sobre Caitlin. Eso había sido antes de las siete de la mañana, justo antes del cambio de turno, por lo que la sala de descanso estaba más concurrida de lo habitual.

—¿Cómo crees que debe ser saber que vas a atropellar a alguien, ver cómo sucede, pero no poder hacer nada para impedirlo? —ha seguido diciendo.

Erin ha contado entonces que su tío era ingeniero de trenes de carga.

—Hace años, hubo una mujer que trató de suicidarse en su línea.

Y aquí Erin ha descrito cómo las miradas de su tío y de la mujer se cruzaron antes de que fuera arrollada, cómo incluso tras accionar el freno de emergencia tuvo que esperar durante unos segundos eternos y agónicos, escuchando el chirrido de unas cuatro mil toneladas de tren que intentan detenerse en vano. Luego ocurrió lo inevitable. La mujer desapareció de la vista, engullida hasta quedar en algún lugar por debajo de su tío, y, cuando por fin el tren se detuvo, fue él quien tuvo que bajar a buscarla.

No estaba segura de querer oír el resto. Erin ha dicho:

—Cuando un tren atropella a alguien, pueden ocurrir dos cosas: una, que la persona salga despedida y sufra gravísimas heridas internas que posiblemente le causarán la muerte; o dos, que se meta bajo las ruedas y con toda probabilidad acabe despedazada. —Ha hecho una pausa dramática—. Eso fue lo que le sucedió a esta mujer, la segunda opción —ha rematado, sacudiendo la cabeza por el horror que le tocó presenciar a su tío—. Todavía hoy, mi tío sigue teniendo pesadillas. Y han pasado seis años.

—Dios mío —ha exclamado Misty—. Es terrible. No fue

culpa suya y, aun así, va a tener que vivir con el sentimiento de culpa durante toda su vida, sabiendo que él participó en la muerte de alguien.

Esa idea me ha puesto los pelos de punta. No podía soportar seguir escuchando por más tiempo, así que me he obligado a levantarme del banco y a salir de allí.

Mi amigo Luke me ha seguido.

—Bonito, ¿eh?, ver que están otra vez con lo mismo —ha dicho refiriéndose a la rumorología incesante.

Me ha hecho sonreír. Del personal de enfermería en plantilla, Luke es el más parecido a mí. La similitud de edad tiene algo que ver en ello. Él y yo les sacamos unos diez o quince años al resto de compañeros, muchos de los cuales acababan de graduarse. Mientras caminábamos por el pasillo juntos, me ha preguntado:

—¿Estás bien?

Le he echado una mirada, arrugando el entrecejo.

—Sí, claro. ¿Por qué?

—Estás callada —ha dicho.

He desviado la vista, pero seguía sintiendo su mirada fija en mí.

—Ah, ¿sí? —he contestado haciendo una mueca, esforzándome al máximo por actuar con normalidad.

—Sí —ha dicho él, y después, con cautela—: Ayer llegaste tarde a trabajar.

—Ah. No fue por nada importante. Solo una cita con el médico —he respondido, aunque ambos sabíamos que yo nunca me programaría una cita de rutina en un día laborable. Pero, por fortuna, Luke no ha curioseado más.

Aun así, me he dado cuenta de que quería decir algo más, de que no me iba a soltar tan fácilmente.

—Ayer también vi que llevabas tu anillo de casada —ha dicho, cogiéndome desprevenida, y me he sentido culpable, pillada en falta, y he notado que me ponía colorada. No creía que nadie se hubiera dado cuenta—. No es asunto mío –ha continuado Luke–. Pero... –ha dudado, hablando con tacto– ¿volvéis a estar juntos, Ben y tú?

–Dios, no. No es más que... –Me he esforzado por encontrar las palabras y he acabado diciendo–: Viejas costumbres, ya sabes.

Había sido un error ponerme el anillo. No sé en qué estaba pensando. Después de tantos meses, resultaba muy extraño verlo en el dedo. Me lo quité en cuanto llegué a casa. Fui directa a mi habitación antes de que Sienna lo notara y lo puse de nuevo en la bandejita compartimentada del joyero, que era su sitio.

–Claro –ha contestado–. Ya lo sé. Lo entiendo. ¿Cómo le va a Sienna? –ha preguntado entonces, cambiando de tema, y me he alegrado de que lo hiciera. Agradecía que Luke me preguntara por Sienna con tanta frecuencia, cómo estaba, cómo le iba el instituto, si me gustaban sus amigos...

–Está bien. Le va bien.

–Ey, y quería preguntártelo. ¿Cómo te fue la cita?

Tardo un instante en comprender. Mi cita. Casi la había olvidado. De pronto parecía que hubiera pasado una eternidad desde entonces, aunque la frivolidad, la cotidianeidad que emanaba de la pregunta, era ciertamente bienvenida.

Hace unas pocas noches quedé con un hombre. Se llamaba Alec. No había tenido una cita desde que salía con Ben y esta era la primera tras el divorcio. A Alec lo conocí en una web de citas a la que me había apuntado –a regañadientes– hacía unos meses. Tenía mis recelos al respecto, pero Luke y un par de enfermeras del trabajo me convencieron de que lo intentara. Lo cierto es que Sienna se está haciendo mayor. Cada día es más independiente. Saber que pronto se irá a la universidad y me quedaré sola durante el resto de mi vida me quita el sueño por las noches.

El hecho de que Ben volviera a salir con otra mujer acabó de convencerme. Fue el factor desencadenante para
que accediera a quedar con Alec. Desde que a Sienna se
le escapó que Ben tenía novia, esa mujer ha ido ganan-
do terreno en mis pensamientos. No puedo decir con
seguridad que no aceptara la cita por venganza, con ese
vestido que me puse después de tantos años sin llevarlo,
tan sexi con su fruncido en la cintura y un escote de vértigo, pensando en lo agradable que sería que un hombre
volviera a tocarme, que deslizara la mano bajo la corta
falda del vestido, que me mirara con deseo.

No sucedió así. La sensación fue de extrañeza, de falta de deseo durante la cita y ahora, pasados ya algunos
días, de intrascendencia, hasta el punto de que ya me
había olvidado del tal Alec.

—Bah, ni fu ni fa —le he contestado a Luke encogién-
dome de hombros.

—¿Solo ni fu ni fa? —ha insistido.

—Sí, solo ni fu ni fa. No conectamos. Fue muy incómodo.

—Vaya mierda, pues. Lo siento, Meghan. Él se lo pierde. El siguiente será mejor. —Pero yo no estaba segura
de que hubiera un siguiente.

Ahora, mientras estoy en la habitación de Caitlin, la
enfermera de noche se acerca y me pasa el informe del
cambio de turno. Ambas permanecemos junto a la cabecera de la cama y mi compañera repasa las constantes
vitales, el historial médico y la medicación, entre otras
cosas. Caitlin sigue en coma, ni mejor ni peor que ayer.
No reacciona en absoluto a los estímulos externos, algo
que no es inusual en su estado. Los pacientes en situación similar a la suya muestran diferentes niveles de consciencia. Algunos pueden estar mínimamente conscientes
o hallarse en estado vegetativo. A veces se estremecen
al sacarles sangre. Podrían hacer rechinar los dientes,

revolverse en la cama o hacer otros movimientos involuntarios, pero no ocurre así en este caso. Caitlin no puede hacer nada por sí misma, ni siquiera respirar.

Lo único diferente hoy es que durante la noche, después de que acabara mi turno, el personal del hospital localizó a sus padres. Me los encuentro en la sala de espera, donde han pasado la noche en butacas reclinables, prácticamente en posición vertical. Me quedo mirándolos desde lejos mientras tratan de dormir. Tienen los ojos cerrados, pero no sabría decir si duermen o no. En las salas de espera de la UCI se respira una tensión palpable, diferente de la de cualquier otro lugar del hospital. En la mayoría de los casos, las visitas solo pueden entrar de una en una o de dos en dos, y durante un corto periodo de tiempo. Terminan «acampando» en la sala de espera, alternando entre el sufrimiento, las oraciones, el llanto y las visitas, en ocasiones durmiendo o comiendo, aunque más bien poco. Cuando se van parecen zombis, y solo a veces consiguen llevarse a sus seres queridos con ellos.

Los dejo dormir. Regreso a la habitación de la paciente, pero resulta duro estar sola con ella. Me centro en mi tarea, casi en piloto automático, intentando no pensar en lo que le ocurrió, lo que la trajo aquí. Examino el monitor y las vías intravenosas, compruebo las constantes vitales y le administro la medicación, pero la mirada se me va todo el rato a su rostro, estudiándolo con minuciosidad, asegurándome de que sigue inconsciente. Solo un tercio de la cara es realmente visible; el resto está cubierto de gasas, tubos y esparadrapos que le estiran implacablemente la piel, de modo que apenas resulta reconocible. Podría tratarse de cualquiera. Pienso en lo tranquila que parece en este momento y en cuán contradictorio es este estado si lo comparamos con lo que le sucedió.

Más tarde, comienza el horario de visitas y los padres entran en la habitación. Estoy con la espalda apoyada en la puerta cuando llegan, pero oigo cómo se desliza el cristal y a una mujer que pregunta con voz dubitativa:

–Por favor, ¿podemos pasar?

Me giro y los veo esperando, con la puerta abierta. Ahora que están aquí, puedo verlos con mayor detenimiento. Son de mediana edad, alrededor de la sesentena, ambos con el cabello gris, aunque el del hombre es más entrecano y la mujer lo tiene plateado. Van bien vestidos –ella con vaqueros, camisa sin mangas y cárdigan; él con pantalones y camisa de vestir, como si viniera de trabajar–, aunque todo su atuendo tiene un aspecto arrugado y amorfo por haber dormido con él. Son prácticamente de la misma estatura. Van cogidos de la mano, aferrándose el uno al otro como si necesitaran agarrarse a algo desesperadamente. Ella lleva el maquillaje del día anterior y se le ha emborronado alrededor de los ojos.

–Somos los padres de Caitlin –dice–. Tom y Amelia Beckett.

–Ah, claro. Por favor, pasen –contesto–. Buenos días. Soy Meghan. Hoy estaré a cargo de su hija.

–Encantados de conocerla –dice su madre, pero no me está mirando.

Mira a su hija, asimilando las gasas y los tubos, los drenajes y los catéteres, como si los viera por primera vez. Respira hondo y se aprieta los dedos contra la boca, luchando por contener las lágrimas. Desvío la mirada para evitar que su reacción me provoque un nudo en la garganta. Me siento responsable de la situación. Ver así a un ser querido es algo difícil de digerir. La UCI exige un proceso de adaptación; al principio, uno puede sentirse sobrepasado por muchas razones. La iluminación del cuarto es agresiva, no ayuda en nada a suavizar el aspecto del paciente. La cantidad de personas que entran y salen de la habitación cada día resulta agotadora: médicos residentes y adjuntos, terapeutas respiratorios, nutricionistas, fisioterapeutas y terapeutas ocupacionales… Es difícil que las familias recuerden quién es quién. Les preocupa que cada nueva cara sea la portadora de malas noticias. No están familiarizados con los incesantes zumbidos y pitidos de las máquinas. Al desconocer su significado, pueden asustarse. Les inquieta que cada sonido pueda anunciar algo malo o mortal en potencia.

—¿Puedo tocarla? —pregunta la señora Beckett cuando ambos llegan a la cabecera de su hija.

—Por supuesto —contesto, y la veo posar una mano vacilante en el brazo de Caitlin, con cuidado de no quitarle la vía periférica.

Les digo que su situación es estable, que nada ha cambiado durante la noche. El doctor pasará esta misma mañana y, en algún momento del día, lo harán el terapeuta respiratorio y el fisioterapeuta. Les explico la importancia de mover a los pacientes en coma tanto como sea posible para evitar la atrofia muscular y las lesiones en la piel.

—¿Han podido dormir algo esta noche? —pregunto.

—Algo. No mucho.

—¿Han comido?

—Todavía no.

—Deberían hacerlo. Tienen que cuidarse, procurar comer y dormir. Aquí siempre habrá una enfermera ocupándose de su hija. Está en buenas manos —les digo.

—Mi mujer y yo les estamos agradecidos por ello, por todo lo que están haciendo por Caitlin.

—Faltaría más. Por favor, hagan como si yo no estuviera —digo siguiendo con mi trabajo o tratando de hacerlo, al menos.

Pero se me hace difícil. Su presencia, su dolor, ha desbaratado mi concentración. Desvío la mirada hacia el monitor y digo:

–Si tienen alguna pregunta, no duden en hacerla.

–¿Cuánto tiempo va a estar así?

–Es difícil decirlo. Varía de un paciente a otro.

Resulta duro mirar a la señora Beckett mientras hablo. Su sufrimiento es patente. La mayoría de las personas permanecen en coma durante solo unos días o unas semanas y, luego, empiezan poco a poco a recuperar la consciencia y entran en una especie de estado vegetativo en el que respiran por sí mismos o están mínimamente conscientes. Pero comas como el de Caitlin pueden durar meses o años, y algunos pacientes no despiertan jamás.

La señora Beckett busca mi mirada y pregunta:

–¿Cómo es estar en coma?

–Por lo que yo sé, es diferente en cada caso –respondo, volviendo la vista de nuevo hacia Caitlin, fijándome en el aspecto plácido y sosegado de su rostro, pero viendo también fogonazos de algo más: miedo, sorpresa, dolor, desolación.

Vuelvo a pensar en la caída, en cómo debió de ser precipitarse desde tanta altura. Me demoro en su sentimiento de desesperación, en su último esfuerzo por rehacerse y frenarse a sí misma, y luego en el cuerpo girando, agitándose, chocando contra el suelo. Trato de analizarlo todo sin emoción, clínicamente, como haría con cualquier otro paciente, pero es difícil. Soy humana. Me pregunto si la caída y el impacto duelen. Me pregunto si para entonces ya estaba inconsciente o si, en ese momento, sus nociceptores eran insensibles al dolor y, aunque estaba consciente, no sintió nada al golpear el suelo.

–Para algunos –continúo, girándome de nuevo hacia la señora Beckett– es como despertarse de una anestesia general. Al despertar están groguis, pero el tiempo que pasaron inconscientes les parece un suspiro. Otros sueñan.

—¿Pesadillas? —pregunta con visible terror, preocupada por si es eso lo que está ocurriendo ahora mismo, por si su hija permanece atrapada en su cerebro acosada por las pesadillas.

—No —contesto negando con la cabeza, aunque es una mentira, porque a veces los pacientes han declarado haber sufrido pesadillas mientras estaban inconscientes—. Solo sueños. En ocasiones, sueños lúcidos. Otras veces les resulta difícil distinguir entre sueño y realidad cuando despiertan. Tardan un tiempo.

—¿Cuál es su estado cuando despiertan?

—Es un proceso. Pocas veces sucede de modo espontáneo. Se producen alternancias de consciencia e inconsciencia. Al principio puede haber incoherencias o lagunas de memoria.

—¿Recordará lo que le sucedió cuando se despierte? ¿Se acordará de que… —se interrumpe y termina— saltó?

No sé bien lo que espera la señora Beckett, que Caitlin recuerde o que no recuerde. Lo segundo sería una suerte.

—Depende —digo—. No lo sé. Algunos recuerdan y otros no.

A veces, los pacientes despiertan con un agujero negro en la memoria que alcanza hasta días o semanas antes del accidente o la enfermedad. Son incapaces de recordar qué les ocurrió o por qué acabaron en coma, lo que puede ser una bendición.

En otras ocasiones, salen del coma con una memoria defectuosa. Recuerdan cosas que nunca ocurrieron. Hacen afirmaciones descabelladas que pueden achacarse a algún sueño lúcido o una desconexión con la realidad.

Aparto la mirada, pero todavía siento los ojos de la señora Beckett clavados en mí.

—¿Tiene usted hijos, Meghan? —me pregunta después de un rato.

Levanto la cabeza y la miro a los ojos.

—Sí —le digo—. Uno. Una hija.

No siempre me gusta hablar de Sienna durante el trabajo. Me gusta mantener la reserva en lo que atañe a mi vida personal. Pero estar en una habitación de la UCI es una experiencia muy íntima. Hoy solo tengo otro paciente aparte de Caitlin, y mi día se repartirá entre ambos. Cuando pasas tanto tiempo con los pacientes y sus familias, es normal que acaben surgiendo aspectos de la vida privada.

—¿Están unidas usted y su hija? —pregunta distraída, con la vista de nuevo en el rostro inexpresivo de su hija, en el horroroso tubo traqueal de la boca, pegado con esparadrapo a la piel para que se sujete.

—Sí. En general, sí.

Entonces confiesa:

—Nosotros llevamos muchos años sin tener una relación cercana con Caitlin. Ni siquiera sabíamos que había regresado.

Trago saliva. No es asunto mío, pero siento curiosidad. Tengo que saberlo. Pregunto:

—¿Regresado?

La señora Beckett mira por encima del hombro a su marido. Se le está haciendo un nudo en la garganta y no puede hablar. El señor Beckett se gira hacia mí y me lo explica.

—Caitlin se mudó a California hace años. Por lo que sabíamos, todavía seguía allí. La última vez que tuvimos noticias suyas parecía estar bien, feliz. Eso fue hace un par de meses. No dejábamos de preguntarle cuándo vendría a visitarnos, pero siempre contestaba que no lo sabía. Tenía excusas de todo tipo para explicar por qué no podía venir a vernos. Mucho trabajo. Poco tiempo de vacaciones. Los vuelos eran caros… O que no sabía cuándo podría librarse.

–Estaba siempre tan ocupada… –repite la madre en voz baja, y, por cómo lo dice, adivino que es un tema sensible. Le duele que Caitlin no encontrara tiempo para ellos.

–¿En qué trabaja? –pregunto, deseosa de enterarme de más cosas y saber quién es realmente Caitlin.

El señor Beckett se encoge de hombros.

–Ahora en esto, luego en aquello… Cualquier cosa que la ayudara a pagar el alquiler. A veces un par de trabajillos ocasionales a la vez. Vendedora. Camarera. Fue cajera de banco durante una temporada, pero no salió bien. Lo que quería era ser actriz. Pensaba que iría a Hollywood y se convertiría en una estrella.

–Nosotros la apoyábamos –se apresura a decir la señora Beckett, por si se me ocurre pensar otra cosa–. No teníamos valor para decirle que la probabilidad de que eso sucediera era una entre un millón, porque a lo mejor la suerte le sonreía precisamente a ella. –Mira a su marido y pregunta, con el labio inferior temblando y la nariz empezando a moquear–: ¿Por qué crees que no nos dijo que había vuelto? ¿Crees que no quería que nos enteráramos?

Él zarandea la cabeza.

–No lo sé.

Busco un pañuelo de papel y se lo paso a la señora Beckett.

–¿Cuánto hace que había vuelto?

El señor Beckett se encoge de hombros.

–Lo bastante como para haber encontrado apartamento.

–A lo mejor creía que nos sentiríamos defraudados con ella. O quizá sentía que nos había decepcionado o tenía vergüenza porque no le habían ido las cosas como esperaba. ¿No puede ser?

Él niega con un gesto de la mano.

—¿Desde cuándo le preocupa a Caitlin lo que piensen los demás? Ella es fuerte, dura —dice el señor Beckett. Deja de mirar a su esposa y se dirige a mí—. Lo cual hace que todo resulte aún más devastador. No lo vimos venir. Nunca pensamos que fuera el tipo de persona que intenta quitarse la vida.

Parece como si quisiera decir algo más, explicar por qué está ocurriendo todo esto. Sé que ahora debo decir algo para que se serenen.

—Hasta donde yo sé, aquí no hay tipos ni perfiles que valgan —digo despacio.

En la UCI ya hemos tenido antes intentos de suicidio. Una vez leí una estadística según la cual por cada persona que muere en un suicidio hay veinticinco tentativas. El dato me asustó, sobre todo al pensar en Sienna, en nuestro historial familiar y en la situación de emergencia que vivimos hoy en relación con la salud mental de los adolescentes. Es una epidemia. Deseaba saber más, principalmente si Sienna corría peligro. Existen subtipos de personalidades suicidas; así, por ejemplo, en general los individuos en cuestión suelen ser dependientes, ansiosos e impulsivos. A menudo interiorizan sus sentimientos en lugar de dejarlos salir. En ocasiones, quienes se suicidan o intentan hacerlo tienen diagnosticado algún problema mental, como depresión o trastorno bipolar, y algunos padecen una adicción. Pero no todos. Los hombres tienen mayor probabilidad de conseguir matarse, pero las mujeres son las que más lo intentan. En cualquier caso, todo eso no son más que estadísticas y factores de riesgo. Lo cierto es que cualquiera puede quitarse la vida o intentarlo. Quizá a esa persona le ocurriera algo espantoso o puede que simplemente tuviera un mal día.

–Con mucha frecuencia, este tipo de cosas pillan a todo el mundo por sorpresa. No pueden culparse por ello, ni pensar que deberían haberlo sabido o haber hecho algo de modo diferente –digo.

–¿Puedo hablar con ella? –me pregunta la señora Beckett.

–Por supuesto –contesto–, y debería hacerlo. Dicen que ayuda, que para la gente en coma puede ser bueno oír voces familiares. Hay estudios sobre eso.

–¿Y qué le digo?

–Cualquier cosa. Eso da igual. Lo que importa es el sonido de su voz.

Asiente, pero le cuesta comenzar.

–Caitlin –dice la señora Beckett después de unos instantes, pero la voz se le quiebra. Se aclara la garganta y lo intenta de nuevo–. Cariño, soy yo, mamá. Papá también está aquí –dice, y lo coge del brazo y tira de él para acercarlo a la cama.

–Hola, cielo –dice el señor Beckett acercándose hasta quedar inclinado sobre ella.

Más tarde, cuando los padres ya se han ido y me quedo sola con ella, me pregunto si es cierto, si puede oírme, si puede sentir mi presencia, si sabe que estoy ahí.

Estoy de pie junto a la cabecera de la cama. De espaldas a la puerta, que es algo que nos enseñan a las enfermeras, a colocarnos entre el paciente, los visitantes y la puerta para disponer siempre de una salida de la habitación. Una vía de escape. Si creemos que hay peligro, nos explican, hay que dejar la habitación sin mirar atrás. Buscar ayuda. Ciertos aspectos de la profesión los aprendes no porque los enseñen en la escuela de enfermería, sino mediante la observación y la experiencia, como a mantener a los pacientes y sus familias a suficiente distancia sin volverles nunca la espalda, o a no llevar jamás el estetoscopio alrededor del cuello, porque una vez un paciente intentó estrangular a una colega con él y lo habría logrado si no llega a intervenir otra persona.

Me doy la vuelta, dispuesta a salir de la habitación para ir al mostrador de control de enfermería, cuando veo a un hombre parado a unos tres metros de distancia, justo al otro lado de la puerta acristalada. Tiene la vista clavada en la habitación de Caitlin, observando con mirada penetrante y desagradable, el tipo de mirada que se te agarra a las entrañas. Esa forma de observar hace que se me disparen las alarmas, porque es una mirada intimidante, casi depredadora; una mirada que desafía las normas sociales. La gente normal no mira así. No te clava la mirada y la mantiene sin pestañear.

Todo el cuerpo se me pone en tensión. Me quedo inmóvil de golpe, petrificada en plena acción de caminar, temerosa de dejar la habitación, de salir al pasillo donde se halla este hombre. Tengo que pasar a su lado para llegar al mostrador de control, y entonces se me ocurre que, durante el día, la unidad permanece abierta: cualquiera puede entrar en la UCI. No hay nada que lo impida.

Tomo aire. Me giro hacia la paciente, dando de nuevo la espalda a la puerta. Me digo a mí misma que no pasa nada, que es solo un amigo de Caitlin que ha venido a verla y está alterado, consternado, y por eso nos mira así.

Pero ¿y si no es eso? ¿Y si resulta que no está alterado ni consternado ni es un amigo?

De pronto, me preocupa haberme equivocado al colocarme de espaldas a la puerta. ¿Qué le impide ahora entrar en la habitación, ponerse tras de mí y bloquearme la puerta?

Tengo que irme de aquí mientras aún pueda hacerlo. Respiro hondo y me armo de valor para darme la vuelta y salir de la habitación.

Pero, cuando vuelvo a mirar, ya no está.

Capítulo 4

Veo por primera vez la solicitud de amistad en el teléfono esa misma noche. No hago caso. Deslizo la pantalla hacia abajo mientras hago cola en la tienda de comestibles de la esquina después del trabajo. Meto el teléfono en el bolso cuando llega mi turno de pagar y lo dejo allí mientas camino con cautela a casa, atravesando la nieve en la oscuridad, observando alerta lo que me rodea, cargada con unas bolsas tan pesadas que siento los brazos a punto de explotar.

Sienna está con alguien en la cocina cuando cruzo la puerta del apartamento, que me he encontrado ligeramente abierta porque Sienna se ha olvidado de cerrarla con llave y el pestillo ha vuelto a fallar. Está hablando con un amigo de voz grave y varonil. La cocina se encuentra al fondo del apartamento; no me oyen llegar. Me detengo sin llegar a cerrar la puerta, desconcertada, porque Sienna nunca ha traído antes a ningún chico y solo ahora me doy cuenta de que no hemos hablado aún de si se pueden traer chicos a casa cuando yo no estoy. No me he formado un criterio al respecto porque, hasta ahora, no había tenido que pensar en ello.

Escucho la conversación sin dejarme ver. Hablan sobre matemáticas, pero también podría parecer un flirteo.

—Yo soy malísimo en geometría —dice él.

—Qué va —replica Sienna con voz que no acaba de ser la suya.

Contengo la respiración para poder oír, recordando cómo eran las cosas a su edad. Ver a Nat la pasada noche ha hecho brotar los recuerdos del instituto. No solo he estado pensando en ella, sino en otros compañeros de entonces, como mi mejor amiga Carrie Grant, o también Jason Murphy, con quien estaba segura de querer casarme o como mínimo perder la virginidad antes de conocer a Ben.

—Es una mierda de asignatura, superdifícil —le dice Sienna a su amigo.

Me muerdo el labio y me apoyo en el marco de la puerta para contrarrestar el peso de las bolsas de la compra. Afuera el cielo está oscuro, una oscuridad que se cuela en la casa. Sienna no ha encendido más luz que la de la cocina, de modo que el resto del apartamento permanece en penumbra.

Tampoco estoy acostumbrada a oírle a Sienna palabras como «mierda», lo que me indica que intenta fanfarronear delante de este chico. Él le gusta. Estoy segura. Sienna tiene dieciséis años. Solo era cuestión de tiempo que empezaran a interesarle los chicos.

—Además —está diciendo ahora—, el último examen te salió de muerte. Yo saqué un suficiente. Si alguien es malísimo en geometría, soy yo.

—Eso no es verdad. En ese examen tuve suerte. No soy exactamente un *crac* con los círculos.

—¿Alguien lo es?

—Puede que Simon Hall.

Sienna hace una mueca desdeñosa.

—Simon Hall es asquerosamente listo.

—Es probable que le guste esa mierda.

—Es probable que sea su manera de divertirse los fines de semana.

Ambos sueltan una buena carcajada a costa de Simon Hall. El metro pasa a toda velocidad y amortigua su risa. Por lo que puedo deducir, Sienna y su amigo han dejado de hablar, esperando a que pase el metro antes de seguir. Reanudan la conversación treinta segundos después, hablando de cuerdas y tangentes, y por el modo en que el chico le explica la geometría a mi hija, con amabilidad y paciencia, me doy cuenta de que este muchacho no es tan malo en matemáticas como quería hacerle creer a Sienna. Estaba infravalorándose a propósito, lo que me revela que también a él le gusta ella.

Sienna comete un error en la tarea. Él la corrige y ella dice:

—Mierda. Pero qué tonta soy…

Percibo la frustración en su voz. Las matemáticas no son lo suyo.

La amabilidad de él resulta encantadora.

—No eres tonta. Cualquiera podría haberse equivocado.

—Pues tú no te has equivocado —replica ella.

Se produce un segundo de silencio y luego, de forma inesperada, Sienna dice:

—Según Gianna, una persona no puede ser a la vez guapa e inteligente…

Como si ambas cosas fueran mutuamente excluyentes, y entonces el muchacho responde:

—Gianna es idiota. Tú eres las dos cosas.

Me descubro sonriendo, porque eso es exactamente lo que pretendía conseguir Sienna: un cumplido. Nunca ha sido una chica tímida.

De la cocina emana un silencio incómodo. Me imagino sus caras muy juntas y me pregunto si alguna vez han besado a Sienna. O si ha llegado incluso más lejos.

Sienna se moriría si supiera que he estado escuchando. Cierro con fuerza la puerta de la calle para que el ruido indique inequívocamente que estoy en casa.

—¿Sienna? —grito como si no supiera ya dónde está.

–Aquí –responde mientras se oye un súbito arrastrar de sillas en el suelo de arce.

Sigo el ruido y me encamino por el estrecho pasillo hasta la cocina. Nuestro bloque de tres pisos tiene un diseño estándar: en la parte de delante, el salón con su gran ventana salediza; al fondo, la cocina, que da a un insignificante patio comunal; y luego dos pequeñas habitaciones y un baño en el pasillo justo entre ellas.

Cuando entro, Sienna está de pie delante de la nevera. Tiene la puerta abierta y está cogiendo zumo del interior. Su ropa se ha convertido en fuente inagotable de exasperación durante los últimos años. Nada queda de la época *grunge* de mi juventud, de las holgadas camisas de franela y los vaqueros de pernera ancha. En lugar de eso, Sienna lleva ese top rojo de tirantes finísimos que es tan corto por abajo como escotado por arriba, con lo que enseña demasiada piel para mi gusto y, además, está fuera de lugar en este día invernal. Debo admitir que fui yo quien se lo compró, pero después de que me prometiera ponerse encima un cárdigan o una sudadera con capucha, algo que no está haciendo. Sus vaqueros son de estilo envejecido, con agujeros por todas partes. Tienen la cintura alta, lo que ayuda a tapar un poco el vientre desnudo. Pero aun así… En el instituto hay unas normas de vestimenta. Nada de lo que lleva está permitido, ni tops cortos ni vaqueros, lo que significa que se ha cambiado al llegar a casa. Su amigo no lo ha hecho. Todavía lleva el polo y los pantalones caqui oficiales del instituto, lo que también me dice que muy probablemente lleva aquí desde que terminaron las clases hace más de cuatro horas.

¿Qué han estado haciendo durante todo ese tiempo?

–Mamá, este es Nico –dice, mirándolo apenas por encima del hombro.

Nico está sentado en mi mesa. Es tan grande como un hombre, un chico en un cuerpo de hombre.

Sonrío.

–Hola, Nico. Me alegra conocerte.

–Hola, señora Long –dice él. Está incómodo, pero es educado.

–Es Michaels, señora Michaels –interviene Sienna, porque recuperé mi apellido de soltera tras el divorcio mientras que Sienna mantuvo el de Ben.

Sienna deja la puerta de la nevera abierta mientras se sirve un vaso de zumo. Yo avanzo hasta el fondo de la habitación y dejo las bolsas de la compra sobre la mesa, contenta de librarme del peso. Me quito el chaquetón y veo que las pesadas bolsas me han dejado profundas marcas rojas en los brazos.

–Llámame solo Meghan, Nico. Sienna, ¿te importa ayudarme con esta comida?

–¿Vas a pagarme? –pregunta, sacando cadera mientras sorbe su zumo.

–¿Qué te parece si sigo pagándote el teléfono y quedamos en paz?

Sienna hace un puchero, sacando el labio inferior. Sus labios ya son carnosos por naturaleza. Tiene, además, unas cejas bonitas y pobladas, de las que se estilan mucho ahora. Todo su aspecto es envidiable. Es todo lo que aspiran a ser las chicas: guapa y delgada. Solo me pregunto cuándo se le acabará esa impertinencia adolescente y volverá a tener los pies en la tierra.

–Yo la ayudo –dice Nico, tirando la silla hacia atrás y levantándose. De pie parece todavía más alto. Hacía mucho tiempo que no entraba un hombre en esta casa, aunque él solo tenga dieciséis años. Lo cual me lleva a preguntarme… ¿Tiene dieciséis años? ¿O es mayor que Sienna?

Nico vacía las bolsas, dejando los artículos en la mesa mientras Sienna los va guardando con lentitud exasperante.

–Gracias, Nico. Eres muy amable. ¿Te quedas a cenar? Tengo mechada italiana en la olla de cocción lenta. Ya está lista. Solo falta servirla.

–Deberías quedarte –dice Sienna–. Sus sándwiches de mechada son acojonantes.

–Sienna…

–¿Qué? –pregunta–. Lo son. Es un cumplido. Deberías aceptarlo, mamá.

–No puedo –interviene Nico–. Seguro que son increíbles, pero la verdad es que tengo que irme. Gracias por la invitación.

–Por supuesto. Entonces en otra ocasión, quizá –digo.

Me quedo en la cocina guardando lo que queda de la compra mientras Sienna acompaña a su amigo a la puerta y ambos se despiden en la oscuridad del salón. No intento escucharlos, pero sí me doy cuenta de que sus voces se amortiguan, se hacen inaudibles desde donde estoy, convertidas en meros susurros hasta que un agudo gritito de Sienna atraviesa el silencio. Ah, quién tuviera dieciséis años otra vez.

–Parece simpático –le digo cuando Nico ya se ha ido.

–Ajá.

–¿Vive cerca?

Se encoge de hombros.

–Supongo.

–¿No lo sabes?

–No me dedico a acechar a la gente, mamá.

–Nadie dice que estés acechando a nadie, Sienna. Solo trato de tener una conversación contigo. Y, oye, otra cosa: no sé aún si me gusta que traigas chicos aquí cuando no estoy.

Gruñe.

–¿Me estás diciendo que no puedo?

–Lo que estoy diciendo es que tengo que pensarlo.

Su delgada cadera vuelve a sobresalir. Apoya la mano en ella y pone morritos.

–Vaya madre controladora…

El metro pasa con estrépito. Lo miro por la ventana, cómo aminora para tomar la curva y luego vuelve a acelerar. Las vías discurren junto a nuestro apartamento. Casi desde cualquier punto, podemos ver el metro culebreando a un lado del edificio, que es un engendro industrial de cimientos oxidados cuyo alquiler se mantiene por debajo del valor de mercado. Cada cinco o diez minutos pasa un tren. Y continúan pasando durante toda la noche, veinticuatro horas al día, aunque a partir de las dos de la madrugada disminuye la frecuencia. Sienna y yo nos hemos acostumbrado. Para nosotras es solo un ruido blanco, en el mejor de los casos. Pero hace unos meses, cuando nos mudamos aquí después de que Ben y yo nos divorciáramos y me fui de nuestro encantador apartamento en Webster, me parecía una pesadilla. Me despertaba en mitad de la noche creyendo que la línea roja del metro atravesaba mi salón. O el apartamento temblaba de tal forma que pensaba que el viejo edificio iba a derrumbarse. Tuvimos que ajustar algunos detalles, como poner tornillos extra al colgar los cuadros para que no se cayeran al suelo de madera y se hicieran añicos, o interrumpir las conversaciones en mitad de una frase para no hablar a gritos por encima del ruido del tren.

–Pues ya que hablamos del tema… –digo refiriéndome al tema de los padres controladores, aprovechando que Sienna lo ha sacado–, creí que habíamos dicho algo de llevar un cárdigan con ese top.

Sienna se rebota.

–Estamos lo menos a cuarenta grados en este apartamento. ¿Quieres que muera por un golpe de calor?

–Puedes ponerte simplemente otra camiseta –sugiero.

Solo más tarde –cuando ya hemos cenado juntas en el sofá, sujetando los platos bajo la barbilla para recoger la carne y los jugos que caen, y cuando Sienna ya se ha ido a terminar los deberes a su cuarto– puedo coger una silla y sentarme frente al escritorio adosado al gran ventanal del salón. Afuera la calle está en silencio, tranquila. Está oscuro, aunque las farolas y el reflejo de la nieve ayudan a dar brillo al mundo. En la breve calma entre un tren y otro, oigo el ruido de la ciudad en la distancia, el sonido invariable de las sirenas y el tráfico que jamás desaparece.

Abro mi portátil. Consulto primero el correo y luego entro en Facebook, donde la solicitud de amistad sigue esperándome. La abro y veo que es de Natalie Cohen Roche. Nat. Sonrío con el corazón henchido porque estoy contenta de que me haya encontrado aquí. Quiere recuperar el contacto, que volvamos a ser amigas, lo cual agradezco mucho, porque la verdad es que en esta época de mi vida no me viene nada mal una amiga.

Contemplo la foto de su perfil. Está al borde de lo que podrían ser las cataratas del Niágara, o quizá otra gran catarata, y se la ve feliz, lo que me lleva a preguntarme cómo ha pasado de esa foto a acudir a un grupo de apoyo para divorciados, conmigo. ¿Qué le ha ocurrido en todos estos años, desde el instituto?

No lo sé, pero espero averiguarlo.

Capítulo 5

El señor y la señora Beckett pasan las primeras veinticuatro horas o incluso más en el hospital, sin interrupción. Cuando llego al día siguiente, siguen allí, acomodados con el cuerpo flácido en dos de las espartanas butacas reclinables de la sala de espera, con los ojos cerrados, aunque no sabría decir si duermen. Me quedo un rato al otro lado de la habitación, observando el movimiento de sus ojos para que me revele si están conscientes. No hay nadie más en la sala. La televisión está encendida, encajada en su soporte del rincón, pero le han quitado el sonido. Lo único que se oye es el tenue zumbido de las luces del techo, que nunca se apagan.

A primera vista, se diría que la señora Beckett tiene frío. Se ha ceñido el cárdigan con tanta fuerza que las solapas se superponen, y tiene los brazos anudados alrededor del cuerpo. Me alejo y abro la puerta de la UCI con mi placa. Allí encuentro una manta y la llevo a la sala de espera, porque no puedo soportar verla pasar frío. Después de tantos acontecimientos, es lo menos que puedo hacer por ella. Procuro no despertarla, pero aun así se revuelve cuando le coloco la manta con suavidad. Parpadea y abre los ojos. Se recoloca en la butaca, centra la atención y me mira. Poco a poco va distinguiendo mi cara, y veo que su expresión inicial de reconocimiento da paso a otra de pánico. Cree que algo le ha ocurrido a Caitlin. Por eso estoy aquí, por eso he venido: para decirle que su hija está muerta, que sufrió un paro cardíaco durante la noche y, pese a los esfuerzos de los doctores, no pudo superarlo.

–¿Qué pasa? –dice sin aliento, llevándose la mano al corazón.

–Todo va bien –susurro–. Le he traído una manta, señora Beckett. Pensé que así estaría más cómoda. Parecía tener frío.

Tarda unos segundos en asimilar mis palabras. Solo entonces baja la vista y ve la manta térmica blanca en su regazo. La mira, reconociendo lo que es, y luego se vuelve hacia mí, sin estar convencida.

–¿Está segura? ¿Marcha todo bien con Caitlin? –pregunta, y me siento culpable por asustarla de ese modo.

–Sí. No sabe cuánto lo siento. Tan solo quería que no pasara frío. No pretendía despertarla. Por favor –le digo–, intente dormir un poco.

Vuelvo a la UCI, donde la enfermera jefe me entrega la lista de pacientes asignados, entre los que veo de nuevo a Caitlin, lo que no es ninguna sorpresa, aunque esperaba que se la asignaran a Bridget, ahora que ya está de vuelta. Dejo mis cosas en la sala de descanso y me siento en el banco para cambiarme de calzado. Un día más, las enfermeras siguen hablando de Caitlin Beckett. Continúa siendo un tema candente.

Salgo de la sala de descanso y me encamino a su habitación, donde veo a la enfermera de noche, Kathy, esperando a darme el informe de cambio de turno.

–¿Cómo sigue? –pregunto al entrar, echándole una mirada a Caitlin. Incluso tras mis casi veinte años de enfermera en la UCI, la visión de Caitlin en la cama me sobrecoge.

–Más o menos igual –contesta, y la respuesta me consuela.

Kathy me da el informe de cambio de turno. Cuando ya se ha ido, efectúo mi evaluación inicial siguiendo la rutina en piloto automático: le tomo las constantes vitales, le administro la medicación, le abro los ojos para verificar si hay respuesta pupilar y, por último, compruebo la emisión de orina, que nos sirve para vigilar una posible deshidratación y la función renal. Le han puesto un catéter urinario que recoge la orina directamente de la vejiga y la deposita en una bolsa de drenaje colgada en la cama, la cual debe vaciarse con regularidad. Caitlin lleva un pañal de adulto que también debe cambiarse de modo habitual. Requiere más cuidados que un bebé, y me pregunto si siempre será así o alguna vez volverá a ser la persona que fue.

Los Beckett parecen exhaustos cuando aparecen en la habitación. La señora Beckett sostiene en la mano un vasito de papel con café. Su ropa, la misma que ha llevado desde hace días, le cuelga floja; los vaqueros se le abolsan en las rodillas.

—¿Cómo han dormido?

—No demasiado bien —responde la señora Beckett—. No puedo dormir en este sitio mientras Caitlin siga así —dice desviando la mirada hacia la cama.

El señor Beckett ha pasado la noche con ella en la sala de espera, pero ahora tiene previsto volver a casa, ducharse, pasear al perro y ponerse al día con el trabajo.

—Ven conmigo aunque solo sea por una hora o dos y echas una cabezada en nuestra cama —sugiere antes de irse, pero la señora Beckett sacude la cabeza con terquedad infantil. De ningún modo saldrá de allí. No dejará a Caitlin sola. Deja caer el cansado cuerpo en una silla, empecinada en quedarse, y después, cuando el señor Beckett ya ha salido y estamos solas, se vuelve hacia mí y me pregunta:

—¿Ha conocido alguna vez a alguien que hiciera lo que ha hecho Caitlin?

La pregunta –por la franqueza con que se ha formulado o quizá por tocar una fibra sensible– me pilla por sorpresa. Se me forma un nudo en la garganta. Intento tragar saliva, pero el nudo es como un pedrusco: grande, pesado, inamovible. Me ahoga, me roba el aire y tengo que aclararme la garganta para quitarlo de allí.

–Sí, ¿verdad? –deduce por mi tardanza en responder y mi reacción. Se ablanda y suaviza su actitud. Ladea la cabeza y su mirada se vuelve cálida.

Yo crecí a las afueras de Chicago. No muy lejos de nuestra casa, un paso elevado de la carretera cruzaba sobre la autopista. El año en que acabé el instituto para ir a la universidad, mi hermana pequeña condujo hasta muy cerca de ese paso elevado. Aparcó en el arcén de la carretera, justo antes del paso, caminó unos treinta metros hasta el mismo centro del puente, se subió al parapeto de hormigón y saltó.

Cuando se lo cuento, la señora Beckett se me queda mirando con la boca abierta, como si la revelación nos uniera, como si nos convirtiera en almas gemelas. Me mira con cierta estupefacción y dice:

–Entonces usted, más que cualquier otra persona, sabe por lo que estamos pasando Tom y yo. Sabe cómo es. Puede entenderlo.

Asiento, tratando de que no me afecte, pero es imposible. Lo cierto es que todo este asunto reaviva los recuerdos de Bethany y me hace sentir de nuevo el cúmulo de emociones que me invadió tras su muerte. Últimamente, me sorprendo pensando en ella todo el rato, en lo que debió de sentir al estar en lo alto de ese paso elevado y saltar. Después de su suicidio, me puse a investigar, buscando datos que no necesitaba saber pero que me resultaba imposible no consultar; se convirtió en una obsesión, una forma de autosabotaje, de autoflagelación. Nada de lo que leí me hizo sentir mejor, pero quería respuestas. Quería que alguien me explicara por qué mi feliz hermana pequeña se había hecho eso a sí misma. Lo que averigüé es que saltar de un edificio o de un puente es una de las formas más letales de intento de suicidio. A diferencia de una sobredosis, por ejemplo, en la que siempre existe la posibilidad de que alguien te encuentre y te salven, saltar no es nada que pueda detenerse ni revertirse. Es un modo de suicidio exclusivo de quienes manifiestan mayor voluntad de morir. Ese hecho, cuando lo leí, me dejó destrozada. Bethany no tenía ninguna duda. Quería morir.

Trago saliva con dificultad y pregunto:

–¿Tiene más hijos aparte de Caitlin? –Porque he de cambiar de tema si no quiero ponerme a llorar.

–Sí, dos. Caitlin es la pequeña –dice, girándose a mirar el rostro de Caitlin antes de rebuscar en el bolso y sacar un pequeño álbum de fotos. Pasa rápidamente las páginas y, cuando encuentra la que está buscando, estira el brazo para pasarme el álbum por encima de la cama–. Esa es ella –dice señalando la foto–. Esa es Caitlin. Quería que supiera qué aspecto tiene –aclara.

Sé, desde luego, qué aspecto tiene. Lo veo pero se refiere a que quiere que vea cómo es sin todas esas gasas y tubos que le enmascaran la mitad de la cara mientras que el resto está hinchado y amoratado.

Bajo la mirada. La imagen que tengo delante me desestabiliza. No puedo apartar la vista de su rostro y de esos ojos, tan vibrantes y vivos. En la fotografía, Caitlin Beckett es una mujer segura de sí, con aplomo, incluso atrevida. Llama la atención esa generalizada pose con la mano en la cadera, sacando la barbilla, la sonrisa burlona y juguetona, y resulta difícil conciliar la mujer que fue con la que es ahora. Si no lo supiera, pensaría que no son la misma. Me cuesta tragar la saliva, que noto cada vez más densa.

–Es una belleza, ¿verdad? –pregunta la señora Beckett, pero no espera a que responda. Carraspea y continúa–. Está claro que no lo heredó de mí.

Tardo un instante en recomponerme.

–Es preciosa –digo, y le devuelvo el álbum–. ¿Querría contarme algo de ella?

–¿De Caitlin? –Asiento. La señora Beckett se ríe para sí misma–. Pues la típica hija menor –dice, pero su risa es melancólica–. Extrovertida, siempre reclamando tu atención. Encantadora y creativa. Si preguntara a mis otros hijos, le dirían que Caitlin era la favorita de Tom y mía, o solo la mía. Siempre se salía con la suya, o al menos es lo que le dirían los otros.

–¿Y de verdad se salía siempre con la suya?

–Puede que la mimara demasiado, sí. Un poco. Sin querer. Pero era mi última hija. La última que llevé en mi vientre, a la que alumbré y di el pecho. Le consentí más que a los otros porque, después de Caitlin, ya no podría hacerlo más. Tenía cierta sensación de acabamiento, y eso me resultaba duro, porque mi sueño de toda la vida había sido ser madre. Y cada primera vez de Caitlin, los primeros pasos, el primer día de escuela infantil, era también el último mío.

Me pongo solemne pensando en Sienna. Puedo verme reflejada. Durante estos últimos años, ahora que Sienna es adolescente, he sentido cómo se separaba de mí, cómo su vida tomaba una dirección distinta a la mía. Antes lo sabía todo de ella, quiénes eran sus amigos y qué estaba pensando, pero ahora no es así.

–¿Están unidos sus hijos?

–No –contesta–. Viven en partes opuestas del país, uno en Nueva York y el otro en Seattle, pero, dejan do aparte la distancia física, tampoco han estado nunca unidos. Caitlin es nuestra única hija. Mi relación con ella era diferente de la que tenía con mis muchachos, y no podría asegurar que no estuvieran resentidos con ella por eso. Usted también tiene una hija, ¿verdad? –pregunta.

–Sí.

–¿Solo una? –Asiento–. ¿Tiene una fotografía? Me encantaría ver cómo es –dice.

Llevo encima el teléfono, en uno de los muchos bolsillos del uniforme. Siempre está silenciado, aunque lo voy consultando con cierta frecuencia durante el día por si Sienna llama o envía un mensaje.

–No le gusta que le hagan fotografías –digo–. Está en esa edad en la que examina con lupa cada foto que le saco. Ninguna le parece lo bastante buena. La agranda hasta agigantar cada píxel y siempre encuentra alguna razón para que no le guste: el pelo, la sonrisa, el ángulo específico de la cabeza…

Deslizo la mano en el bolsillo para sacar el teléfono. Voy pasando imágenes de Sienna en mi aplicación fotográfica para encontrar alguna que me guste. Cuando lo hago, le paso el teléfono a la señora Beckett y observo sus ojos, el modo en que estudia el rostro de Sienna.

–No entiendo por qué no quiere que le saquen fotografías. Es una belleza deslumbrante.

–Gracias –respondo, volviendo a guardarme el teléfono en el bolsillo.

–El cabello rubio debe venirle de su marido –supone equivocadamente. No es la primera en notar que Sienna no se parece en nada ni a Ben ni a mí, que tenemos el pelo castaño, mientras que Sienna lo tiene rubio claro.

–No –contesto, y entonces le cuento lo mismo que a todo el mundo, que la responsabilidad es de la madre de Ben, aunque su pelo es más tirando a cobrizo–. De mi suegra, pensamos.

La señora Beckett se queda pensativa durante un momento y luego pregunta:

–¿Es lo que quería? ¿Tener solo un hijo?

La respuesta breve es que sí. Tomé conscientemente la decisión de tener solo un niño. No me costó quedarme embarazada de Sienna, en absoluto. Fue demasiado fácil, un accidente, aunque no vamos por ahí pregonándolo a los cuatro vientos. Me enteré de que estaba embarazada antes de sentirme preparada para tener hijos. Me pilló desprevenida.

–Cuando era más joven –explico–, solía pensar que quería una familia grande. Tenía una visión idealista y romántica de lo que significaba ser madre. Pero Sienna tenía cólicos cuando nació. No dejaba de llorar, y no con el llanto quejoso típico de un bebé, sino con gritos de dolor. Era horrible oírla. No podía calmarla de ninguna manera. Lloraba en mitad de la noche, así que yo nunca podía dormir. Por entonces estaba trabajando menos horas, pero ni siquiera así era soportable. Mi marido no podía levantarse por la noche para atenderla, porque empezaba a trabajar antes que yo y trabajaba durante más horas. Pero no me importaba, porque, aunque se hubiera ofrecido a ayudar, yo habría insistido en ocuparme de ella. Era su madre. Sienna me necesitaba.

»Recuerdo que, cuando ya no cabía en la cuna, la vendí. Fue un acto inconsciente. Ni siquiera se me ocurrió guardarla para otro posible hijo mío, porque en cierto modo ya había decidido que no habría otro hijo. También recuerdo que los amigos que tenían más hijos estaban derrengados. Tenían que estar en cuatro sitios al mismo tiempo y los fines de semana se les llenaban de actividades que ningún adulto de la familia deseaba hacer. Para entonces, Sienna ya no tenía cólicos, y Ben, mi hija y yo llevábamos lo que puede llamarse una vida normal. Podía dormir por las noches. Podíamos hacer cosas juntos como familia. –Me interrumpo para tomar aire, avergonzada de haber dicho tanto, y añado–: Así dicho, parece egoísta.

–No. En absoluto. Parece sincero.

–Es bueno reconocer nuestras limitaciones, supongo.

–No es que se trate de ninguna deficiencia. Criar hijos da más trabajo de lo que nadie imagina, y usted tiene algo muy especial con su hija, imagino. Un vínculo.

–Así es –digo, permitiéndome bajar la guardia porque me gusta la señora Beckett y porque, pese a las circunstancias, es fácil hablar con ella, aunque debería tener la sensatez de no intimar demasiado con los pacientes y sus familias. Debería tener la sensatez de no hablar tan abiertamente con extraños. A estas alturas, ya tendría que haber aprendido la lección.

–Por favor, no se lo diga a mi mujer, pero he estado investigando un poco –me dice el señor Beckett más tarde, ese mismo día–. Deformación profesional –explica–. Soy abogado.

–¿Qué tipo de investigación? –pregunto.

–Sobre caídas. Cómo una persona puede sobrevivir tras una caída como la de Caitlin. Estuve en ese puente –continúa– y, al ver la altura desde la que cayó, me pareció imposible. El puente está sin señalizar, pero el Estado, según he sabido, exige un margen de altura vertical de siete metros por encima de las vías. El porcentaje de mortalidad de una caída como esa es alto.

El señor Beckett vuelve a sentarse en la butaca y a mí se me ocurre que esto debe de ser un mecanismo de defensa, un modo de sobrellevar la situación: la investigación de los hechos como un modo de esquivar la posibilidad real de que su hija quede en estado vegetativo durante el resto de su vida o de que muera.

–Pero Caitlin –prosigue, desviando la mirada hacia su hija–, por lo que yo he averiguado, tenía algunas ventajas: la edad, en primer lugar, y el hecho de ser mujer. Las personas más viejas o más jóvenes y los hombres tienen mayores probabilidades de morir en una caída así –dice en tono desapasionado, y añade girándose hacia mí–: Las mujeres son más resistentes que los hombres. Su peso, al ser menor, las salva algunas veces. Son afortunadas, ustedes las mujeres –dice, y hace una pausa para que la impresión de sus palabras sea mayor mientras sostiene mi mirada, y entonces me pregunto si no sería mejor que Caitlin hubiera muerto.

Estoy preparando agua tibia para irrigar la sonda alimentaria. Me encuentro de espaldas al señor Beckett, lo que me hace sentir incómoda, el hecho de no tenerlo en mi campo visual.

Intento no reaccionar, pero tengo el cuello tenso y la garganta seca. Vacío cincuenta mililitros de agua en la sonda, empujando despacio el émbolo, recordándome a mí misma que debo respirar.

–Pero, a fin de cuentas –dice tras un rato–, todo acaba siendo cuestión de suerte. Algunos son capaces de sobrevivir a una caída de treinta metros o más. O pueden ser el único superviviente tras estrellarse un avión, como sucede a veces. Otros, en cambio, mueren al caer desde un par de metros.

Desvío la mirada hacia el rostro de Caitlin.

–Entonces tuvo suerte –digo, pero incluso yo me doy cuenta de lo falso que suena mi comentario.

Sigo percibiendo la mirada del señor Beckett fija en mí, como si quisiera añadir algo más, pero no lo hace.

Estoy sola en la habitación con él. Antes ha venido una amiga y se ha llevado a la señora Beckett a la cafetería a comer, si bien ella se ha negado a salir del edificio, que era lo que había sugerido la amiga. El señor Beckett casi ha tenido que obligarla a irse, y estoy convencida de que si al final ha cedido ha sido porque su amiga había hecho un largo camino solo para verla y no quería parecer maleducada. Resultaba patente que no tenía ningún deseo de irse. Solo lo ha hecho después de que su marido le prometiera llamarla si pasaba algo, si se producía algún cambio, si Caitlin se despertaba.

—Dijeron ustedes que Caitlin tenía un apartamento en la ciudad. ¿Han ido a verlo?

—No. —El señor Beckett mira por encima del hombro para asegurarse de que seguimos solos y su mujer no está regresando—. A mi esposa —dice volviendo de nuevo los ojos hacia mí— le gustaría ir o que fuera yo, para asegurarse de que Caitlin no tuviera un gato que pueda estar muriéndose de hambre o algo así. Le dije que Caitlin apenas era capaz de cuidar de sí misma, así que mucho menos de un gato.

Sus palabras me pillan de sorpresa y me doy cuenta de que Caitlin era una decepción para él. No estuvo a la altura de sus expectativas.

—Lo siento —dice al ver que no respondo, porque en realidad no sé qué responder—. El comentario debe haber parecido cruel. No pretendía dar esa impresión. Lo que quiero decir es que Caitlin todavía estaba intentando encontrar su camino y que, ahora, para Amelia y para mí es más importante estar con ella que perder el tiempo yendo a ver su apartamento. Nuestra hija está aquí. Allí no hay nada que nos interese.

—Por supuesto —digo—. Lo comprendo. ¿Y dicen que no habían hablado con ella desde que había vuelto?

—Así es.

—¿Cómo sabían entonces dónde vivía? —pregunto.

Se aclara la garganta.

—Nos llamaron de su trabajo. Caitlin había puesto a Amelia como contacto en caso de urgencia, lo cual nos sorprendió, porque ni siquiera sabíamos que había dejado California y que estaba aquí, en Chicago.

Cuando no se presentó a su turno de trabajo y no consiguieron localizarla, alguien nos llamó para averiguar dónde estaba y si se encontraba bien. Su jefe nos dio la dirección.

Asiento, preguntándome si eso es legal, si los jefes tienen autorización para revelar información personal, aunque en definitiva tampoco importa, porque tarde o temprano la habrían encontrado. Los efectos personales de Caitlin les fueron entregados a los Beckett en el hospital, entre ellos el contenido de su bolso, donde seguramente había un documento de identidad y una llave de su apartamento.

El señor Beckett continúa:

—Lo que he dicho antes no pretendía que sonara como lo ha hecho.

—No pasa nada. No le he dado ninguna importancia.

—No quiero que piense que estoy decepcionado con mi hija por las decisiones que ha tomado en su vida. Es solo que siempre tenemos grandes aspiraciones para nuestros hijos. Queremos que sean unos adultos felices, triunfadores, independientes. Eso a Caitlin le resultaba muy difícil. —Vacila, pensativo, y luego decide continuar—. Le ruego que no mencione lo que voy a decirle. Nunca se lo he dicho a mi mujer, pero, hace un par de meses, Caitlin me llamó. Amelia seguía creyendo que no hablábamos con ella desde hacía seis meses. Quería dinero. Nunca tuvo reparos a la hora de pedirlo —dice, y de nuevo percibo la decepción en su voz—. Lo pedía con frecuencia, porque siempre estaba entre un trabajo y otro o no ganaba lo suficiente para sufragar su estilo de vida, y también porque Amelia la había mimado demasiado de niña. Caitlin no estaba acostumbrada al trabajo duro. Cuando llamó, le dije que no. Ya estaba harto de tanto pedir. Es una mujer adulta, por el amor de Dios. Debería ser capaz de mantenerse a sí misma.

»Pero entonces… –prosigue, y su tono cambia de la exasperación y la decepción a algo diferente, algo más parecido al remordimiento–. Pocas semanas antes del intento de suicidio, volvió a llamar. Vi la llamada, pero no respondí, porque no quería verme en situación de tener que negarme de nuevo. No me fue fácil, porque como padre le hubiera dado el mundo entero, pero también quería enseñarle la importancia de tener una buena ética de trabajo y de ser una persona responsable. Dejé que saltara el buzón de voz. Me dejó un mensaje. Aún lo conservo. Nunca le devolví la llamada, porque supuse que buscaba dinero.

Se queda mirando la sábana blanca, absorto en sus pensamientos, visiblemente afectado. Se mete la mano en el bolsillo y saca el teléfono. Ahora le tiemblan las manos y todo su porte resulta por completo diferente.

Vuelve a mirar por encima del hombro, para comprobar que su mujer no vuelve de la comida, y entonces sostiene el teléfono hacia mí y activa el altavoz para que ambos lo oigamos.

Pone el buzón de voz.

La voz de Caitlin, en cuanto la oigo, me deja desconcertada. No esperaba que fuera así. Esperaba más atrevimiento y seguridad en sí misma, pero no esto.

–Papá –dice.

Su voz es fina, atiplada, como si se esforzara por no llorar. Concuerda con la mujer que tengo ante mí en la cama: desnuda, frágil, vulnerable. Pronuncia esa palabra, «papá», y se calla, y me pregunto si está tratando de rehacerse o decidiendo lo que va a decir. ¿Qué quiere decirle? ¿Qué quiere que sepa?

El corazón ha empezado a golpearme fuerte en el pecho, esperando la revelación. Delante de mí, el señor Beckett se frota las arrugas de la frente. Baja la cabeza, que se le desmorona hacia delante y queda colgando pesadamente. Sin duda, ha escuchado ese mensaje de voz mil veces y se lo sabe de memoria, cada palabra, la cadencia, las subidas y bajadas de la voz, cada larga pausa.

El silencio se prolonga, aunque no hay solo silencio, porque se distingue algún ruido blanco de fondo, como de electricidad estática o agua corriente o el runrún de un ventilador. Cuando empiezo a pensar que el mensaje acabará así, con esa única palabra, «papá», la voz me llega de nuevo desde el altavoz, ahora entrecortada, desesperada y enfática, a punto de quebrarse.

–Estoy en un apuro. Necesito tu ayuda –declara, y a mí se me cierra la garganta y se me dispara todavía más el corazón.

Vuelve a callarse y espero con el alma en vilo, preguntándome qué va a decir, observando cómo la barra de progreso del teléfono se aproxima al final, cómo la rayita avanza por la línea negra como un tren bala. Tiene menos de ocho segundos para decir algo –ahora siete, seis– y empiezo a pensar que no habrá nada más, solo esa desesperada confesión: «Estoy en un apuro. Necesito tu ayuda».

Pero entonces, de súbito, se oye un ruido al fondo. Un portazo, quizá, o algo que cae. Un golpe y una voz, palabras mascolladas, demasiado lejanas para discernirse, débiles. No oigo lo que la persona dice ni puedo decir si es un hombre o una mujer, pero lo que sí oigo es que Caitlin ahoga un grito y su voz recupera al instante el control para decir:

–Nadie. Se han equivocado de número.

Me estremezco y doy un paso atrás, pillada de improviso por esas palabras.

«Nadie. Se han equivocado de número.»

La llamada finaliza bruscamente y el silencio llena la habitación del hospital. El señor Beckett levanta poco a poco la cabeza. Se vuelve hacia mí. Tiene lágrimas en los ojos, no sé si de tristeza o de culpa, y siento ganas de decir algo que alivie esa culpa, pero no lo hago.

–Dinero –dice, a modo de explicación–. Creía que solo buscaba dinero. –Niega con la cabeza, decepcionado consigo mismo–. Por favor, no se lo cuente a mi mujer –implora, y yo asiento. No voy a contárselo a nadie–. Usted es la única a la que se lo he contado.

No sé cómo sentirme. Comprendo la necesidad de soltar lastre, de desahogarse. Pero ¿por qué yo? ¿Por qué me lo cuenta a mí?

–No quiero que mi mujer se entere de que Caitlin llamó. –Se produce un instante de vacilación, un brevísimo silencio, y luego añade–: Pensará que Caitlin está muerta por mi culpa, prácticamente.

Más tarde, me encuentro sola en la sala de descanso. Es un nombre poco apropiado, el de «sala de descanso», porque descansos tenemos pocos. La mayoría de los días nos sentamos y comemos, pero es algo rápido; se trata más bien de engullir la comida para volver cuanto antes con nuestros pacientes. Y algunos días hasta eso es un lujo.

Estoy sentada en una pequeña mesa redonda, comiéndome las sobras de la noche anterior, pensando en mi conversación con el señor Beckett.

El pequeño televisor del mostrador está encendido; siempre lo está, incluso cuando no hay nadie en la sala que pueda mirarlo. Estoy viendo el noticiario de la noche cuando entra Luke cantando villancicos extemporáneamente, por más que el arbolito de mesa que hasta hace poco decoraba el mostrador, con sus luces y su espumillón, ya se haya guardado hasta el año que viene. Luke casi siempre está animado. Es uno de los dos únicos enfermeros de la plantilla, algo bastante típico, pues solo entre un doce y un catorce por ciento del personal de enfermería son hombres. Pero, al contrario de lo que creen todos, no es gay. No tienes que ser gay para ser enfermero. Está casado con una mujer, aunque permaneció soltero durante tanto tiempo que la gente sacó sus propias conclusiones sobre él. Además, su mujer es una preciosidad, como una diosa.

Luke se interrumpe a media canción cuando me ve y sonríe, lo que le ahonda los hoyuelos de las mejillas.

—¿Qué tenemos hoy de menú?

—Espaguetis —contesto levantando algunos con el tenedor de plástico.

Son las cuatro de la tarde, bastante después de la hora de comer, pero es la primera ocasión que he tenido en todo el día para sentarme y comer.

—Parecen ricos.

Hago una mueca.

—Pues no lo están. Están fríos. El microondas no funciona.

—¿Otra vez estropeado?

—Todavía estropeado.

—Puedo echarle un vistazo si quieres —dice, algo típico de Luke, que siempre quiere ayudar a la gente y arreglar cosas.

Le digo que no se preocupe en el mismo momento en que él dirige su atención hacia la televisión.

—¿Qué estás mirando? —pregunta.

—Las noticias —contesto mientras aparece una información de última hora sobre otro asalto ocurrido en la ciudad la noche anterior, esta vez en Grace Street, solo a dos manzanas de donde vivimos Sienna y yo.

Se me revuelve el estómago. Luke se coloca junto a la mesa y ambos miramos con repulsión mientras el presentador explica que el asalto sucedió justo después de las ocho de la pasada noche. A esta víctima, como al resto, la siguieron hasta entrar en su apartamento del tercer piso por la puerta de atrás, a la que ella accedió desde el pasaje trasero y por la escalera exterior que sube por ese lado. El asaltante esperó en la oscuridad a que la mujer abriera la puerta. Acechó en silencio y dejó que girara la llave. Entonces se acercó por la espalda y la obligó a entrar, pero, a diferencia de la mayoría de las otras ocasiones en que solo robaron a las víctimas, a esta mujer también la violaron. No llegó a verle la cara al hombre, porque su apartamento estaba a oscuras y porque el tipo se abalanzó sobre ella por la espalda y la obligó a echarse al suelo boca abajo, diciéndole que tenía una pistola y que, si se le ocurría siquiera pensar en gritar, la liquidaría.

Aparto el táper. No puedo comer.

Al principio, Luke no dice nada. Aguanta la respiración y luego exhala lentamente, con ira patente, y sé que está pensando en su mujer y en lo que él haría si ese hombre le pusiera la mano encima.

Dice:

—La semana pasada me pidieron que sustituyera a alguien en el turno de noche. —El turno de noche es desde las siete de la tarde hasta las siete de la mañana—. Dije que no, aunque a Penelope y a mí no nos vendría mal el dinero extra, ¿sabes? —dice, y yo, en efecto, lo sé.

Luke ya me ha hablado antes de su situación económica. Su mujer es unos diez años más joven que él, está embarazada y ha de guardar cama durante lo que le queda hasta el parto, así que no puede trabajar y por ahora han de valerse con un solo sueldo, lo que les ha obligado a ciertos ajustes. Resulta duro, en especial con un bebé en camino.

—No me gusta la idea de que pase toda la noche sola en casa. Todas las víctimas vivían solas —me explica, lo cual es cierto ahora que lo pienso, cosa que no había hecho hasta este momento—. Ese tipo las vigila. Sabe cuándo están solas.

Sus palabras resultan escalofriantes. Me estremezco de arriba abajo al pensar que la sensación de seguridad de la ciudad entera ha quedado patas arriba por culpa de un solo hombre.

Me imagino a Sienna en mi apartamento. También nosotras tenemos una puerta trasera, como la última víctima. Esa puerta conduce a una pequeña plataforma de madera que da a un patio comunal trasero, compartido por quienes residen en el edificio. Justo después del patio hay un pasaje entre edificios. No suelo usar la puerta trasera, pero, si lo hiciera, esa mujer podría haber sido yo perfectamente, cansada, de regreso a casa tras una larga jornada de trabajo. Sienna casi siempre está en casa cuando vuelvo, pero a veces no. A veces está con Ben y, en las noches que trabajo, se queda sola en casa.

Luke se llena un vaso de agua del dispensador y se va, tras lo cual dirijo de nuevo mi atención a las noticias. Ahora empiezan a hablar de una reciente ola de suicidios en la ciudad. Cojo el mando a distancia y subo el volumen.

—Hace solo una semana —está diciendo el locutor—, un chico de catorce años se quitó la vida por culpa del ciberacoso. Y, durante el fin de semana, un agente de policía de Chicago fue hallado muerto en su apartamento por una herida de bala que se causó él mismo.

La imagen abandona entonces el estudio y nos muestra una toma de Lake Shore Drive, mientras una voz en *off* nos cuenta que la más reciente víctima es una joven que intentó quitarse la vida saltando desde uno de los puentes peatonales del cercano lado sur de la ciudad. Dejo de comer. Contengo la respiración, con el tenedor suspendido en el aire. Al principio el plano es amplio —el perfil de la ciudad, el lago Michigan—, pero luego se acerca a un puente donde se ve a un reportero, congelado de frío, que nos cuenta que fue ahí donde saltó la mujer. El vídeo regresa al estudio y el locutor empieza a entrevistar a un psicólogo. La pantalla está dividida en dos. En un lado está el psicólogo, en un despacho de no se sabe dónde. Nos explica los signos de advertencia que debemos buscar en quienes puedan presentar riesgo de suicidio: son personas que hablan del suicidio, se apartan de la vida social y tienen conductas arriesgadas o autodestructivas. En la franja inferior de la pantalla parpadea un número de teléfono para la prevención del suicidio. Todo ese bloque informativo resulta inesperado y triste, y de pronto el psicólogo desaparece y el locutor da paso a una noticia más optimista –uno de los refugios para animales de la ciudad eliminará las tasas de adopción durante este fin de semana, a fin de que los animales puedan encontrar buenos hogares– para terminar el noticiario en un tono más ligero. El cambio de una noticia a otra es repentino, la transición del locutor tiene un toque casi frívolo: «Nuestra próxima historia levantará el ánimo a todo el mundo», dice mientras su expresión triste se transforma en sonrisa en una décima de segundo, tras lo cual vemos una camada de cachorrillos que hará que la mayoría de los espectadores olviden todo lo referente a Caitlin. Pero yo no.

Capítulo 6

Alguien va a mudarse al apartamento de abajo. Veo el camión de mudanzas que llega y aparca en doble fila. Estoy en la ventana con un tazón de café, observando cómo dos tipos fornidos descargan cajas y muebles del camión y los introducen por las puertas de nuestro edificio de tres plantas hasta el apartamento de abajo.

–¿Qué miras? –me pregunta Sienna, que acaba de salir de su cuarto vestida con un polo azul de manga larga y la falda caqui plisada que tanto odia. Sienna es alta; se las arregla para subirse la recatada falda lo bastante arriba como para enseñar más muslo de lo previsto. Sonrío para mí misma. Desde luego, ingenio no le falta.

–Alguien se muda al piso de abajo. ¿Casi lista para el instituto? –pregunto, a lo que ella asiente mientras se pone el abrigo para marcharse, y yo no puedo evitar sentir frío al ver sus piernas desnudas en un día invernal como el de hoy. No está obligada a llevar falda. Los pantalones también están permitidos, pero esos pantalones del uniforme, de sarga marrón y sin forma definida, los aborrece incluso más que la falda.

Sienna cruza la puerta de nuestro apartamento y, unos segundos después, la veo emerger en la acera de la calle, sosteniendo la puerta abierta para que pasen los operarios de la mudanza. Eso me pone contenta. Por muy descarada que sea a veces, sigue teniendo buenos modales. La sigo con la mirada mientras baja por la calle

Dakin para dirigirse a Sheridan, donde tomará el autobús que la lleva al instituto. Es un trayecto diario largo, de casi cuarenta minutos –dos autobuses y un tramo corto a pie–, tanto de ida como de vuelta. Hace años que toma sola el autobús de la ciudad. En eso, los jóvenes urbanos demuestran capacidad de adaptación. Su instituto es un colegio católico de secundaria, uno de los mejores de la ciudad, aunque tiene un coste exorbitante que Ben y yo debemos repartirnos.

La miro por la ventana durante todo el rato que la tengo a la vista, fascinada por su confianza a prueba de bomba, pero también asustada por esa misma cualidad. Un poco de prudencia le vendría bien.

Me hundo en el sofá con mi café, pongo los pies sobre la mesa de centro y abro el portátil, agradecida por tener un día libre. Entro en la página de Facebook de Nat. Ahora que somos amigas de Facebook, me gustaría saber qué ha estado haciendo durante todos estos años. Sienna no deja de darme la lata por seguir usando Facebook. Opina que soy una ludita por no haberlo sustituido por TikTok o Snapchat, para que, como ella, pueda angustiarme tratando de mantener el ritmo con mis rachas. Ella prefiere considerar Facebook como la red social para madres de mediana edad, y no puedo asegurar que no tenga razón.

No suelo publicar demasiado contenido, ya no. Aun así, cuando miro mi página me parece una colección de recuerdos falsamente felices, como esa fotografía del año pasado de Ben, Sienna y yo, juntos y sonrientes al lado del árbol de Navidad de Millennium Park, cuando en realidad Ben no quería ir, no estaba dispuesto a aventurarse por el centro para buscar dónde comer y ver las luces. Tuve casi que obligarlo y, aunque cedió, no dejó de estar molesto por ello, sobre todo por lo mucho que odia a los turistas y las aglomeraciones típicas de las fiestas, pero también porque había tenido una semana muy intensa y lo último que deseaba era salir el fin de semana. Recuerdo que durante toda la noche estuvo caminando tres pasos por delante de Sienna y de mí, y no debió dirigirme más de dos palabras, como mucho. Solo sonrió en el momento de la foto, porque la estaba tomando un extraño y no quería parecer un grosero delante de alguien que no conocía, de modo que se colocó entre Sienna y yo, nos pasó los brazos por los hombros y nos atrajo hacia sí para que nuestras cabezas se tocaran. Sonrió de oreja a oreja para la foto y el árbol del fondo aportó las vibraciones navideñas perfectas. Llegó incluso a arrancarle el gorro de Papá Noel a Sienna para ponérselo él, y recuerdo que los amigos enviaron comentarios elogiando a Ben –«no se puede ser más gracioso», «¡me encanta ese gorro, Ben!», «guau, pero qué mono»–, aunque no pudo quitárselo más deprisa en cuanto el momento pasó. Se lo devolvió a Sienna, se dio media vuelta y empezó a caminar, con las manos en los bolsillos, de nuevo tres pasos por delante, y yo agradecí que Sienna me enlazara por el brazo y caminara a mi lado, aunque no debería haberse visto en situación de hacerlo.

Pese a todo, cuando llegué a casa, subí la fotografía a Facebook porque todo el mundo estaba colgando imágenes de sus celebraciones durante las fiestas –talando árboles de Navidad, fotografías con Papá Noel, patinando en Millennium Park–, y yo quería hacer creer a todos que también nosotros, como ellos, éramos felices. Lo cierto es que las redes sociales son una ilusión óptica, pura irrealidad, la versión de la vida de alguien que, de manera absolutamente premeditada, esa persona quiere que veas.

No he colgado nada en Facebook desde el divorcio, aunque tampoco he abandonado del todo la red. Me gusta mirarla, porque es mi forma de mantenerme al día con la familia y los amigos.

Nat todavía no ha quitado de Facebook su apellido de casada, Roche. Cuando entro en su página, hago clic en la foto del perfil para agrandarla y vuelvo a ver esa imagen suya junto a una cascada. Está recostada contra la baranda metálica, con los codos apoyados en el pasamanos. El agua se precipita con ímpetu a su espalda, dando la impresión de que se mueve en la imagen estática, hasta el punto de que casi puedes sentir las frías salpicaduras procedentes del brumoso río que discurre abajo. Su cabello ondea al viento, no tanto como para estropear la foto, sino solo lo suficiente para añadirle vida, para hacer reír a Nat y que revele su bonita sonrisa.

En la época del instituto, recuerdo que Nat dejaba ver unos dientes separados al sonreír. Era un hueco mínimo que resultaba adorable y no hacía más que acrecentar su encanto y personalidad, pero ahora me doy cuenta de que, ya de adulta, esos dientes quizá le causaron un complejo. Hizo que se le los arreglaran y el resultado es cuando menos impecable. Cierro la imagen del perfil para que resulte visible la foto de portada que hay detrás. En ella aparece Nat con un hombre. Es guapo, lo suficiente como para hacerme tomar aire y no soltarlo. Recorro con la mirada esos pómulos y esa mandíbula cincelados, la fina nariz, los ojos muy juntos de color avellana, el cabello rubio plateado –muy corto y peinado hacia atrás, clásico y limpio– intentando decidir si lo he visto antes, porque tengo la sensación de que esa cara me suena de algo. No sabría decir de qué. Nat está justo a su espalda, rodeándolo por los hombros desde detrás, con las manos aferradas a su pecho, dejando ver su gran anillo de bodas, de platino u oro blanco, con el aro revestido de pequeños diamantes y otro más grande y redondo en el centro. Descansa la barbilla en el hombro de él, que sonríe afectadamente a la cámara mientras ella lo mira de soslayo con expresión de absoluta adoración, como si no pudiera quitarle los ojos de encima. No la culpo. Yo tampoco puedo hacerlo. El tipo es increíblemente atractivo. Me siento tonta, pero, aunque me ponga a mirar a Nat, los ojos se me van todo el rato hacia él. A diferencia de Nat, que desvía la mirada, él mira tan fijamente que casi exige tu atención.

Yo no fui nunca ni la chica más guapa ni la más popular del instituto, pero incluso siendo ya una mujer hecha y derecha me he preguntado a menudo cómo sería pescar a un hombre así, tomarlo de la mano y caminar por la calle con alguien tan atractivo. Y con eso no quiero decir que Ben no fuera atractivo, porque lo era, y mucho, pero que yo sepa nunca hizo volver la cabeza a nadie que pasara a su lado, algo que seguramente sí hace este hombre.

Leo su biografía, donde dice que estudió en el instituto Barrington. Ahora trabaja de profesora en una escuela infantil cooperativa de Lincoln Park. Conozco esa escuela porque es una de las que miré para Sienna hace años, aunque tenía plazas limitadas. Una vez cubiertas las plazas prioritarias, el resto se otorgaban por sorteo. Echamos el nombre de Sienna en el sombrero, pero no salió elegida. Si lo hubiera sido, me pregunto si Nat habría llegado a ser profesora suya. En cualquier caso, nuestros caminos podrían haberse cruzado. El destino es así de raro.

Bajo despacio por la página de Facebook, remontándome en el tiempo, sintiéndome una fisgona, aunque no sé muy bien la razón, porque si la gente cuelga cosas en las redes es justamente para que otros las vean. Si Nat hubiera querido que su vida fuera privada, no la habría expuesto en línea ni me habría enviado la solicitud de amistad de Facebook.

Ahora bien, la verdad es que se muestra bastante parca con las fotos que sube. Hay algunas, sí, pero no muchas. Ella y el hombre de la foto de portada, el señor Roche, posando junto a un mar azul turquesa en algún lugar como Turcas y Caicos o Punta Cana, ante una de esas pequeñas cabañas sobre pilotes, elevadas por encima del agua. Los dos en un concierto. Los dos en la noria de Navy Pier (un selfi), con el sol poniente y el perfil de la ciudad a su espalda.

En todas las imágenes sonríen. En todas parecen felices y muy enamorados, lo que me lleva a preguntarme qué pudo suceder entre ellos para que acabaran divorciados. Él nunca aparece etiquetado en las fotos ni ella menciona su nombre; solo hay breves y ocurrentes pies de foto, como «el cielo en la tierra» o «en la cima del mundo». No tengo modo de averiguar quién es.

Mientras bajo por la página –con los pies sobre la mesita de centro que tengo ante mí, un café tibio en una mano y la otra sobre el portátil–, el tintineo de un mensaje entrante me pilla de sorpresa. Automáticamente, el cuadro de mensajes surge en la esquina inferior derecha de mi pantalla, mostrándose por sí solo en la página sin que yo tenga que abrirlo. Es Nat. Siento una punzada de culpabilidad, como si ella hubiera sabido de algún modo que yo estaba en su página.

Espero que no te importe que te buscara en Facebook.

Y, un segundo después, otro mensaje:

Solo quería decirte lo agradable que fue encontrarme contigo el otro día. Me trajo recuerdos estupendos del instituto. ¡No puedo creer que hayan pasado veinte años! Gracias también por convencerme de asistir a la reunión. Tuve suerte de encontrarte, por más de una razón.

Sonrío, inclinándome para dejar el café en la mesita y poder escribir con las dos manos.

¡También para mí fue genial verte! Me alegro de que te quedaras a la reunión. ¿Te gustó?

Espero que sí le gustara. No creo que se sintiera incómoda –como le prometí, Faye no le pidió que contara nada–, pero a veces esas reuniones tocan una fibra sensible, hables o no hables. A veces, lo que otro cuenta puede reavivar un recuerdo doloroso.

Una versión reducida de su foto de perfil aparece junto al mensaje para indicarme que lo ha leído, y luego aparecen tres puntos; está contestando. Espero y, cuando se hace patente que está escribiendo un mensaje largo, dejo a un lado el portátil, cojo mi taza de café y voy a la cocina para servirme más. Cuando vuelva, su mensaje estará esperándome.

Pero regreso y los puntos han desaparecido. El último mensaje del chat es el mío. Lo que fuera que iba a decirme lo ha borrado, y me pregunto por qué.

Lo intento de nuevo. Tecleo:

Lo siento, pero después de la reunión me vi atrapada en una conversación y no tuve oportunidad de hablar contigo antes de que te marcharas. ¿Crees que volverás la semana que viene?

Esta vez contesta rápidamente.

No estoy segura de poder ir.

Me pregunto si no está segura de poder venir porque tiene otro compromiso esa noche o porque no le gustó la reunión y no quiere volver nunca más.

O si no está segura de poder venir porque alguien no la dejará venir.

Ok.

Tecleo en un principio, pero no envío nada porque me parece que algo tan breve transmite una impresión de cierta mordacidad. No quiero parecer seca ni maleducada, aunque estoy llevando demasiado lejos las posibles connotaciones del mensaje, ya lo sé.
Borro mi respuesta inicial y, en su lugar, escribo:

¿Te iría bien tomar un café o beber algo alguna vez? Me encantaría que nos pusiéramos al día.

Parece muy directo, atrevido. Pero lo envío de todos modos y espero contestación.

Capítulo 7

Los Beckett me están tomando afición. Los días que no trabajo, a Caitlin le asignan otra enfermera, pero cuando tengo turno sus padres piden que me encargue yo. Hoy, por ejemplo, no me han asignado a Caitlin. Me han dado otros pacientes. Pero, en cuanto ha empezado el horario de visitas y los Beckett han visto a Luke en la habitación de Caitlin, han solicitado un cambio a la enfermera jefe, que los ha complacido.

—Sí que tienes que gustarles, sí... —ha dicho Luke al cruzarnos en el pasillo.

Luke es increíble en su modo de trabajar. Es compasivo, tiene la mejor sonrisa del mundo y, para colmo, también sentido del humor. Cualquier paciente tendría suerte si le tocara estar con él.

—No te lo tomes como nada personal. Es solo que se han acostumbrado a mí, creo yo —digo, procurando no darle mayor trascendencia. Les gusta hablar conmigo. La señora Beckett y yo hemos desarrollado un vínculo porque ambas somos madres. Y nada más.

—Hay algo extraño en ellos —me ha dicho Luke entonces, y sus palabras han sido como un escalofrío en el espinazo, sobre todo tras la conversación que tuve el otro día con el señor Beckett, cuando me puso ese mensaje de voz.

Lo ha dicho cuando ya me iba hacia la habitación de Caitlin. Incluso me he parado y dado la vuelta.

—Extraño, ¿en qué sentido?

Luke estaba a un metro de mí, vestido con el uniforme azul claro y una camiseta blanca debajo, con su serpiente tatuada visible en parte bajo la manga corta. Ya me habló una vez de ese tatuaje, un resto de su juventud salvaje que se hizo a los dieciséis años, enseñando un carné de identidad falso. Según admite él mismo, de adolescente era un auténtico terrorista. Sus padres estaban ausentes la mayor parte del tiempo. Su padre era un alcohólico con malas pulgas. Pegaba tanto a Luke como a su madre, no de manera habitual, pero sí a veces, tras lo cual se cogía una curda y desaparecía. Luke me habló de su pasado cierta vez que yo me quejaba de algo que había hecho Sienna, pasarse de la hora de volver a casa o algo similar y relativamente leve. Me dijo: «Podría ser mucho peor, Meghan. Es una buena chica». De niño –me dijo–, él bebía, tomaba drogas y cometía algún robo menor. Cuando le pregunté por qué, contestó que le encantaba la subida de adrenalina, la excitación de coger algo que no era suyo, y como no había nadie para impedírselo nadie podía decirle que no lo hiciera. Le daba una sensación de poder y control que no tenía en su familia, creo, en la que se sentía un inepto. Ahora Luke es la sal de la tierra. Pasó una breve temporada en el reformatorio, antes de dejar atrás esa fase de su vida. Después fue a la universidad y se hizo enfermero.

Luke seguía parado en el pasillo, con los brazos cruzados y el estetoscopio colgado del cuello. Tras ladear la cabeza, ha contestado:

–No lo sé. Es solo una intuición. Pero algo no cuadra –ha dicho sobre los Beckett.

No podía dejar las cosas así.

–¿En qué sentido?

–La madre no te mira a los ojos cuando habla. Y al principio, la primera vez que vino, estaba llorando o parecía que lloraba. Pero no había lágrimas.

Resulta difícil mirar los cardenales y las laceraciones que Caitlin Beckett tiene en la cara. No creo que nunca me acostumbre a ellos. Hay fracturas con aplastamiento y heridas del tejido blando del cráneo y la cara. La nariz y la mandíbula están rotas y tiene los dos ojos amoratados. Le faltan dientes. El resto del cuerpo está peor, un amasijo de huesos rotos, ligamentos desgarrados y contusiones. Sus miembros son un peso muerto. Da igual cómo los manejes; si los levantas y los sueltas siempre se caen.

Muchas de sus heridas son abiertas. Pero hay aspectos que los doctores todavía no saben. Por ejemplo, si los nervios están dañados y si, en caso de que se despertara, podría hacer cosas como parpadear, masticar o sonreír. Quizá necesite ser operada a fin de reparar los daños, restaurar las funciones que haya perdido y mejorar su apariencia, si es que sobrevive, para que algún día llegue a parecerse más o menos a la que era.

Por la tarde viene la auxiliar de enfermería, Marianne, y les pido a los Beckett que nos dejen a solas para poder bañar a Caitlin. Corro la cortina para tener intimidad. Evito mirar la cara de Caitlin cuando le estoy quitando el camisón. La cubro con una manta mientras Marianne y yo la lavamos, con cuidado de no mostrar más cuerpo del necesario. Bañar a un paciente es una experiencia íntima. Puede resultar incómoda para todos. Cuando lavo a alguien encamado y que está consciente, hablamos ambos o hablo yo sola, en caso de que el paciente no pueda hacerlo. Me pongo a divagar sobre cualquier cosa, para eludir la incomodidad de la situación. Pero, con alguien inconsciente, todo transcurre en silencio. Marianne y yo estamos en lados opuestos de la cama, trabajando de la cabeza para abajo. No es tarea que corresponda por defecto a las enfermeras. No siempre tenemos tiempo de bañar a nuestros propios pacientes, pero yo lo hago si puedo.

Giramos a Caitlin de costado para lavarle la espalda. Aprovecho para examinarle la piel, buscando úlceras de decúbito, y luego cambiamos las sábanas, todo un reto en una cama ocupada por una paciente que no puede ayudar. Al terminar, metemos las sábanas sucias en una bolsa y me las llevo a la lavandería. Marianne se ofrece a hacerlo ella misma, pero le digo que no, gracias, que tengo que ocuparme de otro paciente y me viene de camino.

Ese otro paciente es una mujer de setenta y un años llamada Marin Layley, a la que están tratando por un ictus, aunque presenta también una serie de trastornos comórbidos como presión arterial alta, cardiopatía y diabetes. Tiene suerte de estar viva, si bien no puede cantar victoria todavía. Está en la UCI para mantenerla bajo estrecha supervisión y realizarle frecuentes comprobaciones neurológicas. Además, necesita insulina cuatro veces al día, y le toca ahora. En la habitación, veo la pluma de insulina en el carrito médico, donde la dejé la última vez, y la cojo para inyectarle una dosis. En teoría, las plumas de insulina no deberían dejarse así, sin guardar, donde cualquiera que entre puede llevárselas si quiere, pero después de cada uso no siempre tenemos tiempo de devolverlas al compartimento específico del paciente en el almacén de fármacos. A veces, lo más práctico es dejarlas fuera.

Cuando estoy volviendo al cuarto de Cailin, al doblar la esquina veo que hay un hombre con ella en la habitación. Me detengo en medio del pasillo, observándolo bien. Está de espaldas a la puerta, de modo que no puedo verle la cara. Solo lo veo por detrás, los mechones de pelo oscuro que sobresalen por el borde inferior de su gorra.

Pero, incluso viéndole solo la espalda, sé quién es. Es el mismo hombre que estuvo en el hospital hace unos días, de pie en el pasillo justo fuera de la habitación de Caitlin, mirando al interior.

Me asalta un sentimiento de inquietud.

¿Quién es y qué quiere?

Observa con fijeza a Caitlin y algo en su postura, en su lenguaje corporal o en la manera de mirarla, me hace sentir incómoda. No se percibe en él ningún cariño, ninguna bondad. No la toca. No le acaricia el brazo o el pelo. Solo la observa, como si estuviera mirando un cadáver en un ataúd. Es un hombre alto y delgado. Su presencia, su repentina aparición, me pilla por sorpresa, porque no lo he visto llegar y porque, durante el tiempo que Caitlin lleva aquí, nadie ha venido a visitarla excepto el señor y la señora Beckett.

—Meghan —dice una voz, y aparto la mirada del hombre y veo a Luke sentado en el control de enfermería, a mi lado, estudiándome por encima de la pantalla del ordenador.

—Perdona —reacciono—. ¿Has dicho algo?

—Te preguntaba si estabas bien.

No contesto porque no sé si estoy bien. En lugar de eso, pregunto:

—¿Has visto entrar a ese hombre?

—¿Qué hombre? —pregunta él a su vez, y entonces señalo con la cabeza la habitación de Caitlin

—Él —susurro.

La mirada de Luke sigue a la mía y se queda observando al hombre, fijándose en sus vaqueros y la camiseta térmica negra, en la chaqueta ligera que ha dejado a los pies de la cama. Niega con la cabeza.

—No, pero es que justo ahora estaba atendiendo una llamada —dice, y mientras yo sigo mirando él extiende el brazo para colgar el teléfono—. Quizá podrías preguntarle a Anna.

—Lo haré, gracias.

Se supone que los visitantes deben informar al mostrador de control cuando llegan. Por toda la UCI hay señales que resultan difíciles de pasar por alto. Pero también es cierto que durante las horas de visita la unidad no está cerrada. Cualquiera puede entrar sin permiso, a diferencia de por las noches, durante las que cada empleado debe pasar su placa para entrar.

Recorro el largo mostrador hasta llegar a Anna, que está sentada en el extremo opuesto.

–Ey –digo, y ella levanta la vista de otra pantalla de ordenador para mirarme–. El hombre de la 214 –digo inclinándome para hablarle en voz baja, mientras ella mira por encima de mi hombro hacia la habitación, que está justo a mi espalda–. ¿Lo has visto entrar?

–No. ¿Va todo bien?

–Sí, creo que sí –contesto, sin revelar mi inquietud.

A pesar de mis recelos, tengo que entrar. Me alejo de Anna. Tardo un segundo en reunir el valor suficiente, pero al final avanzo hacia la habitación. El hombre me oye llegar. Echa una ojeada por encima del hombro y, entonces, puedo verlo bien por primera vez.

–No sabía que había alguien aquí –digo al entrar, percibiendo algo parecido al miedo en mi voz. El hombre lleva una gorra verde de camionero cuya visera le oscurece el rostro, aunque sus ojos son de un intenso azul. Un cúmulo de rizos negros se escapa por debajo de la gorra. Tiene sutiles arrugas alrededor de los ojos y la boca y, si tuviera que adivinar su edad, diría que anda por los cuarenta.

–¿Es usted…? ¿Es usted de la familia? –pregunto, tragando saliva con dificultad y observando su nariz torcida, como si se la hubiera roto en algún momento de su vida y nunca se la hubieran realineado bien.

Se produce un momento de duda durante el cual me sopesa con la mirada. Sus ojos recorren mi cara, bajan por el cuello hasta mi pecho y se fijan en la placa con mi nombre, situada justo encima del pecho izquierdo. Sigo su mirada, observando desde arriba mi nombre invertido y notando cómo se me acelera el corazón. Mi nombre completo está en la placa. Meghan Michaels. También mi fotografía. Es una obligación que el estado impone a todos los trabajadores sanitarios, incluso especificando que las letras del nombre deben ser lo suficientemente grandes y leerse con facilidad y que la fotografía ha de ser reciente. Es para proteger a los pacientes, para asegurarse de que reciben cuidados de profesionales cualificados. Pero ¿quién nos protege a nosotros de ellos?

Ya he oído antes cómo algunas enfermeras expresaban sus temores, porque a alguna conocida suya le ocurrió esto o aquello: un paciente descontento, o un miembro de su familia, se entera de su nombre, la encuentra en las redes sociales y averigua dónde vive, o un drogadicto la localiza, creyendo equivocadamente que las enfermeras tenemos acceso libre e ilimitado a las pastillas. No es así. Se pone en peligro nuestra vida privada y, a veces, también nuestra seguridad.

Su mirada vuelve a mi cara, examinándola hasta llegar a los ojos. Ladea la cabeza y tarda un poco en hablar, pero, cuando lo hace, dice:

–No. Un amigo. –Me pregunto si es verdad.

Continúo con palabras temblorosas.

–Lo siento –digo–. Solo se permite entrar a los familiares. –No son las normas del hospital, pero sí el deseo que expresaron el señor y la señora Beckett.

Al principio no dice nada. Me sostiene la mirada y yo me pregunto si pretende intimidarme, porque lo está consiguiendo. Mi cuerpo reacciona de manera más que perceptible a esa mirada. Siento opresión en el pecho. Se altera mi ritmo cardíaco, que se acelera hasta que oigo zumbar la sangre en los oídos. Sus ojos parecen taladrarme hasta las entrañas, y deseo desesperadamente apartar la vista, darme la vuelta para ver si Anna y Luke todavía están en el mostrador de control que tengo tras de mí, para saber si siguen ahí y no estoy sola, pero no lo hago. Mantengo los ojos fijos en los suyos, diciéndome a mí misma que no hay razón para tener miedo.

Deja entonces de mirarme y tiende la mano hacia el abrigo que está al pie de la cama.

–Ya me iba –dice.

Con el abrigo en las manos, avanza hacia la puerta y pasa junto a mí, tan cerca que he de echarme atrás para evitar que nuestros codos choquen.

–Necesito fotos mías de cuando era bebé –es lo primero que dice Sienna cuando entro en el apartamento esa noche.

Está en el salón con la televisión encendida, envuelta en una manta, haciendo los deberes. Ha sido una caminata larga y llena de intranquilidad desde el hospital, porque no podía dejar de pensar en el hombre que había ido a ver a Caitlin, sobre todo en sus ojos fríos como el hielo y el modo en que me miraban, haciéndome sentir incómoda, si no asustada. Durante el resto de la jornada me ha obsesionado la idea de que aún podría seguir allí, en algún lugar del hospital. Lo he visto salir de la habitación, no del edificio. Resultaba improbable, pero no me lo quitaba de la cabeza. Cuando salía del hospital, he mirado por todas partes por si lo veía, preguntándome si no estaría aún allí, escondido en la entrada de ambulancias o en el muelle de carga mientras yo avanzaba por Wellington y pasaba por delante de esos sitios, en la oscuridad.

–Hola también, Sienna –bromeo, colgando el abrigo en la percha–. He tenido un buen día, gracias por preguntar.

–Es para un proyecto del instituto –dice Sienna con sequedad. Últimamente ha estado de mal humor.

–¿Para cuándo las necesitas?

–Ahora. El proyecto termina mañana.

–Sienna –digo decepcionada, porque antes no solía dejar las cosas para última hora, pero ahora se está convirtiendo en costumbre.

Debe ser cosa de la adolescencia, esa falta de motivación y lo de organizarse tan mal el tiempo. Sucede, sin embargo, que la diferencia de conducta se hace cada vez más patente, una y otra vez. Cuando no es la bajada en las notas, la irritabilidad o los cambios de humor tan radicales como el día y la noche, entonces es su insistencia en forzar los límites, como si estuviera impaciente por ser adulta. No me gusta y me pregunto a qué achacarlo: ¿a las hormonas?, ¿a los chicos?, ¿a Ben?, ¿a las drogas?

–¿Qué? –responde, presta a mostrarse ofendida–. Ya he mirado. Aquí no hay nada, cero.

Tiene razón. No hay espacio en nuestro apartamento para tener objetos como álbumes de fotos, y Sienna nació en una época en la que no todo era digital, como lo es ahora. Los primeros años de su vida han quedado registrados en álbumes de recortes que guardo en el sótano del edificio, donde hay grandes jaulas de metal para que cada residente guarde sus cosas, y allí está todo lo que me traje de mi vida con Ben y que no pude encajar en el espacio en que ahora vivimos.

–Están en el sótano –aclaro, y le digo que iré a por ellas, porque será más fácil que explicarle dónde están.

Cojo las llaves, doy vuelta a la cerradura una vez fuera y bajo las escaleras hasta el vestíbulo de entrada. Allí abro la puerta del sótano y, al empujarla, me recibe una oscuridad opresiva. Busco el interruptor de la luz situado en lo alto de las escaleras y lo aprieto, pero no ocurre nada. Sigo apretando arriba y abajo el interruptor y continúa la oscuridad. La bombilla que hay al final de las escaleras debe haberse fundido.

No puedo presentarme ante Sienna con las manos vacías. Se enfadará. A regañadientes, decido que no me pasará nada porque abajo hay otra luz, una bombilla desprotegida cuyo tirador cuelga del techo bajo, justo encima de la lavadora.

Me armo de valor. Respiro hondo y avanzo hacia la oscuridad. Dejo la puerta abierta tras de mí, calzada con una cuña que siempre está en el vestíbulo para fijar la puerta cuando llega alguna entrega o alguna otra cosa que deba guardarse allí. Doy gracias por la luz que llega del vestíbulo, que se debilita a medida que desciendo por los peldaños de madera desnuda, alejándome cada vez más hasta alcanzar el pie de la escalera y pisar el suelo de hormigón.

La bombilla se halla al otro lado del sótano. De ella me separan una serie de columnas de sostén, con las que intento no chocar tanteando con las manos. Me arrepiento de haber dejado el teléfono arriba, porque podría haber utilizado la linterna. Ahora, en cambio, he de andar a tientas en busca del tirador y mi mente imagina toda clase de terrores durante los cinco o diez segundos que tardo en alcanzarlo, mientras no dejo de preguntarme: ¿y si no estuviera sola aquí dentro?, ¿y si hubiera alguien más aquí?

Rememoro los ojos del hombre del hospital, la turbulencia que transmitían.

Al encontrar el tirador me inunda una sensación de alivio, aunque el haz de la bombilla es insignificante.

Miro a mi alrededor para asegurarme de que estoy sola y, en efecto, lo estoy. El sótano es pequeño. Las paredes son de bloques de hormigón y los techos son bajos. No habrá ni dos metros desde el suelo a las vigas del techo, así que los hombres altos tendrían que agacharse para no darse en la cabeza.

Las jaulas metálicas que sirven de trastero, colocadas contra la pared opuesta, crean zonas de oscuridad donde no llega la luz. Llego hasta ellas y encuentro la nuestra. Tiene un candado en la puerta. Giro la rueda para introducir la combinación y tiro para que se abra. Saco el candado y lo paso de nuevo por el agujero metálico para no perderlo mientras busco los álbumes de recortes. La puerta de la jaula chirría al abrirla. Entro, asaltada de pronto por un tropel de pensamientos indeseados en los que me veo encerrada en la jaula, por accidente o a propósito.

¿Cuánto tardarían en encontrarme? Si gritara, ¿me oiría alguien?

Comienzo la búsqueda. Cuanto antes encuentre los álbumes, antes podré irme. Aparto las bicicletas para llegar a los contenedores de plástico que hay detrás, apilados en tres niveles. Están etiquetados, unos con rótulos específicos («luces de Navidad»), otros no («recuerdos»). Cojo una de las cajas de recuerdos, quito la tapa y la dejo a un lado. Empiezo a revolver entre objetos como un álbum de boda, unos adorables zapatitos de bebé de Sienna, unos diminutos botines forrados de borreguito y unas zapatillas de *ballet* que me caben en la palma de la mano. Me abruman las imágenes de cuando Sienna era bebé y de pronto me veo embarcada en un viaje nostálgico, desencadenado por un mechón de su primer corte de pelo y un acogedor saco de dormir para bebé, lo que aviva el recuerdo de las noches en vela pasadas en la mecedora de su habitación, una época en la que ansiaba que creciera para poder descansar la noche entera y que ahora, sin embargo, daría lo que fuera por recuperar. Me aprieto el saco de dormir contra el pecho, lo huelo, lo abrazo.

Estoy en algún lugar remoto, absorta en mis pensamientos. No me encuentro en el sótano, sino en el cuarto infantil de Sienna, donde las nanas suenan en el reproductor de CD a un volumen suavísimo, para no despertar a Ben. La habitación está en penumbra salvo por la lamparita de noche en forma de globo que proyecta estrellas en el techo y la pared.

A mi espalda, de súbito, chirría la puerta de la jaula.

Hay alguien más en el sótano.

Vuelvo atrás, girando sobre mí misma, escrutando la habitación. Aquí no hay nadie más que yo.

Procuro decirme a mí misma que debe haber una explicación razonable para que la puerta se haya cerrado, por ejemplo, que ha entrado aire caliente por el conducto de ventilación y ha empujado la puerta hasta cerrarla. La explicación no me hace sentir menos asustada.

Vuelvo a pensar en el hombre del hospital. No es descabellado que me viera salir. Podría haberme seguido a casa y haber entrado en el edificio, colándose detrás de otro residente.

Abro de nuevo la puerta, desesperada por encontrar los álbumes de recortes y salir de allí. Cuando por fin los encuentro, los extraigo y los sujeto entre los brazos, aliviada. Cierro entonces la puerta de la jaula y pongo de nuevo el candado. Avanzo hacia el otro lado de la habitación para accionar el tirador y apagar la luz. La oscuridad inunda entonces el sótano y me deja prácticamente a ciegas. Camino arrastrando los pies hasta la escalera, tanteando con las manos, con mayor torpeza que antes porque mis ojos ya se habían acostumbrado a la luz.

Al llegar al pie de la escalera, me quedo atónita al constatar que la puerta de arriba está cerrada.

Yo la había dejado abierta. Estoy segura.

Me quedo parada, suspendida en mi movimiento de avance, mirando hacia la puerta de arriba. No ha podido cerrarse sola, porque puse la cuña para que se mantuviera abierta. Alguien podría haber quitado la cuña y cerrado a propósito la puerta, lo que no significa que tuviera mala intención. A lo mejor no sabía que había alguien abajo y creía que la puerta se había quedado abierta por error, de modo que solo trataba de ayudar.

Subo trotando los escalones. Al llegar arriba, agarro el picaporte e intento abrir, pero la puerta no se mueve.

Lo intento de nuevo, esta vez con más energía.

—¿Hola? —grito, golpeando con la palma de la mano en la puerta.

Pego la oreja a la puerta. Trato de escuchar, aunque el pulso me late con fuerza y la sangre bombea en mis oídos. No acierto a adivinar si hay alguien o no al otro lado. No tengo claro si estoy oyendo pasos o el leve clic de la cerradura de alguna otra puerta.

—¿Hola? —vuelvo a decir—. ¿Hay alguien ahí?

Golpeo con los nudillos. Envuelvo con ambas manos el picaporte y tiro de él con auténtico frenesí y desesperación, deseando otra vez no haberme dejado el teléfono arriba. A mi alrededor el mundo es casi negro. La única rendija de luz es la que se cuela por debajo de la puerta.

Pasa el tiempo, pero al final oigo otro ruido en el vestíbulo, ahora más cercano y discernible, y aunque me cuesta un poco consigo identificarlo: es una llave golpeteando contra el aluminio de los pequeños buzones empotrados del vestíbulo.

Golpeo de nuevo en la puerta del sótano y esta vez, por fortuna, desde el otro lado alguien hace girar el picaporte. La puerta del sótano se abre como si nada y me preparo para quienquiera que vaya a encontrarme al otro lado.

El señor Hilman, el anciano del primer piso, está plantado en el vestíbulo con expresión confusa y ojos abiertos como platos.

—¿Qué hace usted ahí, a oscuras? —pregunta.

—Pues…, pues es que había bajado a coger algo de mi trastero. Cuando intenté volver arriba, la puerta estaba atascada. El interruptor de la luz no funciona —digo, subiéndolo y bajándolo para demostrárselo—. Debe de haberse fundido la bombilla. —Me tiembla la voz al hablar. Me siento estúpida, pero también asustada.

—Porque resulta que esto —continúa él— estaba encajado debajo de la puerta. —En la mano sujeta la cuña, que no es simplemente un bloque de madera, sino un objeto moderno y adherente, por lo que no me explico cómo ha llegado al lado opuesto de donde yo lo coloqué—. Por eso no podía abrir. ¿Cuánto tiempo lleva ahí abajo?

—Solo unos minutos —digo, sintiendo que me falta el aire—. No sé cómo ha pasado. Yo… no sé qué habría hecho si usted no llega a volver a casa justo ahora.

Al final, Sienna habría venido a buscarme. Si hubiera pasado el tiempo suficiente, se habría preocupado o impacientado y habría bajado. No me habría quedado ahí abajo toda la noche.

Le doy de nuevo las gracias. Me dirijo a las escaleras y empiezo a subir. Mi respiración todavía es jadeante. El corazón me late con fuerza cuando llego al último tramo de escaleras que conduce solo a mi apartamento. Al llegar a la puerta, deslizo la llave en la cerradura. He estado fuera mucho más tiempo del que pretendía. No solo unos pocos minutos, habrán sido unos quince o veinte. Giro el picaporte y abro la puerta. Sienna está aún en el sofá, envuelta en la manta y con los pies sobre la mesita de centro, haciendo los deberes en su portátil. No tiene ni idea de cuánto tiempo he tardado.

Pero entonces levanta la cabeza y, lentamente, me mira de reojo. No sé si son los jadeos o mi palidez lo que me delata, pero su expresión cambia y me pregunta:

—¿Qué ha pasado?

Cierro con llave la puerta del apartamento, me acerco a ella con los álbumes de recortes y me inclino para dejarlos en la mesa de centro, junto a sus pies descalzos.

—Nada —respondo mintiendo, porque no quiero preocuparla y porque no dejo de repetirme que quizá no ha ocurrido nada, que quizá ha sido el casero, o el cartero que traía alguna carta tardía u otro vecino. Quizá alguien ha entrado por la puerta de la calle, ha visto el sótano abierto y ha creído que estaba siendo un buen samaritano al cerrarla.

—Es solo que estoy cansada. Hambrienta. Ha sido un día largo, de locos, y me está pasando factura. Ahí están los álbumes. Coge lo que necesites. Yo tengo que comer algo.

Y me voy a la cocina, donde estaré fuera de su vista, porque no quiero que ella me vea así. No quiero que se preocupe. No quiero que piense que algo va mal.

No busco comida enseguida. Primero me apoyo en la encimera, tratando de recuperar el ritmo normal de respiración.

Después, cuando me he recompuesto, Sienna me pide que mire las fotos con ella. Ambas nos acurrucamos juntas en el sofá, debajo de la manta. Pasamos las páginas del álbum y me va haciendo preguntas, por ejemplo, cómo la habríamos llamado Ben y yo si hubiera sido un chico y si nos costó que me quedara embarazada de ella. Esta última pregunta me extraña bastante, pero Sienna dice que a la madre y al padre de Nico les costó que ella se quedara embarazada.

—Isaac —digo, y después, teniendo cuidado con la respuesta a la segunda pregunta, continúo—: Y no. Como casi todo lo que tiene que ver contigo, fue pan comido. Nos lo pusiste muy fácil.

—Esta me gusta —dice señalando una foto en la que estamos juntas. En ella tendrá unas dos semanas de vida y duerme profundamente contra mi pecho vestida con un pelele rosa, mientras que yo estoy reclinada en una silla, con la cabeza girada y sonriendo soñolienta hacia la cámara, que está a mi izquierda. El cabello de Sienna es suave, con unos pelos rubios minúsculos, ultrafinos, iluminados por un haz de luz procedente de la ventana situada al fondo de la habitación. Abre la boca como un polluelo de petirrojo y tiene los ojos cerrados. Está tranquila y dormida. Las dos parecemos muy satisfechas.

—A mí también —digo mientras Sienna apoya la cabeza en mi hombro y paso la página.

Trato de centrarme solo en el momento y olvidar lo que ha ocurrido antes.

Pero hay una idea que no deja de corroerme, porque, aunque el casero o un vecino hubieran sido quienes cerraran la puerta del sótano pensando que alguien se la había dejado abierta por error, ¿para qué le iban a poner la cuña por la parte de fuera?

No me quito de la cabeza que a lo mejor alguien ha intentado encerrarme ahí abajo.

Capítulo 8

La noche siguiente la veo al otro lado del cristal del restaurante. El lugar lo he propuesto yo. Es medio cafetería medio bar de vinos, un local íntimo pegado a Halsted que solía ser uno de mis favoritos para quedar con los amigos cuando eso era todavía posible.

Mi teléfono suena de camino hacia allí. Respondo.

–¿Hablo con Meghan Michaels? –pregunta una mujer al otro lado de la línea, con voz apenas audible por culpa del ruido de la ciudad.

–Sí –contesto mientras me tapo la otra oreja con la mano para bloquear el ruido.

–Hola, Meghan. Llamo del despacho del doctor Berry, por su reciente mamografía.

–¿Va todo bien? –pregunto, la voz vacilante, sabiendo que la respuesta es no, por supuesto. No te llaman para darte el resultado de un mamograma a menos que haya algún problema.

–Se detectó una asimetría en el pecho derecho, algo de lo que probablemente no hay que preocuparse. La mayoría de las veces no es cáncer. Aun así, necesitaríamos analizar más imágenes para estar seguros.

–Muy bien –digo, nerviosa, y ella me da un número para que llame a otro centro radiológico donde el equipamiento es diferente.

Cuelgo al terminar la conversación, tratando de no pensar en ello por ahora. Como ella ha dicho: «La mayoría de las veces no es cáncer». Con todo, es más fácil decirlo que hacerlo. Camino deprisa, esquivando el tráfico peatonal, pero acabo detenida ante un semáforo en rojo, justo antes del cruce. Allí parada veo a Nat a través del cristal, esperando sentada a una mesa del patio acristalado que permanece abierto durante todo el año, calentado por un fuego y lámparas calefactoras. Se ha sentado junto a la gigantesca chimenea de piedra, de cara a la calle, bajo una guirnalda de luces blancas. A través del cristal, la escena resulta apetecible, acogedora y cálida.

Mientras espero a que el peatón luminoso me autorice a cruzar, observo a Nat en la distancia, sus manos que rodean la taza, la mirada perdida en la noche, como si tuviera la cabeza en otra parte. A su espalda, un camarero pasa con una bandeja de bebidas por delante de un joven que se está poniendo el abrigo, preparándose para marcharse.

El semáforo cambia a verde. El hombrecillo andante aparece y cruzo, adelantando a la gente porque ya llego quince minutos tarde y me siento culpable. Le he enviado a Nat un mensaje por Facebook para avisarla de que me han entretenido en el trabajo y voy con retraso, pero la última vez que lo he mirado, hace tres manzanas, ella todavía no lo había leído. Me preocupaba que se cansara y se fuera antes de que yo apareciese.

Cuando llego, empujo la puerta y paso al interior por la entrada principal, esquivando mesas y sillas en mi camino hacia el patio.

–Ey –exclamo bruscamente, acercándome por detrás de ella a toda prisa–. Siento mucho haber…

Y me interrumpo de golpe, porque mi voz le ha provocado tal sobresalto que la taza se le va de las manos y el café se derrama en la mesa.

–Ay, Dios –digo pasando de inmediato a la acción, rodeando la mesa para coger las servilletas que hay al otro lado y usándolas para contener el desastre–. Cuánto lo siento –vuelvo a decir, esta vez con más suavidad, estudiando su rostro mientras ella posa la taza en la mesa y la deja allí. Cuando lo hace, veo que las manos aún le tiemblan levemente.

–No pasa nada –dice llevándose las manos al regazo, donde no alcanzo a verlas.

–No pretendía asustarte. Venga, deja que te pida otro café –digo buscando con la mirada al camarero, que está unas mesas más allá tomando el pedido a otro cliente.

No se ha derramado la taza entera, pero no era esta la primera impresión que esperaba darle después de todos estos años, así que quiero ponerle remedio.

–No –replica–. No tienes por qué hacerlo.

–¿Estás segura? Me hace sentir mal.

–Por favor, no te preocupes.

Bajo el brazo para dejar el bolso en el suelo y me hundo en el asiento. He tenido ánimo suficiente para cambiarme de ropa antes de salir del trabajo, así que llevo vaqueros y blusa en lugar de ese uniforme desaliñado con el que me vio el otro día.

–Ha sido culpa mía –continúa–. Soy muy torpona. Siempre tiro las cosas o me doy golpes.

Se ríe, aunque de un modo que parece antinatural, forzado. Aparta la mirada y, al mismo tiempo, se sujeta un mechón de pelo detrás de la oreja. Lo hace por instinto, por hábito. No se da cuenta de que lo ha hecho, pero, sin el cabello de por medio, ahí está de nuevo, esta vez justo delante de mí: el moratón. Los ojos se me van hacia él.

Nat vuelve lentamente los ojos hacia mí. Me pilla observando el moratón. De inmediato, vuelve a sacarse el pelo de detrás de la oreja e intenta ocultarlo, pero ya es tarde. No puedo borrar lo que ya he visto.

Trago saliva. Tengo ganas de preguntarle cómo se hizo ese moratón, pero en lugar de eso le digo, esta vez en tono más serio:

–De verdad siento haber llegado tarde. Aborrezco llegar tarde. –Y mientras tanto pienso en lo agradable que es poder sentarse por fin tras pasar toda la jornada de pie–. Me han entretenido en el trabajo y no he podido librarme.

–¿Un día ajetreado? –me pregunta.

El cabello le cae hasta muy abajo ahora, como oscuras cortinas alrededor de la cara, derramándose sobre los hombros de una camiseta negra de cuello tan alto que le llega hasta la barbilla.

–Sí. Mucho –respondo.

–¿A qué te dedicas?

–Soy enfermera. En cuidados intensivos.

–Madre mía, Meghan. Es digno de admirar. Pero ¿no es demasiado estresante?

–Sí que lo es –contesto–. Pero gratificante. Me gusta ayudar a la gente.

Y lo dejo ahí, porque por norma no hablo de mis pacientes fuera del trabajo. Otras enfermeras sí lo hacen, respetando el anonimato, pero no deja de ser una infracción de la ley de confidencialidad, porque los datos que se revelan podrían servir para que alguien dedujera quién es el paciente. Suelo ser muy estricta con las normas. No me gusta romperlas, pero es que, además, no hablar de los pacientes es un buen hábito que me ayuda a separar trabajo y vida privada.

–No me acuerdo ahora: ¿siempre quisiste ser enfermera? –pregunta.

Sonrío.

–Enfermera o astronauta. Hasta que me enteré de que los astronautas tienen que llevar pañales en el espacio y, de pronto, esa profesión ya no me pareció tan atractiva.

Se ríe y ahora sí que parece más relajada.

Poco a poco, recupera la seriedad y dice:

—Allí debes ver horrores de todo tipo. Gente muy enferma y muertos. Tiene que ser duro, sobre todo después de lo de Bethany. —Se me hace un nudo en la garganta al oír el nombre de mi hermana—. Lo siento —dice—. Seguramente no quieres hablar de ello.

—No, no pasa nada —digo.

—Oí lo que pasó —continúa. Claro que lo oyó. Todos los del instituto se enteraron de que, el año que siguió a mi graduación, Bethany se suicidó—. Quise ponerme en contacto contigo. Ni siquiera recuerdo si mandé una tarjeta de pésame.

—Estoy segura de que sí.

Lo lógico sería que Nat estuviera por entonces en su primer año de universidad, igual que yo. No recuerdo si continuó con sus estudios ni dónde, pero, si se marchó a otro lugar, debía de ser un trastorno volver para el funeral. En cualquier caso, Nat y yo éramos amigas, pero tampoco es que fuéramos íntimas. Éramos solo compañeras de equipo. Aunque teníamos amistad por coincidir en el vestuario y en la pista, nunca quedamos para salir por ahí un viernes por la noche. Además, en la época del instituto, en cuanto empecé a salir con Ben pasaba más tiempo con él que con mis amigos. Ben estuvo conmigo en el funeral, a mi lado durante la ceremonia.

Cuando volví a la universidad, dejé de lado todo lo relacionado con mi vida pasada, excepto en lo concerniente a Ben, e intenté olvidar lo ocurrido, como si eso fuera posible. Mis padres abandonaron la casa de mi infancia aduciendo que en ella había demasiados recuerdos dolorosos, y nunca hubo razón para volver. Incluso los padres de Ben acabaron cansándose de los inviernos del Medio Oeste y se marcharon.

—Oí que te casaste con Ben Long.

—Así es —contesto, y luego dejo escapar una risita irónica y añado—: Ya ves cómo resultó.

102

–Lo siento.

–No lo sientas. Debería haber tenido más juicio. Casi ninguna relación del instituto perdura. Yo fui tan ingenua como para creer que la nuestra sería diferente. ¿Llegaste a conocer a Ben en el instituto?

–La verdad es que no. Coincidimos en un par de clases, creo. Ni siquiera estoy segura de que habláramos alguna vez.

Asiento, consciente de lo lejano que parece de pronto el instituto. Han pasado tantos años que muchos nombres y caras se han vuelto borrosos, cuando no se han borrado por completo.

–¿En qué trabajas tú? –pregunto, cambiando de tema, aunque ya lo sé porque lo vi en Facebook.

El otro día, cuando terminé de mirar el Facebook de Nat, visité Instagram a ver si allí averiguaba más cosas de ella, pero no hubo suerte. No está en Instagram, al menos que yo viera.

–Soy profesora.

–¿En qué nivel?

–Preescolar. Niños de cuatro años.

Sonrío.

–Aah. Pequeñines –digo.

–Sí. Son los mejores.

–¿Dónde das clase? –le pregunto, y entonces me cuenta lo de la escuela cooperativa de Lincoln Park–. ¿Tienes también niños tuyos?

–No. Mi marido y yo queríamos esperar a llevar unos años casados antes de tener hijos –explica con las manos otra vez en la mesa, toqueteando el asa de la taza de café, y entonces su voz se apaga y yo comprendo lo que eso significa: su matrimonio no duró lo suficiente para llegar a ese punto.

Viene el camarero. Pido un té chai, aunque, después de la jornada que he tenido y la noticia que me han dado en la consulta del doctor Berry, no me vendría mal un *chardonnay*. «La mayoría de las veces no es cáncer», había dicho la mujer del teléfono, pero lo que no dijo es que a veces sí lo es.

Lo pienso durante un momento, lo de pedir vino, pero, con Sienna esperándome en casa y el trabajo de mañana por la mañana, lo último que necesito es tener la mente espesa o resaca.

—¿Qué tomas tú? —le pregunto a Nat, deseosa de pedirle otro café para compensar el que se ha derramado, pero ella opina de otro modo.

—Si me tomo otro café, esta noche no dormiré.

—¿Descafeinado? —sugiero.

Mira al camarero y dice:

—Tomaré solo agua, gracias. —Y el camarero dice que por supuesto y se va.

A nuestro lado, el fuego de la chimenea crepita. Llamas anaranjadas bailan tras el salvachispas, elevándose en el aire.

—Lo paradójico es —prosigue retomando la conversación, y aparto la vista de la chimenea para volver a mirarla— que queríamos tiempo para nosotros, para que nuestro matrimonio alcanzara su plenitud antes de que entraran en juego los hijos. Debería dar gracias, supongo, por haber tenido tiempo de descubrir quién era él realmente antes de tener hijos suyos.

Sin pretenderlo, se me van de nuevo los ojos al moratón. Aunque no puedo verlo tras la cortina de cabello, sé que está ahí.

Me pilla mirando.

—Horrible, ¿verdad? —dice.

—¿El qué? —digo haciéndome la tonta, porque me siento culpable de que me haya pillado mirando otra vez.

—Esto —dice apartándose con cuidado el pelo para dejarme ver los bordes del moratón. Lo hace durante un

104

breve instante y luego se tapa de nuevo con el cabello para ocultar la herida.

Hago un mohín.

–Uy. ¿Qué te pasó? –pregunto, intentando reaccionar como si el moratón me cogiera de nuevas, como si fuera la primera vez que lo veo.

–La otra noche –comienza, agarrando una servilleta de papel y jugueteando con el borde, evitando mirarme a los ojos– me levanté por la noche para ir al baño. Estaba medio ida. Me había tomado una copa de vino antes de acostarme, pero eso no es excusa. Estaba totalmente sobria. No sé lo que pasó. Me desubiqué, supongo, o estaba desorientada por el sueño o me levanté demasiado rápido, algo así. En fin, que en la oscuridad calculé mal y me fui directa contra el marco de la puerta en lugar de pasar por ella.

Hago una mueca de disgusto.

–Debió de doler.

Sacude la cabeza.

–La verdad es que no. Me dejó atontada porque no me lo esperaba, pero no me dolió. –Vuelve a palparse la cabeza, asegurándose de que el pelo está en su sitio. Me mira y luego desvía de nuevo la vista, bajando la voz al añadir–: Siempre me lo tapo porque no quiero que la gente piense lo que no es.

–¿Por ejemplo? –pregunto.

Se encoge de hombros.

–No sé, que alguien me está pegando o algo así.

Se produce un instante de silencio. Tengo ganas de preguntarle si alguien le está pegando y, de ser así, si es su ex, el hombre guapo que vi en las fotos de Facebook. El señor Roche. Pero entonces, antes de que pueda hacerlo, llega el camarero con las bebidas y empieza a hablar y no acaba, explicando que no sabía si Nat quería agua embotellada o del grifo y, cuando se va, el momento ha pasado.

—¿Sigues hablando con alguien del instituto aparte de Ben? —pregunta, y de pronto ya no parece adecuado sacar de nuevo a colación el moratón.

—Pues no.

—¿Ni con Mandy Cho? —insiste, y yo niego con la cabeza.

En el instituto, Mandy era mi pareja de dobles, aunque no hablábamos fuera de la pista. Teníamos virtudes opuestas: Mandy golpeaba muy fuerte, mientras que yo era bastante sólida devolviendo bolas, así que el entrenador de tenis nos emparejó, no porque fuéramos amigas, sino para que se complementaran nuestros puntos fuertes y débiles.

—¿Y tú?

—No. Apenas. Perdí el contacto con casi todos después del instituto. Fue culpa mía. Soy muy mala en lo de mantener la relación con la gente.

—¿Y qué me dices de Emily? —le pregunto, porque Emily Miller era la mejor amiga de Nat en el instituto.

—Hablamos un poco. Llama cada dos meses.

—Es difícil, ¿verdad?, con todo el mundo tan ocupado. ¿Qué tal tu familia? —sigo preguntando—. ¿Aún viven en Barrington?

—No, ya no. —Cambia de tema—. Este sitio es agradable —dice sobre el restaurante—. ¿Dijiste que habías venido antes?

Asiento mientras sorbo con cautela el té, para comprobar si quema demasiado.

—Sí que es agradable. Y, sí, un amigo lo encontró hace años y desde entonces he ido viniendo. Es pintoresco, tranquilo. —La comida y la bebida son buenas, pero lo que más me gusta son las vibraciones del lugar: la iluminación suave y cálida, el jazz aterciopelado que suena de fondo, la atmósfera.

Le pregunto qué le pareció la reunión del otro día.

—Estuvo bien. Fue agradable estar rodeada de gente con circunstancias similares a las mías, para variar.

—Es una de las razones por las que a mí también me gusta.

—¿Cuánto tiempo lleváis divorciados Ben y tú?

—Un año, más o menos —contesto, y entonces le cuento lo mismo que expliqué durante mi primera reunión del grupo de apoyo, que fui yo quien pidió el divorcio y que lo hice por mi hija, Sienna, porque ya no podía soportar que nos viera discutir a Ben y a mí.

Cambia de posición en la silla.

—A mi familia y mis amigos les encanta Declan —cuenta ella—. Cayeron rendidos a sus pies en cuanto lo conocieron. Creen que es el «chico perfecto», como si existiera tal cosa. Dulce, encantador, atractivo, con un trabajo estupendo y bien pagado... —Respira mientras yo dejo de hacerlo, con la esperanza de que diga más, cosa que hace—. Se hace difícil hablar con ellos de Declan, porque ya tienen una idea preconcebida de cómo es y lo que yo digo contradice esa idea. Diría que no se creen nada de lo que les cuento.

—¿Y qué les cuentas?

—Cómo es él.

Tomo otro sorbo de té, esta vez tan rápido que me quemo la lengua.

—¿Y cómo es? —pregunto, tratando de no mostrar reacción alguna mientras dejo la taza en la mesa.

Extiende el brazo hacia su agua helada y pasa los dedos por las gotitas de condensación que se han formado en el exterior del vaso. La observo, esperando una respuesta que no se produce.

—Lo siento —digo, zarandeando la cabeza—. No tienes por qué responder. ¿Prefieres que hablemos de otra cosa? —pregunto, porque veo con claridad que se siente incómoda con esta conversación y no es eso lo que quiero. Han pasado veintitantos años desde que nos vimos. Lo último que deseo es mostrarme demasiado agresiva.

—No —dice, deslizando el vaso hacia un lado y levantando despacio la cabeza—. No pasa nada. La verdad es que me hace bien, creo, lo de hablar de Declan con alguien que no lo conoce, para variar. Pensé en ir a terapia, pero las listas de espera son de meses, y parece más grato hablar con alguien que conoces de verdad, alguien que te entiende y está en posición similar a la tuya, en lugar de pagar a una persona para que me oiga, ¿entiendes?

Sonrío.

—Claro que lo entiendo. Por eso busqué el grupo. La desgracia compartida es menos sentida, ¿no?

Asiente, pero se muestra escueta.

—Sí.

Extiende de nuevo los brazos hacia el vaso de agua helada y lo levanta con ambas manos, como si ganara tiempo, decidiendo si cuenta más o deja morir la conversación. Un hombre y una mujer pasan junto a ella y atraen su atención, y Nat espera un momento —mientras los mira alejarse, contentos y riendo, y él la ayuda a ponerse un largo abrigo de invierno— antes de por fin llevarse el vaso a los labios. Toma un sorbo y lo deja en la mesa. Me mira a los ojos.

—Me ha estado engañando con alguna chica más joven, pero eso no es lo peor. —Hace una pausa para armarse de valor—. Declan es abogado, asociado de Tanner y Levine en el centro de la ciudad. Podrá convertirse en socio dentro de un par de años, que es algo extraordinario, impresionante de verdad, pero que conlleva más presión y un coste personal. Es un camino de siete años y esa ha sido su aspiración desde el día en que empezó en el despacho, hace cinco años. Para él supuso un cambio en su trayectoria profesional. Ahora factura unas dos mil horas al año, lo que implica trabajar doce horas diarias más un par de fines de semana al mes. Es increíblemente inteligente. Persuasivo. Y muy trabajador. Muy bueno en lo suyo. Pero... –dice, –tragando saliva, bajando de pronto los ojos para evitar mirarme. Ahora habla apenas con un hilo de voz y resulta difícil oírla con la música que suena en los altavoces del local, pero por instinto me inclino hacia delante y la miro a la cara, aunque ella no aparta la vista de la ventana mientras confiesa–: A veces se pone como loco. Él...

Se interrumpe a mitad de frase. Se calla, con los labios todavía articulando la palabra, sin producir sonido, como si tuviera el resto de su pensamiento atrapado en la garganta. La observo mientras se pone rígida y separa la columna del respaldo de la silla. También su rostro cambia, empalidece y se vuelve exangüe, inexpresivo.

–¿Nat? ¿Va todo bien? –le pregunto mientras sigo su mirada hasta la ventana de la esquina, donde una oscura silueta se retira al otro lado del cristal.

En la ventana se aprecia una pequeña nube de vaho, como la que dejaría la respiración de alguien.

Un escalofrío me recorre la espalda mientras observo cómo el vaho se disipa. Vuelvo a mirar a Nat y la veo parpadear con furia, y cuando traga otra vez saliva percibo cómo le baja trabajosamente por la garganta, como si estuviera haciendo pasar una roca por ella.

–Lo..., lo siento –dice.

Por un fugaz instante, desvía la vista para volver a mirarme y luego se gira de nuevo hacia la ventana, ahora vacía salvo por la avalancha de peatones que recorren la calle, envueltos en abrigos y gorros. Se percibe cierta vibración en su voz cuando dice:

–Lo había olvidado por completo. Tengo una amiga enferma. Le había prometido que le llevaría la cena esta noche. Tiene gripe. He de irme.

Coge la servilleta que tiene en el regazo. Intenta dejarla en la mesa, pero falla por un par de centímetros y el papel cae al suelo, justo al lado.

Se levanta de golpe, agarra el abrigo del respaldo y mete con ímpetu los brazos en las mangas, aunque está nerviosa y el gesto no es fluido; tiene que intentarlo dos o tres veces antes de encontrar los agujeros.

–¿Ahora? –pregunto mientras consulto el reloj y veo que ya son más de las ocho.

–Sí –responde, aunque no me pasa desapercibido que sigue mirando a la ventana y rehúye el contacto visual conmigo–. Es que se supone que tenía que estar allí hace una hora. Se estará preguntando dónde estoy. Si es que sigue despierta.

Rebusca en el bolso y me tiende un billete de veinte. Intento rechazarlo, pero ella se niega en redondo.

–Por favor. Cógelo –dice–. Has tenido la amabilidad de proponer este encuentro. Me siento como una imbécil por irme tan de pronto. Pero…

–Tu amiga está enferma. Lo entiendo. Por favor, ve con ella –digo–. Esto podemos repetirlo en otra ocasión.

Zigzaguea entre las sillas y las mesas hacia la puerta de entrada, apretándose para pasar entre los respaldos demasiado juntos de los asientos, hasta que desaparece en un punto que ya no alcanzo a ver.

Unos segundos más tarde, miro por la ventana y la veo aparecer en la noche, con el gorro puesto y la capucha con borde de piel echada por encima.

Aventura un vistazo calle abajo, espera a que un grupito de gente la alcance para mezclarse con ellos y, con la cabeza baja, empieza a caminar a buen paso. Dejo el dinero en la mesa. La sigo afuera, a la noche, dejando que la puerta resbale de mi mano, barriendo la calle con la mirada para buscar algún atisbo de ella o de la amorfa silueta de la ventana.

Pero han desaparecido.

Nada más salir del restaurante, le envío un mensaje rápido a Sienna para decirle que estoy de camino y luego me guardo el teléfono en el bolsillo del chaquetón, porque necesito tener los sentidos alerta. Son poco más de las ocho. Los asaltos de las otras noches tuvieron lugar sobre esa misma hora. Además, ya tengo los nervios de punta porque no dejo de pensar en lo que ha dicho Nat, o casi ha dicho: «A veces se pone como loco. Él…». No le ha dado tiempo a terminar lo que iba a decir porque algo ha captado su atención al otro lado de la ventana. Relleno la información que falta por mí misma.

«Tiene mal genio. Pierde el control. Me pega.»

Echo la vista atrás cuatro o cinco años, cuando en la UCI cuidé a una mujer que había sufrido una hemorragia cerebral como resultado de la violencia doméstica. Se llamaba Anne y fue su propio marido quien la trajo a urgencias asegurando que se había tropezado en las escaleras del sótano, solo que yo me daba perfecta cuenta de lo nerviosa que estaba la mujer y de que no me miraba a los ojos, además de que, como Nat, se echaba la culpa a sí misma por la presunta caída: «Soy tan torpe. Pero qué patosa. Se me fueron los pies sin darme cuenta. Iba demasiado rápido. Qué tonta soy». La mujer llevaba calcetines y, según dijo, los escalones del sótano eran de una madera muy pulida. Se resbaló y, no se sabía bien cómo, la cabeza le rebotó en la pared antes de golpear contra el suelo. Creía que no era nada, solo un chichón en la cabeza, hasta que empezó a tener unos dolores taladrantes de cabeza y también vómitos. Su marido permaneció solícito a su lado, mimándola, mostrándose reacio a dejar la habitación incluso cuando se lo pedimos para poder examinarla.

Ya sola, al principio no mostró ninguna disposición a contar lo ocurrido, pero como enfermeras estamos entrenadas para detectar los signos de violencia, y yo los vi. Al final, insistiendo con amabilidad, la mujer se sinceró y nos contó que su marido la había golpeado con un palo de jóquey mientras sus dos hijos, de tres y seis años, miraban acurrucados en un rincón, llorando histéricamente, suplicándole que parara. Aun así, ella no quería causarle problemas al marido. Lo amaba. Me rogó que no se lo contara a nadie, aseguraba que él estaba arrepentido. Le había dicho que nunca lo volvería a hacer y ella le creía, porque ansiaba con toda su alma que fuera verdad.

Llamé a la policía, pero no pudieron hacer gran cosa porque Anne no presentó cargos, y después me quedé preocupada por si yo había empeorado las cosas, porque ahora su marido sabía que ella me había contado la paliza. En lugar de denunciarlo o abandonarlo, ella y los niños se quedaron con él, y hará unos dos años leí un artículo en alguna parte que me provocó verdaderas ganas de vomitar: habían arrestado al marido después de que, finalmente, hubiera conseguido matarla a golpes.

Recuerdo que me quedé trastornada. Y recuerdo también que Ben la culpó a ella, a la víctima, por no haberse ido cuando tuvo oportunidad. Se quedó y eligió su destino. Ben hizo un comentario trivial, algo como que «no puedes salvarlas a todas». Sin embargo, yo estuve mucho tiempo preguntándome si podía o debía haber hecho algo más. Pero ¿qué?

Aparto esos pensamientos de mi mente. Sigo caminando. El trayecto a casa es frío y ventoso. Aunque la nieve del otro día se ha fundido, las temperaturas diurnas suben por encima de cero solo para caer de nuevo en cuanto se pone el sol. Las farolas están encendidas. Las tiendas y los restaurantes permanecen abiertos, todos ellos con luz a raudales en el interior, lo cual me reconforta. En estas calles tan ajetreadas no siento preocupación ni miedo.

Pero al llegar donde vivo, una calle pequeña en una zona residencial, las cosas cambian. A mi alrededor todo es, de repente, silencio y oscuridad, y empiezo a pensar en las mujeres asaltadas durante los últimos días, preguntándome si no se sentirían como yo, heladas de frío, cansadas y con dolor de pies, ansiosas por llegar a casa, y si no bajarían la guardia demasiado pronto, algo muy normal cuando ya tienes tu casa a la vista.

Echo un vistazo atrás por encima del hombro para asegurarme de que estoy sola, y lo estoy, hasta donde yo sé. El eco de mis pasos resuena en la calle. Meto la mano en el bolso y busco a ciegas las llaves. Al principio no las encuentro y me enfado conmigo misma por no haberlas sacado del bolso en la zona de Broadway, cuando aún había gente a mi alrededor. Debería haber sido más previsora. Debería haber tenido más cautela, haberme preparado. Parece imposible encontrar esas llaves, ¿dónde diablos están?, y empiezo a preguntarme si no se me habrán caído del bolso en algún momento de la noche, en el trabajo o en el suelo del restaurante.

Cuando la ansiedad ya va subiendo en exceso de tono, los dedos por fin se cierran alrededor de las llaves.

Antes de llegar al apartamento, donde está Sienna, debo pasar por dos edificios ruinosos y cegados con tablones y un aparcamiento más bien sórdido. El aparcamiento se halla bajo las vías del metro, justo al lado de nuestro edificio, e incluso a plena luz del día se ve oscuro y sucio, pues las vías del paso elevado no dejan entrar el sol. Las plazas de aparcamiento son propiedad de los residentes de la zona, pero algunos alquilan la suya mediante aplicaciones como SpotHero para sacar algún dinero cuando consiguen encontrar aparcamiento en la calle para su propio coche. Es una buena fuente de ingresos adicional, pero trae forasteros al vecindario y eso no me gusta.

Aprieto el paso para dejar atrás el aparcamiento y, en ese instante, el metro resuena con estrépito ensordecedor por encima de mi cabeza. Trato de no fijarme más de la cuenta en el único coche del aparcamiento que tiene el motor al ralentí y las luces delanteras encendidas.

Camino aún más deprisa, subo al trote los peldaños de entrada al edificio, los peldaños que me llevan hacia Sienna, deslizo la llave en la cerradura y entro en el vestíbulo, donde el viento se cuela tras de mí, revolviendo las páginas de un periódico abandonado en un rincón, detrás de la puerta abierta.

Empujo la puerta para cerrarla y asegurarme de que nadie me ha seguido al interior. Empiezo a subir la escalera que conduce a nuestro apartamento. Cuando estoy entre la primera y la segunda planta, oigo una voz masculina procedente de más arriba, donde Sienna y yo vivimos. El nuestro es el único apartamento de la tercera planta.

El corazón se me acelera.

¿Qué hace un hombre en nuestro apartamento?

Subo los peldaños de dos en dos y el bolso se me resbala del hombro hasta el hueco del brazo. Lo dejo allí por no perder tiempo subiéndolo de nuevo. De repente, Sienna es lo único en lo que puedo pensar. Tengo que llegar hasta Sienna.

La veo nada más doblar el recodo de la escalera y no puedo evitar un suspiro de alivio, porque no le pasa nada. Está en el umbral, con la puerta abierta y vestida

114

con el pijama –pantaloncitos cortos de franela con estampado escocés, camiseta corta que deja ver una estrecha franja del pálido vientre–, descalza, con un pie en equilibrio sobre el otro y los brazos cruzados sobre el pecho. Ya se ha lavado para ir a la cama. Tiene la cara limpia, sin maquillaje, el cabello recogido en un moño algo descuidado y, si tuviera que adivinarlo, diría que no lleva sujetador.

Sienna me ve. Vuelve la cabeza y los ojos hacia mí, mirándome por encima del hombro de ese individuo. El tipo está en el pasillo justo fuera de la puerta, de espaldas a mí.

–Mamá –dice Sienna con un deje cantarín mientras el hombre se gira y le veo la cara. Es un hombre hecho y derecho, no un adolescente como el otro día, sino un adulto de unos treinta y cinco o cuarenta años, diría yo, vestido con vaqueros y camisa azul, y me recibe con una sonrisa franca que no le devuelvo, que no puedo devolverle porque sonreír es lo último que se me pasa por la cabeza.

–¿Qué pasa? –pregunto, sin aliento.

Oigo la tensión en mi propia voz mientras paso al lado del hombre y me coloco entre él y Sienna. No espero a que nadie me diga qué pasa. Soy yo la primera en hablar.

–¿Puedo ayudarle en algo? –pregunto, intentando averiguar cómo ha entrado en el edificio y qué hace en la puerta de mi apartamento, hablando con mi hija adolescente a solas. Me subo de un tirón el bolso y me cruzo de brazos, pensando que ojalá fuera más alta para así contar con mayor ventaja.

–Soy Evan –dice extendiendo una mano que no estrecho, pensando que debe de ser algún vendedor y lo inapropiado que resulta, si no ilegal, que haya entrado en nuestro edificio a estas horas de la noche para intentar vendernos algo que ni queremos ni necesitamos. En la puerta del edificio no hay ningún rótulo de «no se admite la venta a domicilio», pero una puerta cerrada debería bastar, creo yo.

—¿En qué puedo ayudarle, Evan? —pregunto, con voz tan agria que no parece la mía.

—Mamá —dice Sienna, y percibo la desaprobación en su tono, la vergüenza que siente por cómo me estoy comportando y por no haberle estrechado aún la mano al hombre. De hecho, lo dejo con la mano tendida hasta que acaba retirándola, amilanado. Mientras se mete la mano en el bolsillo de los vaqueros, se le borra la sonrisa.

—Lo siento —dice—. No quería molestar. Mi mujer y yo acabamos de mudarnos al apartamento de abajo. Hemos recibido correo suyo por error. Venía a dárselo.

Tomo aire, acordándome de los operarios de mudanzas que vi el otro día, metiendo cajas y muebles en el edificio. Me giro hacia Sienna. Tiene el correo de marras en la mano, como ahora veo. Al principio costaba verlo porque lo sujetaba entre los brazos cruzados, pero ahora los descruza y ondea el sobre delante de mi cara. Lo miro y luego vuelvo la cabeza hacia el hombre.

Doy un paso atrás hacia el interior del apartamento y choco contra Sienna, que se ve obligada a retroceder y acaba dándose media vuelta y retirándose al salón. Agarro el picaporte para cerrar la puerta.

—Gracias por traer el correo. Ha sido muy amable —digo, y entonces cierro y zanjo toda posibilidad de continuar la conversación.

Observo cómo la expresión del hombre se desinfla antes de cerrarse la puerta, mientras en el cuello me repica el pulso y el corazón me late con tanta violencia que tengo que sentarme.

—Ha sido de vergüenza ajena, mamá —declara Sienna cuando la puerta está cerrada y el pestillo pasado.

Me vuelvo hacia ella mientras se deja caer en el sofá y apoya los pies en el borde de la mesita de centro, lo que hace que esta se deslice unos centímetros y arrastre la alfombra hasta formar arrugas en la lana.

—¿De verdad lo has echado así, por las buenas?

No respondo. En lugar de eso, pregunto:

—¿Pero en qué estabas pensando, Sienna? —Sigo de pie, mirándola espantada desde el otro lado de la mesita de centro—. Sabes de sobra que no debes abrir la puerta a desconocidos.

—No es un desconocido. Es nuestro vecino, mamá —replica, y lo es, sí, pero ella no lo sabía cuando le ha abierto la puerta, y de todas formas sigue siendo un desconocido, porque no lo conocemos—. Además —continúa con total indiferencia, como si no tuviera ni idea de lo que podría haberle sucedido si ese hombre hubiera albergado otras intenciones—, creía que eras tú. Me habías dicho que estabas de camino, así que al oír que llamaban pensé que serías tú.

Eso es cierto. Le he enviado un mensaje hará unos veinte minutos, al salir del restaurante, para avisarla de que estaba de camino. Aun así, imaginármela abriendo la puerta a un extraño me llena de pavor. Debería tener más sensatez, y yo creía que la tenía, pero ahora ya no estoy tan segura.

—No tenías por qué ser tan borde con él —dice.

—No he sido borde.

—Pues lo que se dice simpática tampoco has sido.

No le falta razón. No lo he sido, pero me ha pillado de sorpresa. Tenía miedo por ella.

—Escucha —digo—, la próxima vez mira antes por la mirilla, ¿de acuerdo? Está para algo.

—¿Para qué?

–Para mantenernos a salvo.

–¿De qué? –pregunta, y de nuevo me asusta su optimismo, esa percepción de que las cosas malas solo les suceden a otros y no a ella.

–Hay gente mala suelta por el mundo, Sienna. No todos tienen buenas intenciones. Por ahí anda un hombre que asalta a las mujeres en su propia casa. Tú ves las noticias, así que lo sabes. Debes tener más cuidado. No puedes confiar en cada persona con la que te encuentres. ¿Entendido? –pregunto, y ella dice que sí, que entendido, pero no le quita ojo al teléfono y solo confío a medias en que me esté escuchando de verdad.

Capítulo 9

A la mañana siguiente, recojo el correo al salir del edificio y lo guardo en el bolso para dejar espacio a las cartas del día. En el trayecto al trabajo, dos mujeres que caminan delante de mí están hablando de otro asalto ocurrido anoche en la ciudad, y al oírlas siento que el suelo desaparece bajo mis pies. No he puesto la televisión esta mañana. No he leído las noticias. No sabía nada de este último ataque. Ha habido ya tantos que he perdido la cuenta. Dicen que el tipo lleva una máscara negra cuando ataca a las mujeres, así que nadie lo ha visto bien.

Han pasado varias semanas y nadie sabe aún quién es ese hombre.

La policía viene al trabajo.

Nada más regresar de comer algo rápido, me encuentro a dos agentes en la habitación de Caitlin. Al verlos, me paro en seco delante del control de enfermería. Los pies dejan de moverse de repente y mi cuerpo tiene una reacción visceral al ver a los policías. Los uniformes. Su corpulencia física. El arma reglamentaria y la pistola táser en el chaleco.

Cualquier otro pensamiento desaparece de mi mente. Lo único en que puedo pensar es en por qué están aquí. La policía ya ha venido otras veces a la UCI, pero no por un intento de suicidio, porque no hay nada ilegal en tratar de quitarse la vida.

Los agentes están en la habitación, hablando con los padres de Caitlin. También hay otro hombre, en la treintena diría yo, colocado algo detrás de la señora Beckett y con la mano en el hombro de ella, un gesto que transmite calidez, intimidad. La conoce; no ha venido con la policía. A través del cristal, todos tienen un aspecto lúgubre. Uno de los agentes me da la espalda, mientras que el otro está de perfil con las manos sobre el pecho del pesado chaleco táctico, observando cómo habla su compañero.

Me coloco junto a Luke en el mostrador de control.

–¿Qué pasa? –le pregunto en voz baja–. ¿Qué hace aquí la policía? –Contengo la respiración, temerosa de lo que pueda contestar.

Me mira.

–Ahora dicen que a lo mejor no fue un intento de suicidio.

Retrocedo. Me quedo sin aire en los pulmones y la temperatura del pasillo parece aumentar de pronto.

–¿Qué quieres decir?

Parpadea repetidas veces y sé lo que va a decir antes de que lo diga.

–Creen que alguien podría haberla empujado.

–¿Empujado? –pregunto, como si no entendiera el significado de una palabra tan simple. La repito una y otra vez en mi cabeza hasta que acaba desprovista de sentido: «empujado».

–Sí –contesta, bastante tranquilo si lo comparamos con mi reacción, aunque él ha tenido algunos minutos para asimilarlo, para hacerse a la idea de que la policía sabe algo, para darle vueltas en la cabeza–. Empujado.

–¿Quién?

–Nadie lo sabe.

Los Beckett levantan la vista cuando entro en la habitación. Están descolocados, con la mente a millones de kilómetros de esta habitación de hospital. La policía ya se ha ido, pero el otro hombre sigue aquí, de pie y apoyado en la pared, con los brazos cruzados sobre un suéter oscuro de cuello redondo. También él levanta la vista cuando entro, cruzamos la mirada y de inmediato veo el parecido. Es una versión más joven del señor Beckett por estatura y complexión corporal, pero con los rasgos de Caitlin: el mismo cabello y los mismos ojos oscuros.

—Meghan —dice el señor Beckett, frotándose la frente antes de enfocar los ojos caídos en mi persona, y me impresiona su aspecto absolutamente derrotado, tanto por la tensión mental como por el agotamiento físico.

—¿Puedo traerles alguna cosa? —pregunto.

—No —dice con una abrupta sacudida de cabeza, e intento no sacar conclusiones de la brevedad de su respuesta.

La señora Beckett se da la vuelta sin decir nada y se sienta en la butaca que hay arrimada a la cama, de espaldas a mí, de modo que no le veo la cara.

—Meghan, este es nuestro hijo. Jackson.

—Un placer conocerlo —digo, avanzando más al interior de la habitación y sintiendo que el aire se vuelve de pronto diferente, más cargado.

—Lo mismo digo —contesta separándose de la pared—. Mis padres me han hablado mucho de usted.

Giro la cabeza hacia el señor Beckett, quien dice:

—Le hemos contado lo mucho que ha hecho para ayudarnos y que es usted un regalo del cielo.

—No tiene importancia. Me gusta ser de ayuda.

—Bueno, pues le estamos agradecidos. Jackson —me cuenta— ha tomado un vuelo esta mañana para estar aquí, con Caitlin. Ha aterrizado hace solo dos horas y ha venido directo desde el aeropuerto de O'Hare.

—Dice mucho de usted que haya venido —digo.

–Solo siento no haber podido venir antes.

Jackson se acerca a la cama y se queda detrás de la señora Beckett. Le pone las manos en los hombros, en ademán consolador. Lo observo, el modo en que sus ojos se dirigen a la cama y se posan en Caitlin. Busco en vano signos de emoción, de tristeza, de incredulidad, y no encuentro ninguno, pero quizá se está esforzando por sobrellevar esto con estoicismo. Caitlin hace días que llegó al hospital y, bueno, no debería juzgar, pero pienso que, si Bethany siguiera viva y le ocurriera algo así, yo no lo habría dudado: me habría subido al primer avión que hubiera podido encontrar.

–Ahora estás aquí y te lo agradecemos, como lo haría Caitlin –dice el señor Beckett, y me pregunto si soy la única en darse cuenta del silencioso desprecio con que Jackson acoge esas palabras de su padre, «como lo haría Caitlin», un atisbo de escepticismo que asoma apenas y enseguida desaparece.

Pienso de nuevo en lo que la señora Beckett me confió hace unos días, cuando dijo que Caitlin y sus hermanos no estaban unidos, que su propia relación con Caitlin era diferente de la que tenía con sus hijos y que no podía asegurar que ellos no estuvieran resentidos con Caitlin por eso.

Jackson debe de percibir mi mirada, porque se vuelve de pronto hacia mí, demasiado deprisa para que pueda prever el movimiento, y me pilla mirándolo.

–Nuestro hijo mayor, Henry –prosigue el señor Beckett, y yo giro la cabeza hacia él, avergonzada y agradecida de poder centrar la atención en otra parte–, hubiera querido estar aquí, pero está en mitad de un juicio y no puede escaparse. Jackson estaba en Londres por trabajo cuando todo ocurrió –aclara–. Ha venido lo antes posible.

–Debe de estar agotado si acaba de llegar de Londres –digo, pensando en el largo vuelo y en el *jet lag*.

Se encoge de hombros.

—Nada que no pueda arreglarse con un poco de cafeína.

Asiento y me dirijo de nuevo al señor Beckett.

—He visto que ha venido la policía —digo, procediendo con cautela.

Al principio, los Beckett muestran cierta reticencia. Los tres intercambian miradas, pero es la señora Beckett la que se vuelve hacia mí y me pregunta:

—¿Se ha enterado de lo que dicen ahora?

Durante las dos últimas horas, la rumorología ha vuelto a dispararse. No se habla de otra cosa y todos comentan que alguien empujó a Caitlin del puente peatonal. Lo he oído una y otra vez, en el mostrador de control y en la sala de descanso. «¿Te has enterado? Ha venido la policía. Parece que al final Caitlin Beckett no saltó. La empujaron.» Los ojos les hacen chiribitas al decirlo. «Dios mío» o «qué horror», exclama la gente, pero la voz los delata. Hay más chismorrería que compasión, todo el mundo ansioso por enterarse de algo nuevo y ser los primeros en contar la noticia.

Cada vez que lo oía, se me ponían los pelos de punta pensando en ese último empellón que la hizo caer del puente.

—Sí —digo tragando saliva—. Me he enterado. Es horrible. Lo siento mucho. ¿Están seguros?

—Sí.

—¿Saben quién lo hizo? —pregunto.

La señora Beckett niega con la cabeza, al tiempo que Jackson le quita las manos de los hombros y retrocede. El rostro de la mujer tiene una expresión ausente, acartonada, aunque no se trata exactamente de la misma aflicción que ha mostrado sin tapujos durante los últimos días; esto es diferente. Deja de mirarme y vuelve la vista hacia su hija. Se desliza hasta el borde del asiento, extiende la mano hacia unos oscuros mechones que han resbalado sobre la frente de Caitlin y, tras apartarlos con suavidad, se queda mirando largo rato la inmovilidad del rostro de su hija.

—La policía no lo sabe. Hubo una testigo. Una mujer que ese día vio a Caitlin en el puente. Había alguien más allí —dice el señor Beckett, y al oírlo se me acelera el corazón.

—¿Por qué iba a hacer nadie algo así? —pregunta la señora Beckett, conteniendo las lágrimas.

Esta vez es el señor Beckett quien le pone la mano en el hombro.

—No lo sé, cariño. No lo sé. —Y dirigiéndose a mí añade—: Esa mujer, la testigo, pasaba con el coche por Lake Shore Drive. Solo vio algo durante unos segundos, pero está segura de que había dos personas en el puente. No llegó a ver que empujaran a Caitlin, de otro modo habría llamado a la policía enseguida, pero sí se fijó en que pasaba algo en ese puente, que parecía haber algún tipo de discusión. Después siguió su camino y se olvidó del asunto por completo, porque esta es una gran ciudad y se producen altercados día sí, día también, y tampoco podía asegurar que no fueran solo dos personas haciendo el tonto.

En ese momento suena el teléfono del señor Beckett. Se lo saca del bolsillo y mira la pantalla.

—Perdón —dice—, pero tengo que contestar. Es del trabajo. —Nos pide que lo disculpemos y sale al pasillo para coger la llamada.

La señora Beckett se vuelve hacia mí para continuar el relato donde lo ha dejado su marido.

—Esa mujer no volvió a pensar en ello hasta que el otro día vio esa noticia de la ola de suicidios en la ciudad. Yo no la vi, pero me enteré de que la habían emitido. Ella sabía que nuestra Caitlin no había saltado como decía el noticiario. Algo más ocurrió en el puente ese día. La policía lo ha investigado. Caitlin estaba viviendo con una amiga, pero hacía algunas semanas que estaba en contacto con una inmobiliaria. Buscaba un piso para comprar. Quería asentarse. ¿Cómo alguien que piensa en el futuro y se pone a buscar piso va a tener en mente suicidarse?

Me mira fijamente y en sus ojos veo ahora algo nuevo. Estupor, ira y miedo, incluso algo más que eso: alivio. Su hija no estaba deprimida como ella creía, ni tenía deseos de morir.

–Dicen que es una tentativa de homicidio, Meghan, no de suicidio. Lo que significa que Caitlin no trató de quitarse la vida, como pensábamos. –Sigue una larga pausa cargada de significado, tras la cual añade–: Lo hizo otra persona.

Se me hace un nudo en el estómago. Homicidio. Asesinato. Suena tan brutal, tan despiadado cuando dice esas palabras que de pronto siento un regusto ácido en la boca, un sabor como a vinagre, mientras noto cómo la saliva se me agolpa bajo la lengua y en la boca.

–¿Cree posible que alguien la engañara para ir a ese puente? –me pregunta, especulando.

–Puede ser –respondo con un encogimiento de hombros.

–¿Cree que quien lo hizo estaba allí, esperándola?

Sacudo la cabeza.

–No lo sé.

Ahora que la policía ha tomado cartas en el asunto, se centrarán en buscar a quien lo hizo. Hace veinticuatro horas era una posibilidad irrelevante, pero ahora es lo único que importa, aparte de mantener a Caitlin con vida, aunque a medida que pasan los días y sigo encontrándomela inconsciente me pregunto si siempre estará así.

–¿Qué pasa, Meghan? –me pregunta, y entonces me

doy cuenta de que ya no la miro a ella, sino que tengo la vista en la pared blanca y desnuda, la mente perdida en algún lugar remoto.

–El otro día había un hombre aquí –digo, mirándola de nuevo a los ojos–. Vino a ver a Caitlin.

Mientras hablo veo de nuevo los ojos de ese hombre, cómo me recorrían de arriba abajo hasta detenerse en mi placa identificativa, el interés con que la miraba.

–¿Un hombre? –pregunta el señor Beckett, que acaba de regresar a la habitación y ahora está junto a su esposa, arrugando la frente en actitud de evidente preocupación. Debería haberles contado antes lo de ese hombre, y ahora pienso que ojalá lo hubiera hecho, ojalá no me lo hubiera guardado para mí.

Los observo mientras el señor Beckett enlaza a su esposa por la cintura y la atrae hacia sí.

–No nos había dicho nada –dice, lo que al principio parece una acusación, y tal vez lo sea.

–No. Es verdad. Lo siento –digo, con las mejillas ardiendo–. No creí que valiera la pena mencionarlo. Dijo que era un amigo.

–¿Cómo se llamaba?

–No lo dijo. Se supone que las visitas deben informar al mostrador de control nada más llegar y, si él lo hubiera hecho, no le habríamos dejado entrar. No saben cuánto lo siento –digo.

–Bueno, ¿qué aspecto tenía? –pregunta la señora Beckett.

Se lo describo. Les detallo el cabello oscuro y rizado, los ojos azules, la nariz torcida. A los Beckett se les pone el cuerpo rígido, parecen ganar estatura. Se miran el uno al otro y deciden.

–No conocemos a nadie con ese aspecto.

La voz de la señora Beckett tiembla al hablar.

–¿Qué quería?

–Visitar a Caitlin, supuse, pero le dije que solo se permitía el paso a los familiares y que tenía que irse, y eso hizo.

No debió de costarle encontrar la habitación de Caitlin sin preguntar en el mostrador de control. Hay treinta camas en nuestra UCI, diez por cada unidad. En el mostrador de control, donde se sienta la enfermera jefe, hay una pizarra en la que figuran las asignaciones de pacientes. Para respetar la privacidad y evitar violaciones de la ley de confidencialidad, solo aparecen las iniciales de cada paciente, pero eso bastaría para que alguien que conociera a Caitlin pudiera identificarla si tuviera la pizarra a la vista. No es que esté expuesta al público, pero tampoco pasa desapercibida. Cualquiera que cruce por delante y tenga una vista mínimamente buena podría verla.

Además, aquí las puertas son de cristal, por lo que resulta fácil ver al otro lado. A veces el pasillo puede ser un caos. De hecho, con frecuencia lo es. El mostrador de control es el núcleo donde todo confluye. Está en el centro de la unidad y es donde se congrega todo el mundo. A cualquier hora hay gente pululando a su alrededor, así que no es difícil suponer que una persona pueda colarse sin que nadie se dé cuenta ni llamar la atención.

La señora Beckett mira a su marido y dice:

–Deberíamos decírselo a la policía. –Y él está de acuerdo.

Durante toda esta conversación, no se me escapa que Jackson permanece de pie con la espalda apoyada en la pared, silencioso, escuchando, sin que parezca afectarle lo que se dice. Si yo me acabara de enterar de que a mi hermana habían intentado asesinarla, estaría echando chispas.

Esa misma noche, estoy en la sala de descanso poco después de las siete, exhausta y muy alterada por la jornada vivida. Recojo en silencio mis cosas para marcharme. A mi lado, Luke está haciendo lo mismo.

Veo de refilón el correo que me he llevado esta mañana del buzón cuando venía al trabajo. En ese momento no lo he mirado; solo lo he metido en el bolso. Ahora, me fijo en que hay un sobre rojo encima de los otros, con mi nombre escrito todo en mayúsculas con un tipo de letra muy masculina, y lo que me llama la atención es que no figura el domicilio ni hay remite ni matasellos.

Luke se despide, listo para volver a casa a pasar la noche. Le digo adiós, pero estoy distraída porque tengo la cabeza muy lejos de allí.

Cuando Luke se va y estoy sola, cojo el sobre. Deslizo un dedo bajo la solapa para abrirlo. Dentro me encuentro una hoja blanca y rasgada de papel continuo para ordenador. En la cara de arriba no hay nada escrito, pero al darle la vuelta me quedo sin aire en los pulmones.

Escrito a mano con una letra picuda, masculina, todo en mayúsculas y en tinta negra, aparece la palabra «ZORRA», con el palito transversal de la A marcado con tanta fuerza que agujerea el papel.

La puerta de la sala de descanso se abre de pronto y doy un respingo que casi me hace soltar la nota. Es Luke, que ha vuelto.

–Casi me olvidaba esto –dice distraído, recogiendo algo del suelo.

No llego a ver qué es. Apenas tengo verdadera conciencia de su presencia, porque solo puedo ver la nota, la letra manuscrita y esa horrible palabra.

¿Quién puede haber enviado esta nota? Es más, ¿cómo ha llegado a mi buzón sin matasellos? Por la oficina de correos no ha pasado. Alguien la ha echado allí. Alguien ha ido a mi apartamento. Alguien se las ha ingeniado para llegar al buzón y dejarme la nota.

–¿Meghan? –pregunta Luke, y levanto de golpe la cabeza y me lo encuentro allí de pie, a mi lado. Tiene un brillo pícaro en los ojos.

–¿Qué tienes ahí? ¿Una cartita de amor? –me pincha, supongo que por el sobre rojo tan típico de San Valentín.

–Sí, claro. Ojalá. Pero no –digo, tratando de improvisar una respuesta–. Solo es una carta de una vieja amiga.

Mis palabras suenan cortantes, tengo una opresión en la garganta. Necesito agua. Aire. Casi no puedo respirar. Intento meter de nuevo la nota en el sobre, pero lo hago sin ningún cuidado, a toda prisa, y solo al tercer intento consigo hacerla entrar, aunque una esquina de la hoja se queda enganchada en la solapa del sobre.

«ZORRA».

La cara de Luke adopta una expresión cavilosa, de preocupación.

–¿Son malas noticias? –pregunta.

–No, ¿por qué?

–No sé –dice, comprendiendo que algo me pasa–. Pareces alterada.

–No lo estoy. No. Estoy bien, de verdad. Solo algo cansada –digo, procurando poner cara de estar bien, y Luke me cree, o eso me parece.

–Muy bien. Si estás segura…

–Estoy segura.

–Entonces me voy. Que pases buena noche. –Se detiene–. ¿Quieres que te espere? Puedo acompañarte a casa.

Una parte de mí está a punto de aceptar, porque me asusta ir por la calle sola, y también por esta nota y por todo lo que ha ocurrido últimamente. Levanto la cabeza y cruzamos la mirada, y se me ocurre que sería un gran alivio tener a alguien como Luke en mi vida, para confiarme a él, para que me convenciera de que esta nota es un error y de que todo irá bien, para que me acompañase al apartamento y se asegurara de que llego sana y salva.

Pero entonces pienso en Penelope sola en casa, esperando a que llegue Luke.

—No —contesto respirando hondo, con mayor aplomo y serenidad.

Habrá gente en la calle, como siempre. Es la hora punta de la salida del trabajo. El único sitio sin tráfico peatonal será mi propia calle, que pienso recorrer a toda prisa. Es solo un tramo corto, y luego llegaré al apartamento y ya estaré bien.

—Gracias, eres un amor, pero estaré bien. A lo mejor hasta me doy un lujo y cojo un taxi —miento, esperando que se lo trague.

Él sigue sin quitarme ojo. Su mirada es cálida, perspicaz, escrutadora.

—¿Puedo decirte algo? —me pregunta después de un rato.

—Claro. Puedes decirme cualquier cosa.

—Tú no crees que soy un tío raro, ¿no?

—Bueno, eso depende de lo que estés a punto de decir —contesto, intentando mantener un tono ligero, ingenioso, aunque no puede ser más opuesto a como me siento ahora.

—Es solo que me preocupo por ti y por Sienna —admite—. No porque no seáis capaces de cuidaros vosotras mismas, que sí lo sois, sino…, no sé, por todo lo que está saliendo en las noticias. Por ese puto chalado que va por ahí persiguiendo mujeres. Hay noches que no duermo pensando en ello.

—¿No duermes porque estás preocupado por Sienna y por mí? —pregunto, pero en cuanto cierro la boca tengo la sensación de haber malinterpretado lo que quería decir y me siento avergonzada. Le quita el sueño pensar en ese chalado, no pensar en Sienna y en mí.

Pero Luke asiente. No me había equivocado. Sí que le quita el sueño la preocupación por Sienna y por mí.

Ben nunca ha dicho algo así. A pesar de todas las mujeres que han asaltado en esta ciudad, ni una sola vez ha mostrado preocupación por Sienna o por mí, ni tampoco por el hecho de que una de nosotras esté a menudo sola en casa.

Luke dice entonces, como si se estuviera desdiciendo:

—No es que necesitéis que un hombre cuide de vosotras. No es eso lo que quiero decir. Tú, Meghan, eres la persona más fuerte que conozco. —Y, en ese momento, siento que algo dentro de mí empieza a cambiar.

Nunca había pensado en Luke como alguien atractivo, no porque no lo sea, sino porque nunca lo había considerado otra cosa que un compañero de trabajo y un amigo. Nunca me había imaginado cómo sería que me estrechara entre sus brazos, que pegara su cuerpo al mío, que me acariciara con mano cálida el cabello, que entrara conmigo en mi apartamento para pasar allí la noche y que yo no me sintiera sola o asustada.

Tan pronto como se me ocurre esa idea, la borro de mi mente, sintiéndome mal por el mero hecho de haberme imaginado algo así. Luke es el marido de Penelope. No tengo derecho a tener ese tipo de pensamientos.

Hablo en tono frívolo, desechando sus palabras. Hago un gesto de despreocupación con la mano.

—No tienes por qué preocuparte por Sienna y por mí, Luke. No me interpretes mal, agradezco que lo hagas, pero estamos bien, de verdad. Con divorcio o sin él, Ben siempre está pendiente de nosotras, hasta la exageración —miento—. A veces es insoportable. Tiene buenas intenciones, pero ojalá nos dejara tranquilas.

–Muy bien –dice Luke, de súbito cohibido, según me parece notar, y me siento culpable por una razón distinta mientras veo cómo se aleja de nuevo hacia la puerta–. Pero ten cuidado ahí fuera.

–Lo tendré. Y tú también.

Luke se marcha. Me quedo mirando cómo la puerta se cierra lentamente.

Tiro la carta a la basura antes de salir, embutiéndola hacia abajo con la mano desnuda, apretando hasta el fondo del cubo para que nadie llegue a verla. Después me lavo las manos.

Ojos que no ven… Sí, pero el corazón sigue sintiendo.

Capítulo 10

Estoy sola en la cocina y le envío a Nat un mensaje directo en Facebook. Intento darle un tono alegre, porque no quiero apabullarla ni ponerle presión, pero he estado todo el día pensando en ella y en cómo terminó nuestro encuentro en el restaurante, por lo que fuera que hubiese en la calle y que la asustó tanto como para que decidiera marcharse. Durante toda la jornada, en el trabajo y luego en casa con Sienna, mientras cenábamos y cuando la ayudaba con los deberes, no he dejado de repetirme mentalmente sus palabras: «A veces se pone como loco. Él...». Eso justo antes de que se interrumpiera de golpe y saliera casi corriendo del restaurante, camuflándose entre la multitud que pasaba. He pensado en todas las formas posibles de terminar su frase. «Tiene mal genio». «Me pega». «Me da miedo». «Parece capaz de matarme».

Ahora quiero oírlo de su boca. Quiero saber que llegó bien a casa. Y me pregunto también dónde está esa casa, si tuvo que caminar mucho y si su ex sabe dónde vive.

Aunque evidentemente no he nacido ayer, le pregunto a través de un mensaje:

¿Se encuentra mejor tu amiga?

Ni por un segundo me creí que se iba para llevarle la cena a una amiga enferma, y aunque lo entiendo no puedo evitar sentirme mal por el hecho de que creyera necesario mentirme. Sé que hace años que perdimos el contacto y que en el instituto no éramos la clase de amigas que se lo cuentan todo, pero me gustaría pensar que se siente segura conmigo y que sabe que puede confiar en mí. Preferiría que me hubiera contado lo que ocurría. La habría acompañado a casa para asegurarme de que llegaba sin contratiempos.

No hago más que mirar Facebook durante toda la noche, pero mi mensaje nunca aparece como leído ni ella me contesta.

Mi exmarido Ben está de pie en mi apartamento, junto a la puerta, robando todo el oxígeno de la habitación. A veces la hostilidad entre nosotros no me deja respirar y me cuesta recordar una época en la que fuéramos felices juntos. Aquellos momentos de calidez en el sofá o de intimidad en la cama, ¿ocurrieron realmente o fueron solo imaginaciones mías?

—¿Acaba ya Sienna? —pregunta, mirando a través de mí o a mi espalda, porque esa es su manera de evitar cualquier contacto visual conmigo.

—Sí. Dale solo un momento.

Le cabrea que Sienna no esté preparada. La poca paciencia que tiene se le está acabando, así que se va a la ventana para echar un vistazo a la calle.

—Estoy aparcado en doble fila —dice con aspereza, girándose hacia la puerta cerrada del dormitorio de Sienna, una manera nada sutil de indicarme que le meta prisa a nuestra hija, cosa que no haré porque me niego a ser servil.

—Te he dicho que está casi lista.

—Tiene treinta segundos —dice consultando el reloj, y no es la primera vez que lo hace desde que ha llegado.

—Y luego ¿qué? —pregunto, incitándolo a lanzar sus bravatas.

La tensión flota en el aire como la niebla del amanecer. Espero a que Ben diga algo, a que me amenace con llamar al juez, pero esta vez no lo hace.

—¿Es nueva esa camisa? —pregunta, en cambio, mirándola con algo parecido al desdén.

Bajo la cabeza para mirarme la camisa. No es que sea muy chic, pero sí más bonita que lo que suelo llevar para estar en casa. Me la he puesto nada más llegar del trabajo, después de quitarme el uniforme y quedarme sin sujetador frente al espejo de cuerpo entero de mi cuarto, mirándome los pechos, preguntándome si el derecho tenía un aspecto diferente al habitual, como si pudiera adivinar el cáncer que hay en él, el cardo espinoso oculto bajo la piel. Ahora lamento no haber sido más cuidadosa durante estos años al examinarme los pechos. He cumplido los cuarenta hace solo un par de meses, esta era mi primera mamografía y eso me asusta, porque si es cáncer quién sabe cuánto tiempo lleva ahí. De pie frente al espejo, mirando mi imagen reflejada, he presionado el pecho con la punta de los dedos y palpado alrededor, pero me sentía una inepta. No sabía lo que estaba buscando ni si lo sabría en caso de encontrarlo. Al final he desistido y he buscado en el ropero algo que ponerme.

Me esfuerzo por tener buen aspecto las noches que Ben viene a por Sienna. Lo último que deseo es que me encuentre fatigada y desastrada, todavía con el uniforme. Quiero que vea que me va bien, o mejor que bien, quiero que vea que me va genial. Esta noche llevo una camisa satinada de motivos florales en blanco y negro y cuello plisado, combinada con unos vaqueros.

Desde el divorcio, Ben paga una pensión alimenticia que equivale al veinte por ciento de sus ingresos, porque soy yo quien tiene la custodia, o quien se ocupa de Sienna la mayor parte del tiempo. Él la tiene durante unos pocos días en semanas alternas, un arreglo con el que estuvo por completo de acuerdo, porque su agenda de trabajo y de viajes le impiden ejercer de progenitor a tiempo completo, como hago yo. Aun así, se queja de la cantidad que le toca pagar por la pensión alimenticia de Sienna, que entre otras cosas se destina a educación, comida, alojamiento y ropa, un gasto al que le parecía perfecto contribuir antes del divorcio. Pero ahora es como si creyera que ese dinero me lo gasto en ropa nueva para mí.

Su pregunta va con segundas. Lo que de verdad quiere preguntar es si me he comprado esta camisa con el dinero de la pensión alimenticia.

Incluso sin ese veinte por ciento del sueldo de Ben, Sienna y yo nos arreglamos bien económicamente. Yo no gano ni de lejos lo que Ben, pero sí suficiente para mantenernos a ambas. Nuestro apartamento es asequible y tengo la virtud de saber gastar el dinero con cabza. También ayuda que mi abuela falleciera algo después del divorcio y me dejara buena parte de sus ahorros, que agradecí no tener que compartir con Ben, aunque a él le sentó como un tiro, como si la mujer hubiera programado deliberadamente su muerte para hacerla coincidir con la firma de los papeles del divorcio. He empleado un poco de esa herencia en diversos gastos, pero la mayor parte la he ingresado en el banco mientras pienso a qué la destino, aunque la universidad de Sienna está en el primer lugar de la lista. En cualquier caso, me reconforta saber que dispongo de un colchón de emergencia si Sienna y yo lo necesitamos alguna vez. El dinero ya no me quita el sueño, como pasaba antes. Si ocurriera algo terrible, si perdiera el trabajo o descubriera que tengo cáncer, por ejemplo, ambas tendríamos para vivir durante un tiempo.

—Sí, es nueva. ¿Te gusta?

Ben se encoge de hombros.

—No está mal. —Vuelve a consultar el reloj—. Son las cinco y diez. Debería estar preparada cuando vengo a recogerla, no tenerme aquí esperando. Esto reduce mi tiempo para estar con ella.

–Dale un respiro. Ha estado todo el día en el instituto, Ben.

–Podría haber hecho la maleta anoche. O antes de ir al instituto. Esto es increíble, joder. –Y, con un bufido de desdén, pasa a mi lado rozándome el brazo, va a la habitación de Sienna y llama a la puerta–. Venga, Sienna –grita en tono desabrido–. Vamos ya.

–Por Dios, papá –contesta Sienna, abriendo la puerta con su bolsa de viaje al hombro–, relájate. ¿Hay fuego en el apartamento o algo?

Refreno una sonrisa y después me asomo a la ventana para verlos marchar hacia el coche, Ben dos pasos por delante de Sienna, y pienso entonces lo mucho que aborrezco ese tiempo que mi hija pasa lejos de mí, cuando no puedo estar con ella para hacer que se sienta feliz y a salvo.

Una vez se han ido, busco una botella de vino y una copa vacía, me las llevo al sofá junto con el ordenador, me sirvo con generosidad y tomo un sorbo mientras entro en Facebook para ver si Nat ha contestado. Lo ha hecho:

Te he mentido.

No dice nada más, solo tres escuetas palabras que ha enviado hace menos de diez minutos.

¿Cuándo?

Tecleo yo, esperando que siga conectada.
Y lo está, porque su respuesta es inmediata:

La otra noche, mi amiga no estaba enferma. No me fui para llevarle la cena.

La explicación es tan vaga que casi parece estar implorando que haga otra pregunta:

¿Por qué te fuiste?

Declan estaba allí. Lo vi por la ventana. Me estaba vigilando.

Respiro hondo. Esas palabras, «me estaba vigilando», me anonadan y me quedo helada al leerlas, con la copa de vino suspendida en el aire. Sabía que había alguien allí esa noche. Vi la silueta oscura en el cristal y el vaho que dejaba en la ventana. Con todo, al leer las palabras y ver confirmado lo que pensaba, se me pone la carne de gallina en los brazos.

El metro se acerca. Noto cómo vibra el suelo antes incluso de oír el tren. Un segundo después, giro la cabeza hacia la ventana y ahí está: un borrón de luz que surge de la oscuridad, cruza por encima de la calle y pasa con estrépito junto al apartamento. Los vagones iluminados pasan demasiado deprisa para que pueda ver las caras de quienes van en ellos, pero me pregunto si, al estar sentada tan quieta, con las luces encendidas y las cortinas descorridas, los pasajeros pueden verme a mí. Me levanto del sofá. Voy a la ventana y agarro las oscuras cortinas de lino para cerrarlas. Vuelvo a sentarme en el sofá. Tecleo:

¿Llegaste bien a casa?

Pasan uno o dos minutos y no contesta. Pienso que a lo mejor se ha ido, que se ha desconectado, pero el puntito verde junto a su imagen me indica que sigue ahí.

¿Estás bien, Nat?

Me contesta:

138

No lo sé.

Casi oigo el titubeo, la inquietud y el miedo que emanan de la pantalla del ordenador.

¿Dónde estás?

Estoy bien.

Eso contesta en lugar de decirme dónde está.

Por favor, dime dónde estás.

Responde que está en Broadway, en la puerta de un club de monologuistas, y me pregunto por qué y si ha ocurrido algo que le impida volver a casa.
Le pido que me diga la dirección o la confluencia de calles, a lo cual se muestra reacia aduciendo que no quiere molestarme.

No tienes por qué venir. Estoy bien, de verdad.

Voy para allá.

Lo digo como si no admitiera una negativa, dando gracias por que Sienna esté con Ben esta noche y yo pueda ayudar a Nat.

Estoy ya de camino.

Si ya me he puesto en marcha no podrá convencerme de que no vaya. Busco en Google clubs de monologuistas en Broadway y encuentro uno. Me pongo entonces el chaquetón y el gorro, salgo a toda prisa del edificio y enfilo la calle a buen paso en dirección a Sheridan, donde es más probable que encuentre un taxi. Tardo unos minutos, pero por fin pasa uno, me subo al asiento de atrás y le doy la dirección al conductor. El tráfico es denso esta noche. En los cruces se forman embotellamientos. La situación me exaspera y no hago más que mirar Facebook por si Nat me ha enviado otro mensaje, pero no lo ha hecho. Desde mi apartamento había algo menos de dos kilómetros hasta donde ella estaba, y ahora veo que hubiera sido mejor caminar, porque no estoy adelantando nada con el taxi.

—Déjeme aquí —le digo al conductor en algún punto antes de llegar a Belmont, porque no tengo paciencia para esperar a que el semáforo cambie a verde. Le pago, me bajo y miro rápidamente hacia la calzada antes de cruzar. Recorro al trote el resto del camino hasta Broadway, buscando a Nat cuando llego cerca del club, en cuya puerta hay una cola de gente esperando para entrar.

Al principio no la veo. Pienso que quizá ya se ha ido.

Pero entonces la encuentro. No está en el club de monologuistas, sino dos números más allá, de pie en el hueco de la puerta de un zapatero que ahora tiene cerrado el negocio. El espacio hasta la puerta es bastante grande y tiene encima un toldo rojo que protege de la intemperie, aunque no tanto como para eliminar del todo el frío. Nat parece congelada, allí encogida en un rincón para evitar el viento, con los brazos cruzados con fuerza en torno al cuerpo. Tras ella, la tienda de reparación de calzado está a oscuras, aunque los rótulos de neón del escaparate le colorean la cara con tonos de vivo rosa, blanco luminoso e intenso naranja.

Trato de mantener una expresión neutra al verla, no mostrar una reacción excesiva.

Intento mantener a raya la sacudida y el horror que me produce su aspecto. Me digo a mí misma que las luces de neón lo empeoran, pero no estoy segura de que esa sea la razón.

—Nat —digo en voz baja, y levanta la vista hacia mí.

Su labio inferior está hinchado hasta el doble del tamaño normal. No es algo que haya ocurrido ahora mismo, porque en el corte del labio ya se ha formado costra, pero sí que es reciente. Tiene un bulto hinchado en el pómulo, amoratado y en carne viva.

—¿Qué ha pasado? —pregunto en tono suave, despacioso y sereno mientras entro también en el hueco de la tienda.

Las lágrimas le asoman a los ojos.

—Hice una estupidez —dice.

—¿El qué? —pregunto, pero me arrepiento casi al instante, porque lo que debía haber dicho era que no, «no hiciste ninguna estupidez», sabiendo que las víctimas de maltrato siempre se culpan a sí mismas por lo ocurrido y que ella, hiciera lo que hiciera, jamás merecería algo así.

—Vas a pensar que soy idiota.

—No —le prometo—. De eso nada.

Renuente, continúa:

—Declan llamó ayer. Me pidió que nos viéramos en nuestro antiguo piso, después del trabajo. Lo oía llorar por el teléfono. No recuerdo la última vez que lo oí llorar. Siempre es tan sufrido. Le pregunté qué pasaba y me suplicó que volviera a casa, que volviera con él. Dijo que lo sentía, que no podía vivir sin mí, que había buscado ayuda y nunca volvería a hacerme daño, que nunca volvería a engañarme. Me lo prometió, me lo juró «por su vida», eso dijo.

—¿Y entonces volviste a casa con él? —pregunto—. ¿Y te hizo eso?

—Es culpa mía —dice—. Debería haber tenido más cabeza. Lo hice enfadar.

Odio que se crea culpable por un maltrato semejante, aunque sé bien que es habitual que las víctimas de violencia doméstica piensen así, porque eso es lo que su maltratador quiere que piensen, que han hecho algo tan atroz como para merecer un castigo físico.

–¿Cómo puede ser culpa tuya, Nat? –le pregunto–. Es él quien te hizo daño, quien te hizo eso.

–Cuando llamó –se explica–, dijo que quería otra oportunidad y yo acepté porque, la verdad, lo quiero y lo echo de menos. Le creí cuando dijo que jamás volvería a hacerme daño, porque por teléfono parecía hundido, destrozado. Nunca lo había oído con ese tono. Salió pronto del trabajo, algo que nunca hace. Vino a casa con flores y comida para llevar y al principio todo fue bien. No –dice, recordando con aire casi nostálgico y una sonrisa triste en los labios, lo que hace que el inferior parezca todavía más deforme–, fue mejor que bien. Fue como en los viejos tiempos. Fue el Declan que era antes, cuando lo conocí. Cariñoso, divertido y dulce. Encendió la chimenea, yo abrí una botella de vino y cenamos en el suelo del salón, en una manta extendida frente al fuego. Fue romántico. Charlamos durante horas, nos reímos. Hicimos el amor –dice deteniéndose, rememorando el momento–. Se mostró tan tierno, tan atento. Se tomó su tiempo. Al acabar, nos quedamos allí tumbados, abrazados, y dijo que había estado pensando en que formáramos una familia, que deseaba tener un hijo conmigo más que ninguna otra cosa en el mundo.

De pronto se pone seria y cualquier indicio nostálgico desaparece.

–Pero yo sabía que no podía decirle que sí, sabiendo cómo se pone algunas veces. Saqué a colación lo que había dicho de buscar ayuda. Le pregunté por su terapeuta y cómo le iba, y entonces me dijo que no estaba viendo a ninguno, que lo había pensado bien y decidido que no lo necesitaba, que él solo era capaz de controlar su genio. —Nat hace una pausa para respirar y serenarse y luego continúa—. Debería haber tenido más sensatez y no hacer ningún comentario. No debería haber cuestionado su decisión.

—¿Qué dijiste?

—Le pregunté si de verdad creía que era una buena idea, si no valía la pena ver a algún terapeuta al menos una vez antes de tomar la decisión de prescindir de él.

—Es una pregunta inteligente, Nat —le digo con dulzura—. No hiciste mal en preguntar.

—Bueno, pues al parecer sí hice mal, porque el ambiente cambió de golpe. Se levantó y me arrojó los restos de su cena, y después se puso a gritar: «¿¿Por qué siempre tienes que estropearlo todo? Estábamos pasando una noche perfecta y tú vas y lo jodes todo otra vez. Eres tonta del culo, Nat. No podías mantener cerrada esa bocaza tuya de mema». Y entonces me pegó —continúa, rozándose el labio con los dedos y llevándolos luego a la mejilla.

Noto el escozor de las lágrimas en los ojos y me obligo a contenerlas. El hecho de que alguien pueda hablarle así a Nat, o a cualquier persona, me revuelve el estómago. Nat respira, retiene el aire y luego lo suelta lentamente.

—No se equivoca, ¿sabes? Debería haber evitado el tema. Si simplemente me hubiera dejado ir, si me hubiera limitado a disfrutar de ese momento juntos sin cuestionar a Declan ni sacar a colación asuntos delicados, no se habría alterado tanto.

—Nat —le digo—, no es culpa tuya. ¿Dónde te alojas ahora? ¿Tienes apartamento propio?

Zarandea la cabeza.

—No. Estoy con una amiga y su marido —responde—. Les sobra una habitación. Llevo con ellos unas semanas.

Pienso en lo que Nat me dijo la otra noche en el restaurante, lo de que nadie la cree cuando les dice cómo es Declan porque a todos les parece encantador. En sus propias palabras, creen que es «el chico perfecto».

–¿Qué dijo tu amiga al verte la cara? –pregunto.

Nat se muestra tímida. Tarda un instante en responder y, cuando lo hace, dice:

–Le mentí. No podía contarle que lo había hecho Declan, así que le dije que me había resbalado y caído por las escaleras cuando iba a coger el metro. Me creyó.

Algunas estaciones de metro están elevadas y otras bajo tierra, con empinados peldaños de hormigón y mala iluminación. No resulta difícil creer que alguien pueda tropezarse en esos escalones implacables y caer, ni que el resultado de la caída pueda ser similar a este: una mejilla amoratada y un labio hinchado.

La similitud con mi antigua paciente, Anne, y su afirmación de que se había caído por las escaleras del sótano resulta perturbadora. Vuelvo a pensar en ella y en que su marido acabó matándola, y en lo mucho que lamenté no haberla ayudado más cuando todavía estaba viva. Tras dejar a un marido maltratador, empieza un periodo de máximo peligro para alguien como Nat. Recuerdo haberlo leído en algún sitio. Para los hombres que terminan matando a sus esposas, la chispa desencadenante se produce, en la mayoría de los casos, cuando la mujer los abandona o amenaza con abandonarlos. Esa es una de las razones por las que las mujeres aguantan tanto tiempo en una relación de maltrato, porque tienen miedo de lo que puede ocurrir si se van.

–¿Y la gente de tu trabajo? ¿También ellos se lo creyeron? ¿Piensan que te caíste?

–No fui a trabajar. Llamé para decir que estaba enferma, porque no quería que mis alumnos me vieran así. Se habrían asustado. Me fui a un museo en lugar de ir al trabajo. Estuve todo el día por ahí, sola, mirando esto y aquello, preguntándome cómo es posible que mi vida haya acabado de esta forma.

–Con él no puedes volver, Nat. Nunca. Da igual lo que diga, no va a cambiar.

–Lo sé –dice, tan tímidamente que tengo ganas de preguntarle si es así, si de verdad lo sabe, pero no me corresponde y no quiero pasarme de la raya ni provocar que se aleje, porque, hasta donde yo sé, no hay ni una sola persona en su vida con la que pueda hablar sobre Declan, salvo conmigo.

Una pregunta se me hace evidente.

–¿Cómo sabía dónde encontrarte la otra noche, cuando estábamos en el restaurante?

Arruga el entrecejo, iluminada todavía por el rótulo de neón que le colorea la mejilla amoratada.

–¿A qué te refieres? –pregunta, desconcertada.

–Dijiste que estaba allí, vigilándote. ¿Cómo sabía dónde estarías? ¿Se lo dijiste tú?

Le cambia la cara. Abre mucho los ojos y por un momento se le afloja la mandíbula. Cuando habla, las palabras salen lentas, a trompicones.

–Fue solo una casualidad, o eso creo.

Esta es una ciudad grande, en continuo crecimiento. Abarca más de treinta kilómetros de norte a sur a lo largo del lago. Existen como mínimo un centenar de barrios diferentes y en total viven aquí unos tres millones de personas. No es imposible tropezarse con alguien por casualidad, pero las probabilidades de que eso ocurra son exiguas.

–Puede ser –digo–, o puede que no. ¿Has comprobado el teléfono? ¿Sabes si él te instaló alguna vez una de esas aplicaciones de rastreo?

Sienna y yo tenemos una llamada Life360 que me permite rastrear su teléfono y saber dónde está. Sienna odia que yo la tenga, pero fue una de las condiciones que le impuse en cuanto tuvo teléfono, sobre todo por el desplazamiento tan largo que debe hacer hasta el instituto y de vuelta a casa. En aquel momento, le prometí que no la usaría para fisgar en su vida o la de sus amigos, sino que sería solo para emergencias. Para ser justos, también activé el localizador de mi móvil, de modo que ella pudiera ver dónde estoy en cualquier momento. «Solo por precaución, para mayor seguridad de las dos», le dije, y entonces, como siempre, me preguntó qué había por ahí que fuera tan alarmante como para que tomáramos medidas de seguridad. La lista sería interminable.

–Creo que no –me contesta Nat, pero, por si acaso, saca el teléfono del bolso para comprobarlo–. ¿Cómo puedo saberlo?

–¿Me dejas? –le pregunto tendiendo la mano hacia el teléfono, que me pasa sin vacilar tras desbloquearlo.

Reviso la lista de aplicaciones. No veo ninguna evidente para mí, como Life360, aunque sí encuentro Find My, que viene por defecto en algunos teléfonos. Es una aplicación comodín que puede compartirse y permite encontrar un teléfono o iPad perdidos, así como localizar la ubicación de las personas.

Busco por «personas».

Entonces, de forma tan inequívoca que se me dispara el corazón y un escalofrío me sacude de arriba abajo, el teléfono indica: «Declan puede ver tu ubicación».

De inmediato desactivo la opción de compartir ubicación. Al instante, por instinto, me giro para mirar atrás por encima del hombro, asaltada de pronto por la abrumadora sensación de que me vigilan. Me pregunto si Declan puede vernos ahora, si sabe dónde está Nat, si la ha seguido hasta aquí. A mi espalda, la calle está abarrotada. Está oscuro y la gente se mueve en todas direcciones; no puedo seguirlos a todos. También ha empezado a moverse la cola del club de monólogos, que ahora avanza lentamente. Pasan coches y autobuses y se ve gente parada o andando a ambos lados de la calle. Y, además, hay bares y restaurantes con ventanales a veces tan enormes como las puertas de un garaje, abiertos cuando lo permite el buen tiempo, de modo que alguien podría sentarse dentro y desde allí ver el exterior bastante bien.

Declan podría estar perfectamente en uno de esos restaurantes o en cualquier autobús que pasara por allí. Me giro de nuevo para mirar a Nat, intentando traducir mis pensamientos con palabras que no la asusten.

—¿Qué? —pregunta, con la cara casi blanca y tratando de interpretar la expresión de la mía—. ¿Qué pasa?

—Has estado compartiendo tu ubicación con él durante todo este tiempo. Siempre ha sabido dónde estabas. Lo he desactivado —digo devolviéndole el teléfono—, pero la otra noche sabía exactamente dónde estabas. No fue casualidad que te encontrara. Quizá deberías acudir a la policía, Nat, y pedir una orden de alejamiento.

—¿Y de qué serviría? Un pedazo de papel no va a detenerlo.

No le falta razón. De todos modos, insisto:

—Simplemente, creo que sería bueno que supieran a lo que te enfrentas.

—Alguien se lo comunicaría y sabría lo que he hecho, que lo he denunciado. Solo hará que se ponga furioso, Meghan. Empeorará las cosas.

Asiento, temerosa de forzar la situación por si acaso tiene razón. No quiero que por mi culpa le ocurra algo terrible.

—Debería irme ya. Mi amiga se preguntará dónde estoy si tardo demasiado en llegar a casa.

—De acuerdo —contesto, ofreciéndome a acompañarla a pie o en coche, pero replica que está bien y que irá sola—. ¿Estás segura?

—Sí.

Me inunda la desconfianza, el miedo.

–No me quedo tranquila. Por favor –le ruego–, déjame que te acompañe a casa.

–No, estoy bien. Puedo ir sola –responde, y a regañadientes he de aceptar, porque Declan ya le ha quitado demasiado y yo no quiero contribuir quitándole también su autonomía.

La observo mientras hace señas a un taxi. Espero a que el vehículo se detenga y me quedo tras ella en el bordillo, mirando cómo entra. Cierra la puerta y por la ventana me dice adiós con la mano, su rostro apenas visible a través del cristal. Deja de mirarme para decirle algo al conductor. Antes de que el taxi arranque, tamborileo en la ventanilla para llamar su atención.

–Envíame un mensaje cuando llegues a casa de tu amiga, ¿vale? Así sabré que has llegado bien.

Asiente.

El taxi se aleja y me quedo mirando durante largo rato las luces traseras, hasta que ya no soy capaz de discernirlas entre el resto de los vehículos.

No se me ocurre pensar en mi propia seguridad.

Doy por sentado que es ella la que corre peligro y que yo estoy a salvo.

Decido ahorrarme el taxi y volver andando al apartamento. La noche es fría, pero me gusta la sensación del aire helado en la cara, y me viene bien moverme, porque estoy nerviosa y la perspectiva de regresar a un apartamento vacío, donde lo único que haré será sentarme y preocuparme por Nat, no resulta demasiado atrayente.

Camino por Broadway durante casi todo el trayecto. Esta noche la ciudad está llena de ruido y actividad. Ni siquiera el tiempo es capaz de retener a la gente bajo techo. Agradezco cuando llego a Dakin Street y puedo alejarme del ajetreo de Broadway hacia una zona más tranquila, aunque es entonces cuando hace su aparición el miedo, la conciencia siempre presente de que hay asesinos por ahí sueltos y que, por estas mismas calles, hay un hombre que asalta a las mujeres. Busco en el bolso las llaves y doy gracias cuando siento su peso en la mano. En concreto la llave del apartamento, porque es puntiaguda y con ella se puede hacer daño a una persona, aunque desde luego tampoco la mataría. Esa es la que elijo entre el resto, agarrándola con el puño cerrado mientras camino bajo los árboles deshojados, por delante de tres bloques de apartamentos y los oscuros automóviles aparcados en la calle. Presto atención a mi alrededor, aunque la oscuridad enturbia la visión. Resulta difícil ver; en cambio, mi percepción auditiva se ha agudizado. Al principio, apenas se oye nada más que el ruido de la ciudad, sirenas en la distancia que resuenan como el penetrante alarido de una mujer, el chirrido de una puerta de automóvil que se abre y se cierra…

Hace viento. A mi lado, en la acera, los árboles se balancean e inclinan las ramas desnudas como si fueran manos. También el viento hace ruido, silba cuando azota las esquinas de los edificios.

Al acercarme a las viviendas abandonadas de la calle, oigo algo en la distancia, un ruido inhabitual allí, insistente y quejoso como una elegía. Al principio resulta tan imperceptible que no sé si suena de verdad o no, si no me lo estaré imaginando.

Contengo la respiración. Aguzo el oído y poco a poco lo distingo mejor.

En algún lugar detrás de mí, alguien está silbando.

Me doy la vuelta de golpe. En el horizonte vislumbro el contorno de un hombre, según me parece por la forma y el tamaño de la silueta, y porque las mujeres no silban mientras caminan solas en plena noche. Nosotras hacemos todo lo posible por pasar desapercibidas.

Me quedo sin aliento. Vuelvo a mirar al frente y veo a lo lejos mi bloque de apartamentos. Poco a poco, el ruido se aproxima. El silbido desaparece, reemplazado al principio por el silencio y luego por el sonido inequívoco de unos pasos, de alguien que trota como si quisiera alcanzar a otra persona, levantando gravilla suelta que suena cada vez más fuerte, más cerca.

Se me hace un nudo en la garganta. Agarro con mayor firmeza la llave.

Por la fuerza con que retumban los pasos, por cómo avanzan hacia mí recortando siempre la distancia por muy rápido que yo vaya, deduzco que estaba en lo cierto: es un hombre. A una mujer no se le ocurriría seguir tan de cerca a otra mujer por la noche.

Muevo las piernas más deprisa. Mi respiración se altera, se hace jadeante.

Tengo que reunir toda mi fuerza de voluntad para no girarme, para no correr.

La cantidad de normas de seguridad que supuestamente deben seguir las mujeres por la noche es inacabable: observar con atención, evitar ir hablando por teléfono, variar el trayecto a casa para que no sea siempre el mismo, ponerse calzado cómodo para poder correr y llevar gas pimienta o una navaja del ejército suizo. O mejor aún: no caminar sola de noche, en especial si has estado bebiendo, porque el alcohol disminuye el nivel de alerta y el tiempo de reacción y te convierte en presa fácil. En cambio, los hombres pueden hacer lo que les dé la real gana y no pasa nada.

Me aparto hacia el borde de la acera para dejarle el paso franco a ese hombre, pero no me adelanta. Sigue avanzando al mismo ritmo que yo, a una distancia ínfima por detrás de mí, lo que me obliga a caminar todavía más deprisa, tiesa como un palo, pensando que va a tocarme o algo peor, acordándome de las mujeres asaltadas recientemente y preguntándome si esto fue lo que les ocurrió momentos antes de sufrir el ataque.

Casi al instante, pienso en Declan Roche. Veo su cara en mi mente.

Recuerdo lo que he visto en el teléfono de Nat: «Declan puede ver tu ubicación».

¿Y si estaba espiándonos a Nat y a mí mientras maquinábamos bajo el toldo del zapatero?

Siento que se me cierra la garganta. Veo de nuevo los golpes en la cara de Nat y me pregunto: si es capaz de hacerle eso a ella, a una mujer a la que se supone que ama, ¿qué no me hará a mí, una absoluta desconocida?

A medida que me acerco a mi edificio, el miedo se apodera más y más de mí, hasta que me doy la vuelta y digo:

—¿Qué quiere de mí? Váyase.

Me tiembla la mano mientras esgrimo la llave como si fuera una navaja.

No sé quién de los dos está más sorprendido.

Luke, mi compañero de trabajo, se halla ante mí, petrificado en la acera. Abre unos ojos como platos y en su rostro aparece una expresión de absoluta sorpresa. Ha retrocedido al ver mi navaja de pega, que ahora dejo de esgrimir amenazadoramente mientras el corazón me martillea en el pecho.

—Meghan —dice, extendiendo la mano al tiempo que se me doblan las piernas, me tambaleo y he de agarrarme a su brazo para no caer—. Dios mío —dice con voz que rezuma compasión y remordimiento—. Cuánto lo siento. No pretendía asustarte.

Recupero el equilibrio y apenas consigo articular un «estoy bien», pero las palabras salen bruscas, ahogadas, todo menos «bien». Me doy un instante para recuperarme antes de soltarle el brazo, pero aun así el corazón sigue aporreándome el pecho y los ojos me explotan de lágrimas, de miedo y de alivio, y he de contenerlas porque no quiero llorar delante de Luke, no quiero que se sienta mal por mi causa. No es culpa suya que yo esté así. Es hombre. Cómo va él a saber lo que siente una mujer cuando recorre sola las calles por la noche.

—¿Estás bien? —pregunta, con mirada llena de vergüenza y empatía—. No sabía que eras tú.

—Sí, estoy bien —contesto, pero ambos sabemos que no es verdad.

—Mierda —exclama viendo mi aspecto—. Me siento como un capullo. Lo siento mucho. Iba distraído y no me he dado cuenta.

—No pasa nada —repito mientras me esfuerzo por recuperar el aliento y controlar la voz para que no salga a trompicones—. Creí que... —empiezo a decir, pero me interrumpo y niego con la cabeza, porque no quiero explicitar lo que creía: que Luke iba a atacarme. No quiero que se sienta más culpable de lo que ya se siente, y al expresarlo con palabras estaría haciendo que esa posibilidad pareciera en cierto modo más real. Podría haber sucedido. Podrían haberme atacado de esa forma.

El aliento de Luke resulta visible cuando habla.

—No miraba por dónde iba. Estaba atento al teléfono, enviándole un mensaje a Penelope —dice, y me fijo en que tiene el teléfono en la mano, la pantalla encendida por la entrada de un nuevo mensaje que alcanzo a ver invertido y que me hace sentir vergüenza por él:

Que te jodan.

Ve el mensaje, se estremece y vuelve a levantar la vista hacia mí.

—¿Qué ha pasado?

—Está cabreada por algo que he hecho. Otra vez.

Observo cómo el viento le revuelve el cabello y, ablandándome, pregunto:

–Algo cómo qué.

Luke se mete el teléfono en el bolsillo y contesta:

–No es nada.

–Ah, no es nada. Pues te tiene alterado.

–A Maya –se explica– le tocaba trabajar ayer en el turno de noche, pero en el último momento surgió algo urgente con su madre.

Maya es otra enfermera del hospital. No la conozco demasiado bien, porque siempre hace el turno de noche, pero sé que su madre sufre demencia y ella la cuida.

–No tenía a nadie que la cubriera, así que me quedé hasta que pudiera llegar alguien a sustituirla. Fueron un par de horas.

Las enfermeras debemos avisar de que nos ausentamos por enfermedad tres horas antes de nuestro turno, para que haya tiempo de buscar sustituto. Sobre el papel tiene sentido, pero eso no evita que a veces surjan emergencias en el último momento.

Para mayor seguridad de nuestros pacientes, también estamos obligadas a quedarnos hasta haber completado el relevo con la enfermera entrante, de modo que Luke no tenía más opción que quedarse hasta que llegara otra enfermera.

–A Penelope se le ha metido en la cabeza que llegué tarde porque estaba con otra mujer. Y no puedo convencerla de que no es así.

–Lo siento –digo de corazón, porque también yo me he visto en esa situación, teniendo que quedarme en el trabajo cuando alguien me estaba esperando o tenía otro sitio al que ir–. Estoy segura de que son las hormonas. Tener que quedarse en la cama sola durante todo el día debe de ser insoportable.

Penelope está más o menos en el séptimo mes de embarazo. Lleva un par de semanas guardando reposo en cama y ya se le está haciendo duro.

—Ya lo sé. Debe de serlo, sobre todo en un apartamento tan pequeño como el nuestro. ¿Te conté que hace poco la llevé a ver una casa, antes de que el médico la obligara a guardar cama? Una vivienda unifamiliar en Roscoe Village.

—No me suena.

—Pues eso hice. Pensé que la sorprendería. Creí que se pondría contenta. En nuestro apartamento no hay espacio para todo lo que necesita un bebé. Ya no cabe ni un alfiler.

—Ya, tan pequeñitos y cuántas cosas necesitan, ¿verdad?

Luke asiente.

—Sí, así es. —Y añade, retomando el asunto anterior—: Creo que a Penelope no le gustó la casa.

—¿No? ¿Por qué?

—Dijo que era demasiado cara —me dice, y probablemente lo era.

Con Penelope sin trabajar, Luke siempre está aceptando turnos extra para ganar algo más de dinero. A veces me preocupa Luke y la descripción que hace de su matrimonio con Penelope. Me preocupa que ella sea una mujer castradora, que lo humille por no ganar un sueldo de seis dígitos y pueda proveer a sus necesidades como podría hacerlo otro hombre, o como Luke desearía hacer.

—Hay más casas —digo, pero por su cara adivino que él tenía ilusión por esa en concreto—. Quizá puedes continuar buscando cuando nazca el bebé. ¿De dónde vienes ahora? —pregunto. Bajo el abrigo de invierno Luke lleva vaqueros, y por arriba se le ve el cuello alto y de cremallera de un suéter oscuro.

Se encoge de hombros.

—De ninguna parte.

Luke y Penelope viven a solo un par de manzanas de mi casa, en un apartamento de un solo dormitorio. Yo no lo sabía cuando Sienna y yo nos mudamos aquí, hasta que Luke y yo nos encontramos por casualidad en Whole Foods.

—Solo estaba paseando. Penelope y yo necesitábamos algo de tiempo para calmar los ánimos.

—Ah —digo, imaginándome una acalorada discusión entre ambos en su casa, seguida de algunos mensajes hostiles, como ese «que te jodan».

No soy quién para juzgar. Ben y yo pasamos por lo mismo, solo que un embarazo de alto riesgo empeora todavía más las cosas.

—Hace mucho frío para ir deambulando por ahí —añado, pero entonces me entran dudas, porque, si Penelope cree que Luke estaba con otra mujer, lo que no quiero es echar más leña al fuego. En ese momento, sin embargo, el viento arrecia y me hiela hasta los huesos, de modo que me rodeo el cuerpo con los brazos y le pregunto—: ¿Quieres entrar y hablamos un rato?

—No quisiera molestar a Sienna —responde Luke, aunque en sus ojos veo que lo está sopesando.

—No la molestarás. Está con Ben.

Consulta el reloj. Yo ni siquiera sé qué hora es, pero seguro que pasan de las nueve.

—Si estás segura… Aunque se está haciendo tarde. No quiero ser un incordio.

—No eres un incordio. Ven, que dentro se estará caliente. Preparo unas tazas de té y charlamos.

—Muy bien.

Me giro, subo los peldaños de hormigón que conducen a la entrada y, al ver mi imagen reflejada en el cristal de la puerta, me doy cuenta de que estoy sola. Me doy la vuelta. Luke sigue plantado en la acera, tres peldaños por debajo de mí, con las manos en los bolsillos de los vaqueros y mirándome.

—Pensándolo mejor, quizá debería volver a casa. —Se queda callado, reflexionando un breve instante, y luego añade–: De camino podría comprar un helado y dárselo como ofrenda de paz.

Sonrío, aunque siento una punzada de decepción ante la idea de entrar sola en un apartamento oscuro y vacío. Me habría encantado tener compañía, poder conversar para ahuyentar la soledad y no empezar a preocuparme por Nat.

Pero el hecho de que Luke quiera volver a casa para ofrendar un helado como rama de olivo, pese a saber que no ha hecho nada malo, solo me reafirma en lo que ya sabía: Luke es una buena persona.

–Tienes razón –continúa–. Estar todo el día sola dando vueltas en la cama debe de ser insoportable.

Ben nunca hizo algo así. Nunca vio las cosas desde mi punto de vista.

–Pero también lo es hacer turnos de quince horas –digo yo–. Penelope es afortunada por tenerte a su lado. Espero que sepa valorarlo.

Se encoge de hombros, con modestia. Quizá lo valore o quizá no.

Me despido y espero a que se dé la vuelta para regresar por donde ha venido. Pero Luke no se mueve. Solo dice, mientras señala la puerta con la cabeza:

–Tú primero. Así sé que has entrado sin problema.

Y, como tengo muy pocas ganas de quedarme sola allí fuera, le agradezco el detalle. Porque quién sabe si no hay otra persona cerca que ha oído lo que acabo de decir: que Sienna no está en casa y yo estoy sola.

–Buenas noches.

–Buenas noches.

Entro en el vestíbulo. Empujo la puerta para cerrarla y luego tiro hacia mí para asegurarme de que no se ha quedado abierta. Incluso con Luke vigilando ahí fuera, una nunca está demasiado segura.

Capítulo 11

A la mañana siguiente, siento el deseo irreprimible de ir al puente peatonal. Es un deseo repentino, pero no surge de la nada, porque todo el tiempo estoy pensando en Caitlin y en lo ocurrido, obsesionada con la caída y preguntándome qué debe sentirse al precipitarse desde esa altura.

Hace frío. Se forma hielo en el interior de las ventanas del apartamento. Ha salido el sol, pero en esta época del año es un sol engañoso. Seguro que la temperatura está unos pocos grados por debajo de cero.

Me abrigo como una cebolla antes de irme, con el chaquetón, un gorro, guantes y botas, tras lo cual cruzo la puerta, bajo dos tramos de escaleras y salgo del edificio.

Camino atravesando la nieve hasta Sheridan, donde pago mi billete, subo la estrecha y mugrosa escalera semiexterior y, con la barbilla metida en el cuello del abrigo, espero temblando en el andén de madera a que llegue el tren. Es un andén estrecho, una isla encajada entre vías, con poca o ninguna protección ante los elementos. Durante mucho tiempo estuve preocupada al imaginarme a Sienna aquí sola, en este andén tan exiguo, y siempre le recordaba que no se acercara demasiado al borde. Podía perder el equilibrio o alguien podía chocar con ella por accidente y hacerla caer.

Ahora el andén está tranquilo. La hora punta ya ha pasado, quienes madrugan para ir a trabajar ya están en su puesto laboral y lo cierto es que no sé qué prefiero, si estar aquí con desconocidos o sola.

Pasan un par de minutos y el tren de la línea roja entra por la curva en forma de S, hace chirriar los frenos y se detiene a sacudidas. Las puertas se abren y subo. Echo un vistazo a mi alrededor, paseo la mirada por el vagón casi vacío, cuento los pasajeros. Solo hay tres, incluyéndome a mí. Considero la opción de bajarme, de esperar al siguiente tren, calculando el tiempo que debería esperar y las probabilidades de que esté igual de vacío, pero, antes de que pueda decidirme, las puertas se cierran y deciden por mí. El tren arranca. Voy trastabillándome hasta un asiento mientras el metro prosigue la marcha por la vía elevada, hasta que al final se desliza bajo tierra, adentrándose en los oscuros y sofocantes túneles que recorren el subsuelo de la ciudad.

Me bajo en Roosevelt. Salgo a la calle y enfilo Roosevelt hacia el este en dirección al Museum Campus. Desde allí, sigo el sendero casi desierto hacia el sur, hasta Soldier Field. Si fuera verano, este sendero estaría lleno de familias, corredores, ciclistas y visitantes del museo, pero ahora se halla casi vacío. Tanta soledad me corta la respiración, y me pregunto si habré cometido un error viniendo.

Atravieso Soldier Field y luego cruzo bajo Lake Shore Drive por el largo y sombrío paso subterráneo, lo que me lleva cerca del puente. Todo el trayecto me cuesta alrededor de una hora, de modo que, cuando salgo del paso subterráneo y veo ante mí el puente, me castañetean los dientes y estoy tan aterida que casi no siento las manos, pese a los guantes de piel.

El puente. No hay mucho que ver aquí. Apenas resulta visible hasta que te lo encuentras casi en las narices. No tiene nada bonito, nada original y moderno como las sinuosas curvas azul claro del puente peatonal de la calle 43. Este es solo un puente de madera, austero, una estructura construida por necesidad, indispensable, pero vieja y fea, pensada para que los residentes de la zona puedan acceder a la orilla del lago.

Me inundan las emociones al ver el puente. De repente, me arrepiento de haber venido. Esto no está bien. Aún podría dar media vuelta, y considero esa posibilidad durante un fugaz instante, pero no lo hago. Estoy tan cerca... No suelo hacer este tipo de cosas. No permito que los pacientes condicionen lo que hago en mis días libres ni me obsesiono con sus historias. No dejo que afecten a mi vida personal, aunque para eso se requiere bastante fuerza de voluntad. Una tiene que andarse con cuidado.

El puente tiene una ligera pendiente. No es difícil subirla, pero aun así me hace jadear. Me aferro a la oxidada barandilla y asciendo la rampa hasta arriba del todo, desde donde se ven las seis vías férreas que discurren por debajo. Allí, hago pantalla con la mano para que no me deslumbre el sol.

En el centro del puente, un ramito de flores marca el lugar desde donde Caitlin saltó. Me acerco y me acuclillo junto a las flores, que están envueltas en celofán y medio muertas. Los pétalos marchitos y descoloridos, amarilleando. Me pregunto quién traería aquí este ramo.

Miro atrás por encima del hombro para asegurarme de que estoy sola, y lo estoy, hasta donde yo sé.

Un camión tráiler pasa con estrépito en ese momento, haciendo sonar la bocina por alguna razón, y doy un respingo. Me giro hacia el ruidoso trajín de la carretera. Veo automóviles en la distancia, el tráfico fluido que avanza a más de setenta por hora en Lake Shore Drive. Pienso en lo que dijo mi compañera Natalia sobre lo que habría ocurrido de haberse tratado de otro puente, uno que cruzara sobre una calle y no sobre las vías del tren: Caitlin estaría entonces muerta y no luchando por su vida en la UCI. Natalia tenía razón. Si esto hubiera ocurrido en Lake Shore Drive, las cosas serían de otro modo. Allí el tráfico no siempre es denso, pero sí constante. Ningún conductor habría podido prever algo así, nadie habría podido reaccionar a tiempo ante un cuerpo que cayera desde arriba.

Me levanto. Dejo atrás las flores para acercarme al borde del puente. Me inclino hacia delante y miro por encima de la barandilla hacia las vías, asaltada por una súbita sensación de vértigo a causa de la altura. Aturde, abruma una caída tan vertical. Ni siquiera soy capaz de calcular la distancia hasta el suelo. Me sorprendo de nuevo pensando en cómo debió de ser el choque, preguntándome si Caitlin sintió dolor al golpear el suelo o si ya estaba inconsciente. La misma duda que tuve durante años, tras lo ocurrido con mi hermana Bethany. Me preguntaba si ya estaba muerta antes del impacto o si murió después. Me preguntaba si sintió dolor.

Pienso ahora en la persona que encontró a Caitlin. He oído que fue un operario de la línea, alguien que ya estaba allí inspeccionando las vías y se topó con su cuerpo. Pienso mucho en ese operario y en lo que vio, el estado en el que quedó el cuerpo.

De repente ya no estoy sola.

Doy un respingo al oír los gritos reverberantes de unos jóvenes que cruzan por el paso subterráneo de Lake Shore Drive, en dirección contraria, alejándose de mí. Miro hacia allí, pero las voces son incorpóreas. No veo a nadie. Son solo unos chicos, lo sé por las voces, jóvenes haciendo el tonto, jugando, oyendo el eco de sus voces en el paso subterráneo, lo cual debería aportar algo de humor a la situación. Sin embargo, esos penetrantes chillidos solo consiguen que me desmorone.

La tierra parece moverse de pronto bajo mis pies y he de apartar bruscamente la mirada, aferrándome a la barandilla justo cuando un tren se acerca a gran velocidad por las vías. Me agarro al pretil del puente con más fuerza si cabe para no perder el equilibrio, evitando a toda costa mirar al tren que pasa por debajo.

Nunca se me han dado demasiado bien las alturas, pero esto es diferente, peor incluso, a causa de lo que aquí sucedió.

Aventuro una mirada hacia abajo. Una idea se me impone al verlo todo desde este ángulo. Caitlin debería haber muerto.

Algo se mueve entonces en mi campo de visión lateral, algo cercano e imprevisto. Giro la cabeza hacia la derecha, hacia la rampa que asciende hasta donde estoy, y veo aparecer a un hombre que se detiene al llegar arriba de la pendiente para calibrar mi presencia allí. Se me forma un nudo en el estómago y siento que me han pillado mientras observo su figura, la gruesa y presumiblemente cálida parka marrón, la cabeza sin gorro, el cabello castaño alborotado por el viento. Creo que lo que más me preocupa es el hecho de que se haya parado al final del puente, demorándose con paciencia, estudiándome. Se me pasa por la cabeza largarme, caminar hacia el lado opuesto para no tener que cruzarme con él. Pero eso solo empeoraría las cosas.

El puente peatonal forma parte del sendero que conduce al Museum Campus y más allá, hasta Northerly Island si se continúa lo bastante lejos. Cuando hace buen tiempo, la gente pasea por aquí o va en bici, pero ahora hace demasiado frío. Los chicos ya no están en el paso subterráneo. Se han ido a algún otro lugar. Miro a mi alrededor. Este espacio tan vasto y desolado resulta abrumador.

Jackson Beckett avanza despacio por el puente, con las manos en los bolsillos de la parka.

–¿Qué está haciendo aquí? –pregunta al llegar junto a mí, y me siento culpable por haber venido.

No atino a darle ninguna respuesta que me salve, porque todo lo que se me ocurre –que me pudo la curiosidad o que tenía que verlo por mí misma– solo demuestra falta de sensibilidad.

–No importa –continúa, abriéndome una vía de escape–. Es un puente público. Todos tienen derecho a venir.

Desvía la mirada hacia el perfil de la ciudad, con sus modernos rascacielos que contrastan fuertemente con los acerados raíles del patio de maniobras del ferrocarril.

–Aunque demuestra usted valor viniendo aquí, con un asesino por ahí suelto –dice antes de corregirse a sí mismo–. Perdón: asesino en grado de tentativa.

Su tono es demasiado distendido, demasiado frívolo para la situación. Su aliento resulta visible por el frío. Apoya las manos desnudas en la oxidada barandilla, se inclina hacia delante y mira sin remilgos hacia abajo por encima del pasamanos, estudiando el escenario, sin inmutarse por la altura, al contrario que yo. Observo sus manos, que se agarran con fuerza a la barandilla. Está casado, porque lleva una alianza en el dedo anular, y eso me hace pensar en su esposa y en cómo será, y en si los Beckett tendrán nietos. La primera impresión no siempre es acertada, pero mi intuición me dice que hay algo desagradable en este hombre.

–Terrible lo que pasó, ¿verdad?

–Sí, un horror –digo, abriendo por primera vez la boca.

No suelo ser así. Casi siempre encuentro algo que decir, pero su comportamiento, su modo de decir las cosas, me lo está poniendo difícil.

–Su pobre familia… –sigo diciendo–. Todos ustedes deben de estar sobrepasados.

Deja de inclinarse sobre la barandilla y se queda un rato callado.

–¿Cree que saldrá adelante? –pregunta por fin, pero parece que esté preguntando si se prevé que vaya a nevar, en lugar de si su hermana vivirá.

–Pues… no lo sé –digo, cogida de sorpresa por una pregunta tan directa–. Desde luego, existe esa posibilidad, aunque es imposible estar seguros. –Me observa sin decir nada, como si esperara algo más–. Lo que a veces les digo a los allegados es que esperen lo mejor, pero que se preparen para lo peor, por si acaso. Conviene estar preparados, en mi opinión. Tener presentes todos los desenlaces posibles. A la gente le cuesta mucho perdonarse a sí misma cuando sucede algo terrible y no tiene ocasión de despedirse.

Carraspea con brusquedad.

–Claro, claro. Bueno, yo no estoy aquí por ella. He venido por mis padres. Me pidieron que viniera y eso he hecho. No viven lejos de aquí, ¿lo sabía? –me dice, y yo contesto que no, que no lo sabía, tras lo cual se gira para apoyar la espalda en la barandilla, tratando de protegerse del frío–. Tienen casa en Indiana –dice señalando, y giro la cabeza en esa dirección, al oeste del puente, más allá del lago–. Desde su terraza se ve Soldier Field y Grant Park.

–Tiene que ser bonito –digo, consciente de que semejantes vistas no salen baratas.

Si de verdad ven Soldier Field desde la terraza, entonces esa casa debe de estar extraordinariamente cerca. Me hace preguntarme si por eso Caitlin estaba ese día por la zona, si había ido a verlos, a pesar de que, según los Beckett, ellos no sabían que su hija había regresado de California. Pero a lo mejor Caitlin solo estaba curioseando, o quizá fue y no había nadie en casa, o le entró miedo, cambió de opinión y se marchó.

—¿Es en esa casa donde creció usted?

—No —contesta, contemplando los edificios más cercanos, justo al otro lado del patio de maniobras—. No, este vecindario no era hace veinte años lo que es ahora. Ha cambiado. Los *lofts* han sustituido a los antiguos almacenes y se han construido adosados de lujo. Yo crecí en Hyde Park —me aclara, y yo asiento—. Fue algo después de que Caitlin, Henry y yo nos marcháramos cuando mis padres vendieron la antigua casa y se mudaron aquí, para estar más cerca del trabajo de mi padre. Ya estaba harto de tener que desplazarse. Solía tardar casi una hora en recorrer doce kilómetros. Ahora, cuando hace buen tiempo, puede ir andando.

Asiento. El tráfico urbano es el peor de todos. No se me ocurre nada que decir, así que, sin pensarlo, lleno el silencio diciendo:

—Mi exmarido y yo celebramos el banquete de bodas en Promontory Point. —Que, por cierto, está en Hyde Park, una península que se adentra en el lago Michigan y que ofrece una amplísima vista del perfil de la ciudad, pero nada más decirlo ya me arrepiento de haber desvelado detalles de mi vida personal.

Mi boda con Ben fue relativamente modesta comparada con la media. Había menos de cien invitados, si bien el espacio —un encantador edificio antiguo con puertas francesas, porches de piedra y vistas impresionantes— colmaba todos mis deseos. Las fotos, ahora guardadas en una caja en el sótano, eran preciosas.

—Promontory Point —se ríe por lo bajo—. Mis colegas y yo solíamos pasar allí el rato cuando íbamos al instituto, haciendo nada bueno, normalmente. De hecho —dice poniéndose serio—, estuve allí el pasado fin de semana con un amigo. Es un sitio bonito, incluso en invierno.

–No lo dudo –digo.

Nunca he ido allí en invierno, pero puedo imaginarme cómo sería estar en las grandes rocas que bordean el lago y contemplar la blancura de la nieve, el contraste con el resplandeciente azul del lago y del cielo.

–Debería irme –digo entonces, aprovechando el breve respiro en la conversación–. Estoy segura de que prefiere estar solo aquí. Seguro que no esperaba tener compañía.

–Por mí, no tiene por qué irse.

–Mi hija –digo esta vez– llegará pronto del instituto y se preguntará por qué no estoy en casa.

–Ah, claro. Desde luego.

Me despido. Mientras camino por el puente y desciendo por la rampa, siento su mirada clavada en la espalda hasta que desaparezco en el paso subterráneo.

Solo caigo en la cuenta cuando ya estoy de nuevo en la línea roja y a medio camino de casa, con el metro entrando a toda velocidad en el estrecho túnel que pasa bajo el río Chicago, algo en lo que no quiero pensar porque, si lo hiciera, me entraría claustrofobia y me obsesionaría con que me falta el aire y me ahogo en el agua. Sí, solo entonces caigo en la cuenta: Jackson Beckett llegó de Londres hace solo dos días. Es imposible que estuviera con un amigo en Promontory Point el pasado fin de semana, cuando estaba en Londres por trabajo.

Alguien no está diciendo la verdad.

Capítulo 12

La cabeza me martillea la noche siguiente cuando salgo por la puerta del hospital que da a Wellington. El cielo está oscuro. El pronóstico es que va a nevar, se supone que a partir de la medianoche, de modo que ahora el cielo aparece tapizado de densas nubes que ocultan las estrellas. El sol se ha puesto hace mucho rato, pero en la UCI hay tan pocas ventanas que no me he enterado. No he visto salir el sol ni tampoco lo he visto ponerse, así que, en lo que a mí respecta, podría haber sido de noche todo el día.

Busco dos ibuprofenos en el bolso y me los tomo mientras me dirijo hacia el oeste por Wellington, rumbo a Sheffield. El trayecto del trabajo a casa es de un kilómetro y medio aproximadamente. Si camino a buen paso, que es lo que hago, puedo tardar un cuarto de hora. Por eso creo que no vale la pena quedarme esperando en el andén a que llegue el metro. Prefiero moverme. Me hace entrar en calor. Además, así tengo la sensación de que voy avanzando y, de todas formas, camine o tome el metro, llego a casa más o menos a la misma hora.

Cuando llego al cruce, giro a la derecha hacia Sheffield. Es la calle que siempre cojo cuando vuelvo a casa directamente desde el trabajo. La familiaridad reconforta. He seguido este mismo itinerario tantas veces que podría hacerlo con los ojos cerrados. Es la ruta más directa y me lleva del hospital a casa pasando por bloques de apartamentos de poca o media altura que alternan con tiendas, restaurantes, consultas médicas y el estadio de Wrigley Field. Cualquiera que sepa algo de béisbol sabe que Sheffield Avenue, situada tras Wrigley Field, es uno de los mejores sitios para cazar las bolas que salen del estadio cuando hay un *home run*.

Tengo la cabeza en otra parte. No estoy pensando adónde voy. No presto atención al camino. Miro sin ver, con la vista al frente pero sin asimilar lo que veo. Casi no reparo en la mujer. Voy tan aturdida que por poco paso de largo, pero entonces oigo las crueles palabras de una voz masculina, arrojadas al aire como dardos:

–Pero ¿qué coño hace, señora? ¿Por qué no se fija por dónde va?

Y entonces miro. No es que nunca haya oído palabras similares en esta ciudad, pero la frialdad de los desconocidos, la forma en que la gente se habla, el modo en que se tratan unos a otros, me deja anonadada. Este hombre andará por la cincuentena o la sesentena.

Su ropa parece cara, aunque los botones de su chaqueta casi le revientan sobre el abultado abdomen y el cabello se le está cayendo. Se ha girado hacia una mujer y la está señalando con un dedo pétreo, implacable, casi inhumano, tan cerca de ella que poco falta para que le toque la nariz, y le dice:

–Pero ¿qué demonios le pasa? –Y a continuación farfulla–: Idiota.

Justo delante de él distingo la cara de estupor de Nat, que permanece inmóvil mientras la riñen como a una niña y la humillan en público. Se le encogen los hombros, empiezan a salirle manchas y rojeces en la piel, se esfuerza por contener las lágrimas. Lleva una gran bolsa de viaje negra colgada al hombro, tan voluminosa que a lo mejor ha pasado al lado de ese tipo y le ha dado en el hombro o le ha pisado el talón de sus caros zapatos de piel. O algo por el estilo, algo accidental y sin importancia. Ningún agravio imperdonable, y sin embargo él está haciendo que se sienta estúpida por ello. Le leo los labios a Nat cuando habla:

—Lo siento. Lo siento mucho —articula, zarandeando la cabeza mientras él se estira las solapas de la chaqueta para alisársela y se marcha sin decir palabra.

Cuando ya se ha ido, Nat parece ansiosa por alejarse. No la culpo. Lo leo en sus ojos y en su lenguaje corporal. Sus ojos se mueven tan rápidamente como el aleteo de un colibrí, buscando un sitio donde ir, hasta que lo encuentra. Se gira de golpe e intenta meterse en un restaurante cercano, pero no consigue que la enorme bolsa quepa por la puerta.

Me acerco a ella por la espalda y le sujeto la puerta.

—Gracias —me dice, pero el tono es brusco, mecánico, porque ni siquiera ha visto que soy yo quien le sujeta la puerta. Solo piensa en desaparecer y evitar la mirada de los desconocidos.

—Nat —digo, y solo entonces se detiene, se da la vuelta y enfoca la mirada en mi cara, estudiándola. Sigue teniendo el labio hinchado, aunque la sangre seca ha desaparecido. El cardenal tiene peor aspecto. Se le ha extendido casi hasta el ojo, lo que me hace pensar en ese hombre de hace un instante, el que la increpaba en la calle, y me pregunto cómo alguien puede comportarse así con una persona que tiene este aspecto.

Sus palabras salen entrecortadas.

—Meghan —dice, volviendo a la acera en lugar de entrar en el restaurante, donde el ambiente es cálido y hay buena iluminación. Se cruza de brazos y pregunta—: ¿Qué estás haciendo aquí? —Mientras, yo suelto la puerta y dejo que se cierre.

Nat frunce el ceño y se le arruga la frente. Su tono no es poco amable, pero sí deja traslucir cierta reserva, una desconfianza soterrada por la que no puedo culparla, sobre todo después de lo que ha tenido que sufrir.

–Ese tío era un gilipollas. No sé qué ha pasado, pero no hay disculpa para esa reacción –le digo, y después–: Volvía a casa desde el trabajo. Paso por aquí casi todos los días –digo como justificación, para que no piense que la he estado siguiendo, y comprendo perfectamente por qué habría de pensarlo–. El hospital en el que trabajo está solo a un par de manzanas –continúo señalando de forma algo imprecisa en la dirección por la que he venido. Bajo el brazo–. Ese hombre no tenía ningún derecho a hablarte así. No está bien. El problema lo tiene él, no tú. Espero que lo tengas claro.

Asiente, pero no sé si me cree.

–Me alegro de verte –prosigo–. No supe nada de ti la otra noche. Ibas a enviarme un mensaje para hacerme saber que habías llegado bien a casa. –Había buscado ese mensaje nada más levantarme por la mañana, todavía descalza en la cocina mientras esperaba a que se calentara la cafetera. Y, después, había vuelto a mirar el teléfono durante el día.

–Perdona –responde, y me siento culpable por mencionárselo. No quiero hacer que se sienta mal–. Ya lo sé. Se me olvidó.

–No pasa nada. No te disculpes. Me alivia saber que estás bien –digo, aunque resulta difícil pasar por alto ese equipaje con el que carga. Observo la gran bolsa de viaje, preguntándome si lleva en ella su vida entera, todas sus posesiones, todo lo que pudo llevarse al dejar a Declan. Le pregunto–: ¿Estás bien?

Asiente y el cabello le cae encima de los ojos. No se molesta en apartarlo.

–¿Vas a algún sitio?

–Sí.

–¿Adónde?

–Pues… no lo sé –contesta–. Todavía no lo he decidido.

Ladeo la cabeza y digo:

–Creía que te ibas a quedar con tu amiga.

–Y así era, pero… –Se interrumpe y los ojos se le llenan súbitamente de lágrimas–. No sé –dice de nuevo, sacudiendo la cabeza y apartando la vista. Es incapaz de mirarme mientras dice–: No creo que la cosa vaya a funcionar.

Le pongo la mano en el brazo.

–¿Qué ha pasado, Nat?

Se muestra reacia a contar nada. Espero y al final empieza a hablar.

–Mi amiga, Kristy, me ha confesado que su marido le había dicho que ya era hora de pedirme que me fuera. Creo que les estaba estorbando. Abusé demasiado de su hospitalidad.

–Vaya por Dios –exclamo, pensando en lo incómodo que debió de ser para ella y lo mal que debes de sentirte cuando una amiga te pide que te vayas–. Lo siento mucho.

–No lo sientas. No es culpa tuya. Mi amiga se ha sentido fatal, pero yo comprendo perfectamente la situación. Tres son multitud –dice. Pero su expresión desdice sus palabras. Traga saliva y entonces percibo lo que hay tras esa forma de bajar la mirada: una mezcla de tristeza y desesperación.

–¿Cuándo ha ocurrido todo eso?

–Esta tarde. Me ha dicho que no tenía que irme enseguida, que podía quedarme hasta que encontrara apartamento u otro sitio en el que quedarme, pero ya no me sentía cómoda allí, después de saber que no era bienvenida.

–Ya, claro que no. Lo entiendo. Yo también me habría ido. ¿Has cenado ya? –le pregunto. Yo no he tomado nada desde hace horas y el olor a comida me supera–. ¿Te apetece tomar un bocado?

–No tengo hambre –responde, y es lógico después de lo que ha pasado. Lo último en que piensa es en comer–. Es mejor que no te entretenga más. No debería retenerte así cuando tienes una hija que te espera en casa. –Y se da la vuelta para irse.

–No, espera –digo para detenerla–. Sienna no me espera. Está con Ben. No tengo que irme. ¿Tienes alguna otra amiga con la que puedas quedarte, Nat? ¿O dinero para un hotel?

–Sí –dice encogiendo un solo hombro–. Claro que sí.

–¿Quién? –No quisiera pasarme de la raya, pero recuerdo lo que dijo el otro día en el restaurante, lo de que no podía hablar con nadie sobre Declan porque todos pensaban lo mejor de él. Les caía demasiado bien para poder creer todo lo que le estaba haciendo a Nat. No se me escapa que la única persona que la apoya soy yo, alguien que hace más de veinte años que no ha visto. Mis recuerdos de Nat en la época del instituto se han ido difuminando, pero me acuerdo vagamente de que le gustaba divertirse, de que se llevaba bien con todos y tenía una sonrisa contagiosa. Era la capitana de nuestro equipo de tenis, una líder. La gente la admiraba. Ahora parece casi sumisa y odio que un hombre le haya hecho algo así, que haya cambiado lo más esencial en ella. No conozco a ese hombre, pero lo odio por ello.

Lamento que ella y yo perdiéramos el contacto y ahora desearía haberme esforzado más por mantenerlo durante estos años.

–Hay un albergue por aquí cerca –dice.

–¿Un albergue? –repito, horrorizada. Y es cierto que hay uno en esta calle, en un edificio de mediana altura y fachada de ladrillo. Paso por delante casi cada día. Desde fuera parece agradable, pero cuando pienso en los emigrantes de paso, los dormitorios y los baños u otros espacios comunitarios, no me parece nada atrayente.

–No puedo permitirme más –dice–. Seguro que estará bien.

Intento recordar. La otra noche, en la cafetería, me contó que su ex, Declan, es abogado asociado en un despacho del centro, pero que no tardarán en hacerlo socio. Nat, en cambio, es maestra de prescolar. Está claro quién es el sostén de la familia. Declan debería estar pasándole una pensión lo bastante sustanciosa como para que Nat pudiera rehacerse económicamente, alquilar un apartamento o, al menos, permitirse pasar unas noches en un hotel.

–Debes de tener algún dinero del divorcio. ¿No recibes una pensión compensatoria?

–Declan tiene nuestro dinero.

–¿Qué quieres decir?

–Quiero decir que no tengo acceso a él. Declan lo tiene todo.

La división de bienes suele generar controversia y nunca se obtiene lo que cada cónyuge desea, pero a Nat debería haberle correspondido algo, por poco que fuera, y Declan ya tiene el apartamento o la casa de ambos. No es posible que un juez le haya otorgado a él todos los bienes. Nat trabaja. Tiene un sueldo. ¿Dónde está el dinero que gana?

–No…, no acabo de entenderlo. No puede hacer algo así, Nat. Algo de ese dinero, incluso la mitad, debería ser tuyo. ¿Has consultado a un abogado? Si Declan no te deja acceder al dinero, está haciendo algo ilegal.

–No tengo abogado.

–¿Te representaste a ti misma durante el divorcio? –pregunto.

Una persona puede representarse a sí misma en un proceso de divorcio, pero no siempre es la mejor idea, sobre todo si el divorcio es conflictivo. Se me rompe el corazón al pensar que Nat, por lo que sea, lo ha perdido todo en el divorcio, incluyendo la casa, el dinero y el derecho a recibir una pensión compensatoria.

–No.

–Me he perdido, Nat.

Se muestra reacia a dar explicaciones.

–¿Nat? –insisto, y por fin me lo cuenta.

–Declan y yo no estamos divorciados.

Me quedo de una pieza.

–Creía…, creía que sí. ¿No llegaste a pedir el divorcio? ¿Por qué, Nat?

De nuevo se le llenan los ojos de lágrimas.

–Porque tengo miedo. Miedo de lo que pueda hacer, de cómo reaccionará si se entera de que lo abandono para siempre. Y, hasta que no lo haga –continúa–, es él quien se queda con todo el dinero y yo con nada.

–¿Y la tarjeta de crédito?

–Tampoco –dice suspirando, al tiempo que se limpia los ojos y la nariz con la manga–. Nada. Hace mucho tiempo que me las quitó.

La agarro por el codo y me la llevo más cerca del edificio, donde tenemos algo más de espacio. Su tono es sereno cuando vuelve a hablar.

–Al principio me dio efectivo y me dijo que comprara lo que necesitara, y eso era un lujo, no tener que controlar los cheques, pagar las facturas o pensar siquiera en el dinero. Me dijo que, como yo tenía ya tantas cosas que hacer, era mejor que no me preocupara por nuestra economía, que él se ocuparía, y eso fue un alivio para mí. Pero después, cuando le pedí que me devolviera las tarjetas de crédito y de débito, porque ciertas cosas no puedes pagarlas en efectivo, me dijo que no, que yo había resultado ser una irresponsable con el dinero, que no se podía confiar en mí. Así que me pasa una asignación. Si necesito más dinero del que me da, tengo que pedírselo, y entonces él decide si me lo da o no.

—Ahora está hablando en presente, y me doy cuenta de que no me está contando algo que Declan hiciera en el pasado, sino que lo está haciendo ahora. Nat sigue dependiendo de él para obtener dinero, depende de él para todo, para tener comida y techo.

—Es lo que suelen hacer los hombres como él, Nat. Es una manera de tenerte atrapada, una de las razones por las que las mujeres no dejan relaciones como la tuya o siguen volviendo con un cónyuge maltratador. Por dinero. Para tener un techo. Porque existe un miedo real a quedarse sin hogar o sin blanca. Has sido muy valiente por haberte alejado de él —digo cogiéndole la mano—, pero ahora tenemos que solucionar la parte económica. Tenemos que conseguirte lo que te corresponde por derecho. Es necesario que presentes una demanda de divorcio. Podemos hablar con mi abogada. Es fantástica.

—Si soy tan valiente, ¿por qué siempre tengo miedo? —pregunta, con ojos suplicantes. No espera respuesta, pero yo sé perfectamente por qué tiene miedo y siempre está mirando por encima del hombro: porque quiere ver si él está allí—. No me siento valiente. Sin embargo —continúa, rehaciéndose—, hace unas semanas fui al banco. Abrí una cuenta solo a mi nombre y rellené el papeleo para que me ingresen en ella mi sueldo, y no en la cuenta conjunta con Declan. Ahora dispongo de dinero propio. No mucho, pero sí algo. Y he estado ahorrando.

—Eso es estupendo.

—Voy a estar bien. Esto lo superaré —asegura, aunque nadie lo diría por la expresión de sus ojos.

—Estoy convencida de que lo harás.

Esboza una sonrisa forzada. Si solo lleva ahorrando un par de semanas, con un sueldo de maestra puede tener unos mil dólares, como mucho. Un hotel en la

ciudad podría costarle doscientos o trescientos dóla=
res la noche, y un albergue, aunque sería más barato,
no es precisamente lo más ideal. Me preocupa que, si
se ve sin ningún otro lugar al que ir o no tiene ni para
comer, acabe volviendo con Declan a falta de una opción mejor, porque es lo que suele ocurrir en casos
como el suyo.

Mi madre me dijo una vez que yo había nacido para
ser enfermera, porque estaba en mi naturaleza ayudar
a la gente. En este caso, facilita las cosas que Sienna se
quede con Ben esta noche y yo esté sola en casa. Tengo que trabajar todo el fin de semana. Había acordado
hacer algunos turnos extra para sustituir a otra enfermera, porque el dinero me vendría bien y, de todos
modos, Sienna no iba a estar en casa. No le di más importancia. Ahora lo lamento. Pero todo irá bien. Ya se
nos ocurrirá algo. Conozco a Nat y, si la situación fuera
a la inversa, ella haría lo mismo por mí.

–Quédate conmigo –le propongo.

Se queda visiblemente sorprendida por mi oferta.

–Eres muy amable, de verdad –dice, en principio tratando de rehusar–, pero no puedo pedirte algo así, Meghan. No puedo obligarte a que lo hagas.

–No lo estás haciendo. Soy yo quien te lo ha propuesto.
No es ninguna obligación. Por favor –le ruego, porque
sé que si no viene conmigo las cosas pueden ponerse
muy feas para ella.

Y yo no tendría paz si eso ocurriera.

En mi apartamento, Nat dice:

–El otro día te dije que Declan estaba viendo a otra
mujer.

–Sí. Me acuerdo.

–Casi siento pena por ella. No lo conoce como yo. No
sabe dónde se mete. –Está de pie, cambiando de postura, y añade–: Pensé en hablar con ella, para que supiera

cómo es Declan de verdad y detenerla antes de que pudiera intimar demasiado con él.

—¿Lo hiciste?

—No —contesta mirando por la ventana.

—¿Por qué?

Se gira y me mira a los ojos.

—Porque no sabía si me creería. Y porque también la odio a ella, en cierto modo. Una parte de mí piensa que se lo merece, se merece que Declan le haga daño —dice, y luego hace una pausa, pensativa, y a mí se me encoge el estómago pensando en las parejas que son infieles y en las personas que se acuestan con alguien casado, y me pregunto si se merecen un destino fatal—. Horrible, ¿verdad? No debería pensar esas cosas.

—Bueno —le digo—, es normal estar enfadada. Eres de carne y hueso. Todos tenemos pensamientos de ese estilo.

—La encontré.

—No me digas.

—Pues sí. Encontré su número en el teléfono de Declan. Llamé un par de veces, pero cuando contestó le colgué. No tuve valor para decirle nada. No debería estar celosa —dice, aunque me doy cuenta de que lo está, y no puedo culparla. Él sigue siendo su marido. Hubo un tiempo en que ella lo amó.

No sé qué decir. No puedo culparla por la confusión de emociones, por sentirse herida y traicionada y, al mismo tiempo, querer ayudar a esa mujer, salvarla de correr su misma suerte.

—Cuéntame otra vez cómo os conocisteis Ben y tú —dice, cambiando de tema.

Estamos de pie en el salón cuando afuera se oye el metro que se acerca. Nat se sobresalta y yo le explico.

—No pasa nada. Es solo el metro.

Aun así, tarda un momento en serenarse, en ver las luces que entran en la habitación y comprender que el cambio en su ritmo cardíaco se debe al metro, no a Declan. Ese ruido no es él. No viene a por ella.

O todavía no.

Dejo en el suelo los almohadones del sofá, y me estoy agachando para sacar la extensión que lo convierte en cama cuando un tintineo en el teléfono de Nat anuncia la entrada de un mensaje. Le echa una rápida ojeada mientras yo observo cómo lee y se guarda enseguida el teléfono, la mirada fija de nuevo en la ventana, como si buscara a alguien.

Espero a que pase el metro y contesto a su petición.

–Íbamos a una clase juntos. Introducción a la Literatura, el penúltimo año de secundaria. –Hago memoria y evoco tiempos más felices–. Pero no nos conocimos en clase. Supongo que Ben no tenía ni idea de quién era yo. Él molaba demasiado y yo era demasiado insegura. Pero un día conseguí un trabajo en un pequeño local de yogur helado, en el centro –continúo–. Cuando fui para mi primer turno, me encontré con que Ben también trabajaba allí. Nos hicimos amigos. Era distinto a lo que me esperaba. Divertido y amable. Le traía sin cuidado lo de ser popular y gustar a la gente.

»Un día, después del trabajo, Ben y yo nos quedamos juntos hasta tarde estudiando para los exámenes finales. Él llevaba en ese trabajo el tiempo suficiente como para que el encargado le confiara la tarea de cerrar. Recuerdo que todo me parecía mágico y muy romántico, estar allí con Ben en el local vacío con todas las luces apagadas salvo las del escaparate.

»Después de estudiar y cerrar, Ben me acompañó al coche, y todavía hoy sigo pensando en el momento en que nuestras manos se rozaron accidentalmente y yo retrocedí con timidez, allí en medio de aquel aparcamiento vacío, y en cómo Ben me cogió la mano en la oscuridad y la apretó.

El recuerdo me supera. Se me hace un nudo en la garganta y me pregunto, no por primera vez, cómo Ben y yo pasamos de donde estábamos entonces, en una relación incipiente llena de amor y posibilidades, a donde estamos ahora.

El teléfono de Nat tintinea de nuevo y, al cogerlo, su cara se ensombrece.

–¿Quién es, Nat? –pregunto esta vez, quitándome a Ben de la cabeza.

–Declan –admite, levantando la cabeza para mirarme a los ojos–. Lleva todo el día enviándome mensajes.

–¿Qué dice?

–Que lo siente. Me suplica que lo perdone, me ruega que vuelva a casa.

–¿Y qué has contestado?

–No lo he hecho. Todavía no.

–Bien –digo, cogiendo una almohada de cama del suelo y poniéndole una funda–. Bien hecho, Nat. Es la mejor manera de manejar esto, pienso yo. –Pero ese «todavía no» me inquieta. A una parte de mí le asusta que pueda volver con él, a pesar de todo lo que le ha hecho–. Puedes bloquearle. Así no verás los mensajes.

Pongo la almohada en la cabecera de la cama.

–Ya lo sé. El caso es… –comienza con patente desasosiego. Voy a la ventana y corro las cortinas mientras ella continúa– que se ha enfadado al ver que no contestaba. Se ha puesto hecho una furia, más bien. Ha pasado de suplicar perdón a las amenazas y el odio.

–¿Puedo ver esos mensajes? –pregunto, acercándome a Nat al tiempo que ella me tiende el teléfono.

No sabes cuánto siento lo de la otra noche, cariño. No quería hacerte daño. Estoy que no vivo durante todo el día. Me siento fatal por lo que pasó. Por favor, vuelve a casa. Déjame que te lo compense. No volverá a ocurrir nunca. Te quiero. Iré a terapia si quieres. Haré lo que haga falta por ti.

Podemos ir a terapia juntos. A un consejero matrimonial. Nos hará bien. Volveremos a ser como antes.

No puedo dejar de pensar en ti, cariño. Sin ti no soy nada. No puedo comer ni dormir. No hago más que joderlo todo en el trabajo, porque soy incapaz de concentrarme en nada. Tú eres lo único en lo que puedo pensar.

Por favor, contéstame, Nat. No me hagas el vacío.

¿Dónde estás, Nat?

¿Dónde coño estás?

Tú no eres nada sin mí. De esta te arrepientes.

Puta de mierda. CONTESTA, JODER.

Mientras tengo el teléfono en la mano, vuelve a tintinear. Entra otro mensaje, y este me pone los pelos de punta.

Te encontraré. Te traeré a casa, que es donde debes estar, y cuando lo haga ya nunca dejaré que te vayas. Te encerraré en una habitación si es necesario. Eres mía, Nat. Nunca lo olvides. Soy tu dueño. No hay nada que pueda separarnos.

—¿Qué dice? —pregunta Nat. No contesto. No encuentro las palabras. Vuelve a preguntarme—: ¿Qué está diciendo ahora?

Con rapidez, pulso en el mensaje para borrarlo.

—¿Meghan? —pregunta al darse cuenta de lo que he hecho.

—No es nada que necesites ver.

Levanto despacio la vista del teléfono y veo que a Nat le está cayendo una lágrima por la mejilla. Le cojo la mano y le aseguro:

—Aquí estás a salvo, Nat. Aquí no te encontrará.

Pero hasta a mí me cuesta creérmelo.

Más tarde, ya en mi habitación y con la puerta cerrada, me dispongo a bajar las persianas antes de ponerme el pijama. Mi dormitorio, como el contiguo de Sienna, está encarado al oeste. Nuestro tercer piso da a la calle y ofrece vistas por encima del tejado del bloque vecino de solo dos plantas, lo que ni de lejos es como ver el lago o el perfil de la ciudad, pero aún ha de considerarse una suerte porque tienes luz solar e intimidad.

Cierro la mano en torno al cordel de las persianas, pero antes de tirar de él para bajarlas, echo un vistazo fuera para comprobar si la nieve prevista para esta noche ha empezado a caer y, en efecto, está nevando. Se ve una nevisca en el halo de luz de una farola cercana.

Mientras me acuesto, me pregunto si Nat está tan segura aquí como le he prometido.

O, si al traerla a mi casa, ya no estamos a salvo ninguna de las dos.

Capítulo 13

Por la mañana se hace duro levantarse.

Y se hace duro salir, ir al trabajo. Siempre aborrezco trabajar los fines de semana, pero hoy me cuesta todavía más abandonar la seguridad y calidez del apartamento. Dejo una nota y luego me escabullo tratando de hacer el menor ruido posible. Es en ese momento –caminando hacia el hospital en la oscuridad, sin otros madrugadores que vayan a trabajar porque es fin de semana y todos están durmiendo, de modo que me encuentro las calles desiertas, un escenario casi distópico– cuando me viene a la cabeza la nota que encontré el otro día en el buzón y que tanto me he esforzado por borrar de mi mente, hasta ahora. «ZORRA.»

Intento decirme a mí misma que no era yo la verdadera destinataria de la nota, pero esa posibilidad queda descartada porque es mi nombre el que figura en el sobre. Intento convencerme de que era tan solo una broma de mal gusto, pero el hecho de que alguien se colara para llegar hasta mi buzón pone en duda esa teoría. Alguien pretendía asustarme y lo ha conseguido.

Llego al trabajo sin novedad, aunque allí me encuentro con la noticia de que alguien del hospital, una técnica de farmacia a la que todo el mundo adora, fue asaltada la pasada noche. No se habla de otra cosa, porque se trata de una compañera de trabajo, alguien que conocemos.

–He oído que el tipo la siguió desde el trabajo hasta su apartamento –dice Misty a un pequeño grupo de enfermeras congregadas en la sala de descanso, y todas sentimos como si nos faltara el aire, porque la verdad es que esta vez nos toca demasiado cerca.

—Me han dicho que vive con su novio y que él estaba fuera de la ciudad, así que ella tenía que pasar la noche sola —dice Natalia, lo que no deja de inquietarme, porque ese hombre debía haberse enterado de algún modo de que ella estaría sola.

—¿Sabe alguien cómo está? ¿Se encuentra bien? —pregunto, una pregunta bastante estúpida, porque está claro que no se encuentra bien. Veo en mi mente a Hannah, joven y simpática, incluso algo tímida, saliendo anoche del hospital para volver a casa sola, que es lo mismo que hago yo siempre, y eso me hace preguntarme por qué ella y no yo.

Podría haber sido yo perfectamente.

Cuando empieza el horario de visitas y el señor y la señora Beckett entran en la habitación de Caitlin, lo hacen acompañados por la policía.

—¿Es usted Meghan Michaels? —me pregunta uno de los hombres, un detective policial a juzgar por la vestimenta, a lo cual asiento, presa de los nervios. No son ni las diez y el día ya se presenta de manera poco propicia—. El señor y la señora Beckett nos han dicho que el otro día vino un individuo a visitar a la señorita Beckett.

—Sí —contesto—. Así es.

Este hombre es todo lo que yo esperaría de un detective de la policía: enérgico y austero. Es alto, de peso medio. Viste un traje oscuro, con una funda de pistola ceñida a la cadera. Al principio no veo el arma, hasta que se le mueven accidentalmente los bajos delanteros de la chaqueta y entonces queda a la vista.

—Hemos revisado el registro de llamadas en el teléfono de la señorita Beckett, para ver con quién estuvo en contacto durante las dos últimas semanas –me dice, y desvío la vista de su arma para mirarlo a los ojos, que son despiertos y observadores–. Me gustaría enseñarle unas fotografías para ver si puede identificar al hombre que estuvo aquí. ¿Sería posible? –pregunta, lo que me hace pensar si no hubiera sido mejor no decir nada de ese hombre, guardarme esa información para mí y procurar mantenerme lo más alejada posible de este asunto.

–Por supuesto –respondo, con la boca seca–. Lo que haga falta para ayudar.

–¿Hay algún sitio en el que podamos hablar en privado?

Contesto que sí. Me llevo a los agentes a una pequeña sala de duelo, reservada a las familias que han perdido a un ser querido. El señor Beckett intenta seguirnos, pero uno de los detectives les pide tanto a él como a la señora Beckett que esperen allí, con Caitlin, hasta que regresemos.

En la sala, el policía me dice que tome asiento, así que acerco una silla y me siento en la mesa frente a él, mientras que el otro hombre permanece a mi espalda, haciendo que me sienta incómoda por muchos motivos, su corpulencia física entre ellos.

Observo mientras el agente coloca una serie de fotografías en la mesa. Ante mí tengo seis imágenes de otros tantos hombres, todos ellos de aspecto similar, aunque los ojos se me van directamente a uno. Es una foto de ficha policial, como el resto, tomada de frente con la misma pared neutra de fondo que en las otras, para que la atención no se distraiga y recaiga solo en la cara. El hombre lleva su propia ropa, no un uniforme carcelario, aunque salta a la vista que es una foto policial, tomada de hombros para arriba, de modo que no veo más allá del cuello de una camiseta blanca.

Pero en lo que me fijo es en los ojos, hundidos y coléricos.

Algo me atenaza el estómago. No sé si es la culpa o el miedo. A este hombre lo acusarán de intento de asesinato a causa de lo que yo diga. Si lo encuentran, va a tener problemas. Lo arrestarán. No es un buen hombre. Está claro que ya lo han arrestado antes por alguna otra razón, por algo ilegal que hizo en el pasado.

–¿Reconoce a alguno de estos hombres?

Cojo la fotografía. La sostengo en la mano, estudiando el cabello oscuro y rizado, el pequeño tatuaje del cuello que no había visto hasta ahora, los fríos ojos azules.

–Es este.

–¿Está segura?

–Sí –contesto–. No tengo ninguna duda. Es él.

Me coge la fotografía.

–Gracias por su ayuda, señora Michaels. –Recoge el resto de las imágenes–. Hemos terminado –dice–. Puede irse.

No me voy enseguida. Dudo, pensando en cómo podría volver al cuarto de Caitlin sin decir ni una palabra de lo que me ronda por la cabeza, porque me parece que sería desperdiciar la oportunidad de contarle a la policía lo de Jackson Beckett.

–¿Hay algo más, señora Michaels? –me pregunta, mirándome a los ojos al percibir mis dudas.

–Estoy segura de que no es nada, solo un malentendido.

Vuelve a sentarse en el centro de la silla y entrecruza los dedos encima del sobre de manila que contiene las fotografías, sin mostrar ninguna prisa. Su tono es firme, pero también invita a hablar.

–¿Por qué no nos lo cuenta y deja que decidamos nosotros?

Asiento, aunque no del todo convencida de que esta sea la mejor opción, lo que de verdad corresponde hacer.

No estoy segura de que todo esto no acabe volviéndose contra mí y me haga daño. Respiro hondo.

—Es solo que me dio la impresión de que el hijo de los Beckett, Jackson, que llegó de Londres hace un par de días, llevaba aquí más tiempo.

—¿Cómo lo sabe?

—Me lo dijo él. Ni siquiera sé si es consciente de que lo hizo. Estábamos charlando y se le escapó: dijo que había estado con un amigo en Promontory Point el fin de semana pasado, aunque sus padres creen que él estaba en Londres y no llegó hasta mediados de esta semana. No sé si es importante. Los Beckett están bajo mucha presión y no pueden dormir. Lo que pasa es… —me interrumpo para tomar aire— que no sé por qué habría de mentir diciendo que estaba en Londres cuando estaba aquí en la ciudad. Y parece haber ciertos roces entre él y Caitlin, algún tipo de resentimiento. Animosidad.

—¿Cómo lo sabe?

—Me lo dijo la señora Beckett.

El agente asiente, pensativo. Se saca una tarjeta profesional del bolsillo y me la tiende.

—Si se le ocurre algo más, llame.

Vuelvo sola a la habitación de Caitlin con la tarjeta profesional en el bolsillo del uniforme, y después de lo que acabo de hacer apenas soy capaz de mirar a los padres a los ojos.

—¿Lo ha identificado? —me pregunta la señora Beckett, levantándose del borde de la cama cuando entro. Jackson también está allí. Debe de haber llegado después de que yo saliera y ahora está de pie apoyado en la pared, aunque no soy capaz de mirarlo—. ¿Era uno de los hombres de las fotografías?

—Sí —contesto, y la señora Beckett se queda pálida y se tapa la boca con la mano—. ¿Quién es? ¿Lo conocen? —inquiero, preguntándome si los Beckett han visto las fotografías que me ha mostrado la policía, si saben algo que yo no sé.

La señora Beckett asiente, incapaz de hablar. Es el señor Beckett quien lo hace.

—Es un expresidiario. Milo Finch. Los policías nos preguntaron si lo conocíamos, si sabíamos por qué podría haber estado en contacto con Caitlin. Pero no lo sabíamos. Lleva un mes fuera de la cárcel y, durante ese tiempo, ha infringido la libertad provisional. Se fue de California sin autorización. No informó al agente encargado de su supervisión. La policía lo ha estado buscando.

El señor y la señora Beckett cruzan una mirada y ella se deja caer de nuevo en el borde de la cama y le coge la mano a Caitlin, mientras su marido continúa.

—Creen que la ha seguido por todo el país, que ha venido aquí buscándola.

La señora Beckett vuelve a hablar entonces, como pensando en voz alta, y sus palabras me pillan desprevenida.

—No dejo de preguntarme si no será el mismo hombre que viste en las noticias, el que ha estado asaltando a esas mujeres.

—No lo es —replica el señor Beckett como si lo supiera, aunque solo está conjeturando.

—¿Cómo puedes estar tan seguro?

—El caso es diferente, Amelia. A esas mujeres las violaron en su propia casa. A Caitlin la empujaron en un puente y no hay signos de violencia sexual.

—Pero a lo mejor estaba huyendo de él, Tom. Y quizá él la siguió hasta allí.

Reflexiono sobre esa idea. No es imposible pensar que sea el mismo hombre. Ahora le doy más importancia a la conversación que la señora Beckett y yo comenzamos el otro día.

–¿Cree usted que ese hombre, Milo Finch, persiguió o atrajo a Caitlin hasta el puente ese día? ¿Cree que fue él quien la empujó?

–Sí –responde la señora Beckett–. Lo creo. Y quizá es también quien ha estado violando a esas mujeres. La policía solo tiene que encontrar a ese hombre y todo habrá acabado. No importa lo que acabo de contarles sobre Jackson. Milo Finch será arrestado. Un jurado lo condenará. El caso parece pan comido, siempre que la policía encuentre a ese tipo.

Salgo al pasillo y me dirijo al mostrador de control. Apenas he avanzado un par de metros cuando alguien me llama:

–Meghan. –Y al girarme veo que el señor Beckett me ha seguido fuera, y me fijo en que parece más viejo y bastante más desaliñado que cuando llegó al hospital hace una semana–. ¿Puedo hablar con usted un momento?

–Por supuesto.

–Ese mensaje de voz que le puse el otro día, el de Caitlin –dice, acercándose a mí un poco demasiado, y de pronto me doy cuenta de cuán relevante es esa última y desesperada súplica: «Papá. Estoy en un apuro. Necesito tu ayuda». Se gira para asegurarse de que la señora Beckett y Jackson siguen en la habitación y que la puerta acristalada que nos separa de ellos se ha cerrado, como en efecto ha ocurrido. Se dirige a mí, inclinándose todavía más cerca, y necesito de toda mi fuerza de voluntad para no retroceder–. Espero que siga quedando solo entre nosotros, entre usted y yo. Se ha cargado de significado con lo que sabemos ahora, pero tampoco va a ayudar a la policía a encontrar a ese hombre, y no quisiera que Amelia se enterara de que Caitlin me pidió ayuda y yo se la negué.

–Desde luego –respondo–. Como desee.

Sonríe, pero no es una sonrisa que se extienda a sus ojos. Me pone la mano en el brazo.

–Gracias, Meghan. Espero que no piense mal de mí por pedírselo.

–No, claro que no –digo, pero la verdad es que sí. Esa petición no lo deja en buen lugar–. Lo comprendo. Y, como usted ha dicho, tampoco cambiaría mucho las cosas.

En el camino de vuelta a casa, busco a Milo Finch en el teléfono y ahí está: Milo Finch es el antiguo propietario de un restaurante y un delincuente sexual fichado, declarado culpable por posesión de pornografía infantil y condenado a cinco años de cárcel.

Vuelvo a decirme a mí misma que no es un hombre bueno, que no debería sentirme culpable por entregarlo a la policía.

Pese a todo, no puedo dejar de preguntarme dónde estará ahora. Me pregunto si, cuando la policía lo encuentre, le dirán que fui yo quien lo identificó.

Capítulo 14

Esa noche, después del trabajo, Sienna me llama.

–No vas a creértelo –dice chillando, la voz eufórica y aguda hasta el punto de que casi puedo verla sonriendo al otro lado del teléfono.

–¿El qué? –pregunto.

Estoy en su habitación poniendo un poco de orden, algo que hago a veces cuando Sienna está con Ben. Nat está ahora en el salón. Tenía lista la cena cuando he llegado de trabajar, lo que para variar ha estado bien, eso de que alguien cocine para ti. Nos hemos sentado en la pequeña mesa de la cocina y comido y hablado de que la ayudaré a encontrar piso cuando ella haya conseguido ahorrar lo suficiente, aunque en el fondo yo pensaba que no veo qué puede impedir que Declan la encuentre aquí.

–¡Papá ha conseguido entradas para *Querido Evan Hansen*! –grita Sienna en el auricular–. ¡En la quinta fila!

Me quedo chafada, como un globo al que hubieran desinflado. Claro que las ha conseguido, pienso; faltaría más. Yo también quería hacerme con ellas, pero esas entradas tienen un precio escandaloso y, si al final las hubiera comprado, habría sido para Navidad o por su cumpleaños, no para un día cualquiera.

–¿Cuándo es la función? –pregunto.

Sienna aúlla:

–¡Mañana por la noche! –Y añade–: ¿Te lo puedes

creer, mamá? Qué pasada. Me muero por decírselo a Gianna y a Nico.

—Un momento —digo—. ¿Mañana por la noche? Mañana es domingo, Sienna. Te toca volver a casa mañana por la tarde.

—Ya lo sé —responde—. Papá me dijo que llamara para ver si puedo pasar otra noche con él y que podamos ir. Dijo que ya me llevará él al instituto el lunes por la mañana. Tú no tienes que ocuparte de nada. Por favooor, mamá —suplica—. Es solo una noche y estaré otra vez en casa el lunes.

—De acuerdo —contesto después de un segundo, porque ¿acaso tengo alternativa? Sienna me odiaría si no la dejara ir a *Querido Evan Hansen*. Nunca me lo perdonaría. Es uno de esos espectáculos de Broadway que traen a Chicago, y solo estará aquí durante unas pocas semanas. No volverá a tener otra oportunidad como esta. Ben lo sabe. Quizá sea solo una coincidencia que haya conseguido entradas para el domingo por la noche, o quizá lo planeó para poner a Sienna en mi contra, para separarla de mí y jorobarme.

—Eres la mejor —me dice mientras me dirijo a su armario para coger su ropa sucia del cesto.

—Pues acuérdate la próxima vez que quieras hacer algo y te diga que no.

—Me acordaré —contesta, y luego—: Por cierto, papá tiene novia —me deja caer mientras estoy sacando ropa del cesto. Y lo dice así, con absoluta naturalidad, «papá tiene novia», como si estuviera contándome que tiene deberes de matemáticas o que le toca estudiar para un examen de química.

Me aparto del armario y me siento despacio en el borde de la cama para recobrar el aliento. Permanezco en silencio durante unos instantes, asimilando sus palabras, y supongo que por eso Sienna dice:

–No te hagas ahora la mártir ni la culo escocido, mamá. Fuiste tú quien se divorció de él.

Me estremezco. Es por este tipo de razonamientos por lo que detesto dejar a Sienna con Ben, aunque tampoco es que tenga elección. Le mete ideas en la cabeza. Le lava el cerebro. Se gana a Sienna con cosas como estas entradas para *Querido Evan Hansen* y después influye en ella para ponerla a su favor, porque ese es el tipo de comentario que haría Ben, que fui yo quien se divorció de él. Y, sí, yo pedí el divorcio, pero la historia no se reduce a eso.

–Sabes que no me gustan esas expresiones –digo.

–¿Qué expresiones? –pregunta.

–Lo de culo escocido.

Ya estoy viendo cómo Sienna pone los ojos en blanco al otro lado del teléfono.

–¿Estás enfadada?

–No, pero haz el favor de no hablar así.

–No me refiero al culo escocido, mamá, sino a lo de la novia.

–Ah, no –le miento, volviendo al armario porque al menos me distrae–. No, no, está bien. –Ben debería habérmelo contado él mismo y no dejar que lo haga Sienna por teléfono. Le pregunto–: ¿Irá ella con vosotros mañana por la noche? –Porque ya me lo imagino: Ben, Sienna y la susodicha en el maravilloso teatro Nederlander, posando juntos para la foto de rigor bajo la marquesina de Randolph Street.

Pero Sienna responde:

–No. Papá solo ha conseguido dos entradas y quiere llevarme a mí.

Me muerdo la lengua: «Pero qué encanto de hombre».

–¿Y qué tal es esa chica? –pregunto.

–Pues no sé. Maja, supongo.

–¿Está ahí ahora?

–No. Se me olvidó decírtelo, pero la conocí la última vez que estuve aquí.

–Ah –digo tan solo, pero lo que de verdad quiero preguntarle es: ¿es guapa?, ¿es más guapa que yo?

De pronto se me agolpan las preguntas. ¿Cómo se conocieron? ¿Cuánto tiempo llevan saliendo? Pero me coso la boca. No es asunto mío.

Le hablo a Sienna de Nat, de mi vieja amiga del instituto, y le cuento que se quedará con nosotras durante una semana hasta que encuentre apartamento. Una semana es un cálculo optimista, pero eso no se lo digo a Sienna. Es imposible que en ese tiempo Nat pueda encontrar un apartamento, presentar los papeles y que se los aprueben. Y no sé si tiene el dinero que necesitaría. Me parece más atinado pensar en dos semanas o un mes. No es que sea ideal tener una invitada en nuestro pequeño apartamento durante un mes, pero nos las arreglaremos.

–Quería estar aquí para poderos presentar. Había pensado que mañana por la noche podíamos pasar un rato juntas las tres y pedir una pizza, pero te vas a ver *Querido Evan Hansen*, y eso está bien –digo, poniendo el énfasis en la palabra «bien», porque no quiero que parezca un chantaje emocional. Sucede tan solo que no es así como me había imaginado esta situación–. Lo que pasa es que el lunes trabajo, Sienna. Así que Nat y tú coincidiréis en casa sin mí.

No sé exactamente cuándo termina Nat sus clases, pero lo normal es que lo haga a una hora similar a la de Sienna. Yo no llegaré a casa hasta las siete y media, como pronto. En teoría, tendrán que pasar varias horas juntas hasta que yo aparezca.

–Vaya, qué raro va a ser –se queja Sienna, y no se lo discuto, porque tiene razón. A mí tampoco me gusta, pero así es la vida. Nat es una vieja amiga. Ella y Sienna se arreglarán bien durante el poco tiempo que yo tarde. Me hace mucha ilusión que se conozcan, porque creo que se caerán bien. Además, me gusta que Sienna conozca algo de mi pasado, de cómo era mi vida antes de que Ben y ella entraran en escena. Yo también he sido adolescente. A veces se le olvida.

Al terminar de hablar con Sienna, le digo a Nat que enseguida vuelvo y me llevo la ropa de Sienna al sótano. Allí, sola en la penumbra, los mensajes de Declan reaparecen en mi mente de forma totalmente involuntaria, imprevista, como una sacudida perturbadora que me pone los pelos de punta.

Puta de mierda. CONTESTA, JODER.

Lo ponía en mayúsculas, gritando.

Y luego, con serenidad casi igualmente perturbadora:

Te encontraré. Te traeré a casa, que es donde debes estar, y cuando lo haga ya nunca dejaré que te vayas. Te encerraré en una habitación si es necesario. Eres mía, Nat. Nunca lo olvides. Soy tu dueño. No hay nada que pueda separarnos.

Me doy la vuelta despacio, escrutando los rincones oscuros del sótano para asegurarme de que estoy sola, que nadie se oculta allí. Pongo la ropa sucia a lavar y subo al trote las escaleras. En total, no he tardado más de dos o tres minutos.

Nat está de espaldas a mí cuando entro, mirando por la ventana hacia la oscuridad de la calle, con el cabello cayéndole en pliegues por la espalda.

El metro acaba de pasar y las vibraciones siguen resonando en el apartamento. No me oye acercarme. Tengo en las manos el cesto de la ropa sucia, así que cierro la puerta de una patada que, sin querer, me sale demasiado fuerte. El golpe sobresalta a Nat, que se gira al instante. Entonces veo que está hablando por teléfono. Se lo aparta de la oreja en cuanto me tiene cara a cara, con mirada culpable. Pálida. Seguro que ha pensado que tendría más tiempo para hablar.

Frunzo el entrecejo.

—¿Con quién estás hablando? —le pregunto.

—Con nadie —responde—. Se han equivocado de número.

Pero cuando vuelve la pantalla hacia arriba para terminar la llamada, no la creo. Sé que está mintiendo. Nadie no era. En mi fuero interno, sé que era Declan y que ha sido ella quien lo ha llamado cuando he bajado a hacer la colada.

No estoy enfadada, pero sí triste. Me duele en el alma por ella. Una vez leí una estadística según la cual, como media, las personas maltratadas vuelven con su maltratador siete veces antes de dejarlo para siempre.

Siete veces, nada menos.

—Era un tío —continúa— que preguntaba por una tal Justine.

Le sigo la corriente.

—Habrá marcado mal el número.

No se lo pregunto enseguida. Espero un momento. Trato de hacerlo con tacto, mientras dejo el cesto de la colada en el suelo.

—¿Has vuelto a saber algo de Declan? ¿Te ha enviado más mensajes?

—No —responde con un brusco zarandeo de cabeza, evitando mirarme—. No hay más mensajes.

Siete veces, vuelvo a pensar, preguntándome cuántas veces ha vuelto Nat con él, sabiendo que como mínimo lo ha hecho una vez durante el corto tiempo transcurrido desde que retomamos el contacto.

Pero no me corresponde a mí cuestionarla. Estoy aquí para darle apoyo, para ser su amiga.

—Bien —digo—. Eso es bueno. Me alegro de que haya parado. ¿Te apetece un poco de vino?

—Me encantaría —contesta guardándose el teléfono.

Me siento despacio en el sillón, que es amplio y muy cómodo, de color teja. Pego las rodillas al pecho y digo:

—Nunca me has contado cómo os conocisteis Declan y tú. —Nat se queda callada y casi al instante lamento habérselo preguntado—. Perdona, no tenemos que hablar de ello si no quieres.

—No —se apresura a decir, tomando enseguida un sorbo de vino para infundirse ánimos con el alcohol—. No pasa nada. Es solo que… —Su voz se desvanece.

—Es duro. Ya lo sé.

—Sí, sí que lo es. —Toma otro sorbo y empieza a contar—. Nos conocimos en la fiesta de un amigo mutuo. Ese amigo nos presentó e hicimos buenas migas. Charlamos durante horas esa noche y unos días después me llamó para que cenáramos juntos. A la tercera o cuarta cita, yo ya estaba imaginándome la vida con él. Era algo prematuro, ya lo sé, pero nunca había conocido a un hombre igual, alguien con quien me complementara tan bien. A mí me costó desarrollarme como persona. Todas mis amigas estaban ya casadas y yo empezaba a sentir la urgencia, la presión, de encontrar a alguien con quien asentarme. Es verdad que tenía miedo de quedarme sola, pero también que me enamoré perdidamente de él. Llevábamos saliendo solo cinco meses cuando me pidió matrimonio. Ni por un momento lo dudé: dije que sí enseguida.

—¿Cómo fue la primera vez que te pegó? —pregunto, consciente de estar a punto de rebasar el límite de lo permisible, pero no puedo evitarlo. Tengo que saberlo.

Nat no rehúye la pregunta. Solo se toma un instante para recordar y luego dice:

—Fue repentino, no lo vi venir. Y después Declan se sintió fatal y lleno de autodesprecio. Lloró, sollozó como un niño, y tuve que consolarlo, asegurarle que no era tan grave y que esas cosas pasan, aunque no es verdad. Solo llevábamos unas semanas casados. Empezamos a discutir por alguna estupidez, algo relacionado con las tareas del hogar. En mitad de la discusión, él ya se iba cuando yo hice un comentario tonto solo porque sentía la necesidad de decir la última palabra. Entonces se dio media vuelta y me golpeó. No sé quién de los dos se quedó más pasmado u horrorizado.

—Y después la cosa se repitió.

—Sí. Pero no enseguida. Al principio, ese tipo de situaciones eran muy infrecuentes, así que yo casi conseguía convencerme de que esa vez sería la última. Con el tiempo, se fue haciendo más habitual y entonces él cambió. Se dio cuenta de lo poderoso que se sentía al empequeñecerme, y creo que le servía también de catarsis, que lo liberaba del estrés del trabajo. —Se lleva la copa de vino a los labios. Pero no bebe—. Yo siempre encontraba el modo de disculpar lo que había pasado. Declan había tenido un mal día, había perdido un juicio, un cliente lo había despedido o habían hecho socio a otro en lugar de a él. Cada vez, me decía a mí misma que nunca volvería a ocurrir.

—¿Estás arrepentida de haberte casado con él? —le pregunto. Y debería estarlo, después de todo lo que le ha tocado sufrir. Aunque yo sé que también sigue enamorada de él.

—A veces, sí. Pero yo no sabía cómo era cuando nos casamos.

Bebe el vino despacio, hasta acabárselo.

—¿Te pongo más? —pregunto.

–No, gracias. –Se inclina para dejar la copa vacía en una mesita auxiliar–. ¿Y tú? ¿De qué te arrepientes?

La amplitud de su pregunta me deja descolocada, aunque tiene derecho a preguntármelo, como justa contrapartida. Me quedo callada, dándole vueltas, preguntándome cómo responder. Podría mentir y decir que no me arrepiento de nada, y a lo mejor me creería. Pero después de todo lo que ella me ha contado durante estos días, después de haberse mostrado tan abierta y transparente conmigo, lo menos que puedo hacer es ser sincera.

Tomo un largo trago de mi copa.

–Me arrepiento de algunas cosas –digo bajando la copa–, pero lo que más lamento es algo que no tiene nada que ver con Ben. Hace mucho tiempo –confieso– hice algo que estuvo mal.

Nat se muestra incrédula, como si no creyera posible que la perfecta Meghan Michaels pudiera hacer nada malo, pero el caso es que lo hice.

–¿El qué?

–Vas a pensar que soy una persona espantosa si te lo cuento.

–No es verdad. Nunca lo pensaría.

Trago saliva, temerosa de que esto pueda hacerle cambiar su opinión sobre mí. Pero Nat me ha contado tantas cosas, me ha hablado tan abiertamente de su matrimonio con Declan… Sé que para esto puedo confiar en ella, y será un alivio contarlo, liberarme de la carga que supone guardar un secreto así durante tantos años.

–Nunca se lo he contado a nadie –digo–. La única persona en el mundo que lo sabe soy yo y, bueno, cierto rubito muy guapo que me invitó a una copa en Guthries en mayo de 2007.

No haría falta decir más ni explicar nada. Nat puede sumar dos y dos y saber por dónde voy, pero se lo cuento de todas formas.

–Fue unas semanas antes de la boda con Ben. Habíamos discutido, ya no me acuerdo de por qué, pero sí recuerdo que ambos dijimos cosas que no sentíamos de verdad, y en retrospectiva diría que fue también la primera señal del hombre en el que se convertiría después: desconsiderado, susceptible, irascible. Le dije que ya no quería casarme con él y, en ese momento, creía lo que decía. Estaba muy enfadada, y supongo que aún empeoró más las cosas que Ben no intentara persuadirme de lo contrario. Lo aceptó y habló con bastante desdén, diciendo que seguramente sería lo mejor o algo así. Llegué incluso a devolverle el anillo de compromiso. Llamé al salón de banquetes para consultar si podía recuperar el depósito, a lo cual se negaron porque apenas faltaban unas semanas para la boda. Tenía el corazón roto –continúo–. Entonces llamé a algunos amigos para ver si alguien podía pasarse y consolarme, pero al avisarles con tan poca antelación nadie estaba libre, de modo que me fui a un bar sola para revolcarme en mi autocompasión y emborracharme.

–A Guthries –me dice ella, y yo asiento. Sí, Guthries. Ese barecito acogedor y tan poco ostentoso de la calle Addison, cerca de donde Sienna y yo vivimos ahora. Ahora no soy capaz de pasar por delante sin pensar en aquella noche, aunque solo tengo recuerdos parciales de lo ocurrido. Me acuerdo de trozos inconexos, y no estoy segura de lo que es real y de lo que el tiempo y mi imaginación han inventado.

El chico aquel era interesante, que yo recuerde. Tranquilo, modesto, de fácil conversación. Me gustó charlar con él. No tengo ni idea de qué hablamos, pero tenía una naturalidad que me hacía sentir como si lo conociera.

Charlamos durante mucho rato, sentados en los taburetes del bar, viendo por la ventana cómo el cielo se iba oscureciendo, cómo cambiaba de un color acerado al púrpura y luego al negro, igual que una magulladura. En cierto momento, me puso la mano en la pierna y me quedé sin aliento, observando cómo sus dedos jugueteaban con la vaporosa tela de algodón de mi falda.

Mi corazón empezó a brincar cuando levantó despacio la mirada hacia mí y se inclinó para mencionarme su apartamento, que estaba a poca distancia en la misma calle Addison.

—Allí estaremos más tranquilos —me dijo, tan cerca que notaba su aliento caliente en la oreja—. Aquí no puedo oírte con tanto ruido.

Sabía que sus intenciones no eran continuar la charla, pero le dije que bien, porque yo tampoco quería charlar más.

Vivía en el tercer piso de un edificio de mediana altura. Subimos por las escaleras cogidos de la mano, en silencio. Nada más entrar en su apartamento, me apretó contra la pared y me subió la falda hasta la cintura. No recuerdo mucho más de lo que ocurrió luego, aunque cuando acabamos me quedé a pasar la noche con él, a su lado en la cama. Me abrazó, rodeándome por la espalda con sus fuertes brazos. Y eso me gustó, porque, aunque sabía que aquello era sexo de una noche, no parecía nada vacío o insustancial.

A la mañana siguiente, me desperté antes que él, me vestí y me escabullí en silencio, cerrando la puerta con cuidado. Caminé hasta casa mientras salía el sol, en el ambiente frío de aquella mañana primaveral. Sabía que no lo vería nunca más, pero no lamentaba lo que había ocurrido entre nosotros. Quizá una parte de mí ya era consciente de que esa noche había sucedido algo especial, trascendental, algo que permanecería conmigo durante el resto de mi vida.

Algún tiempo después, Ben se presentó sin previo

aviso en mi apartamento para disculparse, asumiendo toda la culpa y diciendo que se había portado como un gilipollas y que estaba completamente equivocado. Lo perdoné. Nos besamos e hicimos las paces. Llamé al salón de banquetes para ver si todavía estaba disponible en esas fechas, y así era. De nuevo había boda. Tres semanas más tarde, Ben y yo nos dimos el sí quiero.

Al cabo de dos semanas, vi las dos pálidas rayitas rosa en un test de embarazo que me hice en casa. Ben y yo tampoco es que hubiéramos sido castos, así que las probabilidades eran del cincuenta por ciento, pero el sentimiento de culpa, la posibilidad de que el bebé no fuera de Ben, me pesaba como una losa. Hubo un corto espacio de tiempo en el que podía haber confesado lo ocurrido. Al fin y al cabo, en ese momento estábamos dándonos un tiempo y yo actué por impulso, algo que Ben podía llegar a entender y perdonar algún día.

Sin embargo, no se lo dije. Me lo guardé para mí y la oportunidad de contarlo pasó.

Después de que naciera Sienna, llevé los cepillos de dientes de Ben y de la niña a un laboratorio. Los hice analizar. El resultado fue negativo.

Me prometí que nunca les diría nada a ninguno de los dos y, con el tiempo, llegué a olvidarme de que no tenían parentesco biológico. Empecé a creerme la mentira de que el pelo rubio de Sienna le venía de la madre de Ben. Lo dije tantas veces que me salía solo cuando alguien comentaba esa disparidad entre Sienna, Ben y yo.

—Me alegro de que me lo hayas contado. Me alegro de que confiaras en mí lo suficiente como para contármelo —dice Nat, y añade en tono más tenue—: Pero eso ocurrió hace mucho, Meghan. Lo hecho, hecho está. Tienes que perdonarte a ti misma y olvidarlo. Además, a Ben también le dio algo muy especial: una hija a la que adora.

Asiento. Nat tiene razón. Sí que le dio algo especial, si lo pienso bien. Si las cosas no hubieran sucedido como lo hicieron, Ben y yo nunca habríamos tenido a Sienna.

–Me alegra que estés aquí, Nat –le confieso, tomándola de la mano. Y esto no se lo digo, pero desde el divorcio me he sentido muy sola. Sin Ben, con Sienna haciéndose mayor tan deprisa y el apartado de amigos prácticamente a cero, solo era cuestión de tiempo que me quedara totalmente sola.

Qué buena suerte, pienso, que la vida de Nat y la mía se cruzaran justo en el momento adecuado.

Capítulo 15

Los Beckett presionan para que a Caitlin le pongan más medidas de seguridad. Quieren que siempre haya alguien vigilándola, cada minuto del día, ahora que saben que un expresidiario la está buscando. Ella es mucho más vulnerable que otros pacientes. Su vida corre peligro, dicen, y quizá sea así, pero no resulta factible que un auxiliar o una enfermera monten guardia en su habitación. Ya vamos suficientemente cortos de plantilla, lo que no es nada nuevo, por más que ahora esa falta de personal se haya agravado, y el hospital tampoco puede echar mano de un guardia de seguridad de la recepción o de urgencias, porque allí son igual de necesarios y tampoco les sobran.

Al final de la tarde, cuando ya le he dado el informe de cambio de turno a la enfermera de noche y me preparo para irme, una mujer joven se cuela en la UCI antes de que nadie haya podido cerrar la puerta como es preceptivo durante la noche. Son poco más de las siete de la tarde. Mi turno ha acabado hace unos minutos. Ya he cogido mis cosas, el chaquetón y el bolso, y estoy despidiéndome en el mostrador de control.

Me giro al oír la puerta que se abre y observo a la mujer que cruza con cautela la puerta. Tiene el cabello fino, de un marrón oscuro que es casi negro, muy uniforme, lo que me hace sospechar que ha usado un tinte casero. Lleva un flequillo largo y recto que le cruza en diagonal la estrecha frente y se sujeta tras la oreja contraria. Su pequeño cuerpo se pierde dentro de una chaqueta de excedentes del ejército, cuyas mangas de un marrón oliváceo le sobrepasan las muñecas y las manos. Le viene demasiado holgada, lo que me lleva a pensar si no la compraría en alguna tienda de caridad, algo que últimamente suelen hacer Sienna y sus amigos: buscar en ese tipo de tiendas para estirar al máximo el dinero de su asignación.

–¿Puedo ayudarla? –le pregunto, dirigiéndome a ella con amabilidad. Sonrío, procurando mitigar lo incómodo de la situación. Ella me sonríe también, pero de un modo superficial. Una sonrisa que es un visto y no visto.

Se acerca dubitativa al mostrador.

–Estoy, eeeh… –comienza, con dificultad para encontrar las palabras–, buscando a Caitlin Beckett.

De cerca, me fijo en que lleva unos pendientes de aro dorados. Tiene el cartílago de la oreja perforado –un arete fino, minimalista, le rodea la hélice–, al igual que la nariz, de cuyo pliegue sobresale un diminuto botón dorado. Tiene la piel clara, pálida incluso, en total contraste con el oscuro cabello. Es joven y encantadora, con un rostro en forma de corazón, más ancho en la frente y los ojos y más afinado a medida que desciende hacia la barbilla.

–El horario de visitas termina ahora –digo, tras lo cual le pregunto–: ¿Eres de la familia?

–No –responde, cambiando el peso del cuerpo de un pie al otro y luego cruzando y descruzando los brazos, todo ello sin interrupción–, una amiga.

–Lo siento mucho –digo, disgustada por tener que ser yo quien se lo diga, porque lo cierto es que los Beckett se muestran ahora absolutamente inflexibles: nadie puede ver a Caitlin excepto ellos–. Solo los familiares pueden visitar a la señorita Beckett. Pero si quieres –le propongo–, si me das tu nombre, puedo decirles al señor y la señora Beckett que has venido. Estoy segura de que significará mucho… –comienzo a decir, pero la frase se desvanece al ver que, cuando ha oído sus nombres, ha dejado de escuchar. Deja de moverse. Ahora planta ambos pies en el suelo con total firmeza, lo que eleva su estatura unos centímetros.

Cierra con fuerza los ojos y los vuelve a abrir.

–¿Están…, están aquí? –pregunta en voz baja, y esas palabras revuelven algo en mi interior.

–Sí, claro –contesto–. ¿Por qué?

Veo cómo se le mueve la laringe en el cuello mientras traga saliva.

Los ojos se le mueven de aquí para allá, ya no me mira. Pasea lentamente la mirada por toda la unidad, estudiando las caras de quienes están en el mostrador de control, y luego observa el pasillo. El horario de visitas se ha terminado y las enfermeras de noche indican a los familiares y amigos que deben irse. Es un proceso: unos se van en cuanto la enfermera se lo pide, con otros se hace necesario insistir. En cualquier caso, la gente va saliendo de las habitaciones con sus abrigos y bolsos. La joven se fija en todos ellos, observándolos a través del cristal y atisbando el interior de las habitaciones.

Encuentra la de Caitlin. No resulta difícil, porque está al lado del mostrador de control y el propio diseño de la UCI lo facilita, pues se ideó así para mejorar la visibilidad. Es importante que el personal médico pueda ver el interior de las habitaciones, por si se produce una emergencia.

No necesito ver a los Beckett para darme cuenta de que la joven los ha encontrado. Su reacción lo dice todo, el modo en que de súbito respira hondo y retiene el aire en los pulmones. Mientras la miro, entrecierra los ojos para hacer más nítida la imagen que tiene delante, como si girara la lente de una cámara para acercar y enfocar bien los objetos.

Yo también vuelvo la cabeza hacia los Beckett, para ver lo mismo que ella. Al otro lado del cristal, se les ve sentados, ocupándose de Caitlin como llevan haciendo todos los días que ella ha estado aquí, aunque no estoy acostumbrada a ver la escena de esta forma, desde fuera de la habitación en lugar de estar con ellos dentro. Me hace sentir una intrusa, como si fuera una *voyeur*, pero al mismo tiempo me resulta imposible apartar la vista.

La enfermera de noche no está en la habitación, ni tampoco Jackson. La policía se ha pasado antes para hablar con los Beckett, pero ya se han ido. Ahora solo el señor y la señora Beckett están en la habitación con Caitlin, y sus movimientos y gestos son tiernos y cariñosos. Eso me impresiona profundamente y me quedo allí parada, conmovida por lo entrañable que resulta la escena para quien la observa desde fuera.

La señora Beckett está sentada en el borde de la cama. Tiene una toallita en la mano y con ella limpia con suavidad las partes visibles del rostro de su hija. La cabeza de Caitlin sigue envuelta en gasas, aunque se las han quitado y vuelto a poner para examinar la incisión, de modo que, entre los vendajes y ese tubo traqueal pegado con esparadrapo hasta estirarle la piel de la cara, a la señora Beckett no le queda mucho que limpiar.

Cuando ha terminado, deja la toallita a un lado y coge un tubo de bálsamo labial que le aplica a su hija, humedeciéndole los labios tanto como es posible. Mientras, el señor Beckett permanece sentado en la silla a su lado, inclinado hacia delante, con la mano en la rodilla de su esposa. Le coge el tubo de bálsamo labial cuando ella ha terminado, lo tapa, lo deja a un lado y luego posa la mano en la de su esposa. El grado de intimidad que transmiten, como pareja y como familia, resulta innegable, y siento una punzada de envidia al pensar que la relación que tengo con mis padres no llega a tanto.

El tono de la joven es furibundo cuando vuelve a hablar.

–Todo eso a Caitlin le habría parecido una puta mierda –dice, unas palabras tan cortantes que las siento como un cuchillo.

–¿Todo eso? ¿A qué te refieres? –le pregunto, echándome atrás y apartando la vista de los Beckett para mirarla a ella, aunque está tan absorta en lo que ocurre en la habitación que ni me mira.

–Eso. Ellos –dice elevando la voz en un tono que destila repugnancia, al tiempo que abarca la escena con un gesto dramático del brazo–. Que estén encima de ella de esa manera.

Vuelvo a mirar hacia la habitación de Caitlin en el momento en que el señor Beckett se apoya en la silla para ponerse de pie. Se coloca detrás de su esposa, los pulgares hundidos en los hombros de ella, masajeándolos. La señora Beckett retira las manos de Caitlin y las posa en el regazo. Se deja caer hacia atrás, hacia su marido, a todas luces agotada después de tantos días interminables sin moverse de este lugar, cuidando a Caitlin, durmiendo en la sala de espera por la noche o, con mayor frecuencia, sin dormir. El señor Beckett le dice algo. No alcanzo a oír qué, pero veo que ella mueve los labios y sacude la cabeza con firmeza –una negativa inflexible–, y entonces sé que está tratando de convencerla de que se vaya con él, de que pase la noche en casa y duerma. Pero ella no va a ceder.

Me vuelvo hacia la joven, escruto sus ojos.

–¿Y por qué le parecería tan mal? –pregunto.

Por supuesto, entiendo que Caitlin odiaría estar así, inconsciente, obligada a llevar pañales para adultos y a orinar en una bolsa. Pero la joven no se refiere a eso.

Gira la cabeza, a cámara lenta, y me mira.

–No te dejes engañar por esa farsa.

–¿Farsa?

–No son quienes fingen ser. Caitlin odiaba a sus padres. A los dos, pero en especial a su madre. Se moriría si supiera lo que está ocurriendo ahora.

Vuelvo la vista hacia la habitación. El señor Beckett se prepara para marcharse. Mete los brazos en el abrigo mientras se dirige a la puerta, de espaldas a la señora Beckett. Ella continúa sentada junto a la cama, recolocando una almohada y luego tapando a Caitlin hasta el cuello con la manta térmica del hospital. Pronto la enfermera de noche le pedirá que salga también, y me imagino cómo la señora Beckett debe de estar saboreando esos últimos minutos antes de tener que irse a la sala de espera. Le sube la manta más arriba de lo que yo lo haría, y pienso qué fácil sería ahogar a una persona inconsciente si quisieras hacerlo, si las paredes no fueran acristaladas y el mostrador de control no estuviera tan cerca, aunque todo el mundo suele andar tan atareado que a lo mejor ni se darían cuenta. Solo los pitidos de los aparatos médicos que indican cambios en el ritmo cardíaco, la presión arterial u otras constantes vitales podrían avisar de lo que sucede en la habitación, pero incluso esas señales son a menudo falsas alarmas que no requieren atención inmediata.

Me giro para preguntarle a la joven por qué Caitlin odiaba a sus padres.

Pero ya se ha ido.

Una ráfaga de aire polar me golpea cuando salgo por las puertas del hospital.

Sujeto con fuerza el chaquetón en la mano, porque no puedo permitirme aminorar la marcha para ponérmelo. Eso me robaría tiempo, unos valiosos segundos que no sé si tengo.

Salgo en tromba por la puerta, jadeando, momentáneamente aturdida por la impresión que me causa el aire glacial mientras oteo a un lado y otro de la calle. Quizá ya se me ha escapado. Seguramente he llegado tarde.

Tengo los brazos desnudos. Solo llevo un cárdigan corto y recto sobre el uniforme y el aire invernal atraviesa con facilidad el tejido, hinchando la abertura superior mientras bajo corriendo por la rampa del aparcamiento hacia Wellington, escudriñando la acera y la calle contiguas por si veo la chaqueta de la joven. Pasan ya unos minutos de la hora punta, pero las calles siguen atestadas de autobuses y automóviles que se detienen en los pasos de peatones y frenan el flujo del tráfico. Se ve gente por todos lados. Se hace difícil decidir dónde mirar primero.

El cielo está oscuro. Hace horas que se puso el sol, si bien los edificios y las farolas irradian luz y cada coche que pasa arroja un haz deslumbrante que todavía dificulta más la visión. Por la espalda todo el mundo parece casi igual, todos ataviados con abrigos, chaquetas y gorros invernales, y soy consciente de lo menuda que era la joven del hospital, de modo que cualquier persona más alta o más grande no me dejaría verla.

Avanzo por Wellington y solo cuando estoy a una manzana del hospital meto los brazos congelados en el chaquetón y, con dedos ateridos, me esfuerzo por subir la cremallera. Me lloran los ojos de frío. Estoy moqueando. Me limpio la nariz con la manga.

El frío parece intensificarse a medida que me alejo del hospital. El viento arrecia, azota las esquinas de los edificios ululando con un quejido similar al aullido nocturno de un coyote. Los edificios más altos protegen del aire, pero, en cuanto los dejo atrás y la calle se abre, las ráfagas me engullen como una aspiradora y me cuesta mantener el equilibrio, no ceder ante el vendaval.

En algún lugar cercano, en el porche delantero de alguno de los bloques de dos o tres plantas, suena el melancólico repique de un carillón de viento sacudido con violencia por las rachas de aire.

Me encamino hacia el este en dirección a Halsted, aunque no hay modo de saber hacia dónde se ha ido la joven. Podría haber tirado perfectamente hacia el oeste, hacia Sheffield. Intento adivinar lo mejor que puedo, al parecer con buena fortuna, porque, en un apretado grupito de gente que espera en el semáforo peatonal en Halsted y Wellington, distingo la chaqueta militar.

El semáforo cambia a verde y temo que se ponga de nuevo rojo antes de que me dé tiempo a llegar allí, o que el continuo tráfico que gira a la derecha por Halsted me impida cruzar. Los peatones tienen preferencia de paso, pero eso no significa que los coches, con sus conductores especialmente impacientes por llegar a casa en la hora punta, vayan a respetar las normas. Empiezo a trotar y me siento aliviada cuando llego a tiempo al cruce. La joven camina deprisa. Lleva las manos en los bolsillos de la chaqueta, la capucha puesta y la cabeza baja. La observo por la espalda, obstinándome en no perderla de vista. Mientras la miro, el viento le quita la capucha y deja ver su cabello casi negro. Se busca la capucha con la mano desnuda y da un tirón para volvérsela a poner, pero sin éxito; el viento se la arranca al instante. Ambas estamos caminando contra el viento, inclinadas hacia delante para avanzar mejor, pero aun así hay que sudar tinta.

—Perdona —la llamo, pero sin resultado. El viento arrebata el sonido de mi voz y lo empuja a mi espalda, de nuevo hacia el cruce de Wellington y Halsted. Lo intento de nuevo, más fuerte esta vez, gritando casi, pero de nada sirve. Entre ella y yo hay al menos seis personas y debo abrirme paso entre ellas si quiero alcanzarla.

Jadeando por el esfuerzo, consigo llegar a ella. Cuando estoy lo bastante cerca, intento tocarla en el brazo, pero va más deprisa que yo y solo consigo rozarle la tela de la chaqueta por detrás. Eso basta para llamar su atención, para que aminore la marcha y gire la cabeza al notar el contacto.

Al principio, creo, piensa que alguien la ha tocado accidentalmente, pero entonces me ve y al reconocerme agranda los ojos, sorprendida.

Se detiene en la acera y se da la vuelta para quedar frente a mí.

—Eres la enfermera, ¿verdad? —dice. Asiento y ella se cruza de brazos mientras el viento le empuja el pelo por detrás, de modo que le envuelve la cara como los tentáculos de un pulpo—. ¿Y qué estás haciendo? ¿Siguiéndome? —pregunta incrédula, y permanecemos allí paradas como rocas en medio de un río embravecido, ramificando la corriente de gente que nos rodea para seguir su camino, sin que nadie parezca molestarse por ello.

—No —digo, avergonzada al oír su acusación.

—Entonces, ¿qué estás haciendo? —pregunta con brusquedad.

Busco qué decir.

—Te fuiste tan deprisa que no tuve tiempo de preguntarte…

—Entonces sí que me estás siguiendo.

—Sí. Perdona. —Me siento estúpida—. Debería haber dicho que sí, que te estaba siguiendo, pero no de la manera que crees.

—¿Qué quieres?

—¿Quién eres? —le pregunto, procurando suavizar el tono—. ¿Y de qué conoces a Caitlin?

—¿Qué eres tú? —pregunta a su vez—. ¿Una puta policía?

—No —digo negando con la cabeza—. Solo una enfermera.

—No sabía que las enfermeras hicieran tantas preguntas.

Se me queda mirando y tengo la impresión de que no va a contestar, de que va a dar media vuelta y largarse, dejándome con dos palmos de narices.

Pero entonces dice:

—Vivía conmigo.

—¿Caitlin?

—No, la princesa Catalina —dice, lo cual me hace sentir corta de entendederas. Se está burlando de mí—. Pues claro que Caitlin.

—¿Erais compañeras de piso?

—Sí —confirma—. Puse un anuncio en la red para compartir apartamento y ella respondió.

—¿No la conocías de antes?

—No.

—¿Y qué tal era vivir con ella?

—Normal, supongo, aunque durante las dos últimas semanas estuvo muy tensa. Dejó de contestar al teléfono. Cuando le pregunté a quién trataba de evitar, me dijo que a las agencias de cobros, y puede que fuera verdad. Solía desaparecer durante días hasta que yo pensaba que se había ido para siempre, pero entonces regresaba, así, por las buenas.

—¿Y adónde se iba?

Se encoge de hombros.

—Creo que se estaba viendo con algún tío. A lo mejor se quedaba con él. ¿Ya tienes lo que querías saber? —pregunta, pero no espera a que conteste. Empieza a alejarse y, por puro reflejo, intento detenerla poniéndole en el brazo una mano que ella se sacude de inmediato.

—Perdona —digo retirando la mano—. No, hay algo más. Quisiera saber a qué te referías en el hospital cuando has dicho que Caitlin odiaba a sus padres. ¿Qué querías decir?

Pone los ojos en blanco, un gesto similar al que podría hacer Sienna.

—Tampoco es tan difícil de entender.

—No, tienes razón. Sí que lo entiendo —me apresuro a decir, preocupada por si pierde interés y trata de irse otra vez antes de acabar la conversación. Debería haber formulado la pregunta de otra manera—. Es solo que me ha sorprendido. Por cómo habla la señora Beckett, se diría que adora a Caitlin. No creía que pudiera existir hostilidad entre ellas.

—Pues creías mal. —La joven se da la vuelta. Pero entonces, casi al instante, se vuelve y me suelta con rostro impasible—: Tanta preocupación porque una persona que no debería estar allí se ha colado en la habitación de Caitlin y no se te ha ocurrido que, a lo mejor, el peligro ya estaba dentro.

No puedo pensar que fue la señora Beckett quien empujó a Caitlin en el puente. Cómo voy a pensarlo. Y sé que, si la policía encuentra a Milo Finch, lo arrestará.

Aun así, se me corta la respiración. Me quedo sin habla. No respondo a lo que ha dicho. Solo soy capaz de quedarme mirando a la joven mientras ella se gira de nuevo y desaparece en la noche.

En ese momento se levanta una ráfaga de viento. La súbita racha invernal me golpea, me agita el cabello y se me cuela por el cuello del chaquetón hasta alcanzar la piel. Me pongo la capucha y me subo más arriba la cremallera del chaquetón.

Oigo que gritan mi nombre a mi espalda.

—¡Meghan!

Me doy media vuelta. Allí hay una multitud de gente, en la acera. El semáforo del cruce acaba de ponerse verde y todos cruzan a la vez, viniendo hacia mí en manada. Me quedo observándolos, fijándome en cada rostro castigado por el viento, cuando de pronto el señor Beckctt surge de entre la masa de gente.

El corazón me late con violencia y tengo las piernas como anestesiadas mientras lo veo zigzaguear con seguridad entre la gente, se diría que insensible al frío.

—Me pareció que era usted, pero no estaba seguro —dice al llegar hasta mí, con la mirada en la misma dirección en la que se ha ido la joven, y me pregunto si la ve, si sabe quién es—. La he visto desde allá atrás —dice señalando con desgana a un punto indeterminado, al otro lado del cruce, lo que me hace preguntarme: allá atrás, ¿dónde? ¿Cuánto tiempo lleva observándome? ¿Nos ha visto hablar a las dos?

Se vuelve de nuevo hacia mí, sonríe y me pregunta:

—¿Suele volver a casa por este camino, Meghan?

Intento que no me tiemble la voz, pero el frío y los nervios me lo impiden.

—Sí —contesto, aunque no es verdad.

Vuelve a sonreír, claramente complacido.

—Entonces podemos charlar un rato. Voy también en esta dirección y me vendría bien un poco de compañía.

Trago saliva, con dificultad, como si se me hubiera espesado de pronto.

—Muy bien —digo de golpe, mi aliento visible en el ambiente frío, tras lo cual emprendemos juntos la marcha por la acera, más pegados de lo que me gustaría a causa del gentío.

—¿Siempre vuelve a casa sola?

—Sí. Es un paseo corto. Está bastante cerca y así hago ejercicio.

—No sé si continúa siendo seguro caminar sola por esta ciudad de noche —dice. Mantengo la vista fija en la acera. Con todo, no dejo de percibir su mirada, escrutadora—. Tendrá que perdonarme, Meghan. Cuando uno es padre, nunca deja de serlo. Al haber criado a una hija, no puedo evitar mostrarme protector. Pero usted tiene buena cabeza y estoy seguro de que procede con inteligencia, con cautela, buscando siempre las calles más concurridas cuando va sola. Aunque, claro, el frío seguro que no se lo quita nadie —dice, hundiendo más las manos en los bolsillos del abrigo.

—Una se acostumbra —respondo. Otra mentira más.

Nunca te acostumbras a un frío como este. Para los próximos días, los meteorólogos pronostican un frío glacial por un vórtice polar procedente del Ártico, con mínimas nocturnas que podrían llegar a menos treinta grados y una sensación térmica todavía más desalentadora, de unos treinta y cinco o cuarenta grados bajo cero. No es que sea inhabitual en enero, y los chicagüenses son gente resistente; temperaturas tan brutales como esas pocas veces consiguen someternos, pero eso tampoco significa que nos gusten.

—Ah, ¿sí? —dice incrédulo—. Porque yo he vivido en Chicago durante toda mi vida y jamás me he acostumbrado a un frío así.

—Resulta más fácil si no dejas de moverte. Cuanto más rápido camines, mejor. Así la sangre sigue corriendo.

Se ríe.

—Eso es lo que me gusta de usted, Meghan, lo lista que es. Astuta, mucho. Y siempre ve el lado bueno de las cosas.

—Lo intento —digo—, pero no siempre lo consigo. También puedo ser muy pesimista. Yo voy por aquí —anuncio, adelantándolo para enfilar por Broadway, ansiosa por perderlo de vista, por estar sola—. Seguro que nos vemos mañana.

Sin embargo, el señor Beckett mira a su alrededor, observa el cruce que tiene ante sí y se vuelve hacia mí para decirme:

–Creo que caminaré un rato más con usted. La considero una chica lista y lo más probable es que llegue bien, pero me sentiría mejor si la acompaño un poco más. Nunca me lo perdonaría si le ocurriera algo.

Se me forma un nudo en la garganta.

–Ah, no, no –digo–. No puedo pedirle algo así. De verdad, estoy bien. Hago esto todos los días. Y, con este frío, debería irse a casa.

–No, insisto –replica–. Además, como puede imaginar, no me apetece demasiado meterme en la casa vacía. Me gusta charlar con usted, me gusta su compañía. Y a Amelia también. No sé qué haríamos sin usted.

–Solo hago mi trabajo.

–No se haga de menos, Meghan. Ha hecho mucho más de lo que exige el deber. –Esperamos a que el semáforo cambie a verde y, cuando lo hace, cruzamos la calle y nos dirigimos al norte por Broadway–. ¿Vive sola? –me pregunta, lo cual me deja inquieta. Busco una respuesta, que debería resultar bien fácil de encontrar. ¿Vivo sola o no vivo sola?–. Perdone que sea tan directo, pero he notado que no lleva alianza.

–No –contesto con voz apagada–. No vivo sola. Vivo con mi hija.

–Ah, claro. Recuerdo que nos lo dijo, que tenía una hija. Criar a una niña no es tarea para pusilánimes. Entonces, ¿está divorciada?

–Sí.

–¿Desde cuándo?

–Hace casi un año.

–¿Qué ocurrió?

–Perdone –digo–, pero, si no le importa, preferiría no hablar de ello.

De nuevo siento sus ojos fijos en mí, contemplándome desde la posición de ventaja que le otorga su estatura, al menos quince centímetros mayor que la mía.

–Por supuesto. Le pido disculpas. –Cambia de estrategia–. Escuche, Meghan, me alegro de haber tropezado con usted por casualidad. Llevo un tiempo deseando hablarle de Amelia. No sé con quién más hablar de esto. Estoy preocupado por ella.

–Es comprensible –digo.

–No lo está llevando bien.

–No, claro. Me doy cuenta de lo mal que lo está pasando, como cualquier madre. Pero en el hospital tenemos orientadores y capellanes. Quizá le haría bien hablar con alguien, si cree que estaría dispuesta y eso podría ayudarla.

–Tal vez –dice asintiendo–, aunque Amelia es una persona muy reservada. No sé cómo se tomaría lo de hablar con un orientador. Todos en la familia somos bastante reservados, en realidad, y por eso le agradezco lo discreta que es usted cuando habla de nosotros con otras personas. La policía tiene que hacer su investigación, pero no queremos que haya demasiadas personas hurgando en nuestra vida privada.

–Yo… no haría tal cosa.

–¿No? –pregunta. Sabe que no es cierto. Sí que me ha visto antes hablando con la compañera de piso de Caitlin. Sabe quién es. Niego con la cabeza, pero el gesto es demasiado débil y él, ante mi silencio, dice–: Esta mañana me ha llamado el detective de la policía. Tenía una novedad interesante.

–¿Cuál? –pregunto, notando cómo se altera el ritmo de mis latidos.

–Me ha dicho que el otro día, mientras miraban juntos las fotografías de sospechosos, les dijo algo sobre Jackson.

Aprieto la mandíbula y la garganta se me cierra hasta el punto de que me cuesta tragar, respirar.

–Lo siento –digo, sintiendo que me han pillado y que

soy una estúpida por pensar que la policía sería más discreta con respecto a sus fuentes de información.

—No la culpo, Meghan. Aprecio que se preocupe por Caitlin como lo hace. He hablado con Jackson. Le he preguntado si lo que dice la policía es verdad y resulta que sí lo es. No estaba en Londres, como había dicho. Estaba aquí, en Chicago —continúa—. Al parecer ha venido muchas veces a Chicago este año y no nos hemos enterado. Nos lo ha ocultado a nosotros y a su esposa, unas veces diciendo que estaba en Toronto, otras en Detroit o en cualquier otro sitio, por cuestión de trabajo. Aún no se lo he contado a Amelia. Ya tiene bastante en la cabeza como para tener que preocuparse también por esto, pero Jackson ha estado viéndose con una mujer aquí, en la ciudad. Tiene una aventura. Lo de irse a Londres por trabajo era una tapadera.

—Vaya. Lo siento mucho.

—Sí. Yo también. Me ha pillado desprevenido. Pensaba que Jackson y su mujer eran felices. Llevan casados cinco años y, últimamente, Amelia los había estado animando a que nos dieran nietos, cosa que ahora no parece probable. —Se queda callado unos instantes—. No esperaba algo así de Jackson. Creía que lo había educado para que estuviera por encima de esas cosas, pero se enamoró, según dice.

Vuelvo a decirle que lo siento.

—Solo podemos conocer hasta cierto punto a la gente que nos rodea —digo.

—Eso es cierto. Muy perspicaz. —Hace una pausa—. La razón por la que le he pedido que no hable de nuestra familia con nadie, Meghan, es porque la gente cuenta historias, mentiras —prosigue—. Por ejemplo, Amelia antes enseñaba en el último curso de primaria. Le encantaba ser maestra. Era su pasión y se le daba bien, había nacido para eso. Había soñado con ser maestra desde que era una niña. Enseñó en la escuela pública durante años, hasta que ocurrió algo terrible.

Me vuelvo a mirarlo, picada por la curiosidad.

—¿Qué?

—Una alumna suya contó una mentira. Les dijo a sus padres que Amelia le había hecho daño. No era verdad —se apresura a decir, por si se me ocurre pensar lo contrario, cosa que ya estoy haciendo. Es lo que me viene enseguida a la cabeza, la imagen de la señora Beckett lastimando a una alumna suya, pero el señor Beckett continúa su explicación—. Lo que sucedió fue que esa alumna se había buscado problemas por portarse mal en clase y justo ese día se cayó y se magulló el brazo durante el recreo. Cuando sus padres le preguntaron por el moratón, la chica dijo que se lo había hecho la señora Beckett, que Amelia la había agarrado del brazo mientras le gritaba y había apretado muy fuerte. Pero Amelia jamás tocó a esa chica.

—¿Qué pasó? —pregunto mientras caminamos juntos por Broadway.

—Los padres de la chica hablaron con el director, quien se vio obligado a notificarlo a la Agencia de Protección de Menores. Y cuando protección de menores acusa a alguien hay consecuencias. Empezó a correr el rumor de que estaban investigando a Amelia por presunto maltrato a una alumna. Era una acusación totalmente infundada y que, por supuesto, no se demostró, pues otros estudiantes declararon que nunca habían visto a Amelia ponerle la mano encima a esa chica. Pero, a pesar de haber limpiado su nombre, Amelia se sentía violenta allí. Sus colegas y los padres de los niños ya nunca la miraron igual. Dejó el trabajo, lo que fue muy duro para ella. Le sugerí que buscara un puesto en otra escuela, en otro distrito, que empezara de cero, pero Amelia no sabía si quería volver a poner el pie en un aula. ¿Qué impedía que algo así pudiera ocurrir de nuevo? –Toma aire antes de seguir, sopesando si cuenta más o no–. Amelia ha sufrido muchas desilusiones en su vida, y su relación con Caitlin ha sido también así, una sucesión de decepciones.

–¿En qué sentido? –pregunto, al tiempo que llegamos a la confluencia con Barry y cruzamos la calle mientras los coches esperan a que pasemos.

–Igual que con la enseñanza, Amelia había soñado durante toda su vida con ser madre –explica–. Deseaba una hija más que ninguna otra cosa en el mundo. Ella y su madre habían estado extraordinariamente unidas. Podría decirse que eran inseparables, hasta que su madre sufrió un ataque al corazón y murió. Amelia se imaginaba una relación similar con Caitlin, pero no fue así.

»Caitlin siempre fue una niña difícil –dice, y al mirarlo veo que le cambia la expresión y noto en su voz algo que parece resentimiento, indignación–. Me disgusta decir nada negativo después de lo que ha pasado, pero de niña Caitlin no soportaba que le dijeran que no. A diferencia de otros niños que se ponen a hacer pucheros o cierran de un portazo su habitación, ella tocaba todas las teclas posibles para conseguir lo que quería. No había nada que no fuera capaz de hacer. Lo suyo era patológico –dice, ofreciendo un retrato más amplio de la mujer que yace inconsciente en la cama del hospital, un retrato visto con ojo crítico–. Caitlin tenía once o doce años cuando se produjo la investigación de protección de menores. Vio por dónde iban los tiros y utilizó el asunto en su beneficio, entendió enseguida que una mentira podía fácilmente destrozarle la vida a su madre. Cada vez que Amelia le decía que no, que no le compraba más dulces o más ropa, Caitlin fingía que le estaba pegando. «Déjame, me haces daño», gritaba en público hasta que la gente se volvía a mirar. Amelia y yo intentamos no darle más importancia de la debida. Caitlin, nos decíamos, era una adolescente con un cerebro todavía en desarrollo. No sabía lo que estaba haciendo. No entendía las consecuencias de sus palabras y sus actos.

»Cierta vez, se enfadó con Amelia por algo, ya no recuerdo qué, algo sin importancia. Ni corta ni perezosa, cogió el teléfono, marcó el 911 y dijo que su madre le estaba haciendo daño. Vino la policía, porque están obligados a hacerlo, y por segunda vez en su vida Amelia fue investigada por protección de menores.

»Amelia y yo siempre teníamos que andar de puntillas en todo lo referente a Caitlin, asustados de que se disparara por algo que pudiéramos hacer. Pero sobre todo era a Amelia a quien, emocionalmente, tenía en un puño, porque ella deseaba por encima de todo estar unida a Caitlin, ser su confidente y una buena madre. Usted tiene una hija. Seguro que lo entiende. Nosotros tenemos dos hijos, pero Caitlin es nuestra única hija. Amelia hacía lo que fuera para ganarse su cariño, su amor, que ella le daba con cuentagotas deliberadamente. Imagínese —continúa—, amar tanto y tan incondicionalmente a una personita y ver cómo, un día, se convierte en fuente de tan inmenso dolor.

No puedo imaginármelo. No soporto ni pensar en ello. Sienna tiene sus momentos, pero nunca me heriría de ese modo.

—Cada vez que Caitlin se comportaba así —hace una pausa para pensar las palabras—, a Amelia se le rompía el corazón y estaba a punto de perder la cordura.

Me quedo dudando de a qué se refiere con esto último. Pero, antes de que pueda preguntar, cambia de tema.

—Desde luego, le mencionaré a Amelia lo del orientador e intentaré convencerla de que pruebe a hablar con él. Le haría bien hablar con alguien.

De repente me pone la mano en el brazo y me impide avanzar. La sensación de su mano en el brazo, la firmeza con la que me agarra y lo que el gesto tiene de intrusión en mi espacio personal, me descompone. Se me entrecorta la respiración. Me vuelvo hacia él y lo miro.

—Sinceramente —me dice, de pronto con expresión muy seria—, no sé lo que Amelia hará si Caitlin se muere. No podrá seguir viviendo.

Retrocedo. No sé qué decir, qué responder. Busco palabras en mi mente, algo tranquilizador y que no delate mi propio malestar.

—Tampoco quiero echarle esta carga encima —dice al ver que no contesto mientras me mira a los ojos, estudiándome, hasta que el timbre amortiguado de un teléfono, apenas audible por el ruido del tráfico y el viento, nos interrumpe—. Perdone —dice dejando de mirarme para sacarse el teléfono del bolsillo y ver en la pantalla quién llama—. Hablando del rey de Roma. Es Amelia. —Y añade—: Puedo llamarla después. —Lo que deja intuir que se va a guardar el teléfono en el bolsillo para seguir hablando conmigo, caminando conmigo.

—No —digo con demasiada urgencia, y luego con mayor contención—: No. Debería responder y asegurarse de que tanto ella como Caitlin están bien.

—Sí —contesta en actitud reflexiva—. Seguramente, tiene razón. ¿Estará bien si hace el resto del camino sola?

Asiento.

—Estaré bien. Lo hago muchas veces.

Mientras me alejo, pienso en cómo lo último que ha dicho, lo de que la señora Beckett no podría seguir viviendo si Caitlin muriera, parecía casi una profecía.

Capítulo 16

Esa noche tengo pesadillas. Sueños angustiosos, como que hay un incendio en el apartamento y llego tarde al instituto y no puedo encontrar mi clase. Dura toda la noche, así que no puedo descansar nada. El resultado es que al día siguiente estoy cansada. Hago las cosas en piloto automático, evitando hablar y relacionarme en la medida de lo posible, porque no estoy de humor para charlar con nadie.

Alrededor de las cinco, salgo al pasillo para enviarle un mensaje a Sienna.

Ya le había escrito por la mañana. He esperado a llegar al trabajo para hacerlo, porque no quería que fuera demasiado temprano y estuviera aún con Ben, desayunando juntos o de camino al instituto.

¿Qué tal la función?

Ella me ha respondido casi al instante, todo en mayúsculas.

INCREÍBLE.

¡Me alegro de que te gustara!

Envíe mi respuesta, esperando que no sonara falso. De verdad me alegraba, solo que tenía envidia de que hubiera ido con Ben y me arrepentía de no haber querido derrochar el dinero comprando las entradas antes que él.

Después me he metido el teléfono en el bolsillo del cárdigan, tras silenciarlo y dejarlo en vibración, para notarlo en el caso de que Sienna llamara por alguna razón.

He estado hasta arriba de trabajo durante todo el día, así que no había tenido tiempo de volver a mirar el teléfono hasta ahora.

¿Cómo va todo? ¿Os arregláis bien Nat y tú?

Le pregunto porque hoy es cuando han de verse por primera vez y se van a quedar solas. No es la situación ideal, ya lo sé. Me hace sentir culpable, pero qué alternativa tenía yo después de lo de *Querido Evan Hansen*, porque lo último que quería era negarle la posibilidad de ir y que se lo perdiera por mi culpa.

Sujeto el teléfono, a la espera de una contestación que no llega.

Nat aún se estaba preparando cuando me he ido esta mañana. He salido del apartamento antes que ella, después de decirle que girara por dentro el pestillo porque no tiene llave para hacerlo por fuera. Nat también tenía que ir a trabajar y, como Sienna volvería antes que ninguna de nosotras, podría abrirle cuando llegara a casa.

Ahora, tras unos minutos de espera en el pasillo, me guardo a regañadientes el teléfono en el bolsillo del cárdigan y vuelvo al trabajo, aunque me preocupa que Sienna no haya contestado.

Una hora después, echo otra mirada furtiva al teléfono. Son más de las seis y Sienna continúa sin contestar. Mis nervios van en aumento. Estoy segura de que existe una explicación razonable (a lo mejor, me digo a mí misma, Nat y ella han hecho tan buenas migas que ni siquiera ha mirado el teléfono), pero de todos modos le envío un mensaje rápido a Nat, para preguntarle si todo va bien y decirle que pronto llegaré a casa.

La siguiente hora se me hace eterna. Apenas soy capaz de concentrarme al darle el informe de cambio de turno a la enfermera de noche.

Salgo a toda prisa del edificio al terminar el turno. Aprieto el paso de camino a casa, culebreando entre los peatones y bajando y subiendo de la acera para adelantar a los más lentos. Llamo a Sienna tres veces, pero no responde. Suele silenciar el teléfono porque, si no lo hiciera, estaría sonando todo el día por la avalancha de mensajes que le envían los amigos, pero también es cierto que casi siempre lo tiene en la mano, de modo que si lo estuviera mirando vería mis llamadas.

Avanzo por Sheffield a la carrera y recorto la trayectoria hasta la esquina para entrar antes en nuestra calle. Diviso el bloque de tres plantas en la distancia, pero no veo el momento de llegar allí. Las piernas no se mueven tan deprisa como quisiera.

Recorro con la vista la fachada del edificio. Desde fuera, se ve el salón a oscuras y no acierto a entender por qué. La luz debería estar encendida. Sienna y Nat tendrían que estar allí, cenando juntas en el salón y conociéndose.

Lo presiento.

Algo va mal.

Subo corriendo los peldaños exteriores. Embuto la llave en la cerradura y entro en el edificio. Subo las escaleras hasta el tercer piso. Desde algún punto de la segunda planta entreveo la puerta de nuestro apartamento, que está abierta. Se me desboca el corazón. Subo más deprisa los escalones, de dos en dos, giro bruscamente tras el último tramo y empujo nuestra puerta con la mano. Al entrar oigo la música de Sienna, que suena a un volumen muy alto.

–¡Sienna! –grito, pero no me responde.

La mayor parte del apartamento está a oscuras. Pero en su habitación, situada en el centro, la lámpara del escritorio está encendida y arroja un haz tenue.

Dejo caer el bolso nada más cruzar la puerta de entrada y oigo cómo el contenido se desparrama por el suelo. No me preocupo en recogerlo. Voy a su habitación y me encuentro a Sienna de pie frente a la cama, de espaldas a mí, deshaciendo su bolsa de viaje. Me embarga una inmensa sensación de alivio. Está aquí. Está bien.

Respiro hondo, esperando a que mi corazón se calme antes de hablar.

–¿A qué hora has llegado a casa? –pregunto, golpeando en la puerta con los nudillos.

Sienna se gira de golpe.

–Pero ¿qué…? –empieza a decir, dejando caer al suelo la camisa que tiene en la mano. La he asustado. La música estaba tan alta que no me ha oído entrar.

–Perdona –digo, levantando las manos en señal de paz. Voy hasta su altavoz bluetooth para bajar el volumen–. No pretendía asustarte. Creía que me habías oído entrar. Pero, oye, tenemos vecinos. Y no sé si son tan fans de Beyoncé como tú.

Pone los ojos en blanco. Solo tarda un segundo en recuperar el habla.

–Creía que estaban a punto de asesinarme –dice, y ese verbo, «asesinar», adquiere un significado totalmente nuevo tras todo lo sucedido últimamente.

–No es asunto de broma, Sienna –la reprendo–. Y, por cierto, te has dejado la puerta de casa abierta.

–No, eso no es verdad –replica, tan desafiante como siempre, como si yo no acabara de ver la puerta abierta.

–Ya lo creo que sí. Tienes que asegurarte de que se queda bien cerrada –digo, lo que me recuerda que tengo que enviarle otra nota al casero para hacer que la arregle–. Te he enviado un mensaje hace más de dos horas. ¿Por qué no has contestado?

–No lo he visto –responde. Mira el teléfono y, solo entonces, ve mi mensaje–. Perdón. Me he quedado dormida después de clase. Anoche no dormiría más de tres horas. –No me extraña. La función debió de acabar tarde. Y Ben, según me cuenta Sienna, la llevó a comer algo después. Cuando llegaron a casa, debía de ser casi medianoche.

Pero ahora no puedo detenerme en eso.

–¿Dónde está Nat? –pregunto, viendo cómo Sienna se pone seria y en su rostro aparece el desconcierto–. Mi amiga –le refresco la memoria–. La que va a quedarse con nosotras. ¿No ha llegado aún?

Sienna niega con la cabeza.

–Yo no la he visto. Aquí no ha venido.

Me preocupa que Sienna esté equivocada, que Nat sí que haya venido pero que, al estar ella dormida, no haya podido entrar en el edificio. A lo mejor ha estado llamando para entrar y Sienna ni se ha enterado.

Quisiera enfadarme, pero no, todavía no puedo hacerlo. La prioridad es encontrar a Nat, descubrir dónde se ha ido al ver que no podía entrar.

Vuelvo corriendo al salón para coger el teléfono y ver si Nat ha dejado algún mensaje en Facebook. Allí todavía está oscuro, así que me acerco a la lámpara y la enciendo. La habitación se llena de luz.

Y entonces, bajo el haz de la lámpara de pie, veo el sofá cama replegado y los almohadones y cojines de nuevo en su sitio. La mesita de centro se ha corrido hacia atrás para dejarla donde estaba y la gran bolsa de viaje de Nat, que llevaba más de dos días aposentada frente al televisor, ha desaparecido, dejando un trozo de alfombra apelmazado como única prueba de que alguna vez estuvo allí.

Me tapo la boca con la mano y me siento en el brazo del sofá.

Pienso de nuevo en mi antigua paciente, Anne, cuyo marido la golpeó hasta matarla. Seguí el juicio por asesinato. Un día incluso fui allí y me senté al fondo de la sala, porque quería verle la cara a ese hombre. El día que fui había un detective de homicidios en el estrado. Explicó que el marido de Anne la dejó con hemorragias internas tras la paliza. Por mi trabajo, sé que esas hemorragias pueden ser repentinas, dolorosas y graves, o bien desarrollarse con lentitud, producir una muerte silenciosa y solapada, dejando escapar la sangre gota a gota hasta que la pérdida es tan grande que ya no hay remedio. Después del juicio, durante días que se convirtieron en semanas, estuve deliberando sobre qué tipo de muerte habría tenido Anne: repentina y dolorosa o lenta.

¿Entró en *shock*? ¿Sufrió un fallo orgánico? ¿Estaban mirando sus hijos?

Pienso también en el dictamen de Ben cuando me enteré del asesinato de Anne, aquello de que yo no podía salvarlas a todas. Quizá tenía razón. Quizá debería haberle hecho caso. Quizá no debería haberlo intentado.

—¿Mamá? —me llama Sienna acercándose por detrás, poniéndome en el hombro una mano que siento como un consuelo—. ¿Qué pasa?

Nat se ha ido. Salió esta mañana poco después de que yo me fuera a trabajar y se llevó todas sus cosas. No tenía ninguna intención de volver. Me pregunto cuándo tomó la decisión de marcharse, si esta misma mañana o en plena noche.

¿O quizá ya lo había decidido antes?

Ha vuelto con él, con Declan.

El miedo me atenaza las entrañas.

Nada bueno saldrá de esto.

Le envío un mensaje por Facebook.

¿Dónde estás, Nat? Déjame ayudarte.

Paso toda la noche en vela, preocupada por ella. No dejo de refrescar Facebook, pero no lee mi mensaje. Voy a su página de Facebook y de nuevo me veo contemplando a su marido, Declan, y esta vez se me revuelve el estómago al ver su atractivo rostro. Siento náuseas. Cuando pienso en todo lo que le ha hecho y dicho, ya no me parece nada guapo, sino feo. Repugnante. Me pregunto si habrá cumplido su amenaza, si cuando Nat ha vuelto la ha encerrado en una habitación como prometió, si la ha atado a la cama o algo peor. Un gemido emerge de mi interior al imaginarme a Nat con bridas o algo semejante en las muñecas, atada a los barrotes de la cama y con un ojo morado, la nariz rota y magulladuras por todo el cuerpo, la represalia por su marcha. El ajuste de cuentas.

Me pregunto si, cuando haya acabado con ella, vendrá a por mí por haberla ayudado. Por haber impedido que la encontrara.

Lo mataría, creo que sería capaz de matarlo.

La noche dura una eternidad, pero al final amanece. Sale el sol. La vida continúa.

Por la mañana, observo cómo Sienna se prepara para ir al instituto. De pie en la cocina, con mi café, veo su imagen en el espejo a través de la puerta abierta del baño. Se está maquillando, no mucho, porque ya es perfecta sin maquillaje. Piel impecable, pestañas largas y espesas. Los años de la adolescencia pasan a velocidad supersónica, lo que me hace pensar en aquellas largas noches sin dormir de cuando Sienna era bebé y en cuánto daría yo por volver a ellas.

Cuando Sienna se marcha, me doy una ducha, agradecida por tener el día libre. Hoy no serviría para nada si tuviera que trabajar. Algo después de las nueve, me abrigo con el chaquetón, los guantes y el gorro y salgo al frío de la calle. Se acerca la Navidad y todavía no he hecho ninguna compra. No es que esté de humor para ello, pero ahora mismo me vendrá bien un poco de aire fresco y de distracción.

No tengo mucha gente a la que hacer regalos este año. Una de las consecuencias del divorcio, supongo. No compraré nada ni para Ben ni para su familia. Pero está Sienna, claro, y mis padres, además de unas pocas personas del trabajo a las que me gustaría regalarles un detalle. Voy primero a una acogedora *boutique* que hace esquina y después a una atrevida tiendecita de decoración que tiene imanes, posavasos y objetos de arte retro que me resultan divertidos. Allí encontraré algo para Luke y el resto de mis colegas.

Mi teléfono empieza a sonar cuando abro la puerta y entro en la tienda. Está enterrado en las profundidades del bolso y resulta difícil dar con él. Aparto una billetera y un neceser, a sabiendas de que probablemente estoy buscando en vano. Nunca lo encontraré a tiempo.

Alcanzo a tocarlo al tercer o cuarto tono. Lo saco del bolso, pero en cuanto lo hago deja de sonar. Demasiado tarde. Una llamada perdida de Sienna aparece en la pantalla. Me quedo desconcertada. Inmóvil en el umbral, con la puerta abierta, miro el número que me muestra el teléfono. Estoy hecha un mar de dudas, confusa, porque son poco más de las diez de la mañana y Sienna está en el instituto, o debería estarlo. A veces me envía un mensaje desde allí, sacando a hurtadillas el teléfono cuando la profesora no presta atención:

¿Puedo quedarme hoy con Gianna? He perdido la botella de agua. ¿Has comprado tampones? Esta estúpida calculadora no funciona.

Pero llamar nunca llama. Mi cabeza se dispara en miles de direcciones diferentes, pensando que, si estuviera enferma, me llamaría la enfermera y, si se hubiera metido en líos en el instituto, entonces lo haría el director. Nunca sería Sienna quien telefoneara.

No tengo ocasión de devolverle la llamada. Casi de inmediato, el teléfono vuelve a sonarme en la mano y doy un respingo ante lo inesperado del ruido. Es otra vez Sienna.

Al instante deslizo el pulgar por la pantalla.

—¿Sienna? ¿Qué pasa? —pregunto apretando el teléfono contra la oreja.

Acabo de entrar del todo en la tienda y dejo que la puerta se cierre sola para amortiguar el ruido de la calle, los automóviles que pasan y la gente pegada también a sus teléfonos, manteniendo sus propias coversaciones. Percibo en mi voz el tono estridente e inequívoco del pánico y pienso que, en los próximos segundos, Sienna empezará a fustigarme por reaccionar tan exageradamente, por ponerme como loca por nada. «Por Dios, mamá. Relájate. Estoy bien», dirá alargando la última palabra para poner mayor énfasis.

No es eso lo que ocurre.

Al principio hay solo silencio. Distingo apenas algo muy leve, algún tipo de movimiento o el viento. Se prolonga durante unos segundos y decido que Sienna debe haberme llamado sin querer. No era su intención hacerlo. Tiene el teléfono en el bolsillo o en la mochila y mi número se ha marcado por accidente. Ni siquiera sabe que me ha llamado dos veces. Escucho, tratando de descifrar dónde está, pero sigo oyendo lo mismo.

230

Ningún indicio. Nada revelador.

Pero entonces una voz masculina corta el silencio, fría y parca en palabras, distorsionada, como si hablara por un modulador de voz.

—Si quiere volver a ver a su hija, haga exactamente lo que voy a decirle.

Ahogo un grito. Los ojos se me salen de las órbitas. Pierdo el equilibrio y caigo de espaldas contra la puerta cerrada. Me llevo la mano a la boca y presiono con fuerza. De pronto no puedo respirar. No puedo pensar. Al principio, mi mente es incapaz de procesar lo que ocurre. Me separo el teléfono de la oreja y miro la pantalla para comprobar si me he confundido, si el número que llama no es el de Sienna, sino el de otra persona. Alguien que se ha equivocado. Porque no debo haber visto bien, esto no puede estar sucediendo. No puede estar sucediéndome a mí.

Pero sí, he visto bien. Es el número de Sienna el que aparece en la pantalla, sin ninguna duda.

—¿Quién llama? —pregunto, pegándome de nuevo el teléfono a la oreja—. ¿Y por qué tiene usted el teléfono de mi hija?

Y en ese instante, al fondo, oigo el alarido taladrante de Sienna.

—¡Mami! —aúlla. Un grito agudo, frenético, desesperado, y sé entonces que ese hombre no solo tiene el teléfono de Sienna. Tiene a Sienna.

Un terror absoluto se desata por mis venas. Sienna no me ha llamado «mami» desde hace por lo menos diez años. No dejo de pensar en qué horrible suceso puede haberle provocado tan profunda regresión a la infancia para que vuelva a llamarme «mami». Me siento por completo impotente. No sé dónde está. No sé cómo encontrarla, ayudarla, hacer que esto pare.

—¡Váyase! —ordena Sienna.

Le tiembla la voz de tal modo que no parece ella, esa Sienna siempre tan desafiante, tan segura de sí misma. Su miedo resulta evidente, indudable.

–¡Déjeme en paz! –exige, esta vez llorando. Las palabras se entrecortan, la voz se le quiebra; la elocución no transmite la autoridad que correspondería a una orden.

Sienna está aterrorizada, y yo también.

–¡Sienna, cariño! –grito.

Se oye cierto revuelo al otro lado, sonidos amortiguados. Ese hombre, imagino, está sometiendo a Sienna, poniéndole a la fuerza una mordaza para que no pueda hablar ni gritar, y por el ruido diría que Sienna está luchando contra él, resistiéndose.

Me doy cuenta de que ni siquiera parpadeo. No estoy respirando.

Las lágrimas me escuecen en los ojos.

–¿Qué le está haciendo? ¿Quién es usted? –le exijo saber a ese hombre, bramando de tal modo al auricular que todos los clientes de la tienda dejan lo que están haciendo para mirarme, inquisitivos, algunos ahogando un grito y tapándose sobrecogidos la boca con la mano, como si esto fuera una especie de pesadilla colectiva–. ¿Qué le ha hecho a mi hija? ¿Qué quiere de mí?

–Escúcheme –me responde el hombre con voz bien modulada, el tono impasible y sosegado, al contrario que el mío.

Al fondo sigo oyendo el llanto desesperado de Sienna, un lamento quejoso, compungido, aunque poco natural. Me basta oírlo para caer de rodillas y, sin embargo, no sé qué es peor, si el llanto de Sienna o escuchar cómo el sonido se va alejando hasta desaparecer del todo.

–¿Dónde está? ¿Qué le ha hecho? ¿Por qué ya no la oigo?

–Tiene que hacer exactamente lo que le digo. Exactamente. ¿Entendido?

–Quiero hablar con mi hija. Déjeme hablar con ella. Necesito saber que está bien. ¿Qué le ha hecho?

–Yo no tengo nada que perder –dice el hombre–. Usted es aquí la única que tiene algo que perder, señora Michaels. Ahora cállese y escúcheme, porque a mí me da igual una cosa u otra, que su hija viva o muera. Lo que le ocurra depende totalmente de usted.

»Bien –continúa, y en mi fuero interno sé entonces que es Declan. Esto es la venganza por haberme llevado a Nat, por haberle dado refugio, por haberla puesto en su contra.

El pánico me atenaza.

–¿Qué? –digo suplicando–. Haré lo que sea. Pero devuélvame a mi hija.

–Tiene que transferir diez mil dólares a esta cuenta.

El corazón me pega tal brinco que casi se me sale por la boca. Diez mil dólares. Un rescate.

No espera ni me pregunta si estoy lista para hacerlo. Sin tiempo para respirar, empieza a soltar números de cuenta y de ruta bancaria mientras yo, desesperada, corro hacia la boquiabierta mujer de la caja registradora, gesticulando para que me deje papel y bolígrafo. Los busca en el mostrador, pero es otra mujer que está a un lado, una clienta que espera en la cola, quien hurga en su bolso y me los pasa.

–No…, no he podido anotarlos. Por favor, repítalos –le ruego, y así lo hace.

–Tiene cinco minutos para transferir el dinero.

–¿O qué? –pregunto en tono de absoluto pánico–. No…, no me es posible hacerlo. Necesito más tiempo. En cinco minutos no puedo.

–Cinco minutos –repite– o ella morirá.

Se corta la comunicación. Cuando separo el teléfono de la oreja, el número de Sienna ya no está. Ha desaparecido. Parece un signo premonitorio, profético.

Se me escapa un gemido. Un sonido primitivo, animal. Me llevo la mano a la boca y siento que las piernas me fallan, hasta el punto de que me habría ido al suelo si una mano ajena no me hubiera sujetado por la espalda.

No tengo tiempo para desmoronarme.

Dentro de cinco minutos, Sienna podría morir.

Alguien me ha puesto la mano en el hombro, pero me la sacudo de encima. La gente habla, me hace preguntas, incesantes preguntas, mientras otros permanecen a un lado en silencio, con la boca abierta. «¿Va todo bien? ¿Señora? ¿Señora? ¿Qué necesita? ¿Quiere que llamemos a la policía?»

Cuatro minutos y cuarenta segundos.

Me aparto buscando espacio. Abro la aplicación bancaria en mi teléfono, con tanta prisa que me equivoco al pulsar. Si no fuera por la herencia de mi abuela, no dispondría de ese dinero, así que doy gracias a Dios porque no sé qué sucedería si no lo tuviera.

¿Acabaría muerta Sienna?

Cuatro minutos y veinte segundos.

No hay tiempo para pensar en eso. No queda tiempo para llamar a la policía. Me imagino a Sienna atada y amordazada. Ese hombre es un monstruo. Es capaz de todo. No puedo arriesgarme. Una llamada a la policía me robaría un tiempo precioso del que no dispongo y, además, ¿para qué llamar? Nunca la encontrarían en tan poco tiempo.

Tres minutos y cincuenta y cinco segundos.

Tengo palpitaciones. Los latidos son tan violentos que casi resultan insoportables.

Introduzco la información del destinatario y selecciono desde dónde quiero transferir el dinero, que es desde mi cuenta corriente, donde la herencia de mi a buela sigue ingresada generando un mínimo interés, porque todavía no la he invertido. Selecciono la cantidad que quiero enviar, programo el envío y confío en que llegue a tiempo, mientras observo cómo el reloj sigue avanzando.

Un minuto y veinte segundos.

Un minuto y diez segundos.

Un minuto.

El wifi no es demasiado potente y me preocupa que falle, que pierda la conexión antes de que el dinero se envíe. Si eso ocurriera, no habría tiempo para intentarlo de nuevo.

Los reproches llegan ahora en tropel.

No debería haberla dejado ir hoy al instituto.

Debería haberle dicho que se quedara en casa.

Ni siquiera debería haberme mezclado en la vida de Nat. No debería haber puesto su seguridad por encima de la de Sienna.

Esto es culpa mía. Es culpa mía que esté pasando.

Me muevo por la tienda con el teléfono en la mano mientras todos se retiran a mi paso, procurando mantener las distancias, pero yo sigo buscando mejor cobertura hasta que por fin la encuentro. La transferencia se envía.

Caigo de rodillas, sollozando.

Las voces vuelven a oírse: «Señora. ¿Va todo bien? ¿Cómo podemos ayudarla? He llamado a la policía. Están de camino. ¿Necesita algo? ¿Agua? Que alguien traiga un vaso de agua. Déjenle espacio. Señora».

Soy incapaz de responder. Solo sigo dándole vueltas a la cabeza, pensando que esto no se ha acabado. Porque no sé qué va a hacer ahora que tiene el dinero. ¿Soltará a Sienna? ¿O seguirá reteniéndola?

Solo entonces se me ocurre que puedo consultar el localizador de ubicaciones para averiguar dónde tiene a Sienna ese hombre.

Contengo la respiración mientras la aplicación se carga. Lo que espero ver es que la tenga en alguna calleja o que estén desplazándose a ciento veinte por hora por la autopista. Aguardo llena de miedo, porque, si se la llevó esta mañana cuando ella iba al instituto, podrían estar ya en Wisconsin o Indiana. Incluso en Michigan.

Pero la aplicación no dice eso.

Sienna, me indica, está en el instituto.

La cabeza me da vueltas. No lo entiendo. No le veo sentido. No puede ser que el teléfono de Sienna esté en el instituto, porque la llamada se hizo con él. Y yo oí la voz de Sienna al fondo. No, esta aplicación se equivoca. O bien no se ha actualizado o mi conexión aquí en la tienda va muy lenta. Pulso el botón para que se refresque y observo mientras dos flechitas moradas se persiguen en círculo en la pantalla, actualizándose, hasta que por fin se detienen y arriba aparecen las palabras: «Última actualización, ahora».

Según esta aplicación, Sienna ha estado en el instituto desde las 8:02 de esta mañana. Y dice que, después de llegar esta mañana, nunca se ha ido de allí. Ha estado en el instituto durante todo este tiempo.

Ese hombre la tiene allí, en las mismas instalaciones del instituto.

Me apoyo para levantarme. Corro a la calle para parar un taxi mientras llamo al 911. Cuando el operador me responde, le digo:

—Alguien tiene a mi hija.

Y entonces le cuento lo sucedido y todo lo que sé, y el operador me dice que enviará a la policía al edificio. Me pide datos de Sienna, su descripción física, entre otras cosas. Quiere que permanezca en línea con él, pero le digo que no puedo.

—Por favor —le imploro—, dígales que se den prisa.

Mientras el taxi se aleja del bordillo de la acera, cuelgo y llamo al instituto. Salta un contestador automático y he de esperar y pulsar el nueve para conectar con la secretaria. Es una tortura. Por fin, la mujer me contesta recitando mecánicamente el nombre del instituto. La corto en seco.

–Llamo por mi hija. Sienna Long. ¿Está ahí? Tengo que hablar con ella.

Tampoco espero que Sienna esté ya de vuelta en clase como si nada hubiera pasado, pero no sé qué otra cosa decir.

La mujer me deja en espera. El tiempo se hace eterno. Durante esos momentos, mi mente imagina las peores opciones posibles. Sienna está retenida en un coche o una furgoneta en el aparcamiento del instituto. Está encerrada en el cubículo del bedel o en el cuarto de máquinas o en algún otro espacio restringido al que los estudiantes tienen prohibido acceder. Le han hecho daño. Está muerta o moribunda mientras yo sigo esperando a que la secretaria me diga algo.

No puedo soportarlo. Cuelgo y vuelvo a llamar de inmediato, espero a que salte el contestador automático y pulso otra vez el nueve. Cuando la secretaria contesta recitando el nombre del instituto, las palabras se me escapan a borbotones.

–Soy otra vez Meghan Michaels, la que ha llamado preguntando por su hija Sienna. Antes me ha puesto en espera. Por favor –le ruego conteniendo las lágrimas–, tengo que hablar con mi hija.

En los instantes que siguen, mis temores se confirman.

–Sí, señora Michaels. Perdone, ha tardado un poco. He llamado a su clase y hablado con el señor Pruitt, pero me ha dicho que Sienna no ha ido a la tercera clase. ¿Ha probado a llamarla al móvil? –pregunta mientras me llevo los dedos a la boca y asiento, porque me veo incapaz de articular palabra.

–¿Señora Michaels? ¿Sigue ahí? ¿Señora Michaels?

–Sí –digo soltando el aire, y acto seguido bajo el teléfono y cuelgo.

En el asiento trasero del taxi, estallo en llanto.

Me han quitado a Sienna. Lo único que me importa en este mundo ha desaparecido.

La policía llega al instituto antes que yo. Cuando el taxi se detiene, me encuentro dos coches patrulla en el carril que circunvala el aparcamiento. Los estudiantes, en su tiempo libre entre clase y clase, pasan andando y se fijan en los coches. Le pago al taxista arrojándole dinero de más, salgo corriendo del coche y paso entre los estudiantes hasta llegar a la puerta, pero por más que tiro de ella no se abre: está cerrada. Tengo que llamar al interfono y dar mi nombre y la razón que me ha llevado allí, hasta que la secretaria me deja entrar.

Los agentes de policía están de pie en la oficina principal, rodeados por el director, los subdirectores y la secretaria, todos ellos con cara lúgubre.

–¿Señora Long? –pregunta uno de los agentes cuando entro, y le digo que sí, sin molestarme en corregirle.

–Alguien tiene a mi hija –grito.

–Está de camino hacia aquí –me dice.

Algo hace crac en mi cabeza.

–¿Cómo? –digo sin aliento.

–Su hija viene hacia aquí.

No tengo tiempo de preguntar nada, de asimilar nada. Porque en la esquina la estoy viendo ya. Es Sienna. Lleva la mochila en la espalda, libros en los brazos. Está físicamente intacta. No hay cortes, ni magulladuras, ni mordaza. Su expresión es neutra, tranquila, normal. Solo parece algo confusa.

Salgo de la oficina y corro torpemente hacia ella, con los brazos extendidos como las alas de un avión.

–¿Mamá? –pregunta deteniéndose en seco a poca distancia de mí. Me mira y luego se fija en la policía con cara de inequívoca sorpresa–. ¿Qué estás haciendo aquí? ¿Qué hacen ellos aquí? ¿Qué ha pasado? ¿Va todo bien?

–Tú… no estabas en clase –balbuceo tomándola entre mis brazos, apretándola contra mí para asegurarme de que esto es real, de que ella está aquí de verdad y no es un espejismo.

Me deja abrazarla durante un breve instante y luego se echa atrás para mirarme.

–Pues es que… estaba con el señor Garcia. Repitiendo un examen de matemáticas. Tengo…, tengo la autorización –dice mirando alternativamente a la secretaria, al director, a los policías y a mí, blandiendo el pedazo de papel en el aire para que lo veamos.

Empiezo a llorar de nuevo.

Todo era mentira.

–Lo llaman secuestro virtual –me explica el agente mientras estoy sentada en la comisaría de Addison, rellenando un informe con Sienna a mi lado–. Los estafadores intimidan a la gente tratando de aprovecharse de sus peores miedos, coaccionándolos para que paguen de inmediato un rescate por un ser querido.

–¿Y qué pasa con el dinero?

El dinero, según me dice, ha volado seguramente. Ya ha sido aceptado y, cuando eso ocurre, resulta prácticamente imposible recuperarlo. Pero lo investigarán.

–Ese hombre me llamó desde el teléfono de Sienna. Oí la voz de mi hija al fondo. ¿Cómo es posible?

–No fue a su hija a quien oyó, sino a alguien que fingía serlo, o quizá era una grabación. En situaciones de estrés como esa, no es difícil confundir las voces. En cuanto a la llamada desde el teléfono de su hija, se llama *spooing* o suplantación de identidad, en este caso una suplantación de identidad telefónica. Los atacantes utilizan

una tecnología llamada VoIP que cambia la identificación de llamada a otra que sea conocida, personal.
–Espera un momento y continúa–. Todo está pensado
específicamente para asustar y manipular a la persona
en cuestión.

Me siento estúpida, avergonzada, vejada.

–Y yo piqué –digo, dejando caer la cabeza y apoyán-
dola en la mano.

Los agentes dicen:

–Es fácil hacerlo. Pueden llegar a ser muy persuasivos,
y el plazo que dan para transferir el dinero es tan breve que no hay tiempo de pensar ni de indagar nada. Es
todo muy deliberado, pero a menudo aleatorio. El ata-
cante puede hacer una docena de llamadas como esa en
un día, con la esperanza de que al menos una persona
pague el rescate.

–Pero, si es tan aleatorio, ¿por qué Sienna? ¿Y por
qué yo?

El policía se encoge de hombros.

–Ha tenido mala suerte.

Pero yo no estoy tan segura. Me cuesta creer que esto
pueda ser tan arbitrario, tan indiscriminado. Parecía
hecho con toda la intención.

Alguien pretendía hacerme sufrir.

Capítulo 17

Sienna y yo caminamos por la calle, tan apretujadas entre la multitud que nuestros brazos se tocan. Quisiera rodearla con el mío, cogerla de la mano como hacía cuando era pequeña y me preocupaba que pudiera perderse o meterse correteando en la calzada, pero no creo que a la Sienna de dieciséis años le gustara demasiado.

Nos decidimos por algo rápido, un local de comida para llevar de la calle Clark, para así poder volver a casa, sentarnos en el sofá y comer. Sienna pide un *panini* y yo la sopa minestrone, tras lo cual nos quedamos en un extremo del mostrador esperando a que nos traigan el pedido. Observo a Sienna mientras ella no le quita ojo a su teléfono, absorta en TikTok. En otro momento le diría que lo guardase y que hablara conmigo, pero hoy no lo hago, porque la última tendencia de TikTok la está haciendo reír y me encanta oír ese sonido, el de su risa. Tan pura. Me recuerdo a mí misma que en el mundo hay cosas infinitamente peores que TikTok.

Respiro hondo y me obligo a disfrutar de la tranquilidad y la calidez del lugar, de la imaginaria sensación de seguridad.

A nuestra espalda, la puerta del local se abre. Me giro y veo que entra una pareja joven, seguidos por el frío que se cuela desde la calle mientras la puerta se cierra con parsimonia, permitiendo que una ráfaga tire al suelo la pila de servilletas de una mesa cercana.

Veo caer las servilletas justo antes de que algo llame mi atención afuera y me haga mirar a la oscuridad de la noche. El local está bien iluminado. Desde dentro, se hace difícil distinguir nada en la negrura del exterior. Recorro con ojos escrutadores el ventanal, buscando en la calle. Al principio casi no lo veo. Mi mirada pasa de largo y, si no llega a ser por un reflejo de luz en su ojo, me habría pasado por completo desapercibido. Pero vuelvo a fijarme y poco a poco empieza a formarse una cara, los rasgos cada vez más nítidos, el cuerpo como una imagen con efecto viñeta, difuminada y de contorno indefinido.

Se me acelera la respiración. Le digo a Sienna, intentando hablar con serenidad:

–Enseguida vuelvo.

–¿Adónde vas? –me pregunta sin levantar la vista del teléfono.

–Creo que he visto a alguien que conozco ahí fuera. Quédate aquí, ¿vale? Espera a que traigan la comida. No tardo.

Lo único en que puedo pensar ahora es en mantener a salvo a Sienna. No la quiere a ella. Me quiere a mí.

Sienna levanta la cabeza y mira hacia la calle. Entorna los ojos como si tratara de ver a través de algo opaco, como un vaso de leche.

–Ahí fuera, ¿dónde? –pregunta, incapaz de ver al hombre porque ahora se ha separado más del cristal.

–Tú quédate aquí.

Voy a la puerta, abro y salgo al frío de la noche. Al mismo tiempo, él se da la vuelta y se retira hacia algún rincón más oscuro y apartado, un callejón contiguo al local, mirando atrás para ver si lo sigo. Y, en efecto, voy tras él porque me preocupa que, si no lo hago, algo malo pueda ocurrirle a Sienna.

Llego al callejón lleno de puertas traseras, aparcamientos para descarga de mercancías y una trama de negras escaleras de incendios que resultan difíciles de distinguir en la noche ya casi cerrada. Doblo la esquina para entrar allí, dejando atrás la calle principal con sus luces, la gente y el tráfico, que se van desvaneciendo a mi espalda.

Milo Finch se detiene a unos tres metros dentro del callejón.

—¿Qué quiere de mí? —le pregunto manteniendo la distancia, rodeándome con los brazos para protegerme del frío.

—Relájese, que no voy a hacerle daño —contesta.

—¿Cómo puedo estar segura?

—Si hubiera querido hacerle daño, ya se lo habría hecho. He tenido oportunidades más que de sobra.

No sé si eso me hace sentir mejor. Ni tampoco sé si creerle. Sabe cómo me llamo. Lo leyó en mi placa del trabajo. Me vio en el hospital y, si hubiera querido, podría haberme esperado para seguirme hasta casa después de mi turno. Quizá ya sabe dónde vivo. Lo que parece claro es que a Sienna y a mí nos ha seguido esta noche hasta el local de comida para llevar.

—La policía lo está buscando. Creen que fue usted quien empujó a Caitlin Beckett en el puente.

—¿Y qué les hace pensar eso?

Evito decir toda la verdad.

—Saben que ha estado siguiéndola. Si me hace algo —añado—, sabrán que ha sido usted.

Carraspea irritado, mirando hacia el tramo de calle que tengo a mi espalda.

—No tengo miedo. Si le digo la verdad, ojalá hubiera sido yo quien la tiró del puente. Claro que, si lo hubiera hecho —dice volviendo a mirarme a mí—, me habría asegurado de que estaba muerta antes de largarme.

–Lo dice con tanta frialdad que me corta la respiración–. Si hay justicia en el mundo, Caitlin no sobrevivirá. Esa mujer me lo quitó todo.

–¿A qué se refiere?

Vuelve a apartar la vista y tengo la impresión de que no va a contestar. Se queda silencioso, meditabundo. Allí de pie, me mira desde su estatura bastante mayor que la mía, y entonces aprecio algo más que odio en sus ojos, algo más parecido a la tristeza o la aflicción.

–Hace mucho tiempo, Caitlin trabajó para mí. Yo tenía un restaurante en California. Durante más de diez años, trabajé duramente y levanté el negocio de la nada. Era mi pasión, la obra de toda una vida, y a Caitlin la contraté de camarera, arriesgándome, porque no tenía ninguna experiencia en el puesto, pero se la veía muy entusiasta y al principio demostró que aprendía rápido. Fue la peor decisión de mi vida.

–¿Qué pasó?

–Trabajó para mí solo un par de meses y luego la despedí. Tuve que hacerlo. No me dejó alternativa. La pillé robándome, borrando pedidos para así quedarse con el importe. Tuvo suerte de que solo la despidiera, porque podía haber llamado a la policía para denunciarla. Cualquier persona normal habría pasado página y buscado otro trabajo, pero ella me guardaba rencor, quería devolvérmela, y eso fue lo que hizo.–Aspira una bocanada de aire larga, despaciosa, y luego exhala mientras yo espero conteniendo la respiración a que reanude su relato, cosa que hace al cabo de un instante–. Una noche, ya tarde, se coló en mi casa. Mi mujer y mi hijo dormían ese día fuera de la ciudad. Yo había dejado abierta una ventana del primer piso, algo que solía hacer para que corriera el aire y porque no me imaginaba que nadie pudiera entrar mientras estaba dormido. Me equivoqué. Mi habitación estaba en el segundo piso. Dormía con la puerta cerrada, aunque tampoco hubiera cambiado nada que la tuviera abierta, porque duermo como un tronco. –En mi mente veo la escena: una mujer quitando la mosquitera desde el exterior, abriendo la ventana y deslizándose en la casa amparada en la oscuridad de la noche–. Empezó a descargar cosas en mi ordenador mientras yo dormía.

–¿Qué tipo de cosas?

–Enfermizas, obscenas, fotos de niñas –dice, y un regusto agrio me sube del estómago y me provoca náuseas. Pornografía infantil. Podría no creerle, pensar que se lo está inventando, si no hubiera averiguado ya algunas otras cosas sobre Caitlin Beckett, como su disposición a mentir y herir a la gente para conseguir lo que quiere–. Envió esas fotografías desde mi correo a conocidos míos y se largó por la misma ventana por la que había entrado. Yo estuve dormido durante todo el rato. La policía se presentó al día siguiente, antes incluso de que me levantara de la cama, porque un amigo mío los había llamado. Registraron toda la casa. Se llevaron mi ordenador. Encontraron lo que andaban buscando y nadie me creyó cuando dije que eso no era mío. ¿Por qué iban a creerme? Yo tampoco lo habría hecho. Las pruebas estaban bien claras.

Se me hace un nudo en la garganta. La pornografía infantil es un delito muy grave. Se castiga con algo más que un tirón de orejas. Pone tu vida patas arriba.

–Esa mujer es implacable –continúa–. Me pasé cinco años de mi vida entre rejas. Ahora soy un delincuente sexual fichado, lo que significa que no puedo poner el pie en ningún parque infantil. Y, cada vez que intento encontrar trabajo, primero comprueban mis antecedentes, así que lo mejor que puedo conseguir son puestos sin cualificación, pese a tener un máster en artes culinarias. Mi vida se ha acabado. Esa mujer la des trozó, y lo peor es que mi mujer cogió a mi hijo y me dejó, porque creyó que el material del ordenador era mío. Lo perdí todo: familia, negocio y reputación. Mi hijo tiene ahora ocho años. Mi mujer no me deja verlo, porque no soy apto para ser padre, o eso dicen. No lo he visto desde que tenía tres años.

Me tapo la boca con la mano y niego con la cabeza, con verdadero pesar por ese hombre. Me viene a la cabeza que, cuando Sienna tenía tres años, aún estaba aprendiendo a usar el orinal sola. No sabía vestirse ni atarse los zapatos. Pero, con ocho años, ya estaba en tercero de primaria, leía libros de capítulos cortos y sabía montar en bicicleta y nadar. Entre los tres y los ocho años, se producen cientos de hechos fundamentales en la vida de los niños. El primer día de guardería, el primer día en educación infantil, el primer diente que se les cae. Milo Finch se los perdió todos.

–Cuando salí de la cárcel, empecé a buscar a Caitlin –prosigue, sin escatimar detalles de la historia–. Ella creía que podría salirse con la suya, y así fue durante un tiempo. Pero la encontré cerca de Los Ángeles, en Alamitos Beach, donde estaba viviendo. En cuanto lo supo, se largó. Yo no dejé de buscarla.

Así que por eso se fue Caitlin de California. Por eso volvió de repente a Chicago sin decírselo a nadie: lo hizo porque Finch había salido de la cárcel y la estaba buscando. Eso explica el mensaje de voz que le dejó al señor Beckett, ese ruego desesperado: «Papá, estoy en un apuro. Necesito tu ayuda». Porque este hombre la perseguía, había seguido su rastro por todo el país desde California para vengarse, para recuperar todo lo que ella le había quitado: su vida entera.

–¿Por qué me cuenta todo esto? –le pregunto. Ahora ya no tengo miedo.

–Porque no puede recurrirse a la vía jurídica para castigar lo que ha hecho. No puedo demostrarlo ni puedo hacer que me devuelvan mi vida. Pero, si existe justicia en el mundo —repite—, ella morirá.

Por la forma en que me mira, no puedo evitar pensar que quiere que yo la mate.

—Mamá —oigo entonces a mi espalda, con un deje interrogativo al final de la palabra: ¿mamá? Me giro y veo el rostro desconcertado de Sienna al principio del callejón, iluminado por un haz de luz procedente de una farola cercana. Sujeta la bolsa de comida en las manos y nos mira con la cabeza ladeada, en postura desgalichada e incómoda.

Mientras le estoy dando la espalda, Milo Finch se inclina hacia mí y susurra en mi pelo:

—No hay nada peor en el mundo que perder a un hijo. —El comentario me hace ponerme rígida—. Si hay justicia en el mundo, esa mujer morirá.

Me roza al marcharse, teniendo buen cuidado de no acercarse a Sienna.

Recupero el aliento y voy hacia mi hija.

—¿Quién era ese hombre? —pregunta sin dejar de mirarlo mientras él se aleja por la calle.

Saco el teléfono y llamo al 911 para decirles dónde está y que puedan encontrarlo y arrestarlo. Como mínimo, ha violado la libertad provisional. La policía lo busca. Empiezo a marcar y ya he pulsado el nueve cuando mi conciencia me hace detenerme. Milo Finch ha violado la libertad provisional decretada por un delito que no cometió. Cumplió su tiempo en prisión y, a consecuencia de ello, perdió a su familia, lo cual es mucho peor que cualquier castigo que pueda imponerle la policía o un jurado.

Vuelvo a guardarme el teléfono, contemplando cómo su figura desaparece en la noche.

—Solo alguien del trabajo —contesto, evitando mirar

a Sienna porque no quiero mentirle a la cara, por más que tampoco quiera contarle la verdad, decirle que ese hombre quiere matar a una paciente mía y que no lo culpo por ello.

Capítulo 18

No he dejado de pensar en Nat. Sigue estando presente en mi cabeza cada minuto del día.

Algo después de la medianoche, abro Facebook en el teléfono para ver si ha escrito algún mensaje, pero no lo ha hecho. No hay mensajes nuevos y el último que le envié, según veo, tampoco está allí. Ha desaparecido. De hecho, todos los mensajes directos entre Nat y yo se han esfumado.

Decido entrar en su página de Facebook. Quiero volver a ver las fotografías suyas con Declan. Quiero verle la cara a él, los ojos. La busco por nombre, pero no salen resultados exactos. Aparecen varias Natalie Cohen y Natalie Roche, pero ninguna Natalie Cohen Roche, y todos esos perfiles quieren que los añada como amigos, lo que significa que todavía no lo son. Entro en cada uno de esos perfiles, buscando la imagen de Nat junto a las cataratas del Niágara, pero no la encuentro por ningún sitio.

Ella o Declan han borrado su página de Facebook.

Alguien no quiere que la encuentre.

Por la mañana, de mala gana permito que Sienna vaya al instituto, aunque la acompaño en el autobús y entro con ella en el edificio, donde el director intenta garantizarme que el instituto es seguro y que mi hija está a salvo allí. La propia Sienna me mira y dice:

—No pasa nada, mamá. Estoy bien. —Y entonces cedo,

consciente de que, por muchas garantías que intenten darme, seguiré estando preocupada por ella.

Mientras me alejo del instituto, miro atrás un par de veces, preguntándome si he hecho bien en dejarla allí.

Luego pienso en Nat y en lo que me contó sobre sí misma, su trabajo de maestra en una escuela infantil cooperativa de Lincoln Park y también el de su marido, Declan Roche, como abogado asociado en Tanner y Levine, un despacho del centro.

No puedo volver a casa, porque allí me sentaré y no haré más que preocuparme por Sienna durante todo el día. Así que me compro un café y me dirijo a la escuela de Nat, donde me quedo fuera en la calle nevada, observando a los estudiantes que llegan con sus padres y niñeras y que enseguida se meten corriendo en el edificio, atolondrados y risueños, felices de ir al colegio, todo lo contrario de lo que ocurre en el instituto de Sienna, donde los estudiantes entran con cara mustia y paso cansino, malhumorados.

Permanezco en la acera opuesta, esperando hasta que todos han entrado, y entonces cruzo la calle, aunque dudo que Nat esté allí, o dudo que Declan la haya dejado salir. Pese a todo, voy a probar, porque quizá alguien de la escuela sepa dónde vive o cómo ponerse en contacto con ella. Trato de abrir tirando del pomo, pero la escuela, como la de Sienna, está cerrada. Hay un interfono fuera del edificio, así que me acerco para apretar el botón, que hace sonar el timbre correspondiente.

Me contesta una mujer.

—¿Puedo ayudarla en algo?

—Hola, sí. Quisiera, si es posible, hablar con la señora Roche. Soy una amiga.

—¿Con quién? —pregunta, pues el ruido de un camión que pasa no la deja oírme.

Me acerco al micrófono y digo más fuerte:

–La señora Roche. Nat. Natalie Roche.

–¿Y dice usted que es profesora aquí? –sigue preguntando la mujer, aunque yo no le he dicho tal cosa, y en cuanto la oigo se me hace un nudo en el estómago. Había pensado que aquí como mucho habría unos diez docentes y quizá algunas personas más de apoyo, no tanta gente como para resultar difícil acordarse de todos los nombres.

–Sí –digo–. Es profesora. En el preescolar de cuatro años.

–Y entonces se me ocurre que las profesoras no siempre se cambian el apellido al casarse–. También podría figurar como Nat Cohen o Natalie Cohen –aclaro, por si acaso está utilizando su apellido de soltera en la escuela.

Si la página de Facebook de Nat siguiera activa, tendría una fotografía para mostrarle a esta mujer. Pero, tal como están las cosas, no tengo ninguna.

Poco importa. La voz de la mujer vuelve a oírse por el interfono.

–Lo siento, pero no tenemos ninguna profesora con esos nombres. ¿Está segura de que no se ha equivocado de escuela?

Así que empiezo ya a dudar de mí misma, a preguntarme si no me habré equivocado. Porque existen otras escuelas infantiles cooperativas en el vecindario, además de las que hay en Lincoln Park que no son parte de una cooperativa. Nat podría enseñar en cualquiera de ellas.

Doy las gracias a la mujer por su tiempo y me voy de allí abatida y preocupada por Nat.

Podría ir a la policía. Pero ¿qué podría hacer la policía? No sé dónde vive Nat. Si yo les dijera que estoy preocupada por ella y por su seguridad, ni siquiera podrían hacerle una visita de rutina para comprobar que todo va bien.

Emprendo la vuelta a casa, pero en el camino se me ocurre otra idea. En lugar de ir al apartamento, tomo la línea roja hacia el centro y busco la dirección de Tanner y Levine en el teléfono, mientras el tren gira bruscamente por la vía elevada y se hunde bajo tierra justo al sur de Fullerton, haciendo desaparecer la escena invernal para sumirnos en la oscuridad.

Mientras el tren chirría en su resguardado trayecto por los túneles, me armo de valor para encontrarme con el marido de Nat, Declan, y voy pensando qué puedo decirle cuando por fin nos veamos cara a cara.

Bajo del metro, subo las escaleras hasta la calle y camino hasta el edificio alto y negro que alberga el despacho de Tanner y Levine. Tras entrar por las puertas giratorias, en el vestíbulo me indican en qué planta puedo encontrar el despacho y qué ascensor debo utilizar. Pulso el piso cuarenta y tres y, cuando el ascensor se abre, cruzo unas puertas acristaladas para entrar en unas oficinas modernas y elegantes, ansiosa por saber si Declan se halla entre estas mismas paredes. Echo un vistazo a mi alrededor, recorriéndolo todo con la mirada, buscándolo. El espacio es despejado, luminoso, todo lo contrario a cómo me siento yo. Grandes ventanales que ocupan toda la pared ofrecen vistas del lago Michigan. En otras circunstancias, me parecería muy bonito.

–¿Puedo ayudarla en algo? –me pregunta una recepcionista, mirándome por encima de la pantalla de su ordenador. Giro la cabeza hacia ella. Es joven, guapa, tan impecablemente vestida que me siento fuera de lugar con mis vaqueros y botas de invierno, aunque eso no tiene ninguna importancia. La ropa que llevo es lo que menos me preocupa ahora.

Me acerco al mostrador, mirando a todas partes, escrutando cada cara que veo.

–Hola –digo, oyendo cómo me tiembla la voz. Respiro hondo para intentar controlarla–. Vengo a ver a Declan Roche –continúo, esperando que me pregunte si tengo cita, a lo cual habré de responder que no, pues no la tengo. Aun así, tendré que encontrar el modo de persuadirla para que me deje verlo.

Pero no es eso lo que dice la mujer. Su rostro se ensombrece.

–¿Es algún… gestor jurídico? –pregunta, ladeando la cabeza y haciendo que la melena larga y recta le caiga a un lado.

–No –contesto–. Es abogado. –Si pronto será socio, como tengo entendido, me parece casi imposible que con ese estatus esta mujer no sepa quién es. Según Nat, Declan lleva años en este despacho y ha ido subiendo de categoría poco a poco. Pero, claro, se me ocurre entonces, este despacho es gigantesco. Debe de haber más de cien abogados y a lo mejor esta recepcionista es nueva. Quizá por eso no lo conoce.

–¿Declan Roche, dice usted?

–Sí.

–¿Está segura de que no se equivoca de lugar? Esto es Tanner y Levine.

–Sí, ya lo sé –digo, notando la crispación de mi tono y pensando que Sienna estaría avergonzada si me oyera–. No me he equivocado. Trabaja aquí. –La recepcionista se queda mirándome, decidiendo qué decir, cómo responder. Yo le devuelvo la mirada, esforzándome por mantener la calma pese a que tengo el corazón desbocado. Al ver que no contesta, le pregunto–: ¿Podría comprobarlo, por favor? Porque creo que a lo mejor está equivocada. Estoy convencida de que trabaja aquí.

A regañadientes, asiente y coge una lista que tiene junto al teléfono. Son varias páginas en las que figura la extensión de cada oficina. Las examina, bajando por la lista de nombres con un dedo de manicura perfecta.

–¿Declan Roche, dice? –pregunta otra vez, y otra vez le digo que sí–. Lo siento –me dice al terminar la lista–, pero aquí no figura nadie con ese nombre. –Y quisiera rebatírselo, pero resulta que yo también he estado leyendo la lista del revés y he visto que saltaba de Rafferty a Schaabar.

Siento vértigo. Separo los pies para afianzarme, porque de pronto parece que el despacho esté dando vueltas.

La recepcionista tenía razón. Soy yo la equivocada. Él no está aquí. Es verdad que no está aquí. No hay ningún Declan Roche en este despacho.

–Si no desea nada más… –me apremia al tiempo que aparta la lista, dejando que la frase se desvanezca incompleta.

Y yo contesto en un susurro.

–No. Eso es todo. Gracias por consultarlo.

Doy media vuelta para irme. Me siento mareada, débil. No le encuentro sentido a lo ocurrido, porque estoy segura, me acuerdo con toda claridad, de que Nat dijo que su marido trabajaba en Tanner y Levine. Es posible que yo me haya equivocado una vez –que me confundiera con el lugar de trabajo de Nat–, pero imposible que lo haya hecho dos. Lo que solo puede significar una cosa: Nat mintió. Pero ¿por qué?

Y entonces sucede. Veo algo cuando ya me voy. Folletos del despacho en la zona de recepción, con el nombre Tanner y Levine escrito en la cara frontal. Una pequeña pila de folletos expuesta en abanico en una mesita auxiliar, junto con revistas como *Newsweek* o *The Economist*.

Captan mi atención al pasar y he de reprimir un grito, porque en los folletos aparece la imagen de un hombre. Veo primero sus ojos y luego su sonrisa, y entonces lo reconozco.

En la primera de las tres hojas del folleto desplegable hay una fotografía de Declan Roche.

–Es él –se me escapa en un susurro.

Me siento reafirmada. Yo tenía razón. No estoy perdiendo la cabeza.

Me agacho para coger un folleto.

—Este es. Aquí está —digo demasiado fuerte, con excesivo entusiasmo, mientras le llevo el folleto a la recepcionista y señalo enérgicamente la imagen—. Este es Declan Roche. Yo tenía razón. Sí que trabaja aquí.

La recepcionista me coge el folleto para verlo mejor y examina el apuesto rostro de Declan.

—Ah, muy bien —concede, asintiendo con la cabeza—. Deme un momento y lo consulto con recursos humanos. ¿Por qué no se sienta?

Me siento en una de las cómodas butacas de color gris ahumado, con el corazón agitado porque ahora solo es cuestión de tiempo que tenga a Declan cara a cara.

¿Qué voy a decirle? ¿Y qué me dirá él? ¿Cómo será en persona? Supongo que encantador, porque así son todos los sociópatas. Pero no soy tan ingenua como para creerme esa fachada. Pienso en todo lo que le ha hecho a Nat, en todo lo que le ha dicho, en los mensajes de texto que he leído.

Tú no eres nada sin mí.

Puta de mierda.

No tarda mucho. Menos de un minuto.

—¿Señora? —me llama la recepcionista. Levanto bruscamente la cabeza. El corazón me late con violencia, porque creo que va a decirme que Declan viene hacia aquí. Dejo la revista que tengo en la mano y me apoyo en la butaca para levantarme y acercarme a la recepción—. Lo siento —dice, colgando el auricular—, pero por lo visto fue nuestro departamento de publicidad el que hizo ese folleto. Ese hombre no trabaja aquí. No sabemos quién es.

Parpadeo una, dos y hasta tres veces.

—No…, no lo entiendo —tartamudeo—. En el folleto está su fotografía.

—Es una fotografía de *stock*, comercial —aclara, y, aunque no es su intención, esas palabras me golpean como un puñetazo en el estómago.

Una foto de *stock*. Siento náuseas, en el sentido físico de la palabra.

Una fotografía de un banco de imágenes, comprada en internet, lo que puede significar dos cosas: que Nat está casada con un modelo o, más probablemente, que cada imagen de su Facebook está manipulada empleando fotos de este mismo hombre. El mercado de *microstock* ofrece imágenes tiradas de precio. Puedes comprarlas a dólar la unidad y luego alterarlas con programas como Photoshop para que Declan parezca estar en Punta Cana o montado en la noria de Navy Pier. Después Nat solo tenía que insertar su propia imagen, de modo que parecieran marido y mujer. Debió de encontrar docenas de fotos de este hombre en webs como Shutterstock.

«El cielo en la tierra».

«En la cima del mundo».

¿Por qué haría algo así? ¿Por qué tendría que fingir que está casada con este hombre?

La recepcionista me pasa el folleto por el mostrador y yo le doy la vuelta y miro a este hombre a los ojos, mientras a mi alrededor el mundo se oscurece. Desconecto mi mente de cualquier ruido —el tintineo del ascensor, pasos, una tos— y me concentro en él y solo en él. Tiene ojos seductores, con una rara pero atrayente combinación de verde y castaño, salpicados de motitas doradas. Ese color es un factor, sí, pero aún más el efecto inequívoco de que esos ojos me están mirando, siguiéndome sin importar el ángulo desde el que los mire. Y luego está la sonrisa, afectada, desde luego, engreída pero sexi a más no poder, y apostaría mi vida a que el día en que me topé con este tipo en el Facebook de Nat no era la primera vez que lo veía. Ya entonces me sonaba, aunque no sabía de qué, y ahora creo que lo que sucedió fue que lo había visto en algún anuncio del despacho de abogados o de otra cosa. Porque es un modelo. No es su marido.

–¿Se encuentra bien, señora? –pregunta la recepcionista, y entonces me doy cuenta de que he perdido la noción del tiempo. Me pregunto cuánto rato habré estado allí parada mirando el folleto, con la boca abierta, muda–. ¿Puedo hacer algo más por usted?

Está sonriendo cuando levanto la vista hacia ella, una sonrisa educada pero incómoda, y cuando vuelvo a mirar el folleto veo algo en lo que no me había fijado: la postura del hombre, su modo de sentarse, la colocación de las manos y el ángulo de la cabeza reproducen exactamente la fotografía de portada del Facebook de Nat, solo que la propia Nat –sus brazos que lo abrazan desde detrás, las manos entrecruzadas en el pecho de él dejando ver el deslumbrante anillo de boda, la barbilla sobre su hombro y los ojos que lo miran de soslayo– ha sido suprimida de la imagen. Extirpada.

Y ello se debe a que nunca posaron juntos para esa foto.

–No, gracias.

Me alejo con paso vacilante del mostrador, todavía con el folleto en la mano. No sé qué voy a hacer con él. De nada me serviría encontrar a este hombre, porque no es Declan. Declan es otra persona.

El aire frío de la calle es un insulto.

Me abro camino por entre la gente para volver al metro. Me siento perdida, inútil, anonadada.

Pero cuando estoy volviendo en el metro se me ocurre otra idea. Busco a Emily Miller en Facebook. Es una vieja amiga del instituto con la que Nat, según dijo, todavía habla de vez en cuando. Con ese nombre, y sin saber su apellido de casada, la búsqueda no es fácil. Voy pasando una infinidad de perfiles de Emilys Miller en Facebook, cada vez con menos esperanzas de encontrarla, hasta que por fin doy con ella: Emily Miller Cease. Vive en Portland. Su página es privada, pero veo que tenemos amigos comunes del instituto. Le envío una petición de amistad y un mensaje directo:

Hola, Emily. Soy Meghan, del instituto. Intento encontrar a Nat Cohen y me preguntaba si tienes su teléfono o sabes otro medio de contactar con ella. Por favor, llámame.

Le dejo mi número de teléfono.

Esa misma noche, mi teléfono suena y la pantalla muestra un número con prefijo de área 971. Deslizo el dedo para contestar y me llevo el teléfono a la oreja.

–¿Dígame? –pregunto.

–Meghan, hola. Soy Emily Cease –dice, y luego–: Emily Miller, del instituto.

–Eh, Emily, hola. Muchas gracias por llamar. No sabes cuánto te lo agradezco.

Emily y yo no éramos grandes amigas en el instituto, pero tampoco nos caíamos mal. Simplemente, no llegamos a conocernos bien. No coincidimos en demasiadas clases ni teníamos cosas en común ni una razón para ser amigas. A ella le gustaba más el teatro que los deportes, y recuerdo que era una chica increíble y que aspiraba a actuar en Broadway algún día. Me pregunto en qué quedaría todo aquello.

En otras circunstancias, se lo preguntaría. Pero ahora voy directa al grano.

–Estoy intentando ponerme en contacto con Nat Cohen. Vosotras erais muy amigas en el instituto, así que esperaba que tuvieras su número.

Un breve lapso de silencio.

Cuando vuelve a hablar, lo hace con voz seria, solemne.

–Pensaba que lo sabías, que todos lo sabían.

Mi cabeza ya está dando vueltas, pero no sé por qué. Me agacho para sentarme en una silla y espero a que el trasero caiga en el asiento.

–Saber ¿qué?

–Nat está muerta. Murió hace diecinueve años, Meghan. Ella y toda su familia.

–¿¡Qué!?

–Sí, es horrible, ya lo sé.

–¿Cómo? –pregunto en un susurro.

–En un accidente de coche.

Me estremezco de pura incredulidad.

–Siento ser yo quien te lo diga, de verdad. Si sirve de consuelo, según dicen tuvo una muerte rápida y no sufrió. –No encuentro palabras para responder–. ¿Estás bien? –pregunta.

–Sí –consigo decir, y añado–: Gracias, Emily. Gracias por decírmelo.

Colgamos y me quedo sentada en la silla, petrificada.

No es ninguna sorpresa que no me enterara de que Nat había muerto. Tras la muerte de mi hermana Bethany, mis padres se fueron de nuestra ciudad natal. Yo nunca volví. Corté lazos con casi todo el mundo de aquella época de mi vida. Era el único camino que conocía para dejar atrás el suicidio de mi hermana.

Con manos temblorosas, busco en Google su nombre, Natalie Cohen, y como eso es demasiado general y amplio añado las palabras «Illinois» y «accidente de coche». Pulso la tecla «intro» y se carga una nueva página. Cada titular es una traición estremecedora.

«Seis muertos en atroz choque por conducir contradirección».

«Automóvil en sentido contrario causa la muerte de un matrimonio y sus tres hijos».

«Una reciente licenciada universitaria de brillante futuro entre los fallecidos en la autopista de Illinois».

«La comunidad llora a la familia víctima del mortal accidente».

Tengo la sensación de que voy a vomitar o a desmayarme, una de dos. Sentada en la silla de la cocina, separo las piernas y me inclino hasta dejar la cabeza entre ellas para aumentar el flujo sanguíneo en el cerebro. Cierro los ojos. Respiro, inspirando por la nariz, espirando por la boca, dudando si debería pedir ayuda a Sienna, que está a solo tres metros, en su habitación, pero no quiero preocuparla. Pienso en las técnicas de respiración que me enseñaron antes de que naciera Sienna. Espiro frunciendo los labios.

Cuando me veo capaz, vuelvo a incorporarme. Me recuesto en el respaldo de la silla y miro en el teléfono los resultados de la búsqueda. Elijo uno de los titulares y leo el artículo de principio a fin.

Los cinco miembros de la familia Cohen perdieron la vida este domingo, alrededor de las tres de la tarde, cuando su vehículo miniván chocó con una furgoneta que iba en contradirección por la interestatal 90. El conductor responsable del choque, un hombre de treinta y dos años llamado Marcus High, estaba ebrio en el momento del impacto y presentaba una tasa de alcohol en sangre dos veces superior al límite legal. También falleció en el accidente.

Hay una fotografía. Está fechada al principio de la década de los años dos mil. El señor y la señora Cohen están a la izquierda, él con pantalones caqui y camisa blanca, ella con vaqueros de vestir y una gruesa blusa color canela. A la derecha hay dos chicos adolescentes, gemelos quizá, uno con gafas y otro sin ellas, ambos altos y desgarbados, vestidos con vaqueros y polos conjuntados de color neutro.

Y en medio de todos está Nat Cohen, con su melena corta y recta y su sonrisa de dientes separados, vestida con falda vaquera y jersey de cuello alto.

Siento una opresión en el pecho. De pronto noto la boca seca, a pesar de que tengo las manos húmedas de sudor.

¿Quién es esa mujer que ha estado viviendo en mi casa, la mujer a la que le he contado mis secretos?

Capítulo 19

Transcurren los días. La Navidad llega y pasa. El invierno brutal se enseñorea de nuestras vidas. La nieve ya no es mágica, sino pertinaz, interminable. No se calienta lo suficiente para fundirse. Como máximo, se convierte en un granizado fangoso que se nos pega a los zapatos y arrastramos a casa. Las ventanas de nuestro edificio son viejas y cierran mal, el aire helado se cuela por ellas y siempre tenemos frío, todos los días son grises, la primavera está a una eternidad de distancia. Yo voy al trabajo y regreso a casa, cada día un calco del anterior. Nada cambia.

El tiempo pasa y la policía todavía no ha encontrado el dinero que me robaron. Y no será porque no lo intentan. La cuenta bancaria y el lugar al que envié el dinero, según han averiguado, son propiedad de un tal Joseph Minor. La policía siguió su rastro hasta una casa ruinosa situada al oeste de Washington Park. Joseph Minor es drogadicto y, cuando la policía me lo dijo, el corazón me dio un brinco porque creí que habían encontrado al autor de la extorsión. Pero estaba equivocada. No lo hizo el señor Minor, quien confesó a la policía que lo que él había hecho, básicamente, era alquilar su identidad, su nombre y número de la seguridad social, a cambio de dinero para comprar droga. Otra persona —una mujer, dijo—, le pagó y usó su identidad para abrir la cuenta cuasianónima, y no tengo que pensar mucho para deducir quién lo hizo todo. Ella. La mujer a la que solo conozco por el nombre de Nat, que utilizó un modulador de voz para sonar por teléfono como un hombre y creó una cuenta en línea para no tener que ir al banco, evitando así que la vieran y toda posibilidad de dejar pruebas. Le dije a la policía que había sido ella, pero sin un nombre real ni ninguna fotografía es como intentar encontrar a un fantasma.

La busco allí donde voy. En el trabajo. En el trayecto al hospital. Sentada en el salón de casa mirando a la calle por la ventana. Observo cómo pasa el metro y me pregunto si estará en él. Nunca la he visto, pero creo que está ahí fuera, en algún sitio, vigilándome. Tengo siempre la sensación, angustiosa y paralizante, de que me siguen o me persiguen. Algunas noches sé que está acechando en las sombras, caminando tras de mí, siguiéndome a casa desde el trabajo. Nunca la veo. Es solo un presentimiento, pero yo confío en mi instinto y sé que está ahí esas veces que la ansiedad se dispara y se me eriza el vello del brazo. Oigo pasos a mi espalda, pero en cuanto me doy la vuelta ha desaparecido, se ha ocultado en un pasadizo, en el oscuro umbral de una tienda, en la marquesina de una parada de autobús o entre la masa de transeúntes.

Está jugando conmigo.

A medida que pasan los días, mi indignación va en aumento. Me mintió. Me robó diez mil dólares. Me hizo creer que era mi amiga de antaño. La dejé entrar en mi casa. Le conté mis secretos. Y, sin embargo, no sé quién es.

No solo eso. Hay más. Porque un día, poco después de que desapareciera, fui a buscar el joyero que guardo en la cómoda de mi habitación. No suelo llevar joyas, pero Sienna me había pedido que le dejara una pulsera, de modo que abrí el joyero y entonces me sentí morir. Los anillos de boda y de compromiso, que desde mi divorcio descansaban intactos en una de las bandejitas compartimentadas, habían desaparecido. La bandeja de terciopelo estaba vacía.

Ya no me ponía esos anillos, pero valen miles de dólares y su valor sentimental es incluso mayor. De inmediato lo comuniqué a la policía y lo denuncié, pero lo único que podían hacer era rellenar un informe y echarle un ojo a las joyerías y casas de empeño por si ella trataba de venderlos. Por ahora no ha habido suerte.

Empiezo a perder la esperanza de tener alguna vez a esa mujer ante mí. Trato de distraerme con otras cosas. Acepto una cita con un hombre que he conocido por internet, diciéndome a mí misma que tengo que pasar página y olvidarme de «Nat» y de todo lo sucedido. Tengo que olvidarme del divorcio y de Ben. Es necesario que deje todo eso atrás. Tengo que encontrar el modo de seguir con mi vida, de hallar paz y ser feliz. Lo pasado, pasado está.

Pero del dicho al hecho…

Hoy es día laborable, pero me he cogido la mañana libre para ir a Wabash, en la parte sur del centro, porque tengo consulta por lo de la mamografía y han de revisarme esa asimetría del pecho derecho. Por lo general, no programo citas para días de trabajo, pero era el único hueco que tenían en varias semanas y no quería posponer más el asunto.

Me pongo la bata que me llega hasta la cadera y sigo a la especialista a la habitación. Terminada la mamografía, me siento y espero angustiada a que regrese con resultados del radiólogo. Si esos resultados todavía no son concluyentes, me harán una ecografía y, a partir de ahí, veremos. Soy un manojo de nervios.

–Buenas noticias –dice cuando vuelve–. Todo parece estar bien.

–¿Están seguros?

–Sí. Estamos seguros. Probablemente había una superposición del tejido mamario en la primera mamografía –dice– y eso hacía que pareciera diferente al otro pecho. Puede pasar. Es algo bastante usual, pero nada de lo que deba preocuparse. No tiene que hacerse otra mamografía hasta dentro de un año.

Sonrío, sintiéndome más ligera y contenta. No dura mucho.

Sucede cuando estoy saliendo de la consulta.

Salgo del edificio a la avenida Wabash y entonces la veo cruzando la intersección de Wabash con Cullerton, con el cabello castaño oscuro que le cae sobre la espalda del abrigo blanco y los vaqueros estrechos y ajustados, metidos en la caña alta de unas botas de invierno, las mismas con vueltas de borreguito.

Se me para el corazón. Es ella.

La llamo por el único nombre que puedo darle.

–¡Nat! –grito, haciendo bocina con las manos, solo que no es Nat. Nat está muerta–. ¡Nat Cohen!

La mujer se gira y, por un instante, nuestras miradas se cruzan. La veo ponerse rígida. Quizá solo sea una coincidencia que me haya topado con ella, pero tampoco puedo estar segura de que no me haya estado siguiendo y esta vez la haya descubierto.

¿Quién es? ¿Qué quiere de mí?

Voy hacia ella rápidamente. Entonces se da media vuelta y empieza a correr. La persigo.

La calle está llena de gente a pesar del tiempo, todos tan tapados con abrigos y gorros que resulta difícil distinguir a unos de otros, por lo que si ella no hubiera llevado ese abrigo blanco, atípico entre el negro predominante, ya la habría perdido entre la multitud.

La ira me invade cada vez más mientras corremos por Wabash. Verla ha reavivado todas mis emociones y de nuevo me siento humillada e indignada. Esa mujer me mintió. Se aprovechó de mi generosidad. Entró en mi casa con engaños y yo piqué. Me robó.

De súbito, mi rabia alcanza límites insospechados.

La adrenalina se me dispara y corro aún más deprisa.

En la calle 18 gira de golpe a la derecha. Se pega a un edificio de ladrillo y echa un vistazo atrás para ver si me ha perdido, pero no es así. Corre rápido, más que yo, la distancia entre nosotras se agranda. Todavía la tengo a la vista. Cruzamos Michigan, Indiana, Prairie Avenue, dejamos atrás comercios, un almacén, bloques de pisos y aparcamientos. Mientras corro, voy dando codazos a la gente sin querer y recibo palabras cortantes como: «Mire por dónde va»; «Perdón al menos, ¿no?»; «¿Qué coño hace, señora?».

Aparecen casas. Casas enormes. La calle 18 se convierte en Calumet Avenue y todavía sigo corriendo. Corro por Calumet, entre viviendas adosadas a un lado y altos edificios de apartamentos en el otro, algunos reconocibles por haber pasado tantas veces por Lake Shore Drive, que está a tiro de piedra en dirección este. Todo aquí está amontonado y se crean recovecos donde esconderse. Los coches aparcados se alinean a ambos lados de la calle de tres carriles en el distrito de Prairie Avenue, una zona muy codiciada donde los chicagüenses más acaudalados solían vivir antes de que construyeran Gold Coast. En otras circunstancias me detendría a observar el panorama, a admirar la arquitectura y la historia, pero ahora todo es un mero borrón y tan solo soy consciente de que hay muchos rincones donde esconderse, muchos lugares por donde huir.

La calle que se extiende ante mí está vacía de vida, casi toda cubierta de blanco. El invierno es una tierra yerma.

La he perdido. Estoy en medio de Calumet con los brazos extendidos, girando sobre mí misma, escrutando la calle con desesperación. Cuando me detengo, mareada, sin aliento, veo a mi derecha unos adosados cuya terraza está un poco por debajo del nivel de la calle. Una verja negra de hierro forjado impide acceder a las terrazas, pero no sería difícil escalarla para luego ocultarse tras el voluminoso mobiliario exterior, ahora cubierto con lonas de poliéster para protegerlo del invierno.

Empiezo a caminar hacia la derecha cuando un movimiento en mi visión periférica me llama la atención. Me giro. A mi izquierda tengo un pasaje peatonal. Es ancho y abierto y continúa por debajo de un puente. Por el paso inferior del puente veo un destello blanco. Me he equivocado. No se esconde en las terrazas. Se ha ido por el otro lado. Corro hacia el destello blanco como si persiguiera al conejo blanco de *Alicia en el país de las maravillas*, por la acera y luego por debajo del puente.

Al otro lado del paso inferior, se ve una rampa que asciende por el lado derecho. Es un puente peatonal que pasa sobre el patio de maniobras del ferrocarril.

Aquí desaparece la belleza del distrito de Prairie Avenue y el paisaje se vuelve industrial. Hay mucho ruido debido al tráfico que circula a gran velocidad por la contigua autopista de Lake Shore Drive. La zona está descuidada, todo parece viejo. El suelo del puente es de madera mezclada con algún otro material, pero las barandillas metálicas se ven oxidadas, cobrizas, descascarilladas. Las partes menos recomendables de la ciudad se adentran por estos barrios, así que no me sentiría segura yendo por aquí sola, y menos en esta época del año, si estuviera en mis cabales.

Pero no lo estoy. Ni estoy sola ni estoy en mis cabales.

El puente peatonal va hacia la derecha y luego hacia la izquierda, en ascenso. Abajo discurren varias vías férreas en las que se ven cuatro trenes de cercanías algo más atrás, parados y vacíos. Justo debajo hay un andén de madera, muy básico, no tiene ningún edificio ni lugar donde comprar billetes. Los posibles pasajeros tendrían que comprarlos en el mismo tren. El andén está vacío.

«Nat» se mueve rápido. Nunca la hubiera atrapado, pero el destino interviene entonces y, en su apresuramiento, se tropieza. Cae al suelo, extendiendo las manos para frenar el cuerpo, y deja escapar un breve grito de dolor o de sorpresa.

Con las manos y las rodillas apoyadas en el suelo, se gira para mirar atrás por encima del hombro. Levanta la vista hacia mí, calculando la distancia que nos separa, lo que me da ocasión de alcanzarla y cogerla por la capucha del abrigo mientras trata de ponerse en pie. Intenta soltarse, quitarse el abrigo para huir, pero yo soy más fuerte o tengo más determinación. Consigue levantarse, pero la tengo bien agarrada y no dejo que se vaya.

–¿Quién eres? –pregunto, acorralándola entre mi cuerpo y la barandilla del puente para que no tenga fácil la huida. Retrocede medio paso y se golpea contra el pasamanos–. ¿Quién eres?

La respuesta es insolente.

–Nat Cohen.

–Y una mierda –digo en tono cortante–. Nat Cohen está muerta.

Suelta una risa sarcástica.

–No sabía si te lo tragarías, si mi historia pasaría la prueba, pero la pasó. No te hagas demasiada mala sangre por eso, Meghan. Yo tampoco hablo con mucha gente de la época del instituto. Podrían estar muertos y ni me habría enterado.

–Pero ¿por qué? ¿Por qué hacer algo así? ¿Y quién es Declan?

–¿Todavía no lo has adivinado a estas alturas?

–Adivinar ¿qué?

—Declan no existe.

—Pero tus cardenales... y el labio hinchado... —replico, incrédula. Se le escapa una risita y entonces caigo en la cuenta de cómo lo hizo, una realidad que me golpea como un puñetazo. Pero qué estúpida he sido—. Fue a propósito. Dejaste que alguien te golpeara o te golpeaste tú misma para que pareciera maltrato y yo me compadeciera de ti.

Reacciona con una sonrisa cruel. La respuesta es que sí. Se golpeó ella misma la cara con algo lo bastante duro como para provocar un ojo morado, la frente magullada y otras heridas.

Me quedo con la boca abierta.

—¿Por qué?

¿Qué tipo de mente enfermiza haría algo así?

La misma que fingiría un secuestro y me robaría diez mil dólares.

No contesta. Se limita a encogerse de hombros. Ante su silencio, insisto, sin dar del todo crédito:

—Pero aquella noche en el restaurante él estaba allí, en la calle, mirando por la ventana. Vi lo mismo que tú estabas mirando, el vaho en el cristal. —Eso no fueron imaginaciones mías.

Me mira con expresión ufana.

—Ocurrió en el momento perfecto. Ni yo misma podría haberlo planeado mejor.

Tardo un instante en entender lo que quiere decir: que sí, que había alguien en la ventana pero no tenía nada que ver, un hombre mirando a ver si el restaurante estaba muy lleno o si había llegado un amigo o algo por el estilo, y ella lo aprovechó para hacerme creer que su marido estaba allí.

Niego con la cabeza mientras repaso todo lo sucedido, tratando de entenderlo.

—Pero la aplicación Find My de tu teléfono decía que

Declan podía ver tu ubicación. Y esos horrendos mensajes suyos de aquella otra noche... —continúo, recordando cómo los mensajes entraban con la rapidez del rayo: «Puta de mierda» o «Eres mía»—. No lo entiendo. Yo estaba contigo mientras los mensajes entraban. No podías estar enviándotelos tú misma.

Trato desesperadamente de comprender. Me niego a aceptar que me engañara con tanta facilidad.

—Ah, ¿no?

—¿Te ayudó alguien? —pregunto. Alguien debió de ayudarla, a menos que tuviera dos teléfonos y pudiera programar el envío de mensajes con antelación.

—¿Por qué tendría que contarte nada, Meghan? ¿Crees que voy a revelarte todos mis secretos? —pregunta ella a su vez, y me siento estúpida porque eso es exactamente lo que yo hice, contarle mis secretos, revelárselos a una extraña.

Nunca creí que pudieran manipularme con tanta facilidad, que yo fuera ese tipo de persona. Me tenía por más inteligente. Echo la vista atrás, repasando los acontecimientos. Ella llevó a cabo su investigación, me estudió. Sabía por qué camino volvía a casa cada noche. Sabía que, después de las siete, en algún momento estaría yendo hacia el norte por Sheffield aquella noche en que llegaron los horribles mensajes de Declan. Se apostó allí, en mi camino, y entonces hizo algo para cabrear al tipo que le gritó, provocando una escena para que yo la viera, para que me compadeciera de ella y la acogiera en mi casa.

Todo fue premeditado. Todo lo hizo con un propósito.

—¿Por qué me haces esto? ¿Por qué me sigues? ¿Qué quieres de mí?

—Me caes bien. Echo de menos hablar contigo, te echo de menos a ti. En otras circunstancias, podríamos haber sido amigas.

Se me escapa una risa sarcástica, escéptica.

–¿Te gusta hablar conmigo? Si todo lo que me dijiste eran mentiras... –digo incrédula. Lo más triste es que también a mí me gustaba hablar con ella. Era un alivio haber encontrado por fin a una amiga con quien abrirme, en quien confiar–. ¿Sabes cuántas noches dormí mal por estar preocupada por ti, pensando que te iban a pegar o algo peor? Nada de lo que me contaste era verdad. Lo que no comprendo es por qué. ¿Por qué lo hiciste? ¿Qué ganabas con ello?

¿Formaba todo parte de un plan, enrevesado pero perfectamente concebido, para robarme? Fingió ser alguien que yo conocía porque así las probabilidades de ganarse mi confianza serían mayores. Apeló a mi lado compasivo y yo la dejé entrar en mi casa para que ella pudiera apropiarse de lo mío a su antojo.

–Voy a llamar a la policía –digo, hundiendo la mano en el bolso para coger el teléfono, al tiempo que intento mantener a esta mujer entre mi cuerpo y la barandilla del puente para que no huya. Cuando venga la policía les contaré lo que ha hecho–. No te saldrás con la tuya.

–Llámalos, si te atreves –dice, y en ese momento, mientras el sol asoma por detrás de una nube, la luz le da en la mano y veo un resplandor en su dedo, un objeto brillante que me hace reprimir un grito.

Mi alianza. Mi anillo de boda, que no puedo confundir con ningún otro porque no es como los demás, sino único. En el anverso hay una inscripción de Ben cuyas palabras ya no suenan verdaderas: «Tú y yo, para siempre».

No veo el anillo de compromiso, pero de todos modos tiene la desvergüenza de llevar mi alianza, no solo de robarla, sino de alardear de su botín en público como si fuera suyo.

—Devuélveme mi anillo. Dame mi puto anillo —chillo, sintiendo que algo dentro de mí empieza a dispararse.

—¿Te refieres a este anillo? —se ríe, levantando las manos para que no pueda alcanzarlas.

Le parece divertido. No se arrepiente de lo que me ha hecho, de cómo me siento por su culpa. No tiene el más mínimo remordimiento.

Me acerco para intentar quitarle el anillo, para arrancárselo violentamente si es necesario. Ella retrocede, al principio riéndose, pero no tiene escapatoria. Choca de espaldas con el pasamanos del puente y al notarlo le cambia la cara. Entonces comete un grave error. Pone el pie en la barra inferior de la barandilla y se sube a ella para estar más alta, intentando ponerse en situación de ventaja, alejarse, esquivarme de algún modo, para separar sus pies de los míos y poder salir corriendo con mi anillo. Pero es un error. Porque ahora el pasamanos le llega solo por debajo de la cadera y está en precario equilibrio. En su mirada de pánico veo cuánto lamenta esa decisión, pero no puede cambiarla porque estoy demasiado cerca y no la dejo bajar. Empieza a pelear, a empujarme, a intentar quitarme de en medio a rodillazos, pero lo tiene difícil estando ahí subida. En lugar de ganar ventaja, la ha perdido, y por eso se pone a gritar:

—Cógelo. Si tanto lo quieres, llévate el anillo de mierda. —Y lo hace girar en la articulación del dedo y lo arroja al suelo del puente, tras lo cual se apresura a agarrarse al oxidado pasamanos que tiene a su espalda. Llena de cólera e inquina, dice—: No me extraña que tu marido no te quisiera.

Palidezco al oír esas palabras odiosas. ¿Por qué lo hace? ¿Qué le he hecho yo? Pienso en todo lo que le conté sobre Ben, en las confesiones íntimas. Ella abusó de mi confianza, se aprovechó, se ensañó conmigo. Fingió que era mi amiga, que me necesitaba, solo para utilizarlo en su beneficio y robarme.

—Y tampoco me extraña que tu hermana se matara —añade, esperando que esas palabras me aturdan y paralicen para así poder escapar.

Se oye el traqueteo de un tren en la distancia.

—¿Todavía no lo has adivinado? —continúa—. Tú eres el denominador común de todo. Todos quieren librarse de ti. Ahora quítame tus asquerosas manos de encima o les contaré lo que me dijiste. Les contaré quién es el verdadero padre de Sienna y que tú eres una pu…

Al oírla, algo se desboca en mi interior.

Me hago atrás. Y empujo. Es un gesto reactivo, provocado. Ni siquiera pienso en lo que estoy haciendo, solo en que me inunda una sensación magnífica, liberadora, como si la cólera se disipara con cada empujón. La primera vez solo sale despedida hacia atrás y luego vuelve a equilibrarse, irritada e incrédula.

—Pero ¿qué coño…? —exclama.

Sin embargo, tras la segunda vez, empieza a agitar los brazos como si fueran hélices de helicóptero, intentando estabilizarse y buscar un punto de apoyo, un anclaje. No lo encuentra. Pone las rodillas rígidas, pero aun así la gravedad y el desequilibrio le vuelcan el cuerpo por encima del pasamanos. Lo veo ocurrir a cámara lenta. A punto de caer de espaldas, abre unos ojos desorbitados, grandes como una luna llena. Agita las manos, asiendo tan solo aire, y al instante siguiente ya no veo su rostro. Ha desaparecido por encima de la barandilla y la imagen que veo al asomarme es casi grácil. Cae con ligereza, es una gimnasta flexible haciendo piruetas en el aire.

Grita.

El aterrizaje es duro. Abrupto y violento. Impacta en el suelo con un golpe seco. Me hago atrás, pálida, y luego vuelvo a mirarla, boca abajo junto a las vías, su grito de súbito acallado, los brazos doblados bajo el cuerpo, el cabello revuelto alrededor de la cabeza con algunos mechones que agita el viento, lo único en ella que todavía se mueve.

El corazón se me sale por la boca. Me aferro a la fría barandilla con la vista clavada en las vías, boquiabierta, alelada, jadeante. No puedo respirar.

Está muerta.

La he empujado yo.

No me entra en la cabeza. Es imposible. Esto no puede estar sucediendo, no puede ser real.

Pero lo es. La estoy viendo en el suelo, delante de mí, la sangre ya visible en arroyos diminutos que fluyen entre las piedras, junto a los raíles, sangre de un rojo cardenalicio que contrasta con la masa lechosa del balasto.

Miro a mi alrededor, buscando. Aquello es un despoblado, lo único que me salva. No ha habido testigos. Nadie ha visto lo que he hecho. El único signo de vida son los coches que circulan por Lake Shore Drive, demasiado lejanos y demasiado veloces para que nadie viera lo que ha sucedido aquí.

Pero pronto llegará gente. Un transeúnte o un tren pasarán y la encontrarán, y entonces acudirá más gente para llevarse lo que queda de ella o ver cómo es un cadáver.

Recojo la alianza del suelo del puente y la deslizo en mi dedo, para no perderla.

Tengo que irme antes de que alguien me vea aquí.

SEGUNDA PARTE

Capítulo 20

Resulta duro estar en el trabajo. Se hace difícil concentrarse cuando la mente se dispersa en mil direcciones. Pienso si debería tomarme el día libre, llamar diciendo que estoy enferma, pero ya me he cogido unos cuantos días libres y no quiero desperdiciar más, porque podría necesitarlos en algún momento. Además –me recuerdo a mí misma como tantas veces he hecho ya durante estos últimos días–, debo actuar como si nada malo hubiera ocurrido, como si cuidar de Caitlin Beckett no me perturbara más que cuidar a cualquier otra paciente. Pero lo hace, por diferentes razones. Porque soy yo quien la arrojó del puente.

Hacia el final de la mañana, me encamino a su habitación. Ahora lleva poco menos de dos semanas en el hospital, cada día una copia exacta del anterior. Ningún cambio, tanto es así que ya he bajado la guardia pensando que nunca se despertará, aunque de todos modos llevo unos diez días rezando una oración de camino al trabajo, pidiendo que al llegar me encuentre con que se ha muerto esa noche. Sin suerte, de momento. Nunca le desearía la muerte a ninguna otra persona, pero en este caso sí, porque si Caitlin muere no tendré problemas por lo que he hecho.

No soy mala persona. Solo he hecho algo malo.

Entro en la habitación de Caitlin y siento una opresión en el pecho, como si aquí hubiera menos aire, como si faltara oxígeno y costara respirar. Me lavo las manos y me dirijo al monitor para comprobar sus constantes vitales.

El señor Beckett está sentado en una silla al pie de la cama. Abierta sobre las rodillas tiene una carpeta de cuero en cuyo interior se ve un bloc de hojas amarillas, con las palabras Tanner y Levine impresas en la encuadernación de la parte superior. La sorpresa me hace mirarla de nuevo, para asegurarme. «Deformación profesional», me dijo cierta vez, cuando investigaba el puente y la probabilidad de sobrevivir tras caer desde esa altura. «Soy abogado.» En aquel momento no encajé las piezas. No se me ocurrió que pudiera ser abogado en el mismo sitio en el que supuestamente trabajaba Declan Roche. Pero, claro, eso explica por qué el nombre del despacho le salió con tanta facilidad a Caitlin cuando me habló de su marido por primera vez, en la cafetería en la que quedamos. Recuerdo lo asustada que fingió estar cuando llegué esa noche, cómo derramó su café, y recuerdo también que el señor Beckett me dijo nada más conocernos que Caitlin se creía capaz de ir a Hollywood y convertirse en estrella. Desde luego, es una actriz consumada.

El señor Beckett mira concentrado el bloc, garabateando alguna cosa, en tanto la señora Beckett permanece sentada junto a la cama. Tiene una revista abierta en el regazo, pero no le hace caso; dirige la mirada a las arrugas del rostro de su hija, como si las estuviera leyendo. A Caitlin se le van curando ya los moratones de la cara. Todavía no han desaparecido, pero el cuerpo está descomponiendo la sangre y absorbiéndola, de modo que ahora ya no son de color negro azulado, sino que tienen un tono amarronado. Los huesos rotos también van sanando.

La miro. Pienso en los últimos instantes en que la vi consciente, como hago a menudo cuando entro en esta habitación. Porque, por mucho que lo intente, no me quito de la cabeza la imagen de sus brazos agitándose como hélices de helicóptero, girando, intentando agarrarse al aire, impulsarse hacia delante para no caer por encima de la barandilla, pero de todos modos terminó cayendo y yo no pude hacer nada excepto mirar.

Me fijo en la señora Beckett mientras observa a Caitlin, o a Nat, o como quiera que se llame. Pienso en todo lo que me ha contado su marido. Veo amor en los ojos de la señora Beckett y me pregunto si, en el caso de que Sienna me tratara como su hija la ha tratado a ella, yo podría seguir queriéndola. Diría que sí, porque el amor incondicional funciona de ese modo. No sé si algo de lo que pudiera hacer Sienna me impediría seguir amándola.

Y mientras observo, yendo del rostro de una al de la otra, ocurre.

Al principio no es más que una ondulación casi inapreciable bajo el párpado, como el suave lamer de las olas en la orilla, rozando las rocas y la arena, de modo que casi puedo convencerme a mí misma de que no ha ocurrido.

Observo, esperando a ver si se repite, y ahí está.

Caitlin parpadea y abre los ojos. Es un movimiento lento, cauteloso. La luz que tiene justo encima brilla con fuerza, tan implacable como el sol de Florida. Su mirada es blanda, imprecisa, velada. Los ojos no se enfocan en nada. No mueve la cabeza.

El tono de la señora Beckett es apremiante.

—¡Tom, Tom!

Pero hay demasiado estímulo, demasiado ruido, demasiada luz. Todo sucede tan rápido que el señor Beckett levanta la cabeza una décima de segundo tarde, cuando los ojos de Caitlin ya han vuelto a cerrarse.

—¿Lo has visto? —pregunta la señora Beckett, girándose ahora a mirarlo mientras él aparta la carpeta de cuero y se levanta.

—Ver ¿qué? –pregunta él a su vez, aunque no espera a que ella responda–. No –decide–. No he visto nada. Perdona, estaba…

—Los ojos –insiste la señora Beckett–. Ha abierto los ojos. Usted lo ha visto, ¿verdad, Meghan? La ha visto abrir los ojos.

La señora Beckett me está mirando, rogándome con su expresión que diga que sí, que lo he visto, que no se lo ha imaginado ni está volviéndose loca.

Pero yo no puedo hablar. No puedo casi ni respirar. El corazón me late con tal furia que de pronto siento que me mareo, que me arde la cara.

No estaba previsto que se despertara.

Lo que se preveía era que muriera así, en coma.

—¿Meghan?

Consigo asentir con la cabeza, pero no es necesario.

Porque, un segundo después, Caitlin vuelve a abrir los ojos, más que antes. Y esta vez, cuando los abre, su mirada encuentra la mía.

Capítulo 21

La señora Beckett desliza la palma de la mano por debajo de la de Caitlin y presiona con suavidad.

—Aprieta, cariño —suplica con la cabeza suspendida sobre la de su hija, mirándola—. Si notas mi mano, aprieta.

Todos contenemos la respiración. Esperamos, yo petrificada junto a las bombas de infusión, el señor Beckett al pie de la cama, cada uno con la vista clavada en las dos manos pálidas y frágiles entrelazadas bajo la cruda iluminación de la UCI: una de ellas, firme; la otra, floja.

Nada.

Pasan diez segundos. La señora Beckett vuelve a apretar levemente la mano de Caitlin, se inclina aún más hacia ella y mira con ojos como platos a los ojos castaños e inmóviles de su hija.

—Soy yo, Caitlin. Soy mamá. Si me oyes, si notas mi mano, por favor, aprieta. —Y la señora Beckett aprieta ella misma la mano de Caitlin, como para demostrar lo que quiere decir.

Los ojos de Caitlin están ahora abiertos, como canicas que contemplaran el techo, sin parpadear.

Volvemos a fijarnos en las manos entrelazadas, en mi caso con estupor, esperando un espasmo, un temblor, un tic, pero nada ocurre aún, y casi lanzo un suspiro de alivio cuando los ojos de Caitlin vuelven a cerrarse lentamente, dándome más tiempo. Tampoco es que vaya a ponerse a hablar con el tubo traqueal atravesándole las cuerdas vocales y la garganta, pero, si pudiera hacerlo, me pregunto qué diría y si contaría que soy yo quien la empujó del puente.

–Deberíamos llamar al doctor –dice el señor Beckett, práctico, eficiente.

Percibo su mirada y tardo un instante en asimilar sus palabras, pero entonces pienso que sí, claro que deberíamos, yo debería, porque soy la enfermera y ese es mi trabajo, evaluar su estado y llamar al doctor. Si se tratara de cualquier otra paciente, ya habría reaccionado haciendo lo más apropiado, no quedándome petrificada, con los pies clavados en el suelo como estoy ahora y con el corazón que se me sale por la boca.

La realidad de lo que está sucediendo me golpea como una ola monstruosa.

Se está despertando. Está recuperando la consciencia.

Caitlin Beckett fingió ser quien no era. Me mintió, hizo que confiara en ella, me robó. No sé de qué tipo de delito estamos hablando, si es un robo, hurto mayor u otra cosa, pero no hay violencia, así que probablemente no tenga más castigo que un corto tiempo en prisión y una multa irrisoria.

Yo, en cambio, la tiré de un puente. Eso es mucho peor. Es intento de asesinato, y ni siquiera podría alegar defensa propia, porque ella no trató de hacerme daño, al menos físicamente. Mi vida nunca estuvo en peligro. Podrían condenarme quizá a veinte años de prisión, o incluso a cadena perpetua. Y yo tengo una hija, tengo a Sienna. Dentro de veinte años, ella tendrá treinta y seis, será adulta, casi tan mayor como yo soy ahora, lo que me hace pensar en los últimos veinte años de mi vida, en todo lo que he hecho y vivido, y entonces pienso en Sienna haciéndolo y viviéndolo también, sin mí. Ir a la universidad. Encontrar al hombre de sus sueños. Enamorarse. Casarse. Quedarse embarazada. Tener hijos. Traer una nueva vida al mundo y ver cómo florece y va creciendo.

Pienso en todo lo que le conté a Caitlin. Pienso en las últimas palabras que me dijo antes de que yo la empujara del puente.

«Les contaré lo que me dijiste. Les contaré quién es el verdadero padre de Sienna y que tú eres una pu...».

Puta.

Tengo muchísimo más que perder que ella.

−¿Meghan?

Levanto de golpe la cabeza. La voz del señor Beckett me trae de vuelta a la realidad, al presente. Me está mirando y sé que tengo que hacer algo, lo que sea, así que avanzo con piernas flojas y temblorosas. No estoy segura de que los Beckett no puedan oír mi pulso, el torrente de sangre que corre enloquecido por mi cuerpo, tan deprisa que me siento mareada. Mientras los Beckett me observan, me acerco a la cama. Me inclino y le abro los ojos a Caitlin a fin de comprobar la respuesta pupilar, para lo cual le paso una minilinterna por encima de los ojos, a pesar de que lo que de verdad deseo es desenchufarla del soporte vital, extubarla, arrancarle de un tirón el tubo traqueal y verla morir.

Me separo de ella.

−Dejen que avise al doctor −digo, y es lo que hago.

A su debido tiempo, aparece el doctor. La examina y pide que le hagan pruebas para comprobar diversos aspectos y el funcionamiento cerebral y su nivel de consciencia. Después prescribe la infusión intravenosa de un sedante con la frecuencia que sea necesaria, a fin de aliviarle el sufrimiento hasta que esté lista para retirarle gradualmente el respirador.

Caitlin no vuelve a abrir los ojos en todo el día, o al menos nadie la ve abrirlos.

Por lo que yo sé, salir del coma es un proceso; los brevísimos instantes en que la persona está despierta y lúcida pueden ir seguidos de una nueva caída en el oscuro vacío de la inconsciencia. Así suele ocurrir y, probablemente, así ocurrirá en el caso de Caitlin. Pero también, si tengo suerte, existen posibilidades como el síndrome de enclaustramiento, que es mucho peor y es lo que realmente deseo cuando pienso en Caitlin y en sus ojos como canicas mirando impasibles al techo: que se quede enclaustrada.

No es frecuente, pero sucede. El síndrome de enclaustramiento es un trastorno en el que la mente de la persona puede funcionar plenamente y las habilidades cognitivas siguen intactas: el paciente puede oír todo lo que ocurre en la habitación, siente dolor y percibe los estímulos externos, pero los músculos no responden bien. No responden en absoluto. La persona está paralizada, no es capaz de efectuar ningún movimiento, salvo el desplazamiento vertical de los ojos. En otras palabras, tenemos una mente totalmente funcional atrapada en un cuerpo que no funciona. Un infierno, si nos paramos a pensarlo, ser capaz de oír y pensar, pero no de gritar. Notar el picor y no poder rascarnos. He leído experiencias de gente que sufría el síndrome de enclaustramiento, cómo oían a doctores y enfermeras y familiares hablando abiertamente de que iban a desconectarlos de las máquinas que los mantenían con vida, para que murieran en paz, porque nadie sabe, nadie entiende que sigue habiendo vida tras esos ojos. La mayoría de estos pacientes no se recuperan. Muchos no sobreviven. Suelen producirse complicaciones, como aspiraciones o sepsis, y si tengo ya la mayor de las suertes Caitlin sufrirá ese síndrome y le ocurrirá algo así: una aspiración le provocará neumonía y entonces morirá.

No debería pensar de esa forma. No soy un monstruo. No tiene por qué suceder así.

También podría vivir y, en ese caso, al final la transferirían a un centro de cuidados intermedios, porque no podría quedarse aquí en la UCI durante el resto de su vida. Ese desenlace no sería tan malo, ni para mí ni para ella, considerando que la alternativa sería la muerte. Un centro de cuidados intermedios podría atender mejor sus necesidades. Me la imagino viviendo así durante lo que le quedara de vida, con la capacidad de oír y sentir, de parpadear y pensar, pero poco más, y me produce cierta satisfacción pensar que estaría dándole vueltas a lo que me hizo a mí y a otras personas durante el resto de su miserable existencia, y viviría para lamentarlo. El personal del centro de cuidados intermedios podría enseñarle a comunicarse con los ojos, pero, aunque eso sucediera, como mucho sería un tipo de comunicación elemental, rudimentario. Nunca podría contarles lo que he hecho y, si pudiera, nada sería más fácil para mí que contradecirla, asegurar que se equivoca o que alguien ha malinterpretado lo que intentaba decir.

Estoy en la habitación con ella. Es una hora temprana de la mañana siguiente, antes del horario de visitas. Caitlin tiene los ojos cerrados y, a simple vista, parece inconsciente.

Pienso entonces en todo lo que sé de esta mujer, todo lo que he averiguado durante estas últimas semanas, y me pregunto si no estará embaucándonos, si no estará fingiéndose inconsciente. Es capaz de eso y de más.

Evaluamos la funcionalidad cerebral de los pacientes mediante la escala de coma de Glasgow, que le he aplicado a Caitlin cada día que he tenido turno con ella. Esta escala mide parámetros como la respuesta motora, la respuesta verbal y la apertura ocular, aunque la respuesta verbal no puede evaluarse en un paciente entubado, de modo que el puntaje más alto que Caitlin puede alcanzar es de diez sobre quince.

Comienzo mi evaluación. Caitlin no abre los ojos como haría una persona completamente consciente, así que tengo que hablarle para comprobar si responde al sonido de mi voz, aunque soy reacia a hacerlo. No quiero que responda. Quiero fingir, durante tanto tiempo como sea humanamente posible, que su falta de consciencia y de respuesta es absoluta.

Me culpo a mí misma. He bajado la guardia. Me he relajado demasiado. Di por sentado que nunca despertaría, pero lo ha hecho.

—Caitlin —digo con un susurro forzado, de pie al lado de la cama.

No hay respuesta, de manera que me inclino más cerca de ella y vuelvo a decirlo, esta vez sin vacilaciones, pensando que no va a responder.

—Caitlin.

Se le abren los ojos de golpe. Doy un respingo tal que choco contra el carrito médico que tengo detrás, revolviendo todo el material que contiene pero sin hacerlo caer.

El corazón me aporrea el pecho, como en un ritmo frenético de batería.

Desde poco más de medio metro, observo el rostro de Caitlin. Los ojos abiertos están fijos en los paneles del techo.

El siguiente paso es la respuesta al dolor. No quiero tocarla, pero me obligo a ponerme detrás de la cama para pellizcarle en el trapecio, abarcando unos cinco centímetros entre el pulgar y el índice. Empiezo pellizcando con suavidad y poco a poco lo hago con más fuerza, y entonces se produce una reacción: flexiona el brazo de manera inconsciente, doblándolo por el codo como si quisiera apartarse de la fuente de dolor. Me echo atrás y la suelto. Puede moverse, lo que es una desilusión, porque significa que no existe enclaustramiento.

Calculo el resultado mentalmente. Hoy ha obtenido una puntuación de siete en la escala de coma de Glasgow.

Cuando llegó, esa puntuación era de tres, que es lo más bajo que puede puntuar una persona.

Está mejorando.

Sola en la sala de descanso, intento recobrar el aliento, pensar.

El estado de Caitlin Beckett mejora. Solo es cuestión de tiempo que el terapeuta respiratorio vaya retirándole el apoyo ventilatorio. Una vez sea capaz de respirar por sí misma, también podrá hablar, y me pregunto qué dirá y si su memoria seguirá intacta.

El televisor de la sala de descanso está encendido. Emiten el noticiario de mediodía y están diciendo que la policía cree estar cerca de encontrar al autor de los asaltos a mujeres en la ciudad. Y debería sentirme aliviada, agradecida, debería subir el volumen para oír mejor la noticia, pero tengo la cabeza en otra parte y, aunque oigo la voz del locutor, estoy de espaldas al televisor y solo capto las palabras en la superficie. No llego a asimilarlas mentalmente, porque estoy pensando en Caitlin y en lo que he hecho ya y en lo que aún tendría que hacer, porque no puedo correr riesgos. «La última víctima se resistió. Lo arañó. Restos en las uñas. ADN».

Es necesario matarla.

Es necesario que muera.

No es que yo quiera hacerlo. No soy una asesina. Mi trabajo es salvar a las personas. La idea de quitarle a alguien la vida me parece impensable. No puedo imaginar nada peor, pero tengo tanto que perder si ella vive…

En cualquier caso, es factible. De verdad podría matarla. Si trabajas en un hospital el tiempo suficiente, sabes que inevitablemente van a producirse errores médicos. Cada enfermera o enfermero los ha cometido en algún momento. Yo lo he hecho, desde luego. En la escuela de enfermería se oían historias terroríficas, y recuerdo que cuando empecé a trabajar en el hospital entraba en mi turno rezando para no matar accidentalmente a alguno de mis pacientes. Somos humanos y todos cometemos errores, aunque algunos errores sean peores que otros, más notorios, equivocaciones que van desde no elaborar correctamente los informes de enfermería hasta administrar una medicación errónea, quizá la que corresponde a otro paciente, y a veces no pasa nada, no tiene consecuencias adversas, pero otras te encuentras con que alguien es alérgico a determinado fármaco y acaba muriéndose. Incluso un informe de enfermería incorrecto puede tener fatales consecuencias si la enfermera o el enfermero no documenta bien la medicación de un paciente y luego es otra persona quien ha de administrarle los fármacos. Ciertos errores producen una reacción en cadena como esa y, antes de que te des cuenta, un paciente sufre una sobredosis y muere.

En estos tiempos, no hay suficiente personal de enfermería. El síndrome del trabajador quemado se hizo patente con la pandemia. En los últimos años, ha provocado que muchos se replanteen su profesión y terminen por abandonarla, lo que aumenta la presión sobre los que quedamos. Mientras el número de enfermeras de cuidados intensivos disminuye, el de pacientes no ha dejado de crecer. Y nos siguen llegando, pese a que no siempre disponemos de suficientes habitaciones o recursos para ocuparnos de ellos como deberíamos. Es un hecho probado que un personal de enfermería insuficiente incide directamente en la mortalidad de los pacientes. Cuanto menos personal, más responsabilidades debemos asumir cada uno. Tenemos más tareas de las que podemos abarcar. Estamos física y emocionalmente agotados. El resultado es que se producen errores. Y no se deben necesariamente a malos doctores o enfermeras, sino a los problemas en el propio sistema de salud. En caso de error, no podría achacárseme a mí la culpa. Sería culpa del sistema. Lo que la gente no sabe es que los fallecimientos por errores médicos son una de las principales causas de mortalidad en Estados Unidos, aunque no se diga. Lo que se hace es tergiversar ese dato y presentarlo con otro nombre, como paro cardíaco, cuando en realidad habría que hablar más bien de un cóctel de fármacos letal, un error de programación, una inyección de aire en una vía arterial que deriva en embolia o una administración intravenosa de potasio demasiado rápida.

Lo que me pregunto es: si una enfermera comete un error y, como consecuencia, el paciente muere, ¿es responsable penalmente?

Podría perder mi trabajo, perder mi licencia.

No me parece tan mal, si con eso me libro de la cárcel.

Capítulo 22

Al día siguiente, se toma la decisión de ir retirándole a Caitlin el apoyo del respirador. Cuando se lo hayan quitado, ya no la sedarán y será capaz de hablar.

La retirada del respirador es un proceso, no algo que se haga de golpe. Hemos de asegurarnos de que un paciente puede respirar por sí solo antes de extubarlo. Eso puede tardar una hora o más, y a veces, después de que termine el proceso, nos damos cuenta de que el paciente no está listo para la extubación y es mejor posponerla, que es justo lo que espero que suceda con Caitlin: que cuando el terapeuta respiratorio le cambie la programación del respirador o después de haberla extubado, empiece a tener problemas para respirar y deba ser reintubada.

En este caso, primero le quitan la sedación, de modo que Caitlin esté plenamente consciente. El terapeuta respiratorio cambia las pautas de ventilación mecánica y, durante la hora siguiente, estamos alerta para asegurarnos de que no surgen dificultades y Caitlin puede respirar por sí sola, que su respiración no es ni demasiado rápida ni superficial, que su nivel de oxigenación es suficiente y otros parámetros por el estilo.

Durante todo ese proceso, la que tiene problemas para respirar soy yo.

Caitlin pasa la prueba de ventilación espontánea con matrícula de honor.

Todos están entusiasmados, menos yo.

Caitlin va mejorando.

Todo el mundo cree que vivirá, aunque nadie sabe en qué condiciones. Los efectos a largo plazo de un traumatismo craneoencefálico pueden ser importantes. Los pacientes pueden sufrir deficiencias motoras, lesiones nerviosas, trastornos de visión y dificultades con la motricidad fina o para pensar y recordar, entre otras cosas.

A muchos les resulta difícil hablar nada más retirarles el respirador. Tienen la voz ronca y son capaces de respirar por sí mismos, pero aún están débiles y a menudo presentan obnubilación mental por los sedantes y el tiempo que han estado conectados a la máquina. Al principio, les resulta complicado pensar y formar palabras, pero la mayoría acaban consiguiéndolo.

Pensar en ello me está quitando el sueño, pues no dejo de elucubrar sobre lo que puede ocurrir si Caitlin logra engarzar palabras hasta formar frases y contarles a todos lo que hice.

Hoy, al entrar en su habitación, está despierta. Tiene los ojos abiertos apenas una rendija y la cabeza girada hacia la puerta, de modo que me ve entrar: sus ojos y la cabeza me siguen mientras me muevo por la habitación, aunque en principio no muestran signos de reconocerme. Mi única esperanza ahora es que no recuerde lo ocurrido y no sepa quién soy. No es un pensamiento ilusorio. Resulta bastante normal que quienes sufren un traumatismo craneal no puedan recordar.

De momento estamos ella y yo solas en la habitación. Los Beckett han venido antes, pero ya se han ido a preparar una habitación en su casa para cuando Caitlin salga del hospital. La pobre señora Beckett debe de estar emocionada ante la idea de recuperar a su hija, de cuidarla, aunque esa posibilidad sea prematura. Caitlin no va a dejar el hospital ya mismo y, cuando lo haga, no irá a casa, sino probablemente a un centro de rehabilitación temprana para seguir terapias de lenguaje, ocupacionales y físicas, y allí, si no lo hacen aquí, determinarán lo que le sucedió. La policía le hará preguntas y tarde o temprano Caitlin les contará que Milo Finch, pese a mi identificación, no fue quien la empujó del puente, sino que fui yo.

No dejo de pensar en ello. De hecho, es en lo único que puedo pensar, en lo que ocurrirá cuando se lo cuente.

Me digo a mí misma que no hay testigos. Nadie me vio empujarla. El único testigo, la conductora de un coche que pasaba por Lake Shore Drive, estaba demasiado lejos para ver nada con claridad. Si Caitlin recuerda, será su palabra contra la mía, y no resultará difícil achacar su testimonio a su lesión craneal. Diré que se confunde, que solo cree que yo estaba con ella en el puente por el largo tiempo que he pasado a su lado mientras estaba inconsciente. De tanto oír mi voz en la habitación, su mente ha deformado los hechos y me ha colocado en el puente en lugar de en su cuarto del hospital. Esas cosas pasan.

Podría ser suficiente para librarme. Podría convencer a todos de mi inocencia.

Salvo por algunos detalles. El primero, la cita para la mamografía. Existen pruebas de que yo me encontraba en un radio de kilómetro y medio del puente peatonal el mismo día en que la empujaron. Y, si todo sale a la luz, también lo de que Caitlin se hizo pasar por Nat para robarme, y entonces yo tendría un motivo: la venganza.

Si Caitlin les cuenta a todos que Sienna no es hija de Ben, una simple prueba de paternidad bastará para demostrarlo. En ese caso, ya no será solo mi palabra contra la suya. Existirá una prueba física de que dice la verdad.

Nunca saldré bien librada de este asunto.

Ahora tiene los ojos fijos en mí, con una mirada menos

ausente que en días pasados, más enfocada. Vuelvo a aplicarle la escala de coma de Glasgow y, esta vez, cuando le pregunto «¿sabes lo que te ha ocurrido?», ella responde.

Al principio dice algo incoherente, pero luego su agitación resulta manifiesta.

—Tú. Tú —dice.

Se me forma un nudo en la garganta.

Está pasando. Está componiendo palabras. Y no son insustanciales, sino incriminatorias, palabras que me destrozarán la vida si lo permito, si no se me ocurre una manera de cerrarle la boca.

—Yo…, yo ¿qué? —pregunto con voz temblona, y al instante su mano se aferra a mi muñeca.

Ahogo un grito e intento soltarme, pero ella no cede. Tengo que usar la mano izquierda para liberar la derecha, y solo cuando he conseguido soltarme de su garra vuelvo a mirarla a la cara, una cara con los ojos ahora espantados.

Me doy media vuelta y salgo de la habitación con el corazón a mil por hora.

Hay gente yendo y viniendo por el mostrador de control. Busco refugio en la habitación de la señora Layley, una paciente de ictus, sintiéndome de pronto muy acalorada, un sofoco que me sube por el cuello hasta la cara, y aunque no puedo verme imagino que se me ha enrojecido la piel.

Nada más entrar en la habitación de la señora Layley, tiro de la parte de arriba del uniforme para separarlo de la piel y permitir que entre el aire. Trato de respirar. Voy a la pila. Me lavo las manos dejando correr el agua fría, dándome tiempo para recuperar el aliento.

—Hola —me saluda la señora Layley, y sé que tengo que acercarme, que no puedo quedarme sin más en su habitación para esconderme.

Voy hasta la cama procurando sonreír, estar mentalmente presente para la señora Layley, pero me resulta casi imposible, porque no me quito a Caitlin de la cabeza.

Esos ojos espantados. La expresión de la cara. El modo en que su boca articuló la palabra, ensayándola como haría un bebé que aprendiera a hablar. Podría equivocarme, pero diría que también movió ese cuerpo destrozado cuando habló, que se apartó mínimamente de mí, retorciéndose en la cama como un gusano, como si me tuviera miedo.

Podría haber querido decir cualquier cosa. Tú eres mi enfermera. Tú estás ahí.

Podría haber docenas de significados posibles.

O podría haber querido decir exactamente lo que yo creo. Todo podría quedar implícito en ese «tú».

Tú me empujaste del puente. Tú lo hiciste. Tú vas a pagar por ello, seguro.

Noto mojadas las axilas y doy gracias de que el uniforme sea negro y queden disimuladas.

—¿Cómo se encuentra, señora Layley? —pregunto, pero mientras me contesta, peleándose con las palabras porque el ictus le ha afectado el habla y la comprensión, solo puedo pensar en que no tengo opción, en que tengo que hacerlo, tengo que matarla y hacerlo pronto, porque si espero demasiado perderé la oportunidad. Será demasiado tarde. Caitlin mejora cada día y solo es cuestión de tiempo que lo revele todo.

Me digo a mí misma que no es una buena persona. Me mintió. Fingió que secuestraba a mi hija. Me robó. Hizo daño a sus propios padres. Contó mentiras sobre su madre. Tramó un plan para acusar a un hombre de tener pornografía infantil y le destrozó la vida. No tiene moralidad ni integridad. El mundo sería mejor sin ella. «Si hay justicia en el mundo —dijo Milo Finch—, Caitlin no sobrevivirá.»

Pero ¿cómo puedo hacerlo?

Empiezo a cavilar sobre ello, a darle vueltas en la cabeza. Y entonces se me aparece la respuesta, allí, a la vista de todo el mundo, en el carrito médico que hay junto a la cama de la señora Layley, y en el mismo instante en que la veo sé que me ha tocado el premio gordo.

La pluma de insulina de la señora Layley.

La insulina es una medicación letal. Se comercializa con una advertencia. Una cantidad excesiva puede matar, como prueba el hecho de que a veces se use para suicidarse. Una solución oportunista, pero es que estoy desesperada. Empiezo a razonar mentalmente cómo podría salir impune, cómo podría achacarlo todo a un error clamoroso, un accidente que me llevó a darle a un paciente la medicación de otro. Esas cosas ocurren. Más a menudo de lo que la gente cree, las enfermeras intercambian las medicaciones por error. Porque falta personal y asumimos demasiada carga de trabajo y no siempre nos acordamos de escanear la pulsera del paciente o no tenemos tiempo de hacerlo antes de administrarle la medicación, por poner solo un ejemplo, de manera que nos saltamos deliberadamente el protocolo de seguridad ideado precisamente para que nadie corra riesgos innecesarios, y todo por ahorrar tiempo.

También resulta concebible que pudiera aumentar un decimal al calcular la dosis, que le diera a Caitlin mucho más de lo que tomaría nunca la señora Layley y lo atribuyera de nuevo a un error.

En teoría, las plumas de insulina no deberían dejarse al alcance de nadie. Se supone que debemos guardarlas en el almacén de fármacos, en compartimentos específicos para cada paciente, pero eso no siempre es lo más eficiente, porque los pacientes que reciben insulina van a necesitarla muchas veces al día. No tenemos tiempo para estar todo el día yendo y viniendo al almacén de fármacos. Llevar las plumas de insulina en el bolsillo o dejarlas en la habitación del paciente, sin medidas de seguridad, se ha convertido en práctica habitual entre las enfermeras.

A consecuencia de ello, no es raro que se pierdan. Cada cierto tiempo, oigo en el mostrador de control que alguna compañera se lamenta por alguna pluma perdida o que la está buscando, preguntándose dónde puede habérsela dejado. Si no la encuentran, piden otra a la farmacia, porque pacientes como la señora Layley no pueden prescindir de la insulina sin sufrir hiperglucemia o cetoacidosis, y no se arma ningún revuelo por ello. La farmacia se limita a suministrarla.

Cuando estoy saliendo de la habitación, me deslizo la pluma en el bolsillo y cruzo la puerta.

Capítulo 23

Noto la pluma de insulina en el bolsillo del pantalón de mi uniforme. No está a la vista, o eso me repito para tranquilizarme. Todo lo más, me abulta un poco el pantalón de un modo nada llamativo, pero yo no dejo de bajar la vista para mirar desde varios ángulos y asegurarme de que no puede adivinarse qué es.

Mentiría si dijera que no tengo miedo ni dudas. Tengo ambas cosas. No soy una asesina. No es que yo desee la muerte de Caitlin, sino que no dejo de pensar en lo que me sucederá si vive. Su vida y la mía son incompatibles.

Repaso detenidamente los posibles resultados de darle la insulina. Bradicardia. Actividad eléctrica sin pulso. Muerte. No hay garantías. Existen variables, claro está, porque cada persona es diferente. Por ejemplo, para matar a una persona podrían requerirse veinte unidades de insulina o novecientas. No hay modo de saber con certeza cómo responderá el cuerpo, aunque en este caso es insulina de acción rápida y no de acción prolongada. Mi estimación es que la muerte se produciría con relativa celeridad.

Caitlin está dormida, pero se despierta cuando la toco. Abre poco a poco los ojos y sé entonces que, si dudo, mi determinación se irá al traste. Hace una mueca tratando de evitar la luz, de aclimatar los ojos al resplandor, en tanto yo la cojo del brazo y pienso, en ese último segundo, en la leal señora Beckett y en aquel día, de hace ya tantos años, en el que la policía se presentó en su puerta porque Caitlin la había acusado de maltrato infantil. Pienso en lo que debe sentirse al ver tu reputación manchada, arrastrada por el fango por alguien a quien quieres, una persona por la que harías lo que fuera. Pienso en Milo Finch y en el día en que la policía fue a buscarlo y se lo llevó esposado, el día en que perdió su libertad y a su familia y su vida cambió para siempre por culpa de Caitlin. Nada de todo eso puede demostrarse.

Caitlin va a curarse. Mejorará y, si se lo permito, saldrá por su pie de este hospital como una mujer inocente, mientras que yo iré a la cárcel, dejándole vía libre para que siga destrozando más vidas.

Le inyecto la insulina en el dorso de la parte superior del brazo, porque es la más accesible. Se hace atrás y se estremece por el dolor del pinchazo.

—Lo siento —digo, y es cierto que lo siento, aunque no por lo que estoy haciendo. Lo que siento es que ella no sea la persona que yo creía que era. Por un instante, vuelve a mi mente la noche en que la vi en el grupo de apoyo a divorciados y tanto me alegré de encontrar a una amiga. Recuerdo cómo la abracé esa noche en la iglesia, cómo prolongué ese abrazo un poco más de la cuenta, tanta era mi añoranza de los tiempos pasados, más sencillos y felices. Ella se aprovechó de mi soledad, de mi desesperada necesidad de amigos.

Pero nunca fue mi amiga.

Me tiemblan las manos mientras giro el selector de dosis para inyectar por segunda vez, y luego por tercera vez, teniendo que recolocarle el brazo a la fuerza porque Caitlin se resiste a cada pinchazo.

Al terminar, me guardo de nuevo la pluma en el bolsillo.

Alejo de Caitlin el botón de llamada a las enfermeras para que no pueda alcanzarlo y me separo de la cama.

Mi respiración es jadeante, trabajosa, y el corazón me estalla. Oigo el pulso de la sangre en los tímpanos. ¿Qué he hecho? Todavía tiene remedio, me digo, pero no quiero remediarlo. Lo que quiero es que acabe. Quiero que esté ya muerta. Respiro hondo. Suelto el aire, consciente de que debo encontrar el modo de relajarme, de que debo tener paciencia, porque no va a ocurrir enseguida. Tardará un poco; irá empeorando hasta que entre en parada cardiaca y, mientras tanto, yo tengo que actuarcomo si nada sucediera, como si todo estuviera en orden.

Me obligo a acercarme de nuevo. Silencio las alarmas de la habitación. Al final, la frecuencia cardiaca aumentará y Caitlin entrará en estado taquicárdico, y no quiero que nadie se entere, porque podrían venir demasiado pronto e intentar salvarla. He de evitar cualquier riesgo de que pueda sobrevivir. En nuestra unidad no hay técnicos de telemetría sentados mano sobre mano, analizando ritmos cardíacos. Son las enfermeras quienes deben saber detectar diferencias sutiles en un electrocardiograma o estar atentas a las alarmas. Caitlin me observa mientras silencio las suyas, con los ojos totalmente abiertos, y me pregunto si sabe lo que he hecho, si es consciente de lo que le está ocurriendo y si tiene miedo.

Salgo de la habitación, porque no puedo quedarme allí durante la próxima hora y ver cómo sucede. Tengo que seguir con mi jornada, actuar con normalidad. Voy a ver a mis otros pacientes. Compruebo sus constantes vitales y les doy la medicación, pero, durante todo ese rato, mi mente está pensando en Caitlin, preguntándose lo que ocurre en su habitación, si a estas alturas ya está experimentando bloqueos cardíacos, si las señales eléctricas se están ralentizando y no viajan como corresponde.

Salgo de la habitación de un paciente al pasillo para dirigirme al mostrador de control y hacer una llamada.

Al mismo tiempo, veo que Luke viene en dirección contraria. Me sonríe y, cuando creo que simplemente va a seguir su camino, en el último segundo me dice:

–Quería hablar contigo. Penelope tiene un amigo. –Y me coge suavemente del antebrazo para que me gire hacia él, justo cuando estamos frente a la habitación de Caitlin y, por mi posición, me veo obligada a mirarla, a ver el sudor de su frente y la piel que se le está enrojeciendo–. Dan, o Daniel, Murphy –continúa Luke, aunque apenas lo oigo porque solo pienso en Caitlin y en si alguien, aparte de mí, puede ver cómo está sudando–. Tierra llamando a Meghan –se burla Luke. Parpadeo para enfocar y obligarme a mirarlo–. ¿Me has oído?

–Perdona, no –contesto sacudiendo la cabeza–. ¿Qué has dicho? –pregunto, sabiendo que si Luke moviera los ojos un poco a su derecha, que si desplazara la mirada medio metro tan solo, vería el interior de la habitación. ¿Se daría también cuenta del sudor o solo puedo hacerlo yo porque me hallo en estado de hipervigilacia?

–¿Va todo bien?

–Sí. ¿Por qué? –pregunto, separándome del cristal para colocarme más al centro del pasillo y que sus ojos me sigan.

–No lo sé –dice ladeando la cabeza–. Pareces distraída.

Suelto una risa que es de todo menos natural, desagradable a mis propios oídos.

–Estoy perfectamente –digo, con tanto énfasis en el «perfectamente» que le resto credibilidad.

Luke sostiene mi mirada durante demasiado tiempo.

–¿Estás segura?

Me aclaro la garganta y procuro controlarme.

–Sí, de verdad, estoy bien –contesto con mayor seguridad, más cerca de mi verdadero yo–. Lo siento, estaba algo ida. El día ha sido largo. ¿Qué decías?

—Decía que él y tú haríais buena pareja, creo yo. El amigo de Penelope, Dan Murphy. ¿Qué te parece? —pregunta, con una sonrisa que le asoma en la comisura de los labios—. ¿Quedamos todos para hacer algo?

—Penelope tiene que hacer reposo.

—Dan y tú podéis venir a casa. Yo cocino y lavo los platos, así que Penelope no tendrá que levantar ni un dedo.

—Dijo el hombre que nunca ha estado embarazado ni sabe lo que es guardar cama. Seguro que Penelope estaría encantada.

—Se está volviendo majara, Meghan. Claro que estaría encantada. Piénsalo, ¿vale? Ya me dirás. Pero no tardes mucho en decidirte, que el tipo es «el partido perfecto», en palabras de Penelope —dice, haciendo el gesto de poner comillas—. Si esperas demasiado, podrías perder tu oportunidad.

—De acuerdo.

—¿Prometido? —pregunta, demorándose ya demasiado cuando yo solo deseo que se marche.

—Sí, prometido.

Cuando se va, siento un alivio inmenso.

Pero me dura poco. Porque, casi al mismo tiempo, las puertas de la UCI se abren y me preparo para lo peor, imaginando que los Beckett vuelven en el momento más inoportuno, a tiempo para verlo, para ver cómo su hija muere.

Capítulo 24

Su corazón se ralentiza. Entra en parada cardiaca. No se trata de taquicardia ventricular, sino de actividad eléctrica sin pulso, lo que significa que los impulsos eléctricos del corazón son demasiado débiles para hacer que este se contraiga y bombee sangre al resto del cuerpo. No tiene pulso y la actividad eléctrica del corazón es insuficiente para mantenerla con vida.

Estoy en la habitación cuando todo sucede, observando mientras pierde la consciencia y deja de reaccionar a los estímulos, mientras se queda pálida.

Todavía no hago nada, aunque los nervios me están matando y el cerebro me estalla.

Se está muriendo.

Gracias a Dios, los Beckett no han vuelto de su casa. Siguen allí, o quizá están de camino, en un taxi, entrando en el hospital o subiendo en el ascensor hasta nuestra planta. Echo un vistazo al pasillo para asegurarme de que no hay nadie, de que nadie está viendo cómo Caitlin se muere, y luego vuelvo a mirarla y me acerco para comprobar que no tiene pulso palpable.

La muerte por actividad eléctrica sin pulso se produce en cuestión de minutos, de modo que cuando decida activar el código azul ya estará al borde de la muerte. Si su cerebro permanece cinco minutos sin recibir sangre ni oxígeno, las células cerebrales empezarán a morir y, cuando eso ocurra, ya no habrá posibilidad de revivirla.

Permanezco mirando tanto rato como puedo, para asegurarme de que el daño sea grave e irreversible. Después, sé que tendré que iniciar las maniobras de resucitación. Debe parecer que deseo salvar su vida, tanto como la de cualquier otro paciente. Activo el código azul con un grito en el pasillo y luego inicio las compresiones torácicas, al principio sin ejercer fuerza real, hasta que llega un testigo y comienzo a apretar de verdad, a sentir cómo las costillas de Caitlin se quiebran bajo la presión de mis manos.

Un código azul no es un procedimiento amable. La reanimación cardiopulmonar es violenta, una agresión. Los pacientes sufren efectos perniciosos durante los intentos a menudo vanos de salvarles la vida. De los pacientes que entran en parada cardiaca en el hospital, la mayoría no sobreviven y, entre quienes lo hacen, son muchos los que sufren un daño neurológico permanente y muy pocos los que consiguen llevar una vida digna de tal nombre. Es horrible, pero mi conciencia debe aceptarlo y estar en paz. Esta vez no puedo sentirme culpable por permitir que un paciente muera.

Entra gente corriendo en la habitación con el carro de paradas. Natalia me releva con las compresiones torácicas. He conseguido provocarme las lágrimas y parezco muy alterada.

—¿Qué ha pasado, Meghan?

—Le he dado la insulina de otro paciente por error —admito, jadeando, sabedora de que cuando muera le practicarán una autopsia. Hallarán insulina en su cuerpo. Mentir solo empeoraría las cosas, me haría parecer culpable. Mostrarse sincera, en cambio, será de gran ayuda en el futuro. Propiciará una mayor indulgencia. Las consecuencias no serán tan malas, porque existen estipulaciones para proteger a las enfermeras que cometen errores accidentalmente, siempre que digan la verdad.

Digo cuánta insulina le he dado y cuándo. Admito también que he calculado mal la dosis y administrado un decimal más de lo debido, tras lo cual se desata en la habitación un frenesí de actividad. Un caos organizado en el que todos se apretujan en un mínimo espacio, hiperconcentrados en su tarea específica, pero trabajando con un objetivo común.

Yo soy la única que tiene un objetivo diferente.

Ellos quieren que viva.

Yo necesito que muera, y eso es lo que ocurre.

Se decreta la muerte clínica. Todos retroceden y sueltan un suspiro simultáneo. Alguien apaga las máquinas y se hace el silencio. Cierta paz desciende en la habitación como una niebla, un breve momento de inactividad antes de que todos se marchen, de que reanuden lo que fuera que estuviesen haciendo antes de que Caitlin sufriera el paro cardíaco.

Yo permanezco allí, inmóvil durante unos instantes mientras unos salen y otros entran para decirme que lo sienten y preguntarme si estoy bien, como si fuera yo la que ha perdido a un ser querido, la que debe recibir el pésame.

Sola con ella en la habitación, intento decirme a mí misma que no es más que otra paciente, otra cualquiera de las que acaban muriendo. Pero la realidad de lo que he hecho comienza a calar hondo en mi ánimo, a consumirme, hasta que estoy segura de percibir los latidos de su corazón a través de las finas sábanas, una elevación apenas perceptible, un casi inaudible pum, pum, pum, y tengo que retirar la sábana para comprobar que está muerta, muerta de verdad, y presionar los dedos contra la carótida para buscarle el pulso, tocando esa piel ya pálida, fría al tacto y en cierto modo similar a un molde de silicona para pasteles.

Está muerta. Muerta, sin duda.

Alguien entra a decirme que la enfermera jefe quiere hablar conmigo. Es lo que preveía, sabía que era inevitable, que esta será la primera de las muchas conversaciones que tendrán lugar en los próximos días, pero eso no impide que me vea sobrepasada por el miedo.

–¿Qué ha pasado, Meghan? –me pregunta la enfermera jefe, y entonces me derrumbo y pierdo todo control. Entre sollozos, balbuceo una versión de la verdad.

Trata de consolarme.

–Ha sido un error real, y que lo hayas reconocido te ayudará mucho. Pero, Meghan –añade antes de que me marche–, yo me buscaría un abogado, solo por si acaso.

Cuando dejo el despacho, me dirijo a toda prisa a una cercana salida de emergencia que nunca se usa. Empujo la barra antipánico y cruzo como una exhalación la puerta de acero hasta la escalera. Subo, al principio andando y luego corriendo, salvando de dos en dos los peldaños, tan deprisa que estoy sin aliento y con las piernas llenas de ácido láctico al llegar arriba, donde por fin me detengo, con el cuerpo doblado por la cintura y las manos en las rodillas. Me doy la vuelta y me siento en las escaleras, jadeando, resollando, con el regusto del almuerzo en la boca, agrio ahora, una mezcla de saliva y ácidos estomacales que me suben por la garganta y se acumulan en los carrillos y bajo la lengua. Lucho contra las ganas de vomitar. Me exige un gran esfuerzo, mucha concentración. Cierro los ojos. Respiro por la nariz, retengo el aire en los pulmones, espiro por la boca. Una y otra vez. Apoyo la cabeza en la pared, agradecida por el frío que noto en la cara. Todo mi cuerpo empieza a temblar, con convulsiones incontrolables como las de un ataque epiléptico. Estoy ardiendo y sudando, pero al mismo tiempo tengo frío, como todas esas veces en que me despierto presa de sudores nocturnos, empapada pero también helada por la humedad que se va secando en mi ropa, en las sábanas y en la piel.

No puedo permitir que nadie me vea así.

No puedo permitir que Sienna me vea así.

Con manos inseguras, busco el teléfono en el bolsillo del uniforme. Contemplo la imagen de Sienna durante largo rato y luego tecleo un mensaje: «Ey». Me interrumpo para pensar bien las siguientes palabras, porque Sienna es lista y me conoce mejor que nadie.

Me parece que me estoy poniendo mala. ¿Crees que podrías pasar la noche en casa de Gianna? No quiero contagiarte.

Nada típico en mí, deshacerme de Sienna y endosársela a una amiga, sugerir que se autoinvite a dormir en casa de otra persona. Si me lo hubiera propuesto la propia Sienna, me habría negado en redondo, alegando que era de mala educación.

Pero en estos momentos no puedo verla. No puedo mirarla a la cara después de lo que he hecho.

¿Mala? ¿De qué?

Me pregunta:

No sé. Puede que un virus estomacal. Tú envíale un mensaje a Gianna, ¿ok? Ya me dices qué te contesta.

Es muy raro, mamá. No puedo autoinvitarme a su casa.

Ya lo sé. Perdona. Pero tienes el examen de acceso a la universidad la semana que viene y el baile de invierno este fin de semana. No puedes caer enferma. ¿Quieres que le envíe yo un mensaje a su madre para ver si le parece bien?

No, eso me da vergüenza. No tengo cinco años.

Ok. Entonces escribe a Gianna.

Dejo el teléfono en los peldaños, a mi lado. En algún momento voy a tener que levantarme. Aún tengo cosas que hacer antes de irme a casa. Lo único que me salva es que ya pasan de las siete y ha empezado el turno de noche. Al turno diurno le toca salir.

Sienna solo tarda un minuto en escribirme diciendo que se queda con Gianna, lo cual es un alivio. Necesito que se vaya. Necesito estar sola en el apartamento. Necesito pensar, desmoronarme, inquietarme, llorar, todo eso en privado. Ni me molesto en preguntar si los padres de Gianna estarán en casa, algo que haría normalmente. Suelo ser muy maniática con ese tipo de cosas, siempre insisto en saber dónde estarán los padres antes de dejar que Sienna duerma en casa de una amiga. Yo también he tenido dieciséis años y sé lo que se hace a esa edad cuando te dejan a solas durante el tiempo suficiente. Esta noche, sin embargo, eso es lo que menos me preocupa.

Ok. Diviértete. Te quiero.

Me supone un gran esfuerzo irme de la escalera. Tengo que autoconvencerme de que debo hacerlo, levantarme y bajar de nuevo a la unidad para terminar lo que tengo que hacer.

El forense viene a por el cuerpo. Desde la distancia, veo cómo se lo llevan en camilla y lo meten en el ascensor del personal, porque tampoco tiene que enterarse todo el mundo de que no todos los pacientes salen de aquí por la puerta principal. El señor y la señora Beckett van detrás de la camilla, con las manos entrelazadas, los rostros cansados y serios, y yo me encojo al verlos, escondida en un pequeño hueco de la pared, porque no puedo verlos ahora. No soy capaz de hablarles. No sé qué podría decirles. Pero sí que me quedo observándolos, siguiéndolos con la mirada mientras están a la vista. La señora Beckett llora con moderación y, por un instante, me pregunto si está triste o le he hecho un favor y en lugar de pena siente alivio.

Cuando por fin salgo del edificio, camino despacio hacia casa. El sentimiento de culpabilidad se va adueñando de mí, la conciencia me atormenta. Me siento transparente, como si cualquiera pudiera mirarme y saber lo que he hecho.

La noche es fría. A lo lejos se oye una sirena, acercándose. He vivido en Chicago durante casi la mitad de mi vida y no es nada que no haya oído antes, nada fuera de lo normal. Sin embargo, casi enseguida me convenzo de que esa sirena viene a por mí, de que alguien del hospital ha descubierto lo sucedido y sabe lo que he hecho, sabe que ha sido intencionado. Han llamado a la policía y han empezado a indagar. La policía está investigando ya la sospechosa muerte de Caitlin.

El lamento de la sirena se aproxima. Viene hacia mí hasta que la tengo encima, justo detrás de mi hombro izquierdo, y no sé qué suena más fuerte, si el estruendo de la sirena o el martilleo de mi corazón. Tengo demasiado miedo para mirar atrás, así que me escabullo por un callejón y me pego como una lapa a un muro de ladrillo, junto a un contenedor bajo en el que se esconde una colonia de gatos asilvestrados, observando cómo el coche patrulla pasa a toda velocidad, y solo entonces, cuando ya se ha ido y la sirena se atenúa en la distancia, salgo con cautela de mi escondite.

Me detengo en la licorería de la esquina, porque en casa solo tenemos vino y esta noche necesito algo más fuerte que el vino.

Son casi las nueve cuando por fin llego a casa. Afuera es noche cerrada, con la luna en cuarto menguante, y no tengo miedo. Ni siquiera pienso en que hay un agresor de mujeres suelto por la ciudad. Solo pienso en Caitlin.

No era una buena persona, me recuerdo a mí misma cada vez que la culpa se infiltra en mi conciencia.

Le he hecho un favor a todo el mundo. He hecho lo que tenía que hacer.

Meto la llave en la cerradura y entro en el edificio. Comienzo a subir los peldaños con pasos que parecen de plomo, como si me hubieran puesto ladrillos en las piernas. La bolsa de la licorería me roza la pierna y, a cada paso, oigo crujir el papel de estraza que envuelve la botella de vodka.

Llego a la tercera planta. Al alcanzar al rellano, me detengo de espaldas a la puerta concentrada en las llaves, buscando la del apartamento para abrir y luego cerrar por dentro.

Cuando estoy girando para enfilar el pasillo, veo de reojo un movimiento. Me sobresalto y, al levantar la vista, me encuentro a una forma oscura agachada junto a la puerta. Lanzo un grito, doy un paso atrás y al poco empiezo a discernir con mayor claridad, a apreciar con nitidez la figura que tengo delante: la de un hombre sentado en el suelo sobre la raída moqueta granate, junto a mi puerta, un hombre de rostro alargado, mandíbula cuadrada y angulosa, ojos muy juntos y cabello castaño, algo canoso en la zona del pronunciado pico de viuda.

–¡Joder! ¡Mierda, Ben! –grito, llevándome la mano al corazón mientras mi exmarido, Ben, se levanta del suelo con el abrigo colgado del brazo–. ¿Qué haces aquí? –pregunto, todavía con la mano en el corazón, jadeando.

–Perdona –dice, manteniéndose a distancia y con aire sumiso–. No pretendía asustarte.

El corazón me late enloquecido. Mis palabras salen con brusquedad mientras paso ante él para entrar en el apartamento, cerrar la puerta y dejarlo fuera, porque lo único que quiero es quedarme sola.

–Sienna no está –digo con sequedad–. Consulta tu calendario. Este fin de semana no te toca.

–Ya lo sé –dice Ben, y siento el peso de su mano en mi brazo al pasar a su lado. Me agarra con firmeza, tanta como para detenerme–. Sienna ha enviado un mensaje –dice en tono suave y educado, a diferencia del mío–. Me dice que está preocupada por ti, Meghan. Que te estás comportando de forma rara. Le he dicho que vendría a verte para asegurarme de que todo va bien.

Titubeo. Soy reacia al principio, pero luego me giro un poco, levanto la cabeza y lo miro a los ojos.

–No pasa nada. Es solo que no me encuentro bien –le digo–. Debe ser un virus estomacal. Si no te importa –le digo mientras me libero de su mano–. Necesito entrar y acostarme.

Doy un paso hacia la puerta, pero Ben me arrebata la bolsa y desliza un dedo en el envoltorio de papel de estraza hasta dejar al descubierto la botella de Smirnoff. Me mira, intentando descifrar mi expresión.

–No sabía que el vodka curara los virus estomacales.

Le quito bruscamente la bolsa y procuro ponerla fuera de su alcance.

–Ey –exclama, el tono suave, dulce, casi acariciador. Ladea la cabeza, moviendo los ojos mientras estudia los míos, y no está siendo condescendiente, o no me lo parece, sino que su preocupación es auténtica–. ¿Por qué estás tan alterada? ¿Va todo bien?

Me rodeo el cuerpo con los brazos, dejando que la bolsa del vodka me cuelgue de la muñeca, enganchada por las asas. Siento que me pongo tensa, a la defensiva. Mi voz es hostil.

—Déjame adivinar —digo de mala manera—. Esto se lo vas a contar al juez, ¿a que sí?

Pero Ben solo crispa la expresión, como si le hubiera infligido un daño físico.

—No, Meghan —replica zarandeando la cabeza, el rostro entre las sombras que crea la luz del pasillo—. Nunca haría algo así. Y, aunque quisiera hacerlo, no hay nada que decir. Eres adulta. No hay nada en el acuerdo de custodia que te prohíba tomarte un trago después del trabajo. —Da un paso adelante y, esta vez, me pone las manos en los hombros y siento que son cálidas, firmes, manos que infunden ánimo. Dobla las rodillas hasta que nuestros ojos quedan casi a la misma altura—. No es eso lo que me preocupa. Me preocupas tú.

Trato de ser fuerte, estoica, pero la fatiga y las emociones me superan y se me desbordan las lágrimas. No es lo que pretendía, pero ahí están, y entonces la expresión de Ben cambia, se ablanda. Yo no soy de las que lloran. Nunca lo he sido. Soy de esas personas que se guardan sus sentimientos, de modo que esto es nuevo para él, inesperado, una faceta que le debe parecer insólita en mí.

En un principio, Ben vacila, diría que sin saber muy bien qué hacer, pero luego vuelve a poner rectas las rodillas. Recupera su estatura normal y me estrecha entre sus brazos, y yo siento que estoy claudicando, que el dique se rompe y el agua se desborda. Pese a mis reticencias, acabo apoyando la cabeza en su pecho, agradecida por poder notar su fuerza, su robustez y los rítmicos latidos de su corazón, que apaciguan mis nervios y me serenan. Me pasa la mano por el pelo y, por un momento, me siento a salvo.

—¿Qué pasa, Meghan? —me susurra al oído—. Puedes hablar conmigo —dice, y yo me rindo, porque Ben, a pesar de nuestras diferencias, a pesar de todo lo ocurrido entre nosotros durante los últimos años, me conoce mejor que casi cualquier otra persona, a veces incluso mejor que yo misma. Me ha visto en mis mejores momentos. Y me ha visto en los peores.

Me echo atrás, despacio, secándome la cara con el dorso de la manga.

–Ha sido un mal día –digo–. He perdido a un paciente. –Niego con la cabeza–. No…, no quería que Sienna me viera así. Quería estar sola, nada más.

–Lo siento –dice, y parece verdad, parece sincero–. Sé lo mucho que te afecta cuando muere un paciente. Por eso eres tan buena enfermera, Meghan, porque nunca te acostumbras a ello, nunca dejas de preocuparte.

Casi le cuento por qué esta vez es diferente, que la he cagado y es culpa mía que haya muerto, pero me freno, dejando que Ben aún siga creyendo que soy buena enfermera, que no estaba en mi mano evitar lo ocurrido. Permanecemos un instante allí, en el pasillo, sin hablar, hasta que dice:

–Bueno –mete el brazo en la manga del abrigo–, solo quería ver cómo estabas, pero ahora sé que prefieres estar sola y no quiero molestarte –decide, y de pronto no quiero que se vaya. Tengo miedo de quedarme sola con mis cavilaciones.

–¿Tienes que irte? –pregunto, extendiendo instintivamente la mano para coger la suya.

Ante mí, la cara de Ben adquiere una expresión de inequívoca sorpresa. Pasan algunos segundos antes de que responda y, en ese tiempo, veo con toda claridad que me he equivocado, que he interpretado mal la situación y el supuesto momento de intimidad entre nosotros solo estaba en mi cabeza.

Pero entonces dice:

–No. –Y vuelve a quitarse el abrigo y lo dobla sobre el brazo–. No tengo que irme. Puedo quedarme si quieres.

Asiento.

—Sí que quiero.

Me doy media vuelta y siento su mano en la parte inferior de la espalda mientras abro para entrar en la oscuridad del apartamento. Una vez dentro, cruzo el salón para encender la lámpara. Ajusto la intensidad de la luz para que no sea excesiva y me giro de nuevo hacia Ben, que está cerrando con suavidad la puerta y pasando el pestillo. Ben es alto, por encima del metro ochenta, y tiene un cuerpo atlético, los bíceps se le marcan a través de la fina camisa blanca y viste unos vaqueros rectos y ajustados.

Al girarse tras cerrar la puerta, me pilla mirándolo.

—Puedes dejar el abrigo en una silla. ¿Quieres beber algo? Tengo cerveza.

—Una cerveza me parece perfecto.

Asiento y me voy con el vodka por el estrecho y oscuro pasillo hasta la cocina. Saco la botella de la bolsa, sirvo un par de chorros en un vaso bajo y lo relleno con cocacola. Bebo un largo trago y le envío un mensaje rápido a Sienna.

No tenías por qué escribir a papá. Estoy bien.

Pero al instante me preocupa que el tono del mensaje parezca demasiado brusco. No quiero que Sienna piense que estoy enfadada porque le haya escrito a Ben. Sé que había verdadero cariño en ello y que tenía buena intención.

Envío un segundo mensaje.

Pero te agradezco que lo hayas hecho. Gracias por preocuparte por mí. Pásalo bien esta noche con Gianna. Te quiero.

Bebo otro trago de pie frente a la encimera para ver si Sienna contesta, pero no lo hace enseguida, de lo cual me alegro, porque eso significa que no está con el teléfono, sino disfrutando de la compañía de su amiga.

Bebo un poco más, intentando no pensar en Caitlin. Me esfuerzo por olvidar la sensación de su piel en mis dedos cuando ya estaba muerta. En lugar de eso, pienso en las cosas horribles que me hizo a mí y a otros, en lo falsa que era. Lo que hizo es incalificable. Me buscó, indagó en mi pasado para hacerse pasar por una amiga y así introducirse más fácilmente en mi vida. Lo sabía todo sobre mí y utilizó mi deseo de ayudar a la gente en su provecho, haciéndose la víctima para que yo la protegiera, para que me compadeciera de ella y la acogiera en mi casa. No puedo pensar en ella como la mujer que ha sido durante estas últimas semanas: inconsciente e incapacitada, con una familia que la quiere pese a haberse portado tan horriblemente con ellos y hacerles tanto daño.

Tengo que recordar a la mujer que era antes.

Mi único error en ese momento, mientras cojo una cerveza de la nevera para Ben y sujeto el teléfono bajo el brazo para llevar las bebidas al salón, es que no dejo de preguntarme cómo podía saber tanto sobre mí.

En el salón, Ben está de espaldas a mí. Mira a la calle por la ventana. No me oye entrar, así que me detengo y lo observo durante un instante, sin acabar de creerme que esté allí por otra razón que no sea recoger a Sienna, que haya venido a mi apartamento para asegurarse de que estoy bien.

El antiguo Ben jamás habría hecho algo así. El antiguo Ben jamás habría dejado de hacer nada para venir a ocuparse de mí. De repente, todos los resquemores que me ha despertado durante estos últimos meses se mitigan, aparecen bajo una luz diferente. ¿Y si no hubiera sido Ben el único culpable de que nuestro matrimonio fracasara? Al echar la vista atrás, pienso que quizá nos dormimos en los laureles después de llevar tanto tiempo juntos. Nos descuidamos, dejamos de esforzarnos, tanto él como yo. No poníamos el mismo empeño en nuestra relación que al principio de estar juntos. ¿Y si resulta que yo tuve tanta culpa como él?

–Aquí tienes la cerveza –digo avanzando hacia él–. ¿Quieres sentarte?

Se aleja despacio de la ventana. A su espalda, al otro lado del cristal, está nevando de nuevo. Cruza la habitación y rodea el lado estrecho de la mesita de centro. Se sienta en el sofá de cuero y, cuando le paso la cerveza, nuestras manos se rozan accidentalmente.

–Gracias –dice, y, aunque me quedo pensando dónde debería sentarme, al final opto por hacerlo a su lado en el sofá, en lugar de sentarme sola en el sillón.

Ben baja la vista hacia la cerveza, que sostiene por el cuello. Es una Guinness, la cerveza que siempre bebe, un detalle que no le pasa inadvertido.

–No sabía que te gustaba la Guinness.

–No me gusta.

–Ah –dice, como si pensara que la he comprado para otra persona.

Pero le corrijo.

–La fuerza de la costumbre –digo colorada, porque yo no bebo cerveza, al menos de forma habitual. Esta la compré sin pensar hará un mes, en la tienda de comestibles. Es una de esas cosas que haces sin darte cuenta, porque, cuando estábamos casados, siempre compraba los paquetes de seis Guinness para Ben. Al llegar a casa y sacar la compra, no podía creer que me hubiera equivocado de ese modo. Casi tiro las Guinness a la basura. Yo no iba a bebérmelas, pero tirarlas me parecía un despilfarro porque podrían servir para otra persona.

Nunca imaginé que esa otra persona pudiera ser Ben.

Levanta la botella para tomar un largo trago y, tras secarse la boca con el dorso de la mano, me pregunta:

—¿Puedes decirme el nombre de la paciente? La que ha muerto.

No quiero hablar de ella. Ni siquiera quiero pensar en ella.

—Sabes que no puedo.

—Qué bueno saber que todavía sigues las normas a rajatabla —dice, y sonrío, porque me gusta su tono de broma. Me gusta el hecho de que, incluso tras meses separados y tanta animadversión entre nosotros, todavía pueda guasearse de mí—. ¿Qué ha pasado exactamente? —pregunta, acomodando el brazo sobre el respaldo del sofá y poniéndose serio.

Ese brazo, que me está rozando los hombros y el pelo, desencadena algo en mí. Hace mucho tiempo que no tengo a un hombre tan cerca. El olor de su colonia es intenso, familiar, me despierta recuerdos hogareños, de cuando vivíamos juntos y cada mañana nos preparábamos para ir a trabajar, uno al lado del otro en nuestro pequeño cuarto de baño, respirando el aroma de su colonia.

—Un paro cardíaco.

—¿Cuántos años tenía?

—Treinta y dos —contesto, sin dejar de notar cómo me mira, estudiándome.

Ben se da cuenta de que la conversación me está perturbando. Su tono cambia.

—No debería habértelo preguntado. No hablemos de ello —dice desviando la mirada, y yo agradezco su disposición a dejar estar el asunto.

Todavía llevo el uniforme del trabajo. Lamento no haberme cambiado al llegar a casa. Podría haberme puesto unos vaqueros y una blusa, por ejemplo, y haberme pasado un peine por el pelo antes de servir las bebidas.

–Voy hecha un desastre. Debería cambiarme –digo, haciendo un esfuerzo por levantarme, pero Ben baja el brazo por el respaldo del sofá hasta dejar la mano en mi muslo. Eso me hace detenerme en seco y me dejo caer de nuevo en el respaldo, mirando esa mano posada en mi pierna.

Al principio, la mano no se mueve, aunque sí desprende calor, una calidez que elimina el frío de la habitación y se infiltra en mi cuerpo. Estoy esperando que la mueva, pero no lo hace. Tan solo me acaricia la rodilla con el pulgar, un levísimo movimiento que me llega hasta las entrañas. Me quedo mirando, en silencio, esa mano de Ben, sin reaccionar pero también sin apartarla, dejando que me toque, recordando que en la época del instituto, cuando trabajábamos juntos en el local de yogur helado, me enamoré de sus manos fuertes, de la destreza con que tecleaban los números de la caja registradora, y eso hace brotar algo en mi interior, nostalgia, y también algo más.

Se me alborota el corazón, un pájaro enjaulado que quiere volar.

–No –dice–. No tienes por qué cambiarte. Quédate. Solo estoy yo. –Toma otro trago de cerveza–. ¿A qué hora llega a casa Sienna? –pregunta.

Nos estamos mirando a los ojos mientras contesto.

–No va a venir esta noche. Se queda a dormir en casa de su amiga Gianna.

Veo cómo se le mueve la nuez en el cuello cuando traga saliva.

Extiende la mano para tocarme el pelo, rozándome suavemente el borde de la oreja con la punta de los dedos. Mi respiración se acelera y siento su aliento en la piel cuando me habla:

–He echado de menos esto –dice–. Y te he echado de menos a ti.

Sostiene mi mirada y veo el arrepentimiento en sus ojos. Baja la vista hacia mis labios, lo que me hace recordar la primera vez que nos besamos. Yo tenía entonces diecisiete años. No era mi primer beso. Ya había besado a otros chicos, aunque calamitosos en su mayoría, casi siempre borrachos de las fiestas del instituto de los que solo recordaba vagamente que se restregaban contra mí y me metían la lengua en la boca, cosas que yo entonces confundía con el amor.

Pero ningún beso había sido como el de Ben. Aquella primera noche, sus labios eran suaves como el roce de una brisa, resbalando sobre los míos, excitando mis sentidos hasta hacerme perder la conciencia de mí misma y de lo que me rodeaba. Me sentí flotar mientras estábamos juntos en aquel oscuro rincón del aparcamiento, donde el haz de una farola cercana no llegaba a nosotros ni la gente que pasaba podía vernos.

—Sienna dijo que estabas saliendo con alguien —digo, aunque estoy a punto de no hacerlo porque no quiero saber nada. No quiero echar a perder este momento, pero una parte de mí se pregunta si no habrá alguna mujer esperándolo en su piso, si no estará acostada sola en la cama de Ben y mía y si esto no es más que cortesía para cumplir con Sienna, que le ha pedido comprobar que todo vaya bien.

—Estaba saliendo, sí —dice, pasándome las manos por el pelo—, pero ya se acabó.

—Lo siento —digo, pero, si está diciendo la verdad, entonces no lo siento. De hecho, me alegro—. ¿Qué pasó?

—¿La verdad? —pregunta con aspecto cohibido antes de tomar otro trago—. Estaba celosa de ti.

—¿De mí? —repito, echándome atrás y riéndome con ganas—. Pero si tú y yo ya no estamos juntos… ¿Por qué iba a estar celosa de tu exmujer?

–Pues no lo sé –contesta, pero su tono es pícaro, guasón. Sí que lo sabe–. Quizá porque pasamos juntos dos décadas y tenemos una hija en común. Es difícil competir con eso. Y no ayudó precisamente que se topara con una foto de los dos en un cajón de la cómoda. La pillé mirándola y, aunque dijo que no estaba enfadada, que solo tenía curiosidad por saber cómo eras, se notaba que echaba chispas por que yo hubiera guardado ese retrato.

Dejo que todo eso se me suba a la cabeza, tanto el hecho de que Ben guardara en secreto una foto mía en la cómoda como la reacción de su novia al descubrirla.

–¿Y cómo sabías que estaba enfadada? –pregunto–. ¿Qué hizo para que te dieras cuenta?

–Me preguntó un montón de cosas sobre ti, tu nombre, cómo nos conocimos, cómo eres.

–¿Qué le contaste?

–La verdad. Que eres generosa y compasiva, pero también reservada. Que tienes un duro caparazón, pero que, cuando alguien consigue atravesarlo, no hay nada que no seas capaz de hacer por esa persona. –Estoy conmovida. Nunca he oído a Ben hablar así, poner en palabras cómo me ve, cómo cree que soy–. No le dije lo hermosa que eres. No hacía falta. Eso ya lo estaba viendo ella misma –dice, deslizando las manos bajo el dobladillo de mi camisa y provocando que se me erice el vello de los brazos. Vacila, y entonces pregunta–: ¿Tú has salido con alguien?

–No –respondo, pero sus manos me tienen distraída y siento que mi cuerpo se acerca al suyo, que mi corazón se dispara–. Bueno, sí, quería decir. Quedé con un hombre que había conocido por internet. Suena desesperado, ¿eh? Citas en línea.

–No. Se ha convertido en algo normal. Yo también pensé en intentarlo. No es tan fácil encontrar a una mujer normal, agradable y soltera cuando tienes cuarenta años.

—Pues no, es verdad. Tampoco hombres normales, agradables y solteros. O viven con sus padres o están divorciados, lo que te hace preguntarte qué tendrán de malo. —Me río—. Mira quién fue a hablar, ¿verdad? ¿Es raro que estemos hablando de esto, de salir con otras personas?

—Sí y no —responde Ben—. Es algo que ambos podemos entender, algo que tenemos en común, aunque es un horror imaginarme a mi mujer en la cama con otro hombre. ¿Quieres que siga? —me susurra ahora, subiendo las manos por mis costillas desnudas, y yo asiento, jadeante, con el corazón enloquecido. Su mirada va de mis ojos a mis labios y de vuelta a mis ojos, mientras yo me muerdo el labio inferior, absorta en el color de sus ojos y la forma de su boca, pensando tan solo en cuánto deseo que me bese, que me tumbe en el sofá, en lo mucho que anhelo sentir su peso encima de mí. Quiero perderme en el ahora, en Ben, olvidar todo lo sucedido hasta este momento. El divorcio. Caitlin Beckett. Lo que he hecho.

—Exmujer —digo—, y no nos acostamos. Fue solo una cena y no fue agradable. Ni la comida ni la conversación ni nada.

—Uf, vaya. Pobrecillo. ¿Cómo se llamaba?

—Alec —digo, recordando que en persona no se parecía en nada al hombre que vi en internet y que me sentí fatal, superficial, pero también totalmente engañada. Decidí quedarme y darle el beneficio de la duda, y acabé arrepintiéndome—. ¿Y cómo se llama tu novia?

—Se llamaba. Ya no es mi novia.

—Perdón. ¿Cómo se llamaba?

—Caitlin —dice, y al instante me pongo rígida y casi me ahogo con mi propia saliva.

Mi espalda se arquea al incorporarme de golpe en el sofá y me apresuro a dejar mi bebida en la mesa, pues no estoy segura de poder sujetarla. El metro pasa volando justo en ese instante, una coincidencia que agradezco, porque eso me da más tiempo. No tengo que hablar. No tengo que responder. Las paredes del apartamento se ciernen sobre mí, en la habitación falta de pronto el oxígeno.

Caitlin.

Podría ser otra Caitlin. En el mundo debe de haber docenas de miles de mujeres llamadas Caitlin.

Sin embargo, en toda mi vida yo solo he conocido a una.

—Pero no quiero hablar de ella ahora. Ni de Alec —dice Ben con cierto aire desdeñoso mientras el metro se pierde y el silencio vuelve al apartamento.

En ese momento, mi teléfono vibra en la mesita de centro con un sonido reverberante.

Me sobresalto al oírlo.

—Déjalo —me susurra Ben al oído inclinándose hacia mí, obligándome con su fuerza física a echarme hacia atrás, a reclinarme hasta que el brazo cuadrado del sofá se me clava en la espalda y me hace daño.

Trato de incorporarme y levantar a Ben, pero él se resiste, se me echa encima, desciende entre mis piernas, con un peso que me resulta de pronto asfixiante.

—Debe de ser Sienna —digo, pero no le interesa; tiene los labios en mi cuello y está deslizando la mano bajo el borde de encaje del sujetador.

—Seguro que no le pasa nada —ronronea.

—Por favor. Deja que me asegure.

El suspiro de Ben es bien audible, quejoso. Saca la mano fuera de mi camisa, aunque se queda dudando, con los fuertes brazos a un lado y otro de mi cabeza, sosteniendo su peso pero, al mismo tiempo, aprisionándome. Me observa un instante antes de incorporarse, antes de dejarme coger el teléfono, y en ese momento veo un destello del hombre con el que me casé, egoísta, iracundo, de mecha corta. Leo en sus ojos que quiere decirme que no, que el mensaje de Sienna puede esperar hasta que acabemos.

Toma impulso y se levanta de golpe del sofá.

—¿Adónde vas? —pregunto, estirándome la camisa para ponerla en orden.

—Al baño —dice.

Espero a que se vaya antes de coger el teléfono, escuchando hasta que la puerta del baño se cierra y se oye el pestillo.

Miro entonces el teléfono, tras desbloquearlo con mi cara. Tenía razón, el mensaje es de Sienna. Solo cuatro palabras breves, escuetas.

No lo he hecho.

Frunzo el ceño. Al principio no entiendo qué quiere decir. Que no ha hecho ¿qué?

Oigo a Ben en el baño. No tardará en volver y no quiero que se enfade porque aún estoy con el teléfono, así que escribo rápidamente:

No has hecho ¿qué?

Oigo la cadena del baño, el agua del grifo cayendo en la pila. El teléfono vuelve a vibrar en mi mano y lo miro de nuevo. Las palabras son como un puñetazo en el estómago.

No le he enviado ningún mensaje a papá.

Me tapo la mano con la boca.

Ben.

Pienso en lo que acaba de decir: estaba saliendo con Caitlin.

¿Formaba él parte de todo esto? ¿La ayudó a llevarlo adelante? Pero ¿por qué? ¿Para hacerme daño? ¿Para vengarse por el divorcio?

Me pregunto si le contó a esa mujer cosas de mi vida privada, como que la muerte de mi hermana me dejó destrozada. Ben me conoce muy bien. Lo sabe todo sobre mí. Sabe que no confiaría en una extraña de buenas a primeras, que no la traería a casa con Sienna y conmigo, pero una vieja amiga era una apuesta segura, sí, con una vieja amiga en peligro la cosa sería pan comido.

La bilis me sube por la garganta mientras oigo el pestillo giratorio en la puerta del baño. Un sonido leve, casi imperceptible.

Aun así, me hace tomar aire con ansia mientras vuelvo la cabeza y veo cómo el picaporte gira lentamente. La luz del baño se derrama por el salón. La figura de Ben, grande, imponente, se delinea en el pequeño marco de la puerta.

Apaga la luz. De inmediato, a su espalda se oscurece la habitación, y entonces caigo en la cuenta de que este edificio solo tiene tres pisos y es posible que esta noche no haya nadie más que yo, de modo que quizá nadie me oiría si gritara.

—¿Está bien Sienna? —pregunta Ben, con la cabeza ladeada y los brazos pegados a cada lado del cuerpo. Cruza la habitación en tres zancadas y yo, por instinto, me levanto del sofá y retrocedo para alejarme de él.

Sienna no le ha enviado ningún mensaje. Ben ha venido por sus propios motivos.

¿Sabía que Caitlin estaba muerta? ¿Se habrá enterado de que la he matado? Pero ¿cómo?

—¿Meghan? —pregunta.

—¿Qué?

—Te he preguntado si Sienna está bien.

¿Y si resulta que Caitlin y él no habían roto? A lo mejor continuaban saliendo.

Hace un rato me ha preguntado por mi paciente. Quería saber cuántos años tenía. Y ha dicho «la paciente».

Yo no había hablado en femenino.

Me falta el aire.

—Sí, sí —contesto—. Está bien.

Ben también tiene Life360, para las noches que Sienna se queda con él. Así puede localizarla, igual que yo. Podría haber visto que salía de nuestro apartamento. Podría haber seguido su pequeño avatar en tiempo real mientras ella caminaba las tres manzanas que hay hasta la casa de Gianna.

En ese caso, sabría que estoy sola.

—¿Meghan? —vuelve a llamar mi atención.

—Perdona. ¿Qué? —pregunto, ahora con un nudo en la garganta.

No sé qué hacer. No puedo llamar a la policía, porque Ben me está mirando. No podría alcanzar el teléfono a tiempo. No podría pulsar los números sin que él me detuviera.

—¿Qué quería? —me pregunta, acercándose.

No soy capaz de moverme mientras levanta los brazos para apartarme el pelo de los ojos y suavemente me sostiene la cara entre las manos. Me inclina la cabeza hacia atrás, obligándome a levantar la vista hacia sus ojos oscuros, y me doy cuenta de lo rápido que podría romperme el cuello si quisiera. Me rompería la médula espinal y no tendría tiempo de reaccionar ni de luchar contra él.

¿Y si Caitlin le dijo que Sienna no era hija suya? ¿Es posible que lo sepa?

Intento controlar el temblor de mi voz.

—Bueno, la verdad es que le duele la cabeza, así que

al final no pasará la noche con Gianna. Está volviendo a casa.

Me pasa el pulgar por el cuello, rozando la tráquea, y me imagino sus manos en mi garganta, apretando, cortándome el aire hasta que no pueda respirar.

—Lástima —dice, sin que yo adivine por su mirada si de verdad lo lamenta—. Creía que tendríamos más tiempo.

Pero mis palabras no lo han disuadido. Más bien han aumentado su determinación. Desliza las manos por la parte baja de mi espalda y me atrae de golpe hacia sí justo cuando el metro vuelve a pasar, y entonces pienso en todos los pasajeros que observan por la ventana abierta en ese momento, mientras sus labios rozan los míos y bajan hasta el cuello, mientras me desata el cordón de los pantalones del uniforme.

—Yo también —digo echándome atrás, intentado transmitir desilusión mientras veo alejarse sus manos—. Pero creo que sería mejor que te fueras, Ben. No me gustaría nada que Sienna llegara y nos encontrara así.

Ben permanece inmóvil a menos de un metro de mí, frío e inexpresivo. Se endereza y se pasa las manos por el pelo, mientras parece retenerme prisionera con su mirada de ojos oscuros. Está entre la puerta y yo, y me pregunto si podría llegar hasta allí corriendo, si podría abrir el pestillo, girar el picaporte y salir del apartamento antes de que me agarrara por el pelo o por la muñeca y tirara de mí hacia atrás.

Creo que no me daría tiempo. El apartamento es pequeño y está atiborrado. No hay margen de maniobra ni espacio suficiente. Tendría que pasar a su lado, demasiado cerca.

Y, aunque pudiera cruzar la puerta del apartamento, también podría atraparme antes de pedir ayuda o salir del edificio. O empujarme por detrás, escaleras abajo. Nadie me encontraría hasta pasado cierto tiempo.

Sienna, pese a lo que he dicho, no está volviendo a casa. Durante las próximas diez horas, como mínimo, voy a estar sola.

–No, claro, tienes razón –dice con voz apaciguada–. Debería irme. No quiero que Sienna se haga una idea equivocada con respecto a nosotros.

Me observa durante otros diez segundos, como poco, antes de dar media vuelta para marcharse.

Cuando ya se ha ido, cierro las cortinas y pongo un sillón de cara a la puerta.

Me paso toda la noche sin dormir, sentada en el sofá con un cuchillo en la mano, sin quitarle ojo a la puerta del apartamento.

Capítulo 25

Sale el sol. Apenas se nota al principio. Las cortinas están echadas, pero lo entreveo por la pequeña abertura que deja la oscura tela de lino: una rendija a la primera luz de la mañana. Dejo mi puesto de guardia con el cuerpo rígido, agotada. Habré dormitado todo lo más unos quince minutos en el sofá; el resto del tiempo he permanecido en vela. He pasado la noche pensando en Ben y en Caitlin, imaginándolos juntos, preguntándome si alguno de ellos encontró los viejos anuarios del instituto en la estantería empotrada del salón de Ben, si los miraron juntos, acurrucados en la cama quizá, pasando las fotografías de su vida y la mía en aquella época del instituto, buscando datos, referencias. En el anuario hay una foto mía con Mandy Cho, mi compañera de dobles, tomada después de ganar un partido, cada una con el brazo alrededor de la otra, cansadas y sudorosas, pero exultantes. Vuelvo a recordar la noche en que quedé con Caitlin a tomar café, cuando ella me preguntó: «¿Sigues hablando con alguien del instituto aparte de Ben?». Tras lo cual me preguntó por Mandy. Ella y Ben debieron de ver esa fotografía de Mandy y mía en el anuario.

Voy a la ventana y descorro una cortina para echar un vistazo afuera. La calle está en silencio, aún medio dormida, pero la luz del sol me resulta reconfortante. Me digo a mí misma que nada malo ocurre a la luz del día, aunque no sea cierto.

Las últimas veinticuatro horas me siguen carcomien-
do. Me aparto de la ventana y voy a la cocina para pre-
pararme un café. Antes de llegar, un nuevo mensaje
tintinea en mi móvil y doy un respingo, con el corazón
ya acelerado.

¿Puedo verte esta noche?

Ben. Se me dispara el pulso. El mensaje me hace recordar la pasada noche, el momento en que, sentada a su
lado en el sofá, le pregunté el nombre de su novia, una
pregunta que entonces me pareció inocua, una charla
puramente banal o quizá con un atisbo de provocación,
de flirteo. Estaba equivocada.

Caitlin. Me obsesiona esa única palabra. Analizo hasta la saciedad el tono de su voz y lo que revelaban sus
ojos al decirla, si había hostilidad en ellos o si Ben me
observaba con curiosidad, sabiendo perfectamente lo
ocurrido, esperando a ver cómo reaccionaba.

Me pongo unos zapatos, salgo del apartamento y voy
al sótano a buscar mi propio ejemplar del anuario del
instituto, que luego me llevo conmigo arriba. Sentada en
el sofá, con la puerta cerrada con pestillo, voy pasando
las páginas y nos veo a Ben y a mí en la fiesta de bienvenida y luego en un partido de fútbol americano. Sigo
hasta la página dedicada al equipo de tenis, en cuya esquina superior derecha veo a Nat Cohen con una sonrisa
radiante, levantando un trofeo, y me entristece porque
ahora sé que, solo unos años después, estaría muerta.
Paso la página y continúo. En el interior de las cubiertas
se ven notas garabateadas de profesores y compañeros
de clase, breves líneas de texto inclinado escritas en tinta de diferentes colores, como «eres una amiga genial»
o «no perdamos el contacto». En la cubierta posterior
hay una nota de Ben, un chiste privado, una broma que

solo podíamos entender nosotros dos, lo que me hace pensar que yo también debí dejarle a Ben una nota en su anuario, seguramente algún comentario cursi y rodeado de corazones. Me pregunto si él y Caitlin lo leyeron juntos y se troncharon de risa.

Mi teléfono vuelve a tintinear y me pongo tensa. Dejo el anuario para cogerlo.

Es otro mensaje de Ben.

Cocinaré algo para los dos en el piso. Lo que te apetezca.

Ben, Sienna y yo vivíamos antes en ese piso de Lincoln Park. Ahora es de Ben. Cuando nos divorciamos y Sienna se mudó conmigo, lloré por la pérdida del piso casi tanto como lo hice por Ben. Pero ahora la idea de ir allí, de estar a solas con él, me da miedo.

No contesto. Dejo de nuevo el teléfono y trato de olvidar los mensajes, de olvidarme de Ben, pero solo unos minutos después el teléfono empieza a sonar, con tanta insistencia que me asusta. Ben no va a rendirse.

Echo una ojeada al teléfono con la sensación de estar enferma, con el cuerpo consumido por el estrés y la fatiga. No es Ben. Cojo la llamada, me llevo el móvil a la oreja y pregunto:

–¿Sí, dígame?

Es alguien del hospital, de recursos humanos. Quieren que vaya y me reúna con ellos.

El sol de primera hora de la mañana era una tomadura de pelo. Nada más salir ya se había ocultado tras una densa masa de nubes aparecida de improviso. Sopla un viento de tormenta y el termómetro apenas sobrepasa los cero grados, de modo que en lugar de nieve lo que me acribilla es una cellisca oblicua que me va directa a los ojos. Cuando llego al trabajo, la gente se me queda mirando, pero solo al principio. Después tienen buen cuidado de girar la cabeza y evitar todo contacto visual. A estas alturas ya todos saben quién soy y lo que he hecho, saben que he matado a una paciente.

Al llegar a recursos humanos, me están esperando en una sala de reuniones para hablar conmigo y volver sobre lo mismo, para repasar los detalles de lo ocurrido una segunda y una tercera vez. Conozco algunas caras, otras no. Se presentan a sí mismos. Representantes de recursos humanos, de gestión de riesgo, la supervisora de enfermería y otras personas. Lamento no haber hecho caso a la enfermera jefe. Debería haberme buscado un abogado.

—Buenos días, Meghan. Siéntate —me dice alguien. Acerco una silla acolchada y me hundo en el asiento, pero no consigo estar cómoda.

Se pasean por la habitación mientras me hacen preguntas.

«¿Cuánto tiempo llevas como enfermera?».

«¿Cuánto tiempo llevabas ocupándote de la señorita Beckett?».

«¿Cómo llegó la pluma de insulina de la señora Layley a tu bolsillo?».

«¿Es algo que haces habitualmente, lo de no escanear la pulsera del paciente antes de darle la medicación?».

«¿Puedes describir cuál era tu estado mental en esos momentos?».

Se parece más a un interrogatorio que a cualquier otra cosa, y enseguida me doy cuenta de que lo que más les preocupa es la parte de responsabilidad que les pueda tocar a ellos. Cuando me preguntan, he de tener mucho cuidado para que los detalles coincidan exactamente con los que di ayer.

Me explican lo que sucederá a continuación. Ya han enviado un informe a la junta estatal de enfermería, que lo estudiará para decidir si tiene jurisdicción sobre el caso. La junta llevará a cabo una investigación. Hablará con mis colegas, con mis superiores, con los Beckett, que también pueden presentar una demanda civil si es su deseo. Puede que pasen muchos meses hasta que la junta decida si lo que he hecho es procesable jurídicamente, si suspenden o revocan mi licencia de enfermera o me aplican algún otro castigo, aunque también podría no recibir ninguno. Podría salir impune de esto.

Me dan la baja administrativa hasta que se resuelva la investigación.

Me dirijo despacio a la UCI para coger mis cosas de la taquilla y marcharme. No sé cuándo volveré, ni siquiera si podré volver algún día. Todo esto no me sorprende. Sabía que habría consecuencias, desde luego. Algo tenía que ocurrir, pero no me han despedido ni los de seguridad me están escoltando hasta la salida del hospital. Una baja administrativa no es lo peor que podría suceder. Me seguirán pagando. Me mantienen las prestaciones laborales. Lo peor que me podría haber pasado es que la policía hubiera venido, que hubiera estado esperándome en recursos humanos y el caso pasara a ser perseguible penalmente. Tal como están ahora las cosas, aunque acabaran despidiéndome o me quitaran la licencia, todavía me quedarían opciones como la asistencia de salud a domicilio, o también podría cambiar por completo de rama profesional, convertirme en una persona diferente.

Abro la puerta de la sala de descanso para recoger mis cosas e irme a casa. Hay una mujer en la habitación, una paciente totalmente fuera de lugar allí, en una sala destinada solo al personal. Está de espaldas a mí, con el cabello largo y oscuro que le cae sobre los hombros del camisón del hospital, de un blanco almidonado y sujeto por detrás con un nudo.

Cuando me mira por encima del hombro, muestra una sonrisa sagaz.

–Vas a pagar –dice, y yo retrocedo espantada y me golpeo contra la puerta de la sala de descanso, sin dejar de observar ese cabello y los ojos y la sonrisa.

Es Caitlin. Al parecer no está muerta. Está viva.

Se da por completo la vuelta y, ahora que puedo verla mejor, me doy cuenta de que no lleva el camisón del hospital, sino una bata de médico blanca y ceñida.

Esta no es Caitlin. Caitlin está muerta.

–¿Cómo dices? –pregunto, sin aliento.

–Te preguntaba si vas a pasar, si te estorbo aquí –dice con amabilidad la mujer, una médica, mientras yo la miro trastornada y con ojos desorbitados, intentando conciliar esa cara con la cara de Caitlin Beckett.

Me sale una voz asfixiada cuando contesto:

–No, no, en absoluto.

Tiene una expresión amable. Sonríe, benevolente –no sabe quién soy ni qué he hecho– y se marcha, y apenas ha salido me dejo caer en una dura silla frente a la pequeña mesita redonda para recuperar el aliento, antes de recoger mis cosas.

Nada más salir de la sala de descanso, estoy metiendo los brazos en las mangas del chaquetón cuando veo a dos policías en el pasillo. Están de pie en el mostrador de control, con sus más de uno ochenta de estatura y un peso que rondará los cien kilos o más, y me dan la espalda, de modo que solo les veo los hombros cuadrados y ese cuerpo más que fornido. Me freno tan en seco que alguien choca contra mí por la espalda y he de farfullar una disculpa al tiempo que me muevo hacia la pared, tratando de pegarme lo más posible a ella y esconderme tras una columna, con el corazón en barrena.

La policía está aquí. Saben lo que he hecho. Han venido a por mí.

Por unos instantes, solo soy capaz de mirar, paralizada, mientras ellos hablan en el mostrador con la enfermera jefe. Uno de los agentes tiene la mano sobre el arma enfundada en la pistolera. Retrocedo de espaldas, poco a poco, y cuando puedo me giro y vuelvo sobre mis pasos para encaminarme a la salida de incendios situada al final del pasillo.

Salgo del edificio, preguntándome qué voy a decirle a Sienna cuando llegue a casa.

Capítulo 26

Oigo la voz de Sienna cuando entro en el apartamento esa misma mañana, todavía con los nervios de punta por los policías del hospital, aunque he intentado convencerme de que podrían haber ido allí por una docena de razones diferentes que nada tienen que ver conmigo, como un paciente agresivo o un delincuente que precisara asistencia médica. He estado buscando en internet mientras caminaba, mirando a ver si había novedades en la investigación por el intento de asesinato de Caitlin, y he encontrado un retrato de Milo Finch en un artículo de hace dos días en el que decían que la policía ha hecho un llamamiento a la colaboración ciudadana para encontrarlo, lo que significa que, al menos hasta hace cuarenta y ocho horas, todavía creían que había sido él quien la había empujado, lo creían culpable, y Caitlin ya no está aquí para desmentirlo. La noticia es un alivio, aunque en conciencia deseo que Finch esté ya bien lejos o haya encontrado un buen escondite. No quiero que lo atrapen, pero si he de elegir quién ha de ir a la cárcel, él o yo, espero que sea él.

Ben me ha escrito por tercera vez y ha tratado de llamarme. Tengo un mensaje suyo esperando en el buzón de voz, pero no soy capaz de abrirlo. He venido a casa sobrepasada emocionalmente, por la policía, por Caitlin, por la baja administrativa y por el temor a lo que podría encontrarme al llegar al apartamento, la posibilidad de que Ben estuviera en el salón cuando yo entrara por la puerta.

Pero no está. A primera vista el apartamento está vacío, excepto por Sienna, que está encerrada en su habitación tras volver de su noche en casa de Gianna. Me parece oírla hablando por teléfono o en FaceTime con una amiga, no sabría decir, porque las palabras me llegan amortiguadas e indistinguibles desde el salón, junto a la puerta de entrada, donde me estoy quitando el chaquetón mojado. No oigo lo que dice, pero en ese momento suelta una risotada que atraviesa el aire.

Estoy a punto de llamarla para que sepa que he llegado cuando oigo la voz de Nico al otro lado de la puerta cerrada y, automáticamente, me pongo rígida, con los músculos tensos y echando chispas por los ojos, porque Sienna sabe que no quiero que traiga chicos a casa cuando yo no estoy y me ha desobedecido con toda la intención. Peor aún, están los dos en su cuarto con la puerta cerrada, lo que me hace preguntarme qué estarán haciendo ahí.

Cruzo la habitación en tres zancadas. Sin pensar, levanto el brazo y estoy a punto de llamar cuando de reojo veo algo que capta mi atención y me giro hacia la cocina, al tiempo que bajo maquinalmente el brazo. El teléfono de Sienna está en la mesa de la cocina, boca arriba e iluminado, junto a su bolsa de viaje, y eso es muy llamativo porque no es nada típico de ella dejarse el teléfono tan a la vista, no tener ese trasto amarrado a la cadera.

Pero, claro, está con Nico y es él quien acapara su atención, y seguro que no se esperaba que yo llegara a casa y viera ahí el teléfono, porque le he dicho que me iba corriendo al trabajo y ha debido suponer que pasaría allí todo el día.

Me aparto de la puerta. Voy hacia el teléfono. Cuando

llego a él, el nombre de Ben está en la pantalla. El mensaje entrante es suyo.

Mi corazón empieza a latir más deprisa. En condiciones normales no leería los mensajes de Sienna. Pero la curiosidad me puede y mi mente vuelve a las escenas de la pasada noche, a Ben aquí conmigo en el salón, mirándome a los ojos, rozándome el cuello con el pulgar.

Miro de nuevo la puerta de Sienna, tras la cual ella y Nico se han quedado en silencio, sus voces inaudibles ahora, y me preocupa lo que puedan estar haciendo ahí dentro, pero no tanto como lo hacen los mensajes de Ben a Sienna.

Cojo el teléfono e introduzco rápidamente la contraseña de Sienna para desbloquearlo, otra de las condiciones que le puse cuando le di el móvil, la de que siempre podría acceder a él, porque, al fin y al cabo, soy yo quien paga la factura: el teléfono es mío.

El mensaje de Ben dice:

¿Está tu madre en casa o trabaja hoy?

Cierro los ojos y sacudo la cabeza. No sé qué me hace sentir esto, el hecho de que le escriba a Sienna para preguntar por mí, que ella sea el medio para llegar a mí. Estoy a punto de dejar el teléfono, pero la mirada se me va hacia el hilo de mensajes.

Justo encima de ese texto, veo las últimas palabras de Sienna a Ben.

Es una mentirosa.

Son cáusticas, feroces, y lo primero que pienso es a quién se estará refiriendo, quién es una mentirosa.

Entonces veo mi nombre.

En el mensaje anterior, Ben le dice a Sienna:

Mamá dijo que te dolía la cabeza.

Y ese mensaje va precedido de una serie de incisivos interrogantes de Sienna.

Mi respiración se altera. Me han pillado. Soy yo la mentirosa, ¡yo! Porque en el mensaje anterior, enviado anoche poco después de las diez, Ben le pregunta:

¿Cómo va la cabeza?

Ben sabe que le mentí. Sabe que Sienna no tenía dolor de cabeza y que no estaba volviendo a casa a dormir.

Eso me inquieta. Pero no es lo peor, porque lo que más me duele es el tono cortante, hiriente, de la frase en la que Sienna me llama mentirosa. Transmite tanta furia, tanto resentimiento…

Es una mentirosa.

Siento un nudo en el estómago cuando bajo por los mensajes hasta llegar a la tarde de ayer, donde veo que Sienna le escribió a Ben que yo estaba muy rara.

B: ¿Rara? ¿Cómo rara?

S: No sé. Rara.

B: ¿Estás en casa? ¿Está ella ahí contigo? ¿Ha pasado algo?

S: No. No sé. Solo me ha dicho que duerma en casa de Gianna, que no podía quedarme aquí.

B: Seguro que no pasa nada.

S: ¿Y si resulta que sí pasa?

B: ¿Quieres que vaya a verla para asegurarme de que todo va bien?

S: Sí.

Sí. Siento un repentino dolor en el pecho, una opresión que se extiende cada vez más.

Así que Ben no mentía. Quien lo hacía era Sienna. Sí que le pidió que viniera a ver si yo estaba bien. De pronto, todo lo sucedido anoche queda en entredicho. ¿Puede ser que la razón de Ben para venir no fuera tan malévola como yo pensaba? ¿No vendría de verdad con buena intención?

¿Por qué tendría que mentirme Sienna? ¿Por qué me llama mentirosa?

No tengo tiempo de considerar todas las posibilidades, porque un extraño ruido en la habitación de Sienna me hace levantar de golpe la cabeza del teléfono y guardármelo en el bolsillo.

Voy hasta su puerta, toco una vez y luego abro sin esperar su permiso, preparándome para lo que puedo encontrar dentro, esperando verlos en pleno revolcón en la cama nido de Sienna, debajo de la colcha rosa toda arrugada, Nico con una mano hiperactiva que se mueve burdamente bajo la camisa de Sienna, manoseando sus pechos.

Pero no es eso lo que está sucediendo. Nico está sentado ante el pequeño escritorio de Sienna, su cuerpo demasiado grande para la silla infantil de color rosa que ha estado ahí desde que era niña. El cubilete de los lápices se ha caído del escritorio, y ese ha sido el ruido que acabo de oír, el de docenas de bolígrafos y lapiceros desparramándose por el suelo. Sienna está junto al escritorio, a gatas en el suelo recogiéndolo todo, riéndose a carcajada limpia.

—Eres torpe de cojones —me da tiempo a oír cuando entro de improviso, antes de que Sienna se levante como una exhalación.

—Mamá —dice aturullada mientras Nico, en el escritorio, intenta ocultar con las manos algo que está haciendo, de modo que solo alcanzo a ver una franja roja–. ¿Qué haces aquí?

–Vivo aquí.

–Pero ¿no tendrías que estar en el trabajo?

–Hoy solo tenía que ir a una reunión y ya se ha terminado. Creía que habíamos quedado en que no traerías chicos a casa cuando yo no estoy.

–Tampoco dijiste que no pudiera.

–Sí que lo dije, Sienna.

–No –replica–, no lo dijiste. Solo dijiste que tenías que pensarlo.

Al recordar la conversación, me doy cuenta de que tiene razón. Eso fue lo que dije.

–¿Y en qué estáis trabajando vosotros dos? –pregunto. Si Nico no se hubiera dado tanta prisa en esconderlo, creo que ni siquiera me habría dado cuenta de que estaba escribiendo algo.

–No es nada –contesta Sienna.

–Nada no es, Sienna. ¿Qué es?

–Solo algo para el instituto –dice, pero demasiado tarde, porque en ese momento Nico levanta las manos y deja ver el objeto en cuestión. Se trata de un sobre rojo y, al lado, un trozo de papel rasgado con un principio de frase que Nico ha escrito en mayúsculas: «SÉ LO QUE HI».

Nico tiene un bolígrafo negro en la mano. El sobre y el trozo de papel con los bordes de sierra me hacen recordar el día en que, en la sala de descanso del hospital, saqué un sobre rojo del bolso, el sobre que había recogido esa mañana en el buzón, con mi nombre en la cara frontal pero sin matasellos ni remite. El mismo en el que ponía «ZORRA». En aquel momento pensé que alguien se había colado en el edificio para dejarlo en el buzón, porque ¿cómo si no había llegado allí?

Pero ¿y si la persona que la puso allí simplemente tenía llave?

Se me van los ojos a la nota y a Sienna y vuelta a empezar.

—Creo que deberías irte, Nico —susurro.

Nico asiente, deja el bolígrafo en el escritorio y echa atrás la silla para levantarse. Se despide, aunque es un adiós flojo, cobarde. Sabe que lo han pillado. Sienna, en cambio, tiene una de sus típicas reacciones. Mientras vuelvo al salón, ella sale con Nico hasta el pasillo de la escalera para despedirse y luego entra de nuevo en el apartamento, con su acostumbrado aire desafiante.

—Eso ha sido de trágame tierra —murmura, enfadada conmigo—. No tenías por qué echarlo así.

—¿Qué era esa nota que estabais escribiendo? —pregunto. «SÉ LO QUE HI.»

Sienna se encoge de hombros.

—Ya te lo he dicho. No era nada. Solo una cosa del instituto —vuelve a decir pasando delante de mí, como dispuesta a regresar a su cuarto y cerrar de nuevo la puerta.

—Nada no, Sienna. ¿Cómo acababa la frase? ¿Era para mí? —pregunto, pero Sienna se limita a hacer un mohín, como si quisiera negarlo pero no encontrara las palabras adecuadas. De todas formas, no importa. Lo diga o no, sé que era para mí, porque el sobre y la letra son los mismos que en la primera nota. Solo me pregunto por qué está tan enfadada conmigo como para llamarme «zorra».

—¿Le escribiste a papá anoche para que viniera a ver si yo estaba bien? —pregunto, dejando por el momento el asunto de la nota.

—¿Por qué no haces más que preguntarme lo mismo? —responde cortante, tras lo cual entrecierra los ojos y añade—: Ya te dije que no.

Resulta convincente. Si no tuviera pruebas de lo contrario, la creería, lo que me hace preguntarme con qué frecuencia me miente y cuántas veces me he creído sus mentiras.

Sigo teniendo su teléfono en el bolsillo. Meto la mano para sacarlo.

Sienna ahoga un grito al verlo.

—¿Has cogido mi teléfono? —pregunta incrédula, extendiendo el brazo para arrebatármelo, como si la culpable fuera yo.

—Mi teléfono, Sienna. Mío —contesto, manteniendo la compostura—. Y no, no lo he cogido. Te lo has dejado en la mesa de la cocina y por casualidad he visto que entraba un mensaje de tu padre. —Hago una pausa mientras Sienna mira el teléfono para leer el mensaje y averiguar qué más puedo haber visto, su cara cada vez con menos color hasta que se queda blanca como la pared—. ¿Por qué me mentiste anoche diciendo que no habías escrito a tu padre? —Como no contesta, continúo—: ¿Por qué me envías esas notas espantosas? Y no intentes mentirme, Sienna. Sé que me dejaste otra nota en el buzón en la que me llamabas «zorra». —Me cuesta pronunciar la palabra. Se me atraganta y, luchando por contener las lágrimas, porque nunca pensé que mi hija me diría algo así, le pregunto—: ¿Qué te he hecho yo?

Sienna sabe que la han pillado, pero no está dispuesta a ceder. Ni llora ni ruega que la perdone. En lugar de eso, pasa al contraataque y me suelta:

—Sé lo que hiciste.

—¿A qué te refieres? —pregunto despacio, sintiendo que todo se viene abajo. ¿Sienna sabe que tiré a Caitlin Beckett de un puente, que la maté con insulina?

—¿A qué te refieres, Sienna? —vuelvo a preguntar, porque no me ha contestado—. ¿Qué hice?

—Ella me lo contó —dice.

—¿Quién te contó qué?

—La novia de papá, Caitlin. Me contó lo que hiciste. Me dijo que papá no es mi verdadero padre —dice, y siento que se han vuelto las tornas antes de que ella se desmorone y rompa a llorar, y entonces yo me acerco para estrecharla entre mis brazos, con una sensación de alivio multiplicada por mil, porque Sienna no sabe todas las cosas horribles que he hecho: solo sabe una de ellas.

—Sienna —susurro.

—No intentes negarlo —dice, apartándome de un empujón—. Sabes que es verdad.

Recupero el equilibrio.

—¿Cuándo te lo contó?

—Después de que papá me llevara a ver *Querido Evan Hansen*. Al día siguiente, cuando llegué a casa ella estaba aquí. Me lo contó todo.

Se me hace un nudo en la garganta. Así que eso fue lo que hizo Caitlin. Cuando me sinceré con ella y le dije quién era el verdadero padre de Sienna, cuando me abrí en canal y le conté cosas que jamás había contado a nadie, encontró lo que andaba buscando. Ya tenía algo para hacerme daño. Al día siguiente yo me fui a trabajar y ella, al quedarse sola en el apartamento, lo registró todo y encontró los anillos y me los robó, y eso le sirvió para matar el tiempo hasta que Sienna volviera a casa y pudiera contarle lo de aquella noche en Guthrie's. Me imagino a Sienna volviendo a casa, esperando ver a mi amiga y, en lugar de eso, encontrándose allí a Caitlin. Me pregunto cómo se lo contó, si se lo soltó como si tal cosa o si disfrutó rompiéndole el corazón a Sienna.

Entonces, solo dos o tres semanas después me encontré la nota en el buzón con la palabra «ZORRA», tiempo suficiente para que Sienna se torturara, para que conspirase con Nico y ambos planearan una venganza.

342

–¿Por qué no hablaste conmigo, Sienna? ¿Por qué me enviaste esas notas horribles en vez de venir a contarme la verdad?

–¿Igual que tú me contaste la verdad? –contraataca, y tiene razón; la hipocresía es flagrante. No tengo derecho a cuestionar su falta de sinceridad cuando yo he sido tan poco honrada. Además, solo tiene dieciséis años y, probablemente, esas notas anónimas fueron el único modo que encontró de expresar sus sentimientos y confrontarme por lo de su padre.

En los ojos de Sienna aparecen de pronto lágrimas de ira, de rabia.

–Te odio, te odio con toda mi alma –dice con furia–. Quería decir lo que dije al escribir esa nota. Eres una zorra. Ojalá te hubieras muerto en ese sótano. Ojalá no hubieras salido nunca.

El sótano. Mi cabeza es un torbellino. Pienso en la noche en que me quedé encerrada en el sótano y en el miedo que pasé. En aquel momento, no me pareció que fuera un accidente. Me pareció intencionado. Sienna estaba en casa, aquí, sola en el apartamento. De hecho, fue ella quien me envió a buscar fotos suyas de bebé. Rememoro lo sucedido y una imagen se va formando, la de Sienna que me sigue a hurtadillas hasta abajo, retira la cuña que calza la puerta para que me quede encerrada y luego vuelve arriba, se mete bajo la manta con su portátil y se pone a hacer los deberes, sin preocuparle en absoluto que yo no pueda salir.

«¿Qué ha pasado?», me había preguntado cuando por fin volví arriba, alterada y estremecida. Pero no le hacía falta preguntarlo. Ya lo sabía.

Estoy enfadada. Quiero castigarla. No puede salirse con la suya. No puede insultarme ni hablarme de esa manera. Está mal enviar cartas de odio y encerrar a alguien en el sótano. ¿Qué hubiera pasado si el vecino no llega a volver a casa en ese momento? ¿Me habría dejado allí toda la noche? ¿Habría fingido que se había quedado dormida en el sofá y asegurado que no se dio cuenta de que yo no había vuelto?

Sin embargo, lo que yo he hecho es infinitamente peor y su ataque contra mí es solo una reacción. Está enfadada, y razones no le faltan. Me quedé embarazada de otro hombre. Permití que la criara alguien que no era su padre. Nunca les dije nada a ninguno de los dos. Durante todos estos años, dejé que vivieran una mentira.

–¿Lo sabe tu padre? –le pregunto, manteniendo la serenidad, como si no acabara de llamarme «zorra» ni hubiera dicho que deseaba verme muerta.

–Joder, mamá, ¿es lo único que te importa? ¿Si papá lo sabe? –dice, y entonces suelta una risa despreciativa, sarcástica, extraña, y añade–: Papá. Ja. Si ni siquiera es mi padre…

Quisiera abrazarla, consolarla. Quisiera decirle cuánto lo siento, explicárselo todo, que sepa cómo me debatí entonces dudando si contárselo a Ben cuando me enteré de que el bebé no era suyo y cómo, al final, tomé la decisión que me pareció mejor para todos.

Pero sé que, si ahora intento tocar a Sienna, me rechazará.

–¿Se lo contaste, Sienna? ¿Se lo contó ella?

–¿Por qué habría de importarte? ¿Por si deja de pagar la pensión alimenticia?

–No –contesto–. Eso me trae sin cuidado. Es solo que tengo que saberlo. ¿Está enterado?

–No, no lo sabe, ¿vale? No sabe una puta mierda. Porque no quería que se sintiera como me siento yo –dice, y a mí se me rompe el corazón, porque dentro de mí sé que el suyo también está roto. Pruebo a acercarme a ella y a ponerle la mano en el brazo, tanteando el terreno, y entonces, al ver que no se suelta, me acerco más y la abrazo.

Me siento aliviada. Así que la otra noche con Ben… no fue como yo pensaba. No vino para hacerme daño. Vino porque, tal como me dijo, Sienna le había pedido comprobar que yo estuviera bien. Él y Caitlin habían roto, y lo que creo ahora es que ella, por pura rabia, por celos y por despecho, se propuso acercarse a mí para intentar destrozarme la vida, lo cual logró al contarle a Sienna lo de su padre. Ben no tuvo nada que ver. Y, por lo que yo sé, no está enterado de que Caitlin ha muerto.

–Y ahora ¿qué? –me pregunta con la cara húmeda y colorada–. ¿Puedo volver a ver a papá o no?

–Pues claro que sí, cariño. Sigue siendo tu padre –trato de decir, pero en vano, porque de golpe dice de nuevo que me odia, me aparta, se da la vuelta y regresa corriendo a su cuarto. Cierra la puerta con tanta furia que el cuadro que hay delante cae con estrépito al suelo y se hace añicos, y yo solo tengo ganas de preguntarle si va todo bien, si ella está bien, y decirle que tenga cuidado con los vidrios rotos, pero no lo hago, porque tengo que dejarle espacio, tengo que dejarla sola por ahora, darle tiempo para respirar.

En ese momento, no creo que las cosas puedan ir peor de lo que van.

Capítulo 27

Recibo un mensaje de Luke.

Ey. Solo quería saber cómo estás, ver qué tal lo estás llevando.

El mensaje es como uno de esos salvavidas que los socorristas le lanzan a quien se está ahogando. Me aferro a él, desesperada por mantenerme a flote.

¿La verdad? No va bien. Hecha polvo.

Agarro con fuerza el teléfono y me dejo caer en el sofá, sintiendo cómo se me agolpan las lágrimas en los ojos, amenazando con desbordarse.

¿Quieres hablar de ello?

Me pregunta, y sí que quiero, pero es demasiado para ponerlo todo en mensajes. No sabría ni por dónde empezar. No he visto a Luke desde lo ocurrido con Caitlin, y ahora ha pasado muchísimo más, con todo lo de Ben y Sienna.

Como si me hubiera leído el pensamiento, Luke me escribe antes de que pueda responder.

Quedemos para tomar algo.

Me sugiere un bar situado entre su apartamento y el mío.

Eres un encanto, pero no quisiera que dejaras sola a Penelope por mi culpa.

Le respondo, acordándome de cuánto se enfadó la noche que Luke se quedó trabajando hasta tarde, pensando que la engañaba con otra mujer.

Estaré bien. Solo necesito un poco de tiempo hasta que las cosas se suavicen.

Lo añado, como si fuera tan sencillo, como si el tiempo lo curara todo.

Penelope está otra vez enfadada. No me habla. Estoy siendo egoísta. También a mí me vendría bien tomar algo y hablar.

Siento que la respuesta de Luke me inunda una sensación de alivio. No es que quiera que Penelope esté enfadada con él, sino que no hay nada que desee más en este momento que hablar con un amigo, así que acepto.

Me levanto del sofá. Voy a la habitación de Sienna y llamo con suavidad.

—Sienna —digo, inclinando la cabeza hacia la puerta, sabiendo que tiene el seguro puesto sin necesidad de probar a abrir.

—¿Qué? —contesta con un gruñido.

Respiro hondo.

—Tengo que salir un momento a por algunas cosas —digo, sintiéndome mal por mentirle otra vez—. No tardaré. Una hora, hora y media como máximo. —Sienna no dice nada—. ¿Te parece bien? —pregunto, tanteando con pies de plomo–. También puedo quedarme. No tengo que hacerlo esta noche necesariamente.

–Vete –dice, y al principio estoy indecisa, pero luego opto por irme. Sienna necesita un tiempo para estar sola. Necesita espacio para respirar y pensar. No quiero agobiarla.

Me cambio de ropa y me paso un cepillo por el pelo. Intento darme un aspecto más presentable con el maquillaje, pero el resultado no me satisface y desisto.

Cuando salgo de casa ya ha oscurecido y el aire es tan frío que me entumece la cara. Pienso en mí misma y en lo que necesito, es decir, un trago y un amigo, y también en lo que necesita Sienna: tiempo para sí misma sin que yo esté encima de ella todo el rato.

Mientras camino sola por las calles oscuras, tras dejar a Sienna también sola en el apartamento, no se me ocurre pensar en lo que les está sucediendo a las mujeres de esta ciudad.

Luke ya está en el bar cuando llego. Ha conseguido una mesa. Me hace señas con la mano cuando entro y yo le devuelvo el saludo mientras me abro camino por el atestado local. Al llegar a la mesa, me quito el chaquetón y me siento.

–¿Es esto para mí? –pregunto, viendo que hay una copa de vino blanco en la mesa.

–Me parece recordar que te gustaba el *chardonnay*, pero no tienes por qué bebértelo si no te apetece. Puedes pedir lo que quieras. No voy a ofenderme.

–No –digo cogiendo la copa–. Es perfecto. Exactamente lo que quería. Gracias. –Me llevo la copa a los labios y bebo, ansiosa por notar los efectos sedantes del vino.

–He estado preocupado por ti –dice cuando de nuevo dejo la copa en la mesa, con las manos alrededor del fuste.

–¿Qué está diciendo la gente en el trabajo?

Luke estaba en el hospital el día de la sobredosis de insulina, aunque no recuerdo haberlo visto después de que nos encontráramos en el pasillo, justo antes de que Caitlin muriese, cuando me sugirió una cita de dobles parejas con Penelope y su amigo.

–Ya sabes cómo va esto. Lo normal, mucha exageración, mentirijillas y verdades a medias. –Hace una pausa y luego continúa–. No me importaría oír tu versión, si te ves capaz.

–Seguro que todo lo que dicen es cierto. Fui yo. Está muerta por mi culpa.

–Escucha –dice, en un tono que es para mí un bálsamo. Extiende el brazo por encima de la mesa y me coge la mano, un gesto que me ayuda a calmarme. Se inclina hacia mí–. Dime una enfermera que no haya cometido alguna vez un error en su profesión y yo te diré que es una mentirosa. –Retira la mano para coger su bebida y toma un trago–. ¿Cómo pasó? –pregunta, dejando la bebida en la mesa.

Odio mentirle, pero decir la verdad está totalmente descartado, ni siquiera a Luke.

–Intentaba ahorrar tiempo. Iba demasiado rápido, haciendo las cosas sin pensar. No escaneé el código de barras de la pulsera.

–Eso lo hemos hecho todos alguna vez.

–La noche anterior no había dormido y no me tenía en pie. No estaba en condiciones de ir a trabajar, pero ya sabes cómo es esto, lo difícil que resulta tomarse días libres. No es excusa, ya lo sé. La cagué. La responsabilidad es mía. No podemos ir por ahí cometiendo ese tipo de errores, porque las consecuencias pueden ser mortales. Cuando entró en parada cardiaca, comprendí lo que había hecho y que las consecuencias serían mortales. Me quedé allí petrificada, Luke. No podía respirar. No creo que haya pasado más miedo en toda mi vida. Eso fue lo peor, quedarme totalmente paralizada. No dejo de pensar que, si no me hubiera dejado vencer por el pánico, si hubiera respondido más deprisa, podríamos haberla salvado.

—Hiciste todo lo posible. Eres una buena enfermera, Meghan. Nunca lo dudes.

—Era, era una buena enfermera —le corrijo—. Mis días como enfermera han acabado, de eso estoy segura. El hospital me ha dado la baja administrativa, y no me sorprende. No puedo culparlos, pero creo que ahora solo es cuestión de tiempo que me despidan. He pensado en presentar la dimisión.

—¿Y así anticiparte a la jugada?

—Pues sí. ¿Por qué no? Tampoco el trabajo es tan maravilloso. Los turnos interminables, el sueldo...

Asiente, aunque mi indiferencia es a todas luces exagerada. Me gusta mucho mi trabajo. Pero mi vida y mi libertad me gustan más.

—¿Y qué ha dicho Sienna?

—Todavía no se lo he contado. No me habla, pero esa es otra historia. Mejor lo hablamos otro día. Ahora está en casa sola, dándole vueltas a lo mucho que me odia y a cómo le he arruinado la vida.

Cojo el vino y bebo un largo trago. Luke se queda callado durante un rato, contemplativo, interpretando mi expresión, y entonces le hace señas a la camarera y pide otra copa para mí, porque la que tengo casi se ha acabado.

—¿Quieres contarme ese asunto? —pregunta cuando la camarera se va.

—No —digo enseguida, en tono concluyente.

Me encantaría desahogarme, pero me da vergüenza que la gente se entere de mi secreto. ¿Qué pensaría de mí Luke si supiera lo que hice, si le contara que durante más de dieciséis años dejé que Ben criara a una hija que no era suya?

—Pero ya basta de hablar de mí. Estoy siendo una absoluta aguafiestas. Cuéntame lo de Penelope. Me sentiré mejor si sé que no soy la única cuya vida se está rompiendo en mil pedazos.

Luke sonríe, comprensivo.

—La misma discusión de siempre, otro día más. Parece que no digo ni hago nada bien. Espero que todo vuelva a la normalidad cuando nazca el bebé.

Parece triste, cansado, derrotado. Me da pena por él, pero también entiendo a Penelope y su situación ahora mismo con el embarazo.

—Seguro que sí —digo, esforzándome al máximo por darle ánimos, aunque mi propio ánimo no está precisamente por las nubes—. Penelope está pasando momentos difíciles. El reposo en cama, las hormonas, la preocupación por saber si el bebé estará bien… Una tiene que sentirse sobrepasada. Y sola.

En ese momento, suena mi teléfono. Casi no lo oigo, porque el sonido llega muy amortiguado desde el interior del bolso. Meto la mano para sacarlo, preguntándome si será Sienna, esperando que sea ella, deseando que me diga si puedo volver a casa para hablar, pero no conozco el número que me muestra la pantalla, con el 773 de una llamada local. Por un instante, siento que algo se me remueve en el estómago al pensar que hoy he visto a la policía en el hospital y que quizá me estén buscando.

—¿Quién es? —me pregunta Luke, y yo giro el teléfono para que vea el número.

—No lo sé. Nadie que yo tenga entre mis contactos.

—Entonces debe de ser *telemarketing*. No hagas caso —dice con despreocupación cogiendo su bebida, y yo sigo su consejo y dejo el teléfono en la mesa justo cuando llega la camarera con mi copa de vino, que le agradezco debidamente. Diría que no me hace falta una segunda copa, y en circunstancias normales no me la tomaría, pero hoy es una excepción.

—Escucha, odio hacer esto —dice Luke al cabo del rato—, pero debería volver a casa para ver cómo está Penelope y si quiere hablar. —Asiento. No quiero que se vaya, pero sé que tienen que resolver sus diferencias—. ¿Estarás bien? —pregunta, terminándose la bebida.

—Sí. Venga, vete.

—¿Estás segura? Es que… cuando has dicho eso de que se siente sola, me ha llegado al alma. Me siento culpable.

—Claro que estoy segura. Eres un buen tío, Luke. Penelope y tú estáis pasando una mala racha, eso es todo. Las cosas mejorarán cuando nazca el bebé. Te lo prometo.

—¿Qué vas a hacer? —pregunta con expresión pensativa—. ¿Te quedas aquí un rato o vuelves a casa?

—Me quedaré un rato —contesto—. Me iré a casa cuando me termine la copa.

No tengo prisa por volver a casa, y seguramente Sienna estará más a gusto sin mí.

—De acuerdo —dice—. A lo mejor vuelvo, si Penelope me envía a la mierda.

Sonrío.

—Te guardaré la silla.

Toma un último trago de su cerveza y dice:

—Siempre he sabido que podía contar contigo. —Y me guiña un ojo.

Se marcha y yo envuelvo mi copa entre las manos, meciéndola, agradecida por que haya tanto ruido en este bar abarrotado. Es una distracción agradable. Observo a la gente, con cierta envidia de todas esas personas que ríen, contentas, en compañía de sus amigos. Pierdo la noción del tiempo. Pasan veinte o treinta minutos y entonces oigo de nuevo mi teléfono y lo miro pensando que podría ser Sienna, pero no, no lo es. El número es el mismo de antes, el que ha llamado cuando estaba Luke. Me entran unos nervios repentinos, porque me pregunto quién puede ser y qué asunto es tan urgente como para llamar dos veces.

Esta vez cojo la llamada. Me pego el teléfono a la oreja, preparándome mentalmente para oír a quien sea que llame, esperando no sé por qué una voz enérgica, brusca, masculina, pero no es así.

—¿Hablo con Meghan Michaels? —pregunta una mujer en tono algo renuente.

—Sí, soy yo.

—Meghan, hola. Soy Penelope Albrecht, la mujer de Luke. Perdona que te llame así, pero he encontrado tu número entre las cosas de Luke.

—¿Penelope? —pregunto, anonadada. Hace años que no hablo con ella. Solo nos hemos visto una vez, cuando ella y Luke se casaron, e incluso en esa ocasión todo fue muy breve, un «encantada de conocerte» y poco más.

—¿Lo has visto? —pregunta, claramente alterada, y yo no sé qué contestar, porque no quiero que se altere todavía más. Pero tampoco quiero causarle problemas a Luke. Me ha hecho un favor quedando conmigo esta noche y quizá Penelope se enfade al saber que estaba conmigo.

Pero entonces se me ocurre que Penelope está en una fase muy avanzada del embarazo y a lo mejor se ha puesto de parto o algo marcha mal con el bebé.

—Sí —respondo con sinceridad—. Acabo de estar con él, hará unos veinte o treinta minutos. Ahora está volviendo a casa. Debería llegar en cualquier momento —digo, preguntándome por qué no ha llegado todavía, pero pensando que quizá se ha detenido a comprar helado o flores para que le sirva de ofrenda de paz–. Lo siento. Por favor, no te enfades con él. Ha sido culpa mía. Le dije si podíamos vernos para hablar de algo que ha pasado en el trabajo.

Penelope se queda callada al principio y luego dice:

–Yo creo que no, que a casa no está volviendo.

Sus palabras me cortan la respiración.

–¿Va todo bien, Penelope? –pregunto en tono suave, preocupada, preguntándome si su discusión no habrá sido más fuerte de lo que dejó intuir Luke–. ¿Estáis bien tú y el bebé? ¿Hay algo que pueda hacer?

No contesta a esas preguntas. En lugar de hacerlo, dice:

–La policía ha estado aquí hace un momento, en nuestro apartamento.

Y esas palabras me cambian por completo la perspectiva y siento que me precipito a un abismo, porque eso significa que, después de que los viera en el hospital, los policías empezaron a buscarme. Seguro que han pasado por mi apartamento antes de ir al de Luke. Debe de haber sido poco después de que saliera de casa para venir al bar. Me imagino a Sienna sola en el apartamento, respondiendo por el interfono y dejándolos subir. ¿Qué le habrán dicho? ¿Qué les habrá contado ella?

–¿Estás ahí? –pregunta Penelope.

–Sí –respondo en un susurro–. Perdona. Sí, aquí estoy. ¿Qué querían? ¿Lo han dicho?

–Querían hablar con Luke.

Asiento, presa de las náuseas. Por supuesto, qué otra cosa iban a querer. La policía buscaba a Luke para hacerle preguntas sobre mí. Forma parte de su investigación y ahora yo, en vano, solo deseo hablar con él antes de que llegue a casa para pedirle que no mienta –porque Luke no estaba en la habitación de Caitlin aquel día y no pudo ver nada–, pero que tampoco deje de defenderme, que les diga que Meghan nunca haría daño a un paciente deliberadamente, que es imposible, porque su propia naturaleza le impide herir a nadie.

–Tenían una orden de arresto contra él.

Se me seca de golpe la garganta. Mi piel pierde todo el color.

–¿Cómo? –pregunto, cogida absolutamente de improviso e intentando comprender–. No entiendo, no…

–Su ADN, Meghan –me interrumpe–. Lo han encontrado en las uñas de la última mujer. Coincidía. El otro día vi que tenía un arañazo en el cuello, pero dijo que se había cortado afeitándose y yo le creí.

–¿Qué mujer, Penelope? No comprendo. ¿De qué estás hablando?

–De todas esas mujeres a las que han agredido, Meghan. Fue Luke. Luke asaltó a esas mujeres.

Empiezo a temblar. La copa de vino se me escapa de las manos y se me derrama en el regazo. Siento la humedad fría en los muslos, a través de los vaqueros. No puede ser. Seguro que se equivoca. Luke no. Él no podría hacerles daño a esas mujeres. Es imposible.

Pero entonces me viene a la mente la universidad, un curso que hice allí sobre justicia penal en el que hablaban de asesinos en serie y depredadores sexuales. Aprendí que parecen personas relativamente normales, es decir, que no es algo que se les note con solo mirarlos ni en su vida hay nada que deje entrever lo que son. Suelen tener un trabajo normal, familia, esposa e hijos, una hipoteca, un plan de jubilación…

Recuerdo ahora lo que Luke me contó de su pasado, que lo criaron unos padres casi siempre ausentes, que su padre era un maltratador y él mismo, de adolescente, llevó una vida marcada por la delincuencia y estuvo en un reformatorio antes de darle, presuntamente, un vuelco a su vida.

Pero ¿y si no fue así? ¿Y si simplemente aprendió a ocultar mejor sus delitos? ¿Y si lo único que hizo fue volverse más violento con el paso del tiempo?

La primera vez que Penelope ha llamado, hace treinta minutos, Luke ha mirado de pasada a la pantalla. Y menos de dos minutos después se ha ido.

—¿Meghan? ¿Sigues ahí?

—Sí.

—Aún hay más, Meghan. Por eso te he llamado. —Respira hondo—. Cuando la policía se ha ido, he registrado sus cosas. En nuestro armario había una caja de zapatos. —Penelope habla haciendo continuas pausas, como si le costara encontrar las palabras—. No era más que una caja de zapatos apilada con otras cajas. Nunca hubiera pensado que pudiera tener nada raro. Pero había cosas dentro, Meghan.

—¿Qué cosas?

—Artículos de periódicos digitales que Luke imprimió y guardó, un guardapelo en forma de corazón… —Se interrumpe, se le atragantan las palabras—. Un tanga de mujer.

—Recuerdos… —digo con un hilo de voz, tapándome la mano con la boca, y entonces se me revuelve el estómago al imaginarme a Luke saliendo de un piso ajeno con un par de prendas interiores femeninas en el bolsillo, un *souvenir*, algo para avivar el recuerdo de la mujer en cuestión, que se habría quedado allí sola, llorando y temiendo por su vida.

—Sí. Y también había una fotografía. Tomada desde la calle, frente a un edificio de tres plantas.

—¿Una fotografía de quién?

—Tuya, Meghan. —Toma aire y, a disgusto, continúa—: Y de tu hija. Creo que la tomó sin que te dieras cuenta.

Me quedo sin aire.

—¿Puedes fotografiarla y enviármela por teléfono?

Y eso hace, en efecto. Cuando hago clic en la foto para ampliarla, nos veo a Sienna y a mí saliendo del apartamento en algún momento del otoño, porque la tierra se ve seca y hay hojas marrones y anaranjadas que han caído de los árboles y se amontonan en la acera y la calzada.

La imagen no es exactamente de las dos, sino más bien de Sienna. Se centra en su rostro, enfocado con zum, mientras que yo no soy más que un aditamento que aparece en una esquina, con el cuerpo girado para cerrar la puerta y la cara apenas visible, solo lo suficiente para que Penelope pudiera reconocerme.

Me imagino a Luke en la calle frente a nuestro apartamento, escondido detrás de un coche aparcado o entre la estructura de los raíles del metro, tras una de las vigas de acero, sacando fotografías de Sienna sin que nosotras nos diéramos cuenta.

Tanta amabilidad siempre cuando preguntaba por ella, que si qué tal estaba, que cómo le iba el instituto, que si ya tenía novio.

Nunca se me ocurrió que pudiera haber nada raro en ello, solo pensé que se mostraba atento.

Y entonces, al recordar, mi rostro se queda exangüe.

Sienna está sola en casa. Y Luke lo sabe, porque acabo de decírselo.

Capítulo 28

Llamo primero a Sienna. No contesta, así que telefoneo al 911 mientras me abro camino a codazos por el bar hasta la salida. Le digo a la operadora que Luke Albrecht, el hombre al que la policía cree culpable de las agresiones a mujeres ocurridas en la ciudad, podría estar yendo a mi casa para hacerle daño a mi hija.

—La policía tiene una orden de arresto contra él. Mi hija está sola en casa. No contesta al teléfono. Por favor —le ruego, jadeando, sin aire cuando por fin salgo del bar y empiezo a correr torpemente por la calle—, dense prisa.

—¿Cuál es la dirección, señora? —me pregunta la mujer, y yo se la digo—. ¿Cuántos años tiene su hija?

—Dieciséis.

Corro durante todo el camino a casa, sin hacer caso de los semáforos en rojo, esquivando los coches que me pitan con insistencia mientras zigzagueo entre ellos y los obligo a frenar en seco. Solo hay un par de manzanas del bar a casa, de modo que llego allí antes que la policía. Subo como una exhalación los peldaños de entrada, de dos en dos, hasta la puerta del edificio. Revuelvo en el bolso en busca de las llaves, blasfemando porque no hay forma de encontrarlas, hasta que por fin doy con ellas, abro y entro a la carrera, a trompicones, incluso tropiezo y caigo de rodillas en la moqueta granate, aunque me obligo a levantarme enseguida y a seguir adelante.

Al llegar a la tercera planta, cruzo la puerta del apartamento tan deprisa que me golpeo el hombro con el marco. Corro de una habitación a otra, gritando «¡Sienna, Sienna!», rogando a Dios que surja como por arte de magia de su cuarto, preguntando: «¿Qué pasa?», desconcertada ante tanta urgencia y el pánico inequívoco que transmiten mis gritos.

Pero no, Sienna no aparece.

La luz de su cuarto está encendida. Entro, haciendo acopio de valor para lo que pueda encontrar. Su portátil está en la cama, que tiene la colcha tirada hacia atrás, y en la pantalla se ve una película en pausa, como si el tiempo se hubiera detenido en el instante en que apareció Luke, de modo que me la imagino bajo la colcha, viendo la película, levantándose para contestar por el interfono, mirando por la ventana a la calle y viendo que es Luke quien llama.

También el teléfono está en la cama, medio escondido bajo un chal rosa. Se me para el corazón mientras lo saco de allí, consciente de que Sienna nunca se dejaría el teléfono, al menos a propósito o si le dieran ocasión de cogerlo. Eso solo puede haber ocurrido porque alguien la ha obligado a salir del apartamento contra su voluntad. Me tapo la boca con la mano, las piernas se me doblan y casi caigo de rodillas, sollozando.

Pero no tengo tiempo de desmoronarme. He de encontrar a Sienna, aunque sin su teléfono no tengo modo de rastrear su ubicación. Esta ciudad es enorme. Podría estar en cualquier sitio y ya no tengo la ventaja del localizador de Life360.

Llega la policía y los hago pasar al apartamento. De pie en el pequeño salón, me hacen preguntas. Quieren que vuelva a contarles lo sucedido. Me piden fotografías de Sienna y que especifique qué ropa llevaba, y por suerte soy capaz de recordar qué llevaba hace unas horas cuando estábamos discutiendo, antes de que me dijera «te odio con toda mi alma» y «eres una zorra», antes de cerrarme la puerta de su cuarto en las narices, aunque ahora me pregunto si no se cambiaría después de que yo me fuera, si no se pondría el pijama, lo que me lleva a pensar en si Luke la dejó ponerse el abrigo y los zapatos antes de salir o si, dondequiera que esté, va descalza y está pasando frío. No puedo soportar esa imagen, la de Sienna con sus *shorts* de franela a cuadros y la camiseta corta y holgada que suele ponerse para dormir, sin sujetador, enseñando el ombligo, aterida en esta noche tan cruda y negra de enero.

Se activa una alerta de rapto, no solo porque Sienna haya desaparecido, sino porque la policía cree que corre un grave peligro.

–¿Cuál es ahora el procedimiento? –les pregunto.

–Iniciaremos la búsqueda de su hija y del señor Albrecht. Pero, mientras tanto, es necesario que se quede aquí por si su hija vuelve a casa sola –me explica el agente, y yo le contesto que de acuerdo, asintiendo bañada en lágrimas, pero ya en ese momento sé que es mentira. No voy a quedarme en casa. No puedo quedarme de brazos cruzados mientras Sienna está en algún sitio sufriendo. Me necesita.

Cuando la policía se ha ido, busco el número de Penelope en el historial de llamadas y la llamo.

–Tiene a mi hija, Penelope. Se la ha llevado.

–Dios mío, Meghan. –Su voz destila culpabilidad y vergüenza. Me pide perdón, como si fuera culpa suya, aunque quizá lo es, quizá de un modo subconsciente ella sabía lo que Luke estaba haciendo. Pienso en todas esas veces en que Luke se despidió de mí al final de su turno. Me lo imagino saliendo del trabajo, acechando y luego violando mujeres antes de volver a casa con Penelope.

Pienso en todo lo que sé de ese hombre, todo lo que he oído en las noticias. Cómo suele ocultarse en la oscuridad, esperando a que las mujeres abran la puerta de su casa y entren, y cómo en ese momento él aprovecha para colarse tras ellas y amenazarlas de muerte.

Me doblo por la cintura, llorando, pensando en Sienna sola con él.

—Meghan, ¿estás bien? —pregunta Penelope, y, cuando no respondo porque soy incapaz, insiste—: ¿Meghan?

Me obligo a enderezarme, a recomponerme por el bien de Sienna. Me seco la cara con el dorso de la manga.

—¿Se te ocurre algún sitio al que pueda habérsela llevado, algún lugar al que le guste ir? —Repaso en mi mente todo lo que Luke me ha contado desde que lo conozco, pero me doy cuenta de que no sé tanto de él como creía.

Penelope piensa.

—A veces sale a correr por el parque 606. O coge la ruta del Lakefront Trail hasta Northerly Island —dice, pensando en voz alta, recordando todos los lugares a los que Luke puede haber ido alguna vez—. Se me declaró en el jardín del Instituto de Arte.

Pero nada de eso me sirve, porque son lugares públicos y al aire libre, y el método de Luke, su plan de acción, consiste en asaltar a las mujeres en privado, en sus propias casas o en rincones apartados de los bloques de pisos, y si no le ha hecho nada a Sienna en el nuestro es solo porque yo podía volver a casa y pillarlo.

—¿No se te ocurre nada más? —insisto—. ¿Algún sitio más aislado, peor comunicado con la ciudad?

—Lo siento, Meghan. No sé ahora. Soy incapaz de pensar —dice, y le digo que no pasa nada, pero que siga pensando y me llame si se le ocurre algo.

No han pasado ni cinco minutos cuando recibo un mensaje de Luke, una dirección de Leavitt Street junto con las palabras:

Ven sola. No se lo digas a nadie. Si lo haces, Sienna lo pagará.

Considero la posibilidad de llamar a la policía, pero tengo demasiado miedo de lo que Luke pueda hacerle a Sienna, así que opto por no llamar. Me pongo en marcha, corriendo por Dakin Street hacia Sheridan, donde paro un taxi y, una vez dentro, me inclino hacia delante para darle al taxista la dirección. Le suplico que se dé prisa. Tardamos una eternidad en llegar.

El edificio de Leavitt es de nueva construcción, probablemente levantado tras demoler el anterior. Está encajado entre dos viviendas unifamiliares y en el exterior todavía pueden verse las láminas Tyvek para impermeabilizar. No se han colocado aún ni las puertas ni las ventanas, lo que significa que el frío invernal puede colarse en el interior, lo que de nuevo me hace imaginarme a Sienna muerta de frío y de miedo. La casa está a oscuras, y no creo que sea porque Luke no haya encendido ninguna luz, sino porque no hay electricidad.

Voy a la parte de atrás por el estrecho pasaje entre la casa y la vivienda contigua hasta llegar al jardín posterior, que es más largo que ancho.

En ese lado tampoco han colocado la puerta y nada impide que el aire invernal penetre en la casa, salvo un revestimiento de polietileno. Con cautela, meto un brazo para apartar el plástico, solo lo justo para caber por la abertura y entrar en la casa. No consigo orientarme en la oscuridad. Necesito un rato para que mis ojos se acostumbren. La luna está casi llena. Afuera hay una farola que solo me permite ver el interior de la casa de manera difusa: los montantes y las vigas verticales de madera, las toscas aberturas para las puertas y ventanas, todo lo cual voy distinguiendo poco a poco mientras avanzo despacio, pisando con cautela la solera de hormigón para evitar hacer ruido. Quiero saber dónde me estoy metiendo. Quiero pillar desprevenido a

Luke. Contengo la respiración, evitando tomar más aire hasta que me estallan los pulmones.

La temperatura dentro de la casa no llegará ni a cinco grados. El frío del ambiente te deja aterida.

Mientras camino en círculo por la primera planta, pasando entre vigas de madera en las que me apoyo para no caer, tengo la sensación de que me están vigilando. Me enderezo instintivamente, con el vello de la nuca erizado. Me doy la vuelta de golpe, esperando encontrarme a Luke allí detrás, su silueta recortada al fondo, pero no es así. Estoy sola, o eso creo.

Pero entonces me llega un leve ruido desde arriba, un sollozo apenas audible.

No sé si lo oigo de verdad o lo presiento en las entrañas, producto de mi intuición de madre.

Encuentro las escaleras. Empiezo a subir. Los peldaños aún no tienen contrahuella, solo huella. Tampoco hay barandilla y, en la oscuridad, resulta fácil perder el equilibrio sin nada donde agarrarse, algo que ayude a mantener la estabilidad. Siento las piernas débiles, temblorosas, y el esfuerzo de moverme con lentitud, de no hacer ruido, hace que me duelan ya los muslos.

Llego a la segunda planta, que en nada se diferencia de la primera. Voy de una habitación a otra, moviéndome entre las vigas.

—Has llegado —oigo, y al girarme hacia la voz me encuentro a Luke en una de las habitaciones del fondo, separado de mí por varias vigas—. Sabía que vendrías.

—Tienes a mi hija. ¿Cómo no iba a venir? —pregunto.

Mis ojos se van adaptando poco a poco hasta que distingo a Sienna a su lado. La luz de la luna que entra a su espalda apenas me permite distinguirla, allí arrodillada en el duro suelo de hormigón, respirando penosamente, jadeando asustada. Tiembla de miedo y de frío, no como haría si estuviera tiritando, sino con convulsiones que le sacuden todo el cuerpo. Luke está detrás de ella, como un marionetista que la apunta con una pistola en la cabeza mientras Sienna gime, calladamente, tratando de contener unas lágrimas que le resbalan silenciosamente por las mejillas.

–Quieta donde estás –dice Luke cuando voy hacia ella–. No des un paso más, Meghan.

–Lo siento –llora Sienna con el miedo patente en su voz, y yo quiero correr hasta ella, pero me freno por la pistola, porque me asusta que, si no lo hago, Luke pueda apretar el gatillo.

–¿Por qué, cariño? No tienes por qué disculparte –le digo, y luego a Luke–: Haré lo que sea. Por favor –le suplico–. Cógeme a mí. Deja que Sienna se vaya.

–No voy a ir a la cárcel, Meghan –dice Luke con voz firme, controlada.

–¿Qué hacemos aquí, Luke? ¿Por qué nos has traído a este lugar? ¿Qué sitio es este?

Parece calmado de pronto. Relaja la postura y afloja los hombros, aunque la pistola continúa apuntando a la cabeza de Sienna.

–Traje a Penelope a ver esta casa –dice, y recuerdo que me lo había contado, aunque no imaginaba que se tratara de esta casa en concreto. Me dijo entonces que la había llevado a ver casas, que su deseo era comprar una vivienda unifamiliar antes de que naciera el bebé, porque su apartamento de una sola habitación sería demasiado pequeño cuando la familia creciera.

–Quería cubrir las necesidades de mi familia como corresponde a un buen padre. Ya te hablé de mi padre, ¿no?

–Sí –digo.

El padre de Luke era un mal hombre; alcohólico y maltratador, solo aparecía de vez en cuando, aunque era preferible que no estuviera. Cuando se cogía una curda, pegaba a Luke y a su madre y después se largaba, solo para volver días o semanas más tarde y hacer lo mismo otra vez, en un ciclo interminable de alcoholismo y maltratos.

—No quería ser como él. Deseaba hacer mejor las cosas, ser mejor.

—Y lo eres —digo con suavidad para apaciguarlo.

—No me vengas con mierdas, Meghan. Yo soy peor —dice, y es cierto. Lo que Luke ha hecho es mucho peor. Ya he perdido la cuenta del número de mujeres a las que ha agredido—. Esta casa iba a permitirnos empezar de cero otra vez, a los dos, a mí. Traje aquí a Penelope —continúa—. Entramos y se la enseñé, le hice el tour completo y le dije que algún día la compraría para nuestra familia, que criaríamos a nuestros hijos aquí. ¿Y sabes lo que dijo?

—No —murmuro, temiendo la respuesta—. ¿Qué?

—Me dijo que estaba delirando si creía que alguna vez podría permitirme esta casa.

Me estremezco. Son palabras muy hirientes.

—Lo siento, Luke. No estuvo bien por su parte.

—Oh, no te preocupes, después se disculpó. Dijo que no debería haberlo expresado de esa forma, pero que tenía que llamar al pan, pan, porque a veces se me metían ideas estúpidas en la cabeza y no había forma de quitármelas.

—Esta casa debe valer un millón de dólares, Luke —le digo en tono conciliador—. No habrá mucha gente que pueda permitírsela. Eso no te hace menos hombre. No te convierte en un fracasado.

Levanta bruscamente la cabeza y vuelve a enderezar la postura. Reajusta su modo de agarrar la pistola y pregunta:

—¿Es eso lo que crees, Meghan, que soy un fracasado?

—No —respondo enseguida, con vehemencia—. En absoluto. Nunca lo pensaría. Eres un buen hombre, Luke. Y un enfermero increíble. Piensa en todos los pacientes de los que te has ocupado a lo largo de los años, en toda la gente a la que has salvado.

—Condescendencias conmigo, no, Meghan. Ahórrate la puta condescendencia.

No intento convencerlo de que no es condescendencia, porque él me tiene calada.

Cambio de táctica.

—¿Qué quieres de nosotras? ¿Qué quieres de Sienna? —pregunto desviando la mirada hacia ella, pensando si le habrá puesto la mano encima, si la ha tocado—. ¿Te ha hecho daño? —le pregunto, pero ella niega con la cabeza, de nuevo con la cara bañada en lágrimas.

—Sienna y tú vais a ayudarme a salir de esta —dice Luke, y entiendo por dónde va. Se ha llevado a Sienna como rehén, porque nos necesita para salir de la ciudad y huir.

—Muy bien —digo, asintiendo—. Eso podemos hacerlo. ¿Qué necesitas? ¿Dinero? ¿Un coche? Puedo alquilarte un coche y darte tanto dinero como necesites para huir. Tengo ahorros. Solo tengo que sacarlos del banco. —Aún me queda el resto de la herencia de mi abuela, la parte que no me robaron.

Luke reprime la risa.

—¿Cómo crees que vas a salir tan campante del banco con todo ese dinero? —pregunta. Pero sí que podría hacerlo. Aunque no en un solo día ni esta noche, porque el banco ya ha cerrado.

—Entonces lo sacaré en el cajero. Deja que Sienna y yo vayamos al cajero automático y sacaré todo lo que pueda, el máximo permitido. Te lo traeremos aquí.

—Sé sincera conmigo, Meghan —dice, levantando la voz mientras presiona más fuerte el cañón de la pistola contra la cabeza de Sienna, quien se desmorona y cierra con fuerza los ojos, esperando a que el arma se dispare–. ¿Qué probabilidades hay de que vuelvas si dejo libre a Sienna?

–Entonces deja que ella se vaya –suplico– y retenme a mí. Por favor. Déjala ir. Yo me quedaré mientras ella saca el dinero del cajero. Debería haber bastante para que puedas salir del estado si te alquilo un coche. La policía te está buscando, Luke. No sé si vas a poder alquilar un coche tú mismo. Me necesitas. Deja que Sienna vaya a por el dinero y yo arreglaré lo del coche.

Siento deseos de preguntarle por qué, cómo fue capaz de hacer algo así, de hacer daño a todas esas mujeres.

Tengo ganas de preguntarle si de verdad cree que puede salirse con la suya. Vaya donde vaya, la policía lo estará buscando. Si nos dispara a Sienna y a mí, todavía será peor: añadirá el asesinato a los cargos por violación.

–¿Te parece bien, Luke? –pregunto, implorando, desesperada al ver que no contesta–. ¿Te parece que Sienna vaya a por el dinero mientras yo me quedo contigo y arreglo lo del coche de alquiler, para que puedas huir?

En ese momento, Luke oye algo. Gira con brusquedad la cabeza hacia las escaleras, escuchando, y luego se vuelve hacia mí, entrecerrando los ojos.

–¿Has llamado a la policía, Meghan? ¿Les has dicho dónde estoy?

Se me forma un nudo en la garganta.

–¡Contesta! –grita con voz retumbante al ver que no respondo.

A su lado, Sienna trata de inclinarse hacia delante, de hacerse una pelota, abrazándose las rodillas y meciéndose. A Luke no le gusta. Sienna lanza un grito de dolor seco, agudo, cuando él la agarra por el pelo y la endereza hasta que ella queda de nuevo de rodillas, gimiendo. Luke no deja de tirarle del cabello y ella grita más fuerte, desesperada, jadeando cuando nota que el cañón se hunde más en su pelo y solo puede prepararse para morir.

—No —digo—. Te juro por Dios que no he llamado a la policía. Te lo juro por mi vida, por la vida de Sienna —continúo, avanzando por puro instinto, pero entonces Luke gira hacia mí la pistola y, cuando me detengo en seco, vuelve a apuntar a Sienna, lo que es mucho peor—. Me dijiste que viniera sola y eso he hecho. No te estoy mintiendo, Luke. Te lo prometo. No te mentiría en...

Sin aviso previo, un estallido ensordecedor atraviesa la noche procedente de atrás, y enseguida otro; un fogonazo de luz amarilla ilumina momentáneamente la habitación antes de que todo se vuelva negro otra vez, un fogonazo que coincide con el disparo que escapa de la pistola de Luke. Y entonces Luke cae hacia atrás al tiempo que Sienna lo hace hacia delante, de cabeza contra el suelo, y empieza a extenderse la sangre, sangre a mares, en un charco cada vez mayor.

Corro hacia Sienna. Un policía surge de la nada y se interpone en mi camino, y yo lo golpeo con los puños, pero él me agarra y me impide seguir.

—Señora —dice—, ahí no puede entrar.

Se niega en redondo a dejarme pasar. Lo aporreo en el pecho y lanzo un grito, un alarido angustioso. Me fallan las piernas y estoy a punto de caer, pero el policía me agarra a tiempo. Me endereza, me sostiene en pie.

—¡Sienna! ¡Sienna, cariño! —grito por encima del hombro del agente—. Estoy aquí. —Miro al policía a los ojos, armándome de valor—. Déjeme ver a mi hija —le exijo—. Suélteme. Quíteme sus sucias manos de encima. ¿Está bien mi hija? ¿Le ha pasado algo?

Hay sangre por todas partes. En su ropa. En su piel. Le tiñe el pelo de rojo.

Sienna está en el suelo, inmóvil, tendida en un ángulo imposible, con los brazos doblados bajo el cuerpo y el pelo desparramado alrededor de la cabeza, cada vez más rojo, y me pregunto si esto es lo que merezco, si es el precio que voy a pagar por matar a Caitlin Beckett.

Capítulo 29

Llega el equipo de urgencias y se lleva a Sienna en camilla a la ambulancia. Yo los sigo, apoyada en alguien que me sujeta por el codo y me ayuda a bajar las escaleras hasta la calle, donde ha empezado a nevar.

Mientras una multitud se va congregando en el lugar, el servicio de urgencias mete a Sienna en la parte trasera de la ambulancia, donde la potente iluminación del techo hace aún más evidente la sangre. No se acaba nunca la sangre de su cuerpo y los técnicos de urgencias se aplican con celeridad para encontrar por dónde entró la bala y detener la hemorragia.

Yo me mantengo atrás, mirando, como en una pesadilla. Ni siquiera noto el frío. No me doy cuenta de que estoy temblando hasta que alguien me echa una manta por los hombros. No veo cuándo sucede. No percibo ningún contacto. Solo sé que de pronto la manta está ahí, floja, apenas sujeta, y entonces empieza a caer y alguien se acerca y me la vuelve a poner. Me la enganchan a la mano y casi inconscientemente me noto agarrando un puñado de lana, mientras en mi mente vuelvo a ver lo sucedido una y otra vez: la policía, que irrumpe en la casa por la parte de atrás, el disparo a Luke casi simultáneo con el fogonazo de su propia pistola.

Luke está muerto. Yace en el interior de la casa mientras los agentes van y vienen, acordonando la zona con cinta policial. Luces y sirenas inundan la noche, multiplicándose. Llegan los periodistas. Hay cámaras de vídeo, micrófonos, focos, aunque todo ello aparece en mi visión periférica, porque soy incapaz de apartar la vista de Sienna, tumbada en la parte de atrás de la ambulancia.

Un técnico de urgencias se me acerca y me armo de valor, porque sé lo que va a decirme: que la hemorragia era demasiado grave, que Sienna había perdido ya tanta sangre que ha sido imposible salvarla.

–La chica está bien –dice.

–¿Cómo…? Yo… –balbuceo–. Pero la sangre… Hay mucha.

–No tiene nada, al menos nada que haga peligrar su vida. Cortes, magulladuras, un tobillo algo dañado… Esa sangre –aclara– no es suya.

De todos modos, vamos al hospital. Los técnicos de urgencias quieren que un doctor evalúe el estado de Sienna, porque como mínimo tiene un tobillo hinchado y amoratado por haber caído a ciegas en la oscuridad de la casa, así que necesitará una radiografía para saber si es una torcedura o está roto. Ahora está en una cama del hospital, en urgencias, esperando al doctor. Yo permanezco a su lado, sin acabar de creerme que siga viva y, en gran parte, en buen estado físico, aunque el aspecto emocional ya es otra historia.

Antes de salir hacia el hospital, un policía me ha dicho que fue Penelope quien los llamó, que estuvo dándole vueltas y al final recordó la casa y la obsesión que Luke tenía con ella, de modo que le pareció un lugar en el que podría haberse escondido.

Sienna, desde su cama, me dice:

–Dijo que te había pasado algo.

–¿Quién lo dijo?

–Luke –contesta, aún con tanta sangre en el pelo y la cara que se me hace duro mirarla y he de recordarme que no es suya, sino de Luke–. Me dijo que estabas herida, de gravedad, que me fuera con él y me llevaría donde estabas.

Tiene lágrimas en los ojos. Pero cómo no iba a dejar entrar a Luke cuando se presentó en la puerta. Sienna lo conoce. Se han visto solo unas cuantas veces, pero yo siempre estoy hablando de él. Si Luke fue al apartamento, llamó al timbre y dijo que me había ocurrido algo malo, Sienna no podía dudar de que fuera verdad.

–Tenía mucho miedo –continúa–. Creía que te había perdido. No dejaba de pensar en todas las cosas horribles que te había dicho y en que, a lo mejor, esas serían las últimas palabras mías que oirías. –Se le crispa la cara, los sollozos le sacuden los hombros y apenas puede seguir hablando–. No te odio.

–Ya lo sé, cariño –digo atrayéndola hacia mí, agradecida al ver que no se resiste, sino que se rinde y se acurruca contra mí–. Yo tenía tanto miedo como tú –continúo, pasándole la mano por el pelo–. Pasé mucho miedo cuando me enteré de lo de Luke, de quién era y lo que había hecho, y cuando me di cuenta de que estabas con él. –Me falla la voz. Se me hace duro hablar de lo sucedido, pensar que ha faltado muy poco para que perdiera a Sienna esta noche–. Solo puedo pedirte perdón, Sienna. Por todo. Por lo de Luke. Por haber dejado que un hombre así entrara en nuestras vidas. Y por lo de papá.

Sienna se separa de mí para mirarme a los ojos. Entonces, suplicando, como si lo hubiera estado pensando durante un rato y se hubiera decidido, me dice:

–¿Podemos mantener eso solo entre tú y yo, mamá, por favor? No haría más que herir a papá si se enterara. No puede traer nada bueno. Yo no voy a querer conocer a mi verdadero padre, y si papá se enterara todo sería muy raro. Nada volvería a ser igual. ¿No dicen que a veces es mejor vivir en la inocencia?

—En la ignorancia la corrijo con dulzura, preguntándome si Sienna y yo podemos realmente ocultarle este secreto a Ben, si para Ben es mejor no enterarse de que no es su padre. Pero Sienna tiene razón: decírselo no traería nada bueno. Solo le haría daño. Sentiría como si hubiera perdido a una hija, por no hablar de todas las pensiones alimenticias que habría que devolverle, lo cual sería un problema tremendo. Habría sentimientos heridos y, por una razón u otra, todo el mundo sufriría, todos nosotros, pero sobre todo Ben.

—¿Tenemos que decírselo? —pregunta Sienna en tono implorante.

—Decirle ¿qué? —oigo a mi espalda, y, al girarme, veo que Ben asoma por entre la cortina, acompañado de una enfermera que lo ha guiado adonde estábamos. Ben le da las gracias y yo lo observo, preguntándome cuánto tiempo lleva al otro lado de esa cortina y hasta qué punto ha oído lo que Sienna y yo estábamos diciendo.

No he vuelto a ver a Ben desde aquella noche en el apartamento. Ahora sé que fui demasiado lejos al pensar que estaba allí para hacerme daño o algo peor. Ahora sé la verdad: que Sienna le había pedido que fuera a verme y que Ben vino porque estaba preocupado por mí. Fue al apartamento porque quería ver si yo estaba bien, y quizá, solo quizá, porque una parte de él sigue queriéndome.

Pienso en cómo me afectaría si en este mismo momento, por imposible que pudiera parecerme, yo averiguara que Sienna no es hija mía. Me quedaría destrozada.

—El doctor —susurro, procurando controlar la voz. Trago saliva, intentando ganar tiempo para pensar, notando a mi espalda cómo Sienna me aprieta la mano—. Sienna se refería al doctor. Está preocupada por si tienen que ponerle la antitetánica. Preguntaba si hay que decirle al doctor que tiene un arañazo, y sí que tenemos que hacerlo. En esa casa había clavos por todas partes. —Me giro hacia Sienna y digo—: Con el tétanos no se pueden correr riesgos. —Y ella asiente, comprendiendo el pacto, el acuerdo secreto que encierra nuestro cruce de miradas. No le contaremos a Ben quién es el verdadero padre de Sienna. Ni ahora ni nunca.

Ben pasa ante mí para acercarse a ella y estrecharla entre sus brazos. Noto el escozor de las lágrimas cuando dice:

—Yo estaré contigo cuando te pinchen. Te cogeré de la mano. No te dolerá nada. —Y al oírlo sé que, aunque no sea su padre biológico, sin duda es su padre y siempre lo será.

Treinta minutos después, Ben y yo estamos solos en la sala de espera mientras se llevan a Sienna para hacerle una radiografía del tobillo.

—Lo del otro día… —comienza Ben con timidez, y al mirarlo a los ojos percibo en ellos un aire de seriedad, de esperanza, casi de súplica. Pienso en todas las veces que me ha llamado desde aquella noche. Todos esos mensajes y correos, pidiéndome que fuera a verlo, ofreciéndose a preparar la cena… De verdad creía que podríamos volver a estar juntos.

Pienso otra vez en la noche del apartamento, en lo atento que se mostró, en cómo me apoyó y consoló cuando yo estaba tan angustiada. Pienso en su mano deslizándose bajo mi camisa, en el peso de su cuerpo sobre mí en el sofá, y en cómo me sentí, en mi deseo por él.

Pero también pienso en su reacción cuando Sienna envió el mensaje, en cómo se molestó, en su desconsideración, con ese estallido de mal genio más propio de un niño, hasta el punto de anteponer sus propias necesidades a las de su hija.

Ben es esos dos hombres.

–Te quiero, Ben. Siempre te querré, pero no de esa manera –digo para atajar la conversación de raíz–. No sé qué me pasó esa noche, pero lo siento si te hice albergar falsas esperanzas.

Asiente y me coge la mano en un gesto de familiaridad, reconfortante.

–Ey –dice en tono muy afable, sonriendo con humildad, con la cabeza gacha–, valía la pena intentarlo.

Me pasa el brazo por los hombros y yo descanso la cabeza en él, consciente de que a pesar de todo lo que hemos pasado, a pesar de nuestras diferencias, seguimos siendo una familia.

Epílogo

Hoy vuelvo a trabajar después de casi un mes.

Estamos ya en febrero. Los días no son más cálidos ni menos grises, pero la promesa de la primavera que se avecina hace el tiempo más soportable.

Sigo mi ruta acostumbrada al hospital con una mezcla de añoranza, ansiedad y nervios, preguntándome cómo reaccionarán mis colegas ahora que estoy de vuelta.

Por si eso fuera poco, también me preocupa que Sienna esté sola en casa, preparándose para ir al instituto en nuestro apartamento vacío. Esta es la primera mañana que no he estado en casa para despedirme de ella, y los nervios me atenazan el estómago, aunque le he recordado al menos una docena de veces que me envíe un mensaje al salir del apartamento y otro al llegar al instituto.

Ahora ni siquiera estoy tranquila cuando está en su dormitorio, a poco más de cinco metros de mí.

El primer día que fue al instituto después de lo de Luke, quería acompañarla para asegurarme de que llegaba sana y salva. Sabía que no estaba haciendo ningún bien al proyectar mis miedos en ella, pero el mundo es un lugar peligroso y, pese a las varias semanas transcurridas, todavía no me he quitado de la cabeza su imagen bañada en la sangre de otra persona, ni tampoco la de Luke, tras ella en aquella casa vacía y oscura, apuntándole a la cabeza con una pistola.

Llego al hospital y cruzo llena de recelos la puerta, con un nudo en el estómago mientras espero el ascensor.

La junta estatal de enfermería fue benévola conmigo por el asunto de Caitlin. Ayudó que yo confesara, que reconociera haberle dado la insulina de otra paciente por error, así como el hecho de tener casi veinte años de experiencia sin una mancha en mi historial. No ha habido ningún otro incidente como este en mi trayectoria. Ahora estoy en periodo de prueba, supervisada por el hospital y por la junta, pero se me permite trabajar. No siempre ocurre así. No habría sido raro que perdiera la licencia, pero lo cierto es que cuanto más severo sea el castigo aplicado, menos enfermeras estarán dispuestas a informar de sus errores y los pacientes estarán menos seguros. Habrá más encubrimientos y más mentiras, aunque en mi caso, por supuesto, yo no le di a Caitlin la insulina por error. Pero eso no lo sabe nadie más que yo.

Entro en la unidad. A pesar de haber matado a una paciente, no soy considerada un bicho raro como había esperado. Eso queda para Luke, y cualquier temor que tuviera al volver se ve acallado de inmediato cuando la gente se me acerca sin dudarlo y me dice:

—Ay, Dios, Meghan. Ya me he enterado de lo que pasó.

Y no están hablando de que maté a un paciente, sino de que Luke raptó a Sienna y mi hija y yo lo vimos recibir un disparo de la policía y morir.

—¿Estás bien? —me pregunta Bridget en la sala de descanso, y yo asiento y digo que sí, aunque no es verdad, de momento, y no sé si alguna vez volveré a estar del todo bien. Pero lo estoy intentando y todo mejora cada día que pasa.

Otra enfermera me abraza y me dice:

—Te he echado de menos. Me alegro de que hayas vuelto.

—No puedo creer que fuera Luke durante todo este tiempo.

–¿Qué clase de persona haría algo así?

Es un buen día. Estoy contenta de haber vuelto. Salgo del hospital aligerada y sonriente, y esa misma noche, ya en casa, Ben viene a por Sienna, que está en su habitación preparando su bolsa de fin de semana, y esta vez tiene paciencia con ella. No se enfada por tener que esperar, sino que se queda en el salón, tomándose una cerveza y preguntándome cómo ha ido el día.

–Tengo algo para ti –dice cuando he terminado de contarle lo del trabajo.

–¿Para mí? No tenías por qué hacerlo –digo, pensando estúpidamente que Ben me ha comprado algo y sintiéndome una pizca culpable por no poder darle nada a cambio, pero también preocupada por si no captó el mensaje en el hospital y todavía cree posible que podamos estar juntos. ¿Cuántas veces, me pregunto, voy a tener que decirle que no?

Deja la cerveza en la mesita de centro.

–Cierra los ojos y extiende la mano.

—Ben –protesto, sintiéndome tonta.

–Tú hazlo. Por favor, antes de que salga Sienna –dice con amabilidad, y yo le hago caso.

Cierro poco a poco los ojos y extiendo la mano, con la palma hacia arriba, y entonces noto la mano cálida de Ben que me agarra los dedos durante un momento que parece demasiado largo, hasta que me deja lo que sea que tiene para mí en la palma de la mano.

El objeto casi no pesa. No estoy segura de tenerlo en la mano hasta que Ben no me dice, suavemente:

–Ya puedes abrir los ojos.

Obedezco. Abro los ojos y veo a Ben observándome, con una chispa asomándole en los ojos y una sonrisa apenas insinuada en las comisuras de la boca. Le devuelvo la sonrisa de manera instintiva, porque Ben sonríe de manera contagiosa.

Pero en cuanto miro lo que tengo en la mano se me borra la sonrisa.

Mi desaparecido anillo de compromiso.

–¿Dónde…, cómo lo has…? –pregunto, buscando las palabras sin encontrarlas.

–Estaba en mi piso –contesta–. No tengo una explicación. ¿Puede ser que Sienna lo cogiera y se lo olvidara allí? No lo sé.

Levanto la cabeza. Nuestras miradas se cruzan y trato en vano de leer la suya, preguntándome si dice la verdad o si sabe más de lo que deja entrever.

–Podría ser, sí –respondo, pero está claro que no ocurrió así. Sienna no cogió el anillo. Fue Caitlin. Me robó los anillos el día que se fue, el día que le dijo a Sienna que no era hija de Ben, pero lo que sucedió después es un misterio, porque, en teoría, Ben y Caitlin ya habían roto en ese momento. ¿Cómo llegó el anillo a su piso si la relación entre ambos había terminado? ¿Volvió Caitlin ese mismo día para contarle a Ben la verdad sobre mí? ¿Se coló en su piso para dejar allí el anillo?

¿O es que no habían roto?

¿Y si Ben solo lo dijo para despistarme?

–He pensado que te gustaría recuperarlo –dice.

–Claro. Por supuesto. No sabía…, ni siquiera sabía que había desaparecido. Creía que estaba en mi joyero.

Se encoge de hombros.

–Bueno –dice–, vuelve a estar donde debe, eso es lo que importa.

Se inclina para darme un casto beso en la mejilla. Se echa atrás y se me queda mirando tanto rato que se me corta la respiración y siento que la cara me arde, pero entonces se abre una puerta a nuestra espalda y Sienna surge de pronto de su cuarto.

–¿Estás lista? –pregunta Ben, apartándose y mirando por encima de mí, y ella contesta que sí.

Cuando Ben se da la vuelta para alejarse de mí, para salir del apartamento junto con Sienna, me doy cuenta de que quizá nunca averigüe hasta qué punto sabe o no sabe.

Quizá tenga siempre cierta información incriminatoria sobre mí. Quizá, al final, no haya salido tan bien librada como creía.

Agradecimientos

Gracias a mi editora y a mi agente, Erika Imranyi y Michelle Brower, por defender este libro y mostrarse tan entusiastas con él desde el primer día. Gracias a todo el personal de Park Row Books, HarperCollins y Trellis Literary Management (incluyendo a Randy Chan, Natalie Edwards, Rachel Haller, Amy Jones, Nicole Luongo, Ana Luxton, Allison Malecha, Margaret Marbury, Lindsey Reeder, Brianna Wodabek, correctores de estilo y de pruebas y equipos de ventas y *marketing*, entre otras muchas personas) y a todos aquellos que han intervenido de un modo u otro para llevar mis libros a los lectores, en especial a los publicistas Kathleen Carter, Emer Flounders y Justine Sha; al diseñador de la portada Sean Kapitain; a mis agentes cinematográficos, Carolina Beltran y Hilary Zaitz Michael; y a mi abogado ideal para la industria del espectáculo, Scott E. Schwimer.

Gracias a los libreros, bibliotecarios, reseñadores de libros en Instagram o TikTok y a todos y cada uno de los lectores que alguna vez han leído uno de mis libros y lo han recomendado a un amigo. Sin vosotros, nada de esto sería posible.

Gracias a Erica Gnadt, Janelle Kolosh, Marissa Lukas, Vicky Nelson y Nicki Worden, mis amigos y primeros lectores, por su constante apoyo, por sus críticas sinceras y por detectar algunas de mis numerosas erratas. Gracias a Katie Aler, Karen Vande Ven, Jola Gargano y Erica Gnadt, todas ellas enfermeras maravillosas que respondieron a todas mis dudas y preguntas, leyeron borradores del manuscrito y me brindaron sus expertos conocimientos y consejos. Aprendí muchísimo de vosotras. Y los errores médicos que pueda haber en este libro son solo míos.

Gracias a Addison Kyrychenko por la sesión de tormenta de ideas nocturna, y a Pete, Addison y Aidan por sus muchas inyecciones de confianza. Gracias a mis padres, a mis hermanas y a sus familias, y a la familia Kyrychenko por su aliento y su apoyo. No podría hacer esto sin vosotros.

Índice